LA PLAYA DE LOS DRAGONES

GREGG DUNNETT

M. L. CHACON

Old Map Books

PARTE 1

CAPÍTULO UNO

EMPEZÓ A NEVAR A MEDIANOCHE, copos gruesos que atravesaban con fuerza el quieto aire de la noche. Cuando la nieve caía sobre el mar permanecía unos pocos segundos antes de derretirse, pero en el recinto empezaba a cuajar y la arena estaba lo suficientemente fría y seca como para que cuajara allí también. La única zona que quedaba libre de nieve era una franja de playa a la orilla del mar, donde un suave vaivén de olas movía el agua tierra adentro. Era ahí donde se veía una silueta que iluminaba la noche con una linterna.

Un millón de copos de nieve brillaban bajo el haz de luz según caían con perfecta quietud. Más allá, se veían miles de copos, pero también se observaban las trazas de color de las boyas que delimitaban la zona prohibida, y cuyas rojas luces parpadeaban con un constante ritmo. La silueta del hombre observó el espectáculo durante un rato, maravillado por la belleza del paisaje y escuchando tan solo el silencio de la noche. No se quedó mirando mucho tiempo, era diligente en su tarea incluso tras veinte años trabajando allí. Apuntó el haz de su linterna hacia la alta valla metálica, comprobando, siempre comprobando. El reverso de los carteles devolvía un reflejo de color plata, el frontal, orientado hacia el exterior, advertía que el recinto era propiedad privada y se hallaba protegido por cámaras de seguridad, alarmas y guardias armados. Pero la verdad era que Keith Waterhouse, el supervisor de los guardias de seguridad, no había tenido que disparar su arma ni una sola vez. Solo la había desenfundado en una ocasión, hacía varios años, cuando aún no se había acostumbrado a los animales que a veces se movían en la oscuridad durante las patrullas nocturnas. Como había tantos conejos, zorros, armiños e incluso pequeños ciervos, y había oído tantas historias sobre la contaminación y lo peligroso que era este lugar... bueno, en realidad nunca había dado con ninguna razón para creerlas.

Keith era un hombre grande, pero más que sobrepeso lo que tenía era una complexión fuerte. Llevaba un chaquetón de seguridad acolchado que, cuando se movía emitía un leve crujido. Keith se volvió hacia el otro lado, iluminando ahora con su linterna las formas oscuras y silenciosas de los edificios alejados de la playa. Sus contornos se veían aquella noche suavizados por la capa de nieve. No había iluminación ninguna, la planta no funcionaba las veinticuatro horas lo que significaba que estaban solos él y su colega Miguel, un joven que llevaba poco en el puesto. Miguel estaba en la sala de control, bien iluminada y cálida, ya que el protocolo exigía que estuviera atendida en todo momento. Era un inmigrante de centro América, de México creía recordar Keith, y no le gustaba el frío. Keith sonrió al pensar en ello. Mientras lo hacía, su linterna iluminó el vaho que envió una ráfaga de copos de nieve ondeando en todas direcciones.

El guardia de seguridad se dio la vuelta y dejó un segundo rastro de huellas en la playa según se dirigía a su camioneta. Se quitó la nieve que se había acumulado en su chaqueta y se sentó en el asiento del conductor donde juntó los pies para meterlos, no sin cierta dificultad, dentro del vehículo. Luego arrancó el motor y continuó por donde sabía que, enterrado bajo un par de centímetros de nieve, se encontraba el camino que rodeaba el perímetro de la fábrica.

Mantuvo las luces cortas ya que, de lo contrario, solo iluminarían el universo de blancos copos que revoloteaban por su camino. Aun así no era difícil avanzar. Siguió las huellas de los neumáticos que esa misma camioneta había dejado en la ronda anterior de Miguel, cuando había menos nieve. Ahora estaban en parte ocultas, pero aún se veían. Aunque desaparecieran del todo, la carretera estaba marcada por postes de madera cada cincuenta metros, pintados con pintura reflectante. Keith se sentía bastante relajado, inspirado y agradecido por la belleza que a veces le regalaba su trabajo. Comenzó a silbar.

Un segundo después se detuvo. Delante de él, visible en la nieve, había algo que no debería estar allí. Un conjunto de huellas frescas de botas que cruzaban el camino. Tardó un momento en comprender lo que estaba viendo. E incluso cuando lo hizo, le llevó un instante reaccionar, un peligroso instante.

—Hola Miguel —dijo por la radio—. ¿Te bajaste por la zona del generador?

Un retraso, un zumbido de estática, seguido de la voz marcada por el ligero acento de su colega.

—¿Que si me bajé?

—Sí, de la camioneta. ¿Fuiste a dar un paseo por allí? He visto unas huellas.

Hubo otro silencio antes de que se oyera la respuesta.

—No.

Keith pulsó el botón para transmitir, pero luego soltó el dedo, pensando. Miguel era un bromista. No debería bromear con algo así, pero era joven y, a diferencia de Keith, el trabajo le parecía aburrido. Lo más probable era que Miguel hubiera dejado las huellas y que ahora lo estuviera negando para burlarse de él.

—¿Qué tipo de huellas? —La voz de Miguel llegó a través de la radio y había algo en su tono que lo delataba. Keith no sabía muy bien el qué pero pensaba que tal vez sonaba demasiado despreocupado. Sonrió y negó con la cabeza.

—No, no, ni hablar colega —dijo en voz alta, pero no en la radio. Se preguntó cómo lo había hecho Miguel. Debía de haber detenido la camioneta en algún sitio para salir, y Keith no podía saber ni dónde ni cómo se le había pasado por alto.

Pero luego lo descubrió.

Se bajó de nuevo, dejando el motor en marcha esta vez, con las luces encendidas. Miguel había detenido la camioneta más adelante, y luego había regresado aquí, caminando junto a la valla para tender su trampa. Keith iluminó con su linterna una de las huellas de las botas. Era más pequeña que su propia huella de la talla 44. Miguel tenía los pies pequeños. Pies de bailarina, lo había llamado cuando Keith lo notó por primera vez. Sonriendo, y confiando en que lo había resuelto, Keith volvió a coger la radio. Le seguiría el juego un rato.

—Tenemos un intruso en el recinto. Aunque tiene los pies pequeños. No parece muy amenazante.

Ignoró la respuesta de su colega. Se propuso seguir las huellas hasta donde Miguel había detenido el camión. Era una buena excusa para disfrutar de nuevo de la suave nieve.

Mientras caminaba hacia la valla, sus botas hacían que la fresca nieve crujiera; sus propias huellas eran más nítidas y definidas que las que seguía, pero aun así había suficiente definición para distinguir que los dos grupos de huellas iban en direcciones opuestas. En cualquier momento esperaba que comenzaran a seguir la ruta que Miguel había tomado a lo largo de la valla. Pero no lo hicieron.

En lugar de eso, las huellas se dirigían ahora hasta la valla y continuaban más allá. La valla, en lugar de ser la barrera segura que Keith había visto noche tras noche durante tantos años, tenía ahora un gran agujero. La nieve que la rodeaba estaba pisoteada y sucia. El momento lo mareó. Estaba en máxima alerta pero también confuso, su mente intentaba explorar varias posibilidades a la vez. Los protocolos que había escrito y practicado en caso de infracción en el complejo revoloteaban en su mente, pero parecían lejanos, ejercicios de papel irreales. Sintió incredulidad, una parte de su cerebro aún se aferraba a la idea de que esto era parte de la broma de Miguel. Entonces apareció la ansiedad. De repente, fue consciente de la capucha que llevaba y de cómo limitaba esta su visión al mundo que lo rodeaba. Se giró, apuntando con su linterna hacia detrás de él, hacia su camión y los oscuros edificios de más allá, pero no había nadie. Lo único que se veía eran los rastros de dos huellas. Las suyas, recién hechas que llevaban a la valla, y las otras más pequeñas, que se dirigían al interior del recinto. Para mirar detrás de él tuvo que dar la espalda a la valla, y sintió su amenazante oscuridad. Movió de nuevo la linterna e iluminó el acero cortado que formaba el agujero.

Las instrucciones del protocolo de emergencias por fin emergieron en su cabeza y lo impulsaron a la acción. Se puso en contacto con la radio, manteniendo la voz baja, y utilizando las palabras clave que insistía que todo el personal de seguridad aprendiera para una ocasión como ésta. Pero Miguel no las conocía, o se negaba a creerle. Tuvo que recurrir a insultar al pobre hombre.

—Comprueba todas las cámaras. Hay un agujero de dos metros en la jodida valla. Ah, y llama a la policía. Diles que vengan aquí ahora mismo. — Metió la radio en el bolsillo y, por segunda vez en su carrera de agente de seguridad, sacó su pistola.

Puede que no hubiera disparado nunca a nadie con su arma, una pistola semiautomática Glock, dentro del recinto, pero practicaba con ella todos los meses, y su tacto familiar le resultaba reconfortante. Pero el agarre de la pistola no era el adecuado a través de la lana de sus guantes, y se los quitó, se cayeron a la nieve sin darse él cuenta. Su mente estaba enfocada; la conmoción y el miedo que había sentido antes se desvanecieron dejando en su lugar tan solo la ira y la necesidad de actuar. Una rabia que se incrementaba al pensar en la invasión de su territorio. Se dirigió con rapidez hacia su camioneta, sin preocuparse de borrar sus propias huellas pero evitando pisar las del desconocido intruso por si eso pudiera alertarle de su presencia, fuera quien fuera.

Cuando llegó a su camioneta, dudó. Había llegado el momento de decidir.

Keith le había dicho a su esposa que su trabajo no era peligroso. No había nada en el recinto que valiera la pena robar, y él estaba ahí tan solo para disuadir, un requerimiento que exigían las exageradas normas de protección medioambientales. Sus jefes habían dejado claro en numerosas ocasiones que si entraba alguien tenían que alertar a la policía y vigilar la situación desde la seguridad de la sala de control. Había que tener en cuenta las condiciones de las aseguradoras que no querían héroes de pacotilla.

Y sin embargo, sus muchos años de servicio le habían ayudado a sentirse unido al lugar. Por lo que, llegado el momento, no le cabía ninguna duda de que actuaría para defenderlo. Se detuvo un instante, lo suficiente para sujetar su linterna de manera temblorosa junto al cañón de la Glock y poder disparar hacia el charco de luz amarilla. Las pequeñas nubes blancas de su aliento le ocultaban la vista. La nieve ya no le parecía hermosa, sino amenazante ya que ofrecía protección a un adversario desconocido. Sujetó el arma con fuerza y continuó siguiendo las huellas hacia los edificios.

Las huellas llegaron a un muro donde se dividieron, continuando en dos direcciones. Por un segundo no pudo entenderlo, pero luego pensó que el intruso debía de haber ido en una dirección y luego había cambiado de opinión, había vuelto y procedido a ir en la otra. Es decir, que estaba a su izquierda o a su derecha. Miró hacia abajo, intentando leer las huellas, pero no era un maldito indio. Se decidió por el camino de la derecha, el que llevaba a la entrada principal del edificio. Le temblaban las manos, del frío, pensó mientras la Glock repiqueteaba contra la linterna. A unos diez pasos vio algo, no era un hombre sino algo más pequeño. Se giró, comprobando la zona que le rodeaba para asegurarse de que nadie se acercaba por su espalda. No había nadie. Se dio la vuelta. ¿Qué era ese bulto? ¿Una mochila? Se acercó un poco más.

A Keith le latía el corazón con fuerza. Era casi emocionante. Sentía que sus pies flotaban sobre la nieve. No cabía duda de que era una mochila, que habían colocado en la puerta de la sala del generador bajo una especie de porche abierto, por lo que había menos nieve. Aun así, estaba cubierta de nieve y se agachó para quitársela, sorprendiéndose de lo fría que estaba. ¿Dónde diablos estaban sus guantes?

Dos veces al año, la empresa lo enviaba a cursos en los que les planteaban situaciones: el protocolo para una protesta más allá de la valla, qué hacer en caso de un corte de electricidad o de una incursión en barco en la zona balizada las cuales ocurrían con bastante frecuencia en verano cuando había turistas. Pero ¿qué hacer si alguien atravesaba la valla y dejaba su mochila contra la puerta de la sala del generador? Eso no lo habían practicado, lo que significaba que Keith tenía que tomar su propia decisión. Pero para entonces, y aunque el gran guardia de seguridad no lo sabía, no había una decisión correcta. Ya lo estaban observando. Mientras Keith apuntaba con su luz a la mochila, una figura, oculta por la oscuridad, había doblado la esquina a unos cuarenta pasos de distancia. El guardia de seguridad fue a recoger la mochila del suelo y notó que pesaba bastante. Dudó ahora y sacó de nuevo su radio.

En la oscuridad, la otra figura levantó una mano. La pantalla de un teléfono móvil se iluminó de manera tenue, con el brillo al mínimo.

—Miguel. Hay una especie de paquete aquí, junto a la sala del generador. No logro ver lo que es. —El guardia de seguridad abrió la parte superior de la mochila y enseguida retrocedió con brusquedad en lo que sería su último movimiento antes de exclamar sus últimas palabras.

—Ay, Dios. ¡Creo que es una bomba!

En el siguiente segundo, la detonación lo desgarró. Un enorme destello amarillo anaranjado iluminó todo el recinto, convirtiendo la nieve en oro, pero fue un espectáculo que Keith nunca vería. Su pesada chaqueta, que tan buena protección ofrecía contra el frío, fue inútil contra el feroz metal volador. Le desgarró el torso, le quitó los brazos, le desolló las piernas y le abrió la cabeza en dos.

Cuando se desvaneció la luz, hubo tiempo suficiente, si alguien hubiera estado mirando, para ver la sangre que yacía carmesí y sucia sobre la nieve blanca y pura.

CAPÍTULO DOS

EL TELÉFONO MÓVIL, que vibraba sobre su mesilla de noche, despertó a Jessica West de su sueño, pero aunque todavía se desprendía de ella cuando alcanzó el aparato, ya había olvidado de qué se trataba. Tampoco le importaba. La luz de la pequeña pantalla era tan brillante que le hacía daño a los ojos, aun así distinguió el nombre de la persona que llamaba: Black.

—¿Qué pasa? —logró decir, todavía con sueño.

—Ha habido otro.

Se incorporó un poco en la cama, pero no mucho, ya que hacía frío fuera.

—¿Otro qué?

—Otro ataque.

Los restos del sueño la golpearon ahora, algo sobre lanzar un palo a un perro, aunque, y eso era extraño, estaba dentro de un centro comercial vacío. Aún más extraño, ella no tenía perro.

—¿No puede esperar hasta mañana? —Los habían asignado para trabajar juntos en una serie de ataques a plantas químicas y eléctricas de la zona. En teoría, eran casos de terrorismo doméstico, pero en la práctica eran de tan bajo nivel que no justificaban una llamada en mitad de la noche.

—No. En este ataque han matado a alguien.

Los ojos de West se abrieron un poco más. Se incorporó del todo, de repente alerta.

—¿A quién?

—A un guardia de seguridad. Supongo que estaba allí en el momento equivocado.

—Joder. ¿Seguro que está muerto?

—Seguro, los setecientos pedazos de él…

West soltó una palabrota y continuó.

—¿Dónde ha sido el ataque?

—Puede que esta parte te guste, pero te lo contaré de camino al aeródromo.

—¿Al aeródromo? ¿Dónde estás?

—Estoy justo en la puerta de tu apartamento. Abrígate bien, hace un frío de mil demonios.

La llamada se cortó y West parpadeó en la oscuridad por un momento. Luego se levantó de la cama y buscó a tientas algo de ropa. Mientras se vestía, recordó lo que había dicho su compañero, y se puso varias capas más.

Fuera, la calle estaba silenciosa y parecía desierta, hasta que Black encendió las luces del todoterreno negro. Sí que hacía frío, pensó, mientras cruzaba la calle, pero la previsión de nieve no se había materializado.

—¿Por qué nos dan un avión? Cuestan miles de dólares por hora —preguntó West al subir. Se fijó en la lectura del reloj digital del salpicadero: las tres y veintisiete de la madrugada. La temperatura, cero grados. Hacía mucho frío. Ajustó la calefacción, poniéndola más alta, mientras Black arrancaba el motor.

—Porque no tendrán barco, supongo. Aunque no te emociones, no va a ser un jet privado.

West ignoró el comentario.

—¿Cómo sabemos que es el mismo tipo?

—Es el mismo modus operandi: una planta química pequeña, las mismas piezas curvas de acero inoxidable, bomba en una mochila. Todo coincide.

—Excepto que esta vez han matado a alguien.

Black hizo con su mano la forma de una pistola y fingió que la disparaba.

—Todo menos eso.

West también ignoró ese gesto.

—Entonces, ¿a dónde vamos a volar?

—Ah, es un lugar que te va a resultar familiar, creo. —Black sonrió al tener información que ella no tenía, pero no se aferró a su secreto por mucho tiempo. No era prudente—. ¿Recuerdas la isla de Lornea? Me contaste que trabajaste en un caso de asesinato allí, antes de empezar en la Agencia.

—¿La isla de Lornea? —West guardó silencio por un momento, mientras los detalles volvían a su mente—. Sí, me acuerdo.

—Pues allí es donde ocurrió. Qué suerte, ¿no?

Y con eso Black arrancó el coche y se alejaron de la acera.

* * *

Black tenía razón acerca del avión. Cuando llegaron al aeródromo que utilizaba la Agencia los dejaron entrar sin demora y los dirigieron a la pista donde los esperaba un avión de hélice con las luces encendidas y la puerta abierta. Había dos pilotos a bordo, haciendo sus comprobaciones previas al vuelo. Esperaron diez minutos hasta que otros dos agentes se unieron a ellos, también con destino a la isla de Lornea, pero para un caso distinto, la Agencia tenía que aprovechar sus recursos al máximo al fin y al cabo. Entonces la puerta se cerró y el avión rodó hasta el final de la pista.

El vuelo no fue largo, pero ya estaba amaneciendo cuando descendieron hacia la isla de Lornea que se veía con aspecto invernal. West, a quien no le gustaba volar, estaba preocupada por la posibilidad de que hubiera hielo o nieve en la pista, pero no dijo nada, pues no quería avergonzarse delante de sus compañeros. Todavía estaba en su primer año tras graduarse en la academia del FBI aunque, dado el tiempo que pasó como inspectora, tenía bastante más experiencia en investigaciones reales que muchos de sus compañeros recién graduados. Así que se limitó a ver por la ventanilla cómo el avión se deslizaba hacia un lado, cada vez más bajo, hacia la pista que, con suerte, estaba despejada.

—Espero que hayan equipado esto con trineos —dijo Black cuando bajaron a menos de seis metros de altura y el pequeño aeródromo de Lornea aún no se veía por las ventanas laterales. Pero entonces las luces de la pista de aterrizaje parpadearon bajo ellos, y apareció una estrecha franja de hormigón, con nieve amontonada a ambos lados: las máquinas quitanieves que la habían empujado allí debían de haber empezado a trabajar pronto. Rebotaron dos veces antes de que las hélices cambiaran de ángulo y se situasen contra el aire, rugiendo en señal de protesta mientras frenaban el avión.

Fuera del avión encontraron un coche esperando y West fue la primera en coger las llaves.

CAPÍTULO TRES

CUANDO LLEGARON A SU DESTINO, a treinta minutos en coche del extremo norte de la isla, el sitio estaba ocupado por la policía local. West se preguntó si se acordaría de alguna de las caras pero, aunque los uniformes le resultaban familiares, no había nadie a quien pudiera reconocer en realidad.

—¿Qué hay? —preguntó al inspector encargado del caso, un hombre llamado Jim Smith. West mostró su identificación y Black hizo lo mismo.

Smith los observó con detenimiento antes de responder.

—Tenemos a un guardia de seguridad que ha volado en mil pedazos. Era un hombre de la zona, un buen hombre —suspiró, mientras renegaba con la cabeza, y West recordó el ritmo de vida un poco más lento de la isla. Imaginó al inspector con un palillo en la boca, uno que mantenía allí todo el día.

—¿Le importa si echamos un vistazo?

Vaciló por un instante y luego asintió. Los guio, a través del aparcamiento del recinto sobre una nieve pisoteada por un centenar de huellas, hacia los edificios.

—¿Me dicen que ha habido una serie de ataques? —preguntó el inspector.

—Este será el séptimo —respondió Black—. Si se trata de nuestro hombre, claro.

—¿Y quién es su hombre?

—No lo sabemos. Suponemos que será un loco ecologista, pero es cuidadoso, así que no lo sabemos.

—Entonces, ¿por qué creen que es él?

—Porque el ataque ha sido a una planta química, sin advertencia y sin motivo obvio. La bomba estaba en una mochila, ¿y dijo que se encontraron grandes trozos de metal plateado alrededor de la explosión?

—Sí, y algunos incrustados en el cuerpo del guardia.

—¿Acero inoxidable?

—Sí. ¿Tienen alguna idea de lo que son?

—Tenemos una idea bastante buena.

El inspector se detuvo de repente.

—¿Y quiere compartir esa información, agente especial?

—Son trozos de olla a presión —interrumpió West, sabiendo cómo respondería su compañero a esto. El inspector se volvió hacia ella.

—¿Qué?

—Han usado una olla a presión de acero. A este tipo le gusta meter sus bombas dentro de ollas a presión. Al principio contienen la explosión, lo que significa que cuando por fin estallan, hay más energía y causan más daño.

El inspector frunció el ceño.

—¿Recuerda el atentado de Oklahoma? Estos son iguales. Igual fue ahí de donde sacó la idea.

El inspector Smith consideró la interrupción de Black, todavía sin moverse.

—¿Entonces tenía intención de matar con la bomba?

West dudó.

—Hasta ahora no lo ha hecho. Ha ido a por edificios de poco valor con una seguridad mínima, y siempre cuando están cerrados, cuando ya no hay personal trabajando. Ni siquiera parece querer causar demasiados daños, a juzgar por dónde ha puesto las bombas.

—Todo eso da igual ahora —intervino Black—. Si tenía intención de matar o no, el caso es que puso una bomba y voló a un tipo en pedazos. Lo que quiere decir que estamos tratando con un asesinato.

Smith miró a Black y luego volvió a mirar a West. La acción le dio un cierto aire de autoridad a West y ambos hombres esperaron a ver qué decía a continuación.

—Hay huellas por todas partes, ¿tenemos constancia de lo que había aquí antes de que ustedes aparecieran?

—Había dos guardias de servicio anoche. Keith Waterhouse, el tipo que murió, y un guardia más joven, Miguel López. López dice que Waterhouse informó que estaba siguiendo un rastro de huellas. Dijo que eran pequeñas pero que había estado nevando y estaban en parte cubiertas. Cuando oyó la explosión, López se asustó y corrió como un loco. Tenemos fotos del terreno, pero es un desastre.

—¿Dijo que las huellas eran pequeñas? —West miró a Black y sus cejas se alzaron.

—¿Pero nada de lo que podamos sacar un molde?

—Todo está cubierto de nieve.

—¿Qué hay de las cámaras de seguridad? ¿Han captado algo?

—Tenemos a varios agentes revisándolas, pero la administradora del complejo, una tal Claire Watson, dice que hay muchos carteles de cámaras de seguridad, pero en realidad no tienen muchas. Dice que aquí no hay nada que proteger.

Llegaron a la camioneta del guardia de seguridad que había fallecido, cuya puerta aún esperaba abierta como si fuera a volver a entrar y continuar su ronda. Los agentes de policía habían seguido el mismo camino a través de la nieve, dejando las huellas originales todavía visibles pero con los contornos suavizados por la caída de nieve fresca. Podrían pertenecer a cualquiera. Las huellas atravesaban la valla, donde a la luz del día era visible un gran agujero, y llevaban al edificio más grande del recinto.

—Las huellas en esta dirección conducen a través de la valla y a una depresión donde estaba aparcado un vehículo. Las huellas de los neumáticos vuelven a la carretera principal. Sin embargo, todo está cubierto por la nieve. No hemos sacado nada útil.

—¿Y las de la otra dirección?

—Llevan a donde estalló la bomba. Es un poco lúgubre.

Se giró y los guio en esa dirección, siguiendo la línea de huellas de la policía hacia un gran edificio bajo. El pórtico de la entrada estaba bastante dañado, partes de él colgaban sin fuerza, y varias ventanas estaban destrozadas. La nieve de los alrededores tenía un aspecto extraño, aplastada y despejada en parte, y pisoteada en otras. Había al menos seis personas trabajando, con el equipo de protección azul y blanco que llevaban los expertos forenses.

—Si quieren acercarse más, tendrán que ponerse el traje.

West observó durante un rato, asimilando la escena y tratando de reconstruir en su mente cómo debió de ocurrir. No era muy diferente de los otros lugares que había visitado donde habían explotado bombas. Solo pensar en lo que seguiría: una búsqueda infructuosa entre los escombros, recuperando fragmentos de bomba sabiendo que la habían construido con cuidado sin dejar rastro de material de identificación en ninguna parte y siguiendo una receta disponible gratis en Internet, la deprimió.

—No nos hace falta. Pero me gustaría hablar con la gerente que mencionó. ¿Se llamaba Claire?

—Clare Watson. Por supuesto, está junto a la sala de control. —Señaló hacia otro edificio, que tenía las luces encendidas—. Entren, yo iré en un minuto.

Black y West se dirigieron allí y abrieron la puerta, donde encontraron a una mujer de unos cuarenta años que acababa de colgar su teléfono móvil.

—¿Claire Watson? Soy la agente especial Jessica West, este es el agente especial Jason Black.

La mujer asintió. Parecía agotada.

—La policía dijo que iban a venir. Dijo que ha habido otros ataques como este.

—Eso es solo una posibilidad que estamos considerando en este momento —advirtió West—. ¿Podemos hacerle unas preguntas?

Watson asintió por segunda vez, observando un sofá bajo en la recepción.

—Parece cansada. Tomemos asiento. Hoy hemos madrugado mucho todos.

Antes de sentarse, Watson encontró una cafetera y la vació en tres vasos de cartón. Tenía un sabor amargo, pero el vapor que subía y se retorcía en el aire al menos prometía calor.

—¿Qué produce esta planta? —comenzó West, abriendo su cuaderno de notas y apuntando con su bolígrafo.

—Sobre todo resinas termoestables. —Los miró con la mirada en blanco. Black le devolvió la misma mirada.

—¿Qué significa eso exactamente? —preguntó West.

—Fonchem fabrica resinas para todo tipo de aplicaciones: abrasivos, adhesivos, productos químicos intermedios, revestimientos... lo que sea. —Dio un sorbo a su café antes de continuar—. Aquí hacemos algunos productos, pero muchos más en el continente.

—Y... —West hizo una pausa y pensó—, ¿es valioso lo que producen aquí? ¿Supone un riesgo para el medio ambiente? ¿Se te ocurre alguna razón por la que un terrorista podría haber elegido este sitio?

Watson también pensó por un momento, pero se quedó en blanco.

—Lo siento, no se me ocurre nada.

—No pasa nada. —West miró a Jason, era la misma historia que en los otros lugares de los atentados.

—Sin embargo, aquí están planeando una expansión de la fábrica — continuó Watson, de repente.

—¿Perdón?

—Fonchem, la empresa para la que trabajo, es la dueña de este sitio y quieren ampliarlo, duplicar su tamaño. Hay mucha gente de la zona que se opone a ello.

—¿Alguien en particular? ¿Ha habido alguna amenaza? —preguntó Black de inmediato, pero Watson negó con la cabeza.

En ese momento la puerta se abrió de golpe, y el inspector Smith entró, estampando sus botas en el felpudo y haciéndose sonar las manos. Buscó a los dos agentes y les hizo un gesto para que se acercaran.

—Disculpe, señora Watson —dijo West, mientras se levantaba.

Vio cómo Smith miraba su taza de café, que aún sostenía en la mano, así que se la ofreció al policía, y éste dio un gran trago.

—Gracias. Sus piezas de acero inoxidable, ¿dijo que las preparaban con cuidado? ¿Que nunca se encontraron restos forense en ellas? Ni ADN, ni huellas…

—Así es —Black se había unido a ellos ahora también—. Nuestro tipo es muy meticuloso.

—Bueno, esta vez no lo ha sido. Hemos recuperado una huella dactilar.

Los agentes del FBI se miraron el uno a la otra. Esto era completamente inesperado. Un avance que el caso llevaba esperando varios meses.

—¿Pueden comprobarla en la base de datos?

—Ya lo hemos hecho. Tengo los resultados aquí en el iPad. No estamos tan atrasados en la isla como ustedes, los del FBI, se piensan.

West se dio cuenta de que lo había tenido en la mano todo el tiempo, y ahora lo encendió.

—Tenemos un nombre y siento decir que se trata de un hombre de la zona. Bueno, más bien de un chico, solo tiene diecisiete años.

Antes de escuchar el nombre West sintió un extraño impulso, una especie de presentimiento. Como si ya supiera qué nombre iba a decir. Aunque fuera ridículo. Imposible, casi.

—El nombre es Wheatley, Billy Wheatley.

CAPÍTULO CUATRO

CINCO MESES ANTES

—¡VAMOS, papá! Tenemos que irnos.

Ya tengo mis cosas en la camioneta de papá, y he revisado dos veces la casa para asegurarme de que no se me olvida nada. No termino de creerme que no voy a regresar a casa en tanto tiempo. Papá está sentado a la mesa de la cocina, de espaldas a mí. Ha decidido que este es un buen momento para arreglar el pequeño motor fueraborda que encontramos abandonado al lado de la carretera. Tiene todas las piezas dispuestas delante de él. Pero en realidad solo lo hace porque no quiere que me vaya.

—Vamos, no puedo perder el ferri.

—Te podría llevar yo si no llegáramos a tiempo —responde papá.

—Ya me he comprado el billete, sería una pena.

Papá duda.

—Ya entiendo. —Vuelve a poner un par de piezas en la mesa y se limpia las manos en un trapo—. Entonces, ¿ya lo tienes todo?

—Sí, ya está todo en la camioneta.

—¿Tienes tu ordenador? ¿Los libros?

—Por supuesto que tengo mis libros —suspiro. Ni siquiera menciono el ordenador, es imposible que se me fuera a olvidar—. Te he dejado instrucciones de lo que hay que hacer con la campaña. La impresora está cargada de papel y preparada, así que voy a enviar por correo electrónico los carteles a medida que los haga y se imprimirán solos. Si pudieras cogerlos y ponerlos en todos los sitios que puedas...

—Sí, lo sé —responde papá, volviéndose ahora a mirarme.

Este es mi proyecto del momento. Hay una estúpida empresa de productos químicos en el norte de la isla que quiere expandirse, pero si lo hace destruirá una bahía protegida que es un vivero crucial para los caballitos de mar. Estoy tratando de concienciar a la gente para que no den permiso a la expansión.

—No se te va a olvidar ¿a qué no?

No responde durante un segundo, pero luego sacude la cabeza.

—Te lo prometo.

De repente me siento muy raro. Ya me pasó antes cuando estaba arriba en mi habitación al pensar que era la última vez que iba a ver a papá en varios meses. Miro a papá y creo que él está sintiendo lo mismo.

—Joder, Billy. No puedo creer que te vayas a la universidad. Así, de repente. Me parece que fue ayer… —Mira hacia atrás y se le llenan los ojos de lágrimas. Sacude la cabeza—. Me parece que fue ayer cuando correteabas por aquí, mi pequeño salvaje. Y ahora te vas de casa.

Al principio no respondo. Ni yo mismo me lo creo. Llevo mucho tiempo esperando este momento y por fin ha llegado.

—No me voy lejos —digo al final.

Levanta la vista y me regala una sonrisa.

—Un paseo en barco.

—Papá, cuando vives en una isla todo está a un paseo en barco.

No dice nada, así que continúo.

—Y tú tienes un barco.

El trabajo de papá hoy en día es llevar a turistas a ver ballenas y delfines. Yo también le ayudaba, aunque ahora ha aprendido a encontrarlos bastante bien por su cuenta, así que ya no me necesita, lo cual ha sido útil porque me ha liberado para que me pueda concentrar en mis proyectos. La campaña, y otros, ya sabes cómo soy.

El rostro de papá muestra una débil sonrisa. Luego empieza a palparse los bolsillos, como si buscara las llaves. En respuesta, se las tiendo.

—Toma. —Se las lanzo y él las pilla con las dos manos. Pero se lo piensa un segundo y de repente me las devuelve.

—Tú conduces, Billy.

Esto me sorprende. Tardé un tiempo en aprender a conducir, y choqué de manera accidentada contra algunas cosas: había un muro junto al supermercado que no vi, un árbol en un aparcamiento de Littlelea, y también un poste cuando daba marcha atrás, que estaba tan bajo que era imposible de ver. Total, que a papá no le gusta que use su camioneta así que este gesto tiene mucho significado.

Y quizá por eso, al salir de casa, me acuerdo de hace unos años, cuando era pequeño. Me encantaba ir en la parte trasera de la camioneta de papá, con la cabeza levantada hacia la brisa, y sintiendo cómo el viento me hacía tambalear las mejillas. No era esta camioneta por supuesto, antes tenía una Ford y esta es una Toyota. Es curioso como algunas cosas cambian y otras permanecen igual. Ahora me meto en el lado del conductor y espero a que papá se suba a mi lado.

—¿Estás seguro?

—Sí, pero mantén los ojos en la carretera.

Arranco el motor y lo pongo en marcha.

—Vas a estar bien, ¿verdad? —dice papá al rato. Estaba concentrado en la carretera así que me sorprendió la pregunta. Acabamos de cruzar el río que divide el extremo de Littlelea de la parte principal, donde se encuentra la ciudad turística de Silverlea. Ahora tengo que girar a la derecha en la carretera principal que lleva a Newlea, donde tenemos que hacer una parada.

—Por supuesto que estaré bien, Papá. En todo el país hay un millón de jóvenes que van a la universidad. ¿Por qué voy a ser yo diferente?

—Ya, pero los demás son un año mayor que tú.

La respuesta de papá me deja callado por un momento. He trabajado muy duro este último año para poder saltarme un año de instituto. No me pareció que valiera la pena quedarme aquí estudiando cosas que ya sabía, cuando sé lo que quiero hacer con mi vida. Más vale que me ponga manos a la obra.

—La Universidad de Boston tiene el mejor curso de Biología Marina del país. Eres tú quien me preocupa. Dejarte aquí solo…

—Bah, no te preocupes —sonríe Papá—. Tengo a Mila.

Milagros es la última novia de papá. Descubrió una plataforma en el móvil hace un año para conseguir citas, y pasó por unas cincuenta novias en el primer mes, pero esta parece haberse quedado. Es una tipa genial y me cae muy bien.

Seguimos conduciendo durante un rato y noto que papá mira a qué velocidad estoy conduciendo.

—Si de verdad quieres llegar, Billy, quizá debas pisar un poco el acelerador.

Decido no contestar, pero acelero un poco.

Llegamos a las afueras de Newlea y me salgo de la carretera principal hacia mi antiguo instituto. Justo antes de llegar, giro a la derecha y me meto por un pequeño callejón sin salida. En circunstancias normales tocaría el claxon o usaría el teléfono móvil, pero quiero salir del coche. Me siento inquieto. Papá me sigue y juntos subimos por el camino hacia la casa de

Ámbar. En la ventana de la habitación principal me complace ver mi último cartel «Salvemos a nuestros dragones de mar». Antes dije que eran caballitos de mar, y en realidad lo son, pero hay una especie que se da solo en la isla de Lornea y la gente de aquí los llama dragones de mar.

—Se está preparando.

Es la madre de Ámbar la que abre la puerta y cuando ve a papá le lanza una mirada de reconocimiento, como si supiera que no pueden decir mucho porque ambos están demasiado emocionados.

—Hola, señora Atherton —la saludo, y ella me dedica una sonrisa débil muy parecida a la que mostró antes papá.

—¿Es Billy? —Oigo la voz de Ámbar gritando desde las escaleras—. Ya voy, ¿puedes cargar mis cosas?

En el pasillo hay dos maletas gigantes y una enorme mochila. No sé para qué necesitará tantas cosas.

—Yo las cojo —ofrece papá, pero le echo una mano, y lo mismo hace la madre de Ámbar. Juntos, llevamos el equipaje hacia la camioneta y las metemos dentro. Luego nos quedamos mirando, como si estuviéramos admirando el gran trabajo que hemos hecho, o tan solo maravillados por el tamaño de los bultos. Pero en realidad es como antes, cuando nadie quiere decir nada porque todos estamos un poco tristes por lo que está pasando. El momento se rompe cuando la hermana de Ámbar sale corriendo de casa.

—¡Hola, Billy! —me dice, y su voz es tan pura y viva que por un segundo siento lo que papá y la madre de Ámbar deben de estar pensando, que este es el fin de una era y que ya no vamos a ser los mismo cuando volvamos a vernos.

—Hola Gracie —respondo. Ya tiene ocho años, pero aún lleva su conejo de peluche a todas partes. No le gusta soltarlo después de lo que pasó el año pasado.

—Me gustaría que no tuvieras que irte Billy —dice Gracie. En ese momento, Ámbar aparece en lo alto de la escalera con otra maleta.

—Ya lo sé —respondo—. Pero voy a volver dentro de nada. Y si vienes de visita puedo llevarte al acuario. Conozco al gerente de allí.

Gracie no parece tan ilusionada con mi oferta como me esperaba, y me alegro de que Ámbar baje en este momento.

—Hola —dice sin aliento—. ¿Ya estás listo? No quiero perder el barco.

Tengo la intención de responder, pero de repente no creo que pueda, así que en su lugar miro alrededor de su pasillo por un segundo, sin hacer contacto visual con nadie. No me puedo creer que no vaya a ver esta casa durante tanto tiempo. No termino de creerme que de verdad me vaya a ir. Pero Ámbar no parece sentir nada.

—¡Vamos! —dice, y me guía hacia el exterior.

Ámbar no va a ir a la universidad conmigo, ya ha ido, aunque no a una universidad de verdad como la de Boston. Hizo un curso de diseño gráfico aquí en la isla de Lornea, pero el problema es que aquí no hay mucho trabajo así que se ha buscado uno en Boston. Por pura casualidad, su trabajo empieza a la vez que el semestre de otoño, y no le pilla muy lejos de donde yo voy a estudiar. Por eso salimos de viaje juntos hoy. Y por cierto, debería admitir que fue Ámbar quien hizo el diseño del cartel. Aunque yo escribí el texto, lo cual demuestra que somos un buen equipo.

—¿Cómo vas a trasladar todo eso a tu nuevo apartamento? —le pregunto, mientras ella arrastra la tercera maleta hasta la camioneta. —Tienes un montón de equipaje.

—Pues verás, Billy… Hoy en día tienen estos nuevos inventos llamados taxis. —Inclina la cabeza hacia un lado y me mira—. ¿No lo sabías?

Hay un momento un poco incómodo cuando tenemos que despedirnos de la madre de Ámbar. Ella abraza a Ámbar, y luego viene a abrazarme a mí también, pero no me importa porque me cae bien. También le da un abrazo a papá. Entonces vuelvo a la camioneta y Ámbar salta detrás de mí. Papá protesta y le dice que se siente en el asiento del copiloto, pero ella ya está dentro, y se inclina hacia delante entre los dos asientos delanteros.

—No te choques con el poste de la puerta esta vez, Billy —me dice mientras papá se sube al coche.

—Como tú digas —respondo, y le doy un buen rodeo para asegurarme de que no lo hago.

Se tardan unos veinte minutos desde la capital de la isla de Lornea, Newlea, que está más o menos justo en el centro, hasta el puerto principal de Goldhaven, que está a unas tres cuartas partes al oeste de la isla. Y, a pesar de que ya es casi septiembre, la isla sigue llena de turistas, así que intento conducir lo más rápido posible. Aun así, pillamos tráfico con turistas que conducen con lentitud mientras disfrutan de las vistas.

—Vamos un poco justos —dice Ámbar, y yo miro el reloj en el salpicadero de la camioneta, un poco sorprendido. Con lo tarde que salimos de casa y el tiempo que nos entretuvimos para recoger a Ámbar, y tal vez debido a mi forma de conducir, puede que igual perdamos el ferri después de todo. Por respuesta, piso el acelerador a fondo y, cuando llegamos a una recta, pongo el intermitente y salgo para adelantar al coche de delante. No es la recta más larga del mundo, y cuando ya voy por la mitad del adelantamiento, aparece un coche por la curva de delante que se dirige hacia nosotros. Debería frenar e incorporarme de nuevo a mi carril, pero no lo hago. En lugar de eso, piso más a fondo el acelerador. Puede que la camioneta de papá sea nueva para nosotros, pero eso no significa que sea de primera mano, y no tiene la potencia que esperaba así que no nos aceleramos hacia adelante. Durante un instante creo que no lo vamos a conseguir y casi me entra el pánico, pero entonces veo que me he equivocado y que, en realidad, tenemos espacio de sobra. Bueno, más o menos. Cuando el coche pasa, enciende las luces y hace sonar el claxon. El sonido se distorsiona al pasar por mi ventana.

—Efecto Doppler —digo, a nadie en particular.

—Gracias por la explicación, Billy —responde Ámbar con firmeza—. Me va a venir bien cuando esté muerta en la cuneta.

Papá tan solo levanta un poco las cejas.

Goldhaven es bastante pequeño. Se ve el ferri desde la entrada del pueblo. Supongo que el hecho de que siga ahí es buena señal, pero aun así conduzco hasta la parte delantera del aparcamiento donde se dejan a los pasajeros de a pie. Pero entonces papá me dice que vaya más allá, hasta la caseta donde tienes que registrarte si vas a hacer la travesía con tu coche. La camioneta de papá no va a cruzar, por supuesto, pero es la única manera de que lleguemos a tiempo con las maletas de Ámbar. Cuando bajo la ventanilla para hablar con la mujer de la cabina, él se inclina para explicarle que vamos mal de tiempo y, tras un momento de duda, nos deja pasar. Hay mucho espacio en el muelle, porque todos los coches y camiones que van en el barco ya están a bordo, así que puedo parar justo al lado de la entrada de pasajeros a pie. En cuanto que paro el coche, papá salta y saca las maletas de Ámbar de la parte de atrás y saluda al operario del ferri que está esperando junto a la pasarela, una pasarela de acero que conecta con una puerta en el lateral del ferri. El tipo baja a comprobar nuestros billetes, y parece un poco sorprendido por todas las bolsas de Ámbar, y las mías. Y mi bicicleta.

—Tenéis un minuto para subir todo eso a bordo —nos avisa. Y no discutimos. Tenemos que hacer dos viajes cada uno, pero conseguimos cargarlas todas dentro del ferri. Luego volvemos a salir al muelle. Ámbar le da un abrazo a papá y entra con las últimas maletas. Así que quedamos solos papá y yo.

—Bueno Billy, supongo que esto es todo —dice, y su voz suena entrecortada, como si se estuviera ahogando. No quiero mirarlo, pero tampoco quiero no mirarlo.

—Daos prisa, por favor, tenemos que guardar la pasarela.

Me doy la vuelta para ver al operario del ferri con su chaleco amarillo de alta visibilidad y su radio, chasqueando. Me vuelvo hacia papá.

—¿Estás seguro de que estarás bien?

Papá asiente con la cabeza y me da un fuerte abrazo.

—Ven aquí, Billy. —Siento que me abraza con más fuerza, apretándome hacia él. Hoy en día yo también estoy fuerte y le devuelvo el apretón, parpadeando para alejar las lágrimas de mis ojos.

—Venga, por favor. Ahora o nunca —grita el operario del ferri. Se le ha unido un colega y de repente caigo en que no van en el barco con nosotros. Están esperando a que suba a bordo para tirar de la pasarela y dejarla en el lado del muelle. Asiento con la cabeza y después de un segundo suelto a papá.

—Pórtate bien Billy. Y no te metas en líos —me dice papá. Yo esbozo una media sonrisa. Me doy la vuelta con rapidez y subo corriendo la rampa metálica hacia el ferri, que al ser metálica hace que resuenen mis pasos con fuerza. Cuando entro en el casco del transbordador, lo desenganchan y la pasarela cae, sostenida por los cables de acero de una grúa. Ya nos estamos moviendo. Solo entonces oigo la voz de papá detrás de mí.

—¡Billy! —grita. Parece un poco desesperado de repente, como si la situación fuera demasiado para él. Grita algo más, pero no puedo oírlo con el ruido de los enormes motores en marcha.

Papá se lleva las manos a la boca y lo intenta de nuevo.

—¡Las llaves! —grita, y luego hace un movimiento de encendido con las manos. Aprieto la mano contra mi bolsillo y siento que las llaves de la camioneta y de casa siguen ahí. Pero a estas alturas la rampa ha desaparecido por completo, y ya la distancia entre el ferri y el muelle se está ampliando. Si me llevo las llaves de papá, se quedará atrapado aquí, sin poder volver a casa. Llevo la mano hacia atrás para lanzarlas al otro lado, pero no lo hago. ¿Qué pasa si fallo? Caerán al agua que se arremolina debajo de nosotros, de donde no se podrán sacar, y de todos modos no son resistentes al agua, al menos la de la camioneta que tiene una batería para poder abrir a distancia. Tal vez pueda apretar el botón desde aquí para abrir la puerta que papá espere dentro a un cerrajero. De repente, el ferri da un bocinazo que me despeja la mente y me hace olvidar la estúpida idea. Miro hacia abajo, al agua negra, arremolinada y espumosa por el girar de las hélices, y luego a la distancia hasta el muelle, que crece con cada segundo que me demoro. Vuelvo a estirar el brazo y esta vez lanzo las llaves al vacío. Durante un segundo, más o menos, quedan colgadas, retorciéndose en el aire, y entonces la mano de papá se alza y las agarra.

—¡Bien hecho, Billy! —grita papá, y deja escapar un grito. Los dos trabajadores del muelle también aplauden con guasa, y yo sonrío, pero entonces me dicen que me aleje de la puerta y ésta se cierra delante de mí, así que no puedo ver nada más. Me apresuro a ayudar a Ámbar a arrastrar las maletas hasta el almacén, y luego fuera, a la cubierta, y me decepciona ver que la camioneta de papá ya no está. Pero entonces veo que ha dado la vuelta para ver partir el barco desde el extremo del brazo del puerto. El ferri pasa tan cerca que puedo oír lo que grita cuando pasamos por su lado.

—¡No te metas en líos!

Saludo con frenesí con la mano y luego recuerdo algo.

—¡Cuida a La Carolina por mí! —grito, y me devuelve la sonrisa, y levanta la mano, en el gesto de los pulgares hacia arriba.

Entonces el brazo rocoso del puerto desaparece y es sustituido por un mar animado, azul rematado con crestas de blanco, que baila a la luz del sol. Ya no oigo a papá. Pero detrás de nosotros veo el rojo del camión encogiéndose en la distancia de nuestra estela, y durante mucho tiempo no se aleja.

CAPÍTULO CINCO

PERMANEZCO en la popa del ferri observando la isla durante mucho tiempo. En realidad no desaparece: se puede ver el continente desde Lornea, y viceversa, al menos los días despejados, pero los rasgos desaparecen, y hay algo metafórico en ello. Cuando estás en Lornea ves las cosas que pasan en el continente, pero no te das cuenta de los detalles. Eso es lo que tiene de especial.

—Venga, ¿quieres comer algo? —me pregunta Ámbar, y me sorprendo porque casi había olvidado que estaba aquí, conmigo.

Vamos a la cafetería y Ámbar hace cola para comprar dos cafés, mientras yo me siento y saco de la mochila los sándwiches que hice antes. Voy a tener que ser muy cuidadoso con el dinero; bueno, voy a tener que aprender a ser cuidadoso ahora que estoy en la universidad, porque todo es muy caro, y aunque a papá ahora le va muy bien el negocio de avistamiento de ballenas, el barco sigue siendo en su mayoría propiedad del banco. Por desgracia no tuve mucho tiempo esta mañana, así que mis sándwiches son un poco sosos.

—Toma. —Ámbar se une a mí y me desliza un plato con un sándwich de mucho mejor aspecto, y un café.

—Ya tengo uno que me hice en casa —le digo, un poco confuso.

—Ya lo sé, Billy —me sonríe—. Me preocupaba un poco que me hubieras hecho uno a mí también. —Su sonrisa se vuelve sarcástica y se sienta. Le da un gran bocado a su sándwich y lo mastica con placer. La observo y pienso en la suerte que tengo de que se venga a Boston al mismo tiempo que yo.

El ferri tarda cuatro horas que pasan con demasiada rapidez. En nada de tiempo estamos pasando por pequeñas islas cubiertas de aves marinas y con veleros por todas partes, barcos de contenedores, aviones que despegan y aterrizan en el aeropuerto, y delante de nosotros el horizonte de una ciudad de verdad, no como Newlea. Empiezo a sentirme nervioso de nuevo. Luego nos acercamos aún más, de modo que podemos ver el muelle donde va a atracar el ferri, y de repente estamos allí mismo. Se oyen todo tipo de gritos y estruendos y el barco se tambalea al reducir la velocidad. Por fin el ferri está en el atracadero, y entonces se abren las puertas. Tenemos que hacer cola para bajar, y somos casi los últimos en hacerlo, debido a todo el equipaje que lleva Ámbar. Encontramos un carrito para equipajes en el muelle por lo que podemos llevarlo todo hasta la parada de taxi. Pensaba que aquí nos íbamos a despedir, pero Ámbar tiene una idea mejor y compartimos un taxi, un minibús, para meter todas nuestras maletas, además de mi bicicleta. Le doy al conductor la dirección de mi alojamiento y nos sentamos a ver cómo se desliza la ciudad tras los cristales, con lentitud a causa de todo el tráfico.

He optado por alquilar una habitación en una de las residencias para estudiantes de la zona. No estaba muy convencido con la idea, pero papá me dijo que me asegurase de estar en todo el meollo para estar al tanto de lo que pasa, aunque él no lo sepa con certeza porque nunca fue a la universidad.

—¿Eres estudiante de primer año? —me pregunta el conductor al girar en una calle que me resulta familiar por las fotos de la página web de la universidad.

—Sí. —Asiento con la cabeza. Él conoce la zona mucho mejor que yo y al poco nos detenemos en la acera. Frente a nosotros hay un edificio de tres plantas de aspecto moderno.

—¿Quieres entrar y echar un vistazo? —le pregunto a Ámbar, y me doy cuenta de que quiere hacerlo.

—¿Podría esperar? —le pregunta al conductor.

—Tengo el contador en marcha —responde el taxista.

Ámbar frunce el ceño. Ella también está mal de dinero, al menos hasta que reciba su primera paga.

—Ah, qué más da. Cogeré otro taxi más tarde.

Así que sacamos todas las maletas y las ponemos en la acera, pagamos al taxista y este se marcha. Entonces Ámbar mira con expectación y me doy cuenta de que no sé cómo voy a entrar. Todavía no tengo la llave. Tengo que rebuscar en la mochila para encontrar la carta de la universidad, y me doy cuenta de que tengo que ir a la oficina de alojamiento. Por suerte, en la carta hay un mapa que indica dónde está, y ya que tengo mi bicicleta solo tardo dos minutos en llegar. Una vez allí tengo que mostrar mil documentos de identidad, y firmar cien veces con mi nombre, pero por fin el recepcionista me da un juego de llaves, una para entrar en el edificio y otra para mi habitación. Cuando vuelvo, no veo a Ámbar por ningún lado.

Un poco confundido, uso una de las llaves para abrir la puerta del edificio y, una vez dentro, veo que todas las maletas de Ámbar están en el pasillo. Subo las escaleras y hay tres puertas delanteras para tres apartamentos. La número doce, que es la mía, ya está abierta. Entro y encuentro a Ámbar, en una cocina-comedor súper básica, charlando con un tipo pelirrojo.

—Hola Billy —me dice—. Este es Gary, tu compañero de piso. —Ámbar sonríe y Gary se acerca a mí y me da la mano. Tiene un grano en la barbilla que parece a punto de estallar.

—¡Hola! Me alegro de conocerte, colega. Lo vamos a pasar de puta madre, ¡ya verás!

Charlamos un rato, bueno, sobre todo charla Gary, que no para de hablar de todas las fiestas a las que vamos a ir y de lo increíbles que van a ser. Al parecer, tiene un hermano mayor aquí, que le ha contado con pelos y señales lo que pasa el primer año. Entonces Ámbar sugiere que veamos mi habitación. Creo que lo hace para librarse de Gary, pero está claro que él no se da cuenta, ya que nos sigue. Abro la habitación número tres con mi llave. Dentro hay una cama individual, una cómoda y un escritorio. Se parece un poco a una celda de una prisión.

—¡Qué vistas más chulas! —exclama Gary, que ya está en la ventana—. Mucho mejores que las mías.

Yo también echo un vistazo, pero en realidad no hay muchas vistas. Los árboles que bordean la avenida bloquean la mayor parte de la vista, y aunque no lo hicieran solo habría edificios. No se parece en nada a la vista que tengo desde mi habitación en casa, donde puedo ver las siete millas de la playa de Silverlea. Me invade una ráfaga de nostalgia.

Y eso se agrava cuando, unos minutos más tarde, Ámbar dice que será mejor que se vaya, ya que todavía tiene que encontrar su propio apartamento. Me ofrezco a buscar una compañía de taxis de Boston, porque los números de la isla de Lornea que tengo guardados en el teléfono no funcionan aquí, pero Gary vuelve a intervenir y sugiere que llame a un Uber. Creo que incluso Ámbar piensa que esto es genial porque en la isla de Lornea todavía no tenemos de esos. Cuando bajamos, el coche ya está esperando, y Gary y yo le ayudamos a cargar las maletas. Luego me da un abrazo y me dice que me verá pronto. Se sube al coche y Gary y yo la vemos alejarse.

—Guau Billy, ¡qué buena está! —Me giro y veo que Gary niega con la cabeza, como si fingiera que no se lo puede creer—. Oye, ¿es, a ver cómo lo digo, sois… estáis? Ya sabes…

—¿De qué hablas? —pregunto confundido.

Cierra el puño de una mano y mete y saca un dedo de la otra.

—A ver, ¿estáis follando?

—¿Qué? ¿Ámbar y yo? —No estoy muy impresionado con Gary hasta ahora.

Le echo una mirada y me giro para volver a entrar, aunque siento que me sigue por las escaleras.

—Entonces, ¿hay alguien a quien estés viendo? —insiste, quedándose un momento en la puerta de mi habitación.

No le respondo, pero en lugar de volver a la cocina, o a su propia habitación, entra.

—Yo estaba saliendo con una chica, bueno, más o menos saliendo —dice, y se sienta en mi cama, justo cuando estaba a punto de poner mi mochila ahí para empezar a deshacer la maleta—. A ver, en realidad estábamos, ya sabes, solo follando de vez en cuando.

—¿Podrías bajarte de la cama, por favor?

—Pero terminamos —continúa Gary—. Ya sabes, ella se fue a Berkley y con la distancia y demás… —Se levanta cuando echo la maleta a la cama y por fin se da cuenta de que iba en serio—. Pero no estoy preocupado. A ver, llevo aquí solo un día y está todo lleno de pibas. Tías por todas partes a cuál más buena. —Ahora está sentado en mi escritorio, recostado en mi silla. —Lo vamos a pasar muy bien.

—Eso es bueno—. Pienso en decirle que necesito el escritorio, para montar mi ordenador. Luego recuerdo algo que me dijo papá, que tengo que esforzarme por hacer amigos, aunque no me apetezca—. Estoy estudiando Biología Marina —le digo—. Elegí la Universidad de Boston porque tiene uno de los mejores cursos de Biología Marina de todo el mundo. Y porque también está bastante cerca de casa.

El chico asiente y sonríe.

—*Supercool.* Estoy haciendo Derecho. ¿Quieres una cerveza? Tengo algo de marihuana también, no sé si fumas o no.

—¿Tú estudias Derecho?

—Sí. ¿Por qué?

Sacudo la cabeza.

—Por nada.

—¿Lío un porro o no?

—No. Pero gracias.

El tipo asiente de nuevo.

—Genial. Entonces voy a por las cervezas.

Al cabo de un rato se va, y yo empiezo a deshacer las maletas. Supongo que está nervioso, igual que yo, y esta es su manera de demostrarlo. Mientras se va, conecto mi portátil al Wi-Fi, pero no vuelve porque en ese momento llega otra persona al apartamento. Oigo a Gary hablando con él en la cocina. No me apetece salir a conocerlo, pero sé que al final tendré que hacerlo.

* * *

Es otro chico, un poco mayor que yo, y vestido con ropa deportiva. Gary ya le ha dado una cerveza y se las están bebiendo.

—Sí, apuesto a que van a ser tres chicas y tres chicos —dice Gary, y deduzco que se refiere a las seis habitaciones del apartamento. Entonces me ve, de pie en la puerta.

—Billy, este es Jimbo. Tiene la habitación número cuatro. —Me adelanto y nos damos la mano. Tiene un apretón muy firme, como si me estuviera probando. Gary me tiende una cerveza y esta vez la cojo, aunque sea solo porque necesito algo frío para aliviar el dolor de mi mano.

—¿Te gusta el deporte? —me pregunta Jimbo, y continúa antes de que conteste—. No tienes pinta de que te guste mucho, la verdad.

—No —empiezo a decir, pero no me escucha.

—Yo juego mucho al hockey, y cuando digo mucho me refiero a mucho. —Se ríe y se gira para señalar el hombro de su chándal, que tiene una insignia cosida. Me doy cuenta de que tiene la forma de un palo de hockey. Se vuelve para mirar lo que llevo puesto, unos pantalones de montaña (me gustan porque tienen bolsillos adicionales en los muslos, lo cual es útil para llevar cosas), mi mejor camisa de cuadros, y luego mira también a Gary, que lleva vaqueros y una camiseta y un jersey con el logo de la universidad de Boston. Parece decepcionado—. ¿Supongo que no jugáis al hockey?

Entonces la puerta principal se abre de nuevo y entra una chica, cargada de bolsas y con aspecto nervioso, y todos salimos en tropel a recibirla. Más tarde llega otra chica. Todo el episodio dura un rato, pero al final descubro que hay otros cinco miembros del apartamento. Son:

James (Jimbo) Drew, 18 años, de algún lugar cerca de Nueva York y aquí con una beca deportiva para estudiar Ciencias del Deporte. Lo cual no es una ciencia de verdad, ¿no? Él fue quien me dijo que le llamara Jimbo, pero aún no he decidido si lo haré.

Gary Musgrave, 19 años, de Dover, Delaware. Es cierto que está en el primer año de la carrera de Derecho.

Laura Collins, 18 años, de un pequeño pueblo en las afueras de Filadelfia. Ella tiene la habitación de al lado. Está estudiando Historia de Francia y tiene el pelo rubio y las tetas muy grandes. Y yo solito no me hubiera dado cuenta de este hecho (que sí que lo hice), Gary y Jimbo lo han mencionado al menos un millón de veces entre los dos.

Claire Leharve, que creo que es un nombre francés. Tiene 18 años y viene de algún lugar de Ohio. Estudia Literatura Inglesa y, cuando llegó, agarraba con fuerza un ejemplar de Cumbres borrascosas, como si el grueso volumen fuera a protegerla. En cuanto a su aspecto, es todo lo contrario a Laura: muy alta, muy delgada, y sin tetas. Ni Gary ni Jimbo pasaron mucho tiempo hablando con ella.

Sarah Ellingham, 18 años, de Connecticut. Estudia psicología. Tiene el pelo oscuro y creo que es bastante más guapa que Laura, aunque no de forma evidente. Es la que Gary dijo que era tímida, y supongo que lo es, porque aún no ha hablado mucho. Tal vez eso signifique que tiene aspectos interesantes de su personalidad.

Y luego estoy yo. Eso significa que soy el más joven de la casa (es un apartamento, no una casa, pero ya todo el mundo lo llama casa, así que voy a hacer lo mismo). Pero todos somos novatos, y novatas, para ser exactos. Nos quedamos un rato sin hacer nada útil, solo compartiendo pequeños detalles de los institutos a los que hemos ido y por qué hemos elegido venir aquí.

—He oído que hay una fiesta esta noche —nos dice Gary en un momento dado, y está claro que espera que todos vayamos—. Vamos a pillar unas cervezas antes de irnos.

Y entonces él y Jimbo se van juntos a la tienda a comprar más cerveza, porque ya nos las hemos bebido todas. Cuando se van, las chicas vuelven a sus habitaciones y yo, agradecido, hago lo mismo.

CAPÍTULO SEIS

PRIMERO VAMOS todos a un bar especial para estudiantes. Es enorme, y se tarda mucho en pedir cualquier cosa en la barra. Permanecemos juntos todos, porque somos las únicas personas que conocemos, pero la música está tan alta que no se puede hablar. Así que me paso el tiempo mirando a los demás estudiantes. No sé por qué, pero esperaba que tuvieran un aspecto diferente al de los demás estudiantes de mi instituto. Quiero decir, son un poco más grandes, pero todos llevan el mismo tipo de ropa, y me decepciona ver lo mucho que se parecen. Como si estuvieran interesados en casi las mismas cosas.

Al cabo de un rato, Gary recibe un mensaje en su móvil diciéndole donde es la fiesta, así que nos vamos todos para allá. Resulta ser en un apartamento idéntico al nuestro, solo que parece que los inquilinos llevan allí toda la vida. Han colocado algunos adornos, farolillos de papel de esos que venden en los supermercados, y la zona de la cocina está muy bien abastecida de alcohol. De nuevo, durante un rato, permanecemos todos juntos en la cocina, y tengo la sensación de que los demás están haciendo lo mismo. Entonces Jimbo ve a alguien del equipo de hockey y se acerca a su grupo, y todos observamos con un poco de envidia, excepto Gary, que sigue fingiendo que lo estamos pasando genial. Pero entonces las cosas mejoran un poco cuando una chica que se llama Kate (creo que vive allí) anuncia que todos tenemos que «abrir los extintores» de las latas de cerveza. No sé a qué se refiere, así que me explica que tenemos que hacer un agujero en la base de una lata de cerveza llena, agitarla muy fuerte y llevártela a la boca. Entonces, cuando abres la lata, toda la cerveza sale disparada hacia tu garganta, como si la disparara un extintor de incendios. No quiero hacerlo, pero Kate me obliga, y debo admitir que hace que sea bastante fácil beber la cerveza con rapidez. Supongo que el ambiente se relaja un poco después, y mis nuevos compañeros de casa desaparecen. Me topo con mucha gente y me aseguro de hacerles toda clase de preguntas, como qué están estudiando y por qué, pero luego como que se me acaba la conversación, y se van. A lo mejor es porque creen que parezco decepcionado cuando averiguo que no están está estudiando Biología Marina conmigo. A decir verdad, sí que me decepciona un poco.

Un poco más tarde, la pequeña sala de estar se convierte en una especie de pista de baile, aunque hay una gran diferencia entre cómo bailan las chicas (bastante bien) y los chicos (más bien parecen estar luchando o jugando al fútbol). Me recuerda a la colonia de focas que estudié en Australia, y miro a mi alrededor en busca de alguien a quien contarle esto, pero solo está Kate, y no me escucha sino que me coge del brazo y me arrastra fuera de la habitación hacia su dormitorio. Por un momento me hago una idea equivocada, pero enseguida veo que hay unas veinte personas allí dentro, escuchando música más relajada y fumando marihuana. Da unas palmaditas en el suelo a su lado y yo me siento en la alfombra, pero solo por ser educado en realidad, y para hacer un esfuerzo, como me dijo papá. Hay un límite de tiempo en el que puedes sentarte en una habitación llena de gente fumando porros y no fumar ninguno, antes de que empieces a cuestionarte si de verdad te merece la pena estar allí. Así que al final le doy a Kate un golpecito en el hombro y le digo que voy a volver a la sala. Me mira de forma extraña y se encoge de hombros. Por el retraso de las dos acciones, me doy cuenta de que Kate está bastante fumada.

En el salón sigue el baile y la pelea, aunque los chicos han pasado a destrozar la decoración. Ahora no encuentro a nadie de mi casa. Así que después de esperar lo que parece una cantidad de tiempo educada, salgo de la fiesta y me pongo camino a casa.

Así que esa es mi primera experiencia en una fiesta universitaria.

* * *

No soy el primero en levantarme a la mañana siguiente, Sarah ya está en la cocina haciendo tostadas. Me pregunta si me lo pasé bien anoche y le digo que estuvo bien, a lo que me mira de forma extraña. Entonces pienso que igual debería contarle que me recordó a la colonia de focas, por eso de que ella estudia psicología y todo eso. Pero no tengo la oportunidad porque abandona la cocina antes de que diga nada. Así que me pongo a limpiar en su lugar. La cocina está hecha un desastre. Hay cajas de comida para llevar abandonadas por todas partes y han colocado todas las latas de cerveza vacías en forma de pirámide en el poyete de la ventana. Lo recojo todo y lo tiro al cubo de la basura, que ya está a rebosar. Luego abro la nevera para coger mis sándwiches de ayer, pero no están.

—Joder, tío, vaya borrachera me pillé ayer.

Levanto la vista y veo a Gary con una bata medio abierta de manera que se le ven los calzoncillos. No me imaginaba que fuera de los que se pone batas.

—¿Has visto mis sándwiches?

—Qué va. Oye, anoche te piraste antes, ¿no? —Se sienta y se sujeta la cabeza con las manos por un momento. Luego levanta la vista—. Cuéntame, ¿sí o sí?

—¿De qué hablas?

—¿Que si triunfaste?

—¿Qué?

—¿Con Kate? No te dejó tranquilo en toda la noche, colega. ¿Le echaste un buen polvo?

Miro a Gary, sin creerme que vaya a tener que pasar un año entero de mi vida con alguien que hable así.

—No.

—Oh. —Parece decepcionado, pero luego un poco esperanzado—. ¿Y con alguien más?

—No.

—Mmmmm. —Se cierra la bata, por fin, y la ata—. Yo tampoco. Pero hay tiempo de sobra, ¿a qué sí, Billy? —Mira alrededor de la habitación, y creo que se da cuenta de que la pirámide de latas de cerveza ya no está, pero no dice nada, porque en ese momento Laura asoma la cabeza. Parece que tiene los ojos muy abiertos y una toalla que la envuelve desde la parte superior de los muslos hasta justo por encima de las tetas. Me da los buenos días y se da la vuelta para entrar en el único baño que compartimos.

El chico me da un codazo.

—Ay dios mío. Dime que las has visto. Dime que has visto esas tetas.

Dejo que Gary en la cocina fantaseando y vuelvo a mi habitación a revisar mis correos electrónicos. Hay uno de Steve Rose, el presentador del programa Tiburones de la televisión, bueno, el antiguo presentador. Trabajé con él en Australia haciendo un estudio de poblaciones de tiburones, y luego me ayudó cuando tuve que impedir que una banda de narcotraficantes asesinara a la hermana de Ámbar. Ahora se ha ido a vivir a Australia, pero me ha enviado un correo electrónico para desearme suerte, lo cual es muy amable por su parte. Empiezo a responder, pero me distraigo cuando llega un nuevo correo de la universidad. Lo abro y descubro que me han asignado un tutor del departamento de Biología Marina. Un profesor que se llama Lawrence Hall. No reconozco el nombre, lo cual es extraño, ya que me he estudiado de memoria la lista del personal del departamento de Biología Marina que vi en la página web de la Universidad ya que quería ver cuántos reconocía por los artículos de revistas que me he leído, pero no recuerdo a ningún profesor Hall. Puede deberse a un millón de motivos. Igual ha venido a trabajar aquí hace poco y la universidad no ha actualizado su página web desde entonces. Sí, eso será lo que ha sucedido.

Aun así, estoy bastante nervioso porque tener un buen tutor es muy importante. Él me va a orientar sobre las asignaturas que debo estudiar lo cual tendrá una gran influencia en mi futura carrera. Por eso, tener una relación sólida entre alumno y tutor es muy importante. Así que decido que, aunque mis clases no empiezan hasta dentro de unos días, voy a ir a presentarme al profesor Hall hoy mismo.

CAPÍTULO SIETE

EL EDIFICIO de Biología Marina está junto al puerto y al lado del acuario, un poco alejado de la parte principal del campus. Es bastante nuevo y está muy bien equipado, esa fue una de las principales razones por las que elegí estudiar aquí. Voy en bici, bordeando la orilla del río, y hace una mañana preciosa. Mientras pedaleo repaso las preguntas que quiero hacerle al profesor Hall acerca de qué artículos ha publicado y cuál es su especialidad.

Cuando llego, pongo el candado a la bicicleta y entro. Para ello tengo que escanear mi nueva tarjeta de estudiante, lo cual es bastante emocionante. El edificio tiene un aspecto ajetreado, con un montón de estudiantes y personal pululando por ahí, llevando carpetas y bebiendo tazas de café; en realidad es tal y como me lo imaginaba. Pregunto en la recepción dónde está el despacho del profesor Hall. La recepcionista mira en su ordenador y me dirige a la tercera planta. Así que tengo que elegir entre subir por las escaleras o utilizar el increíble ascensor con paredes de cristal que ofrece vistas al puerto. Está claro que llamo al ascensor.

Estoy solo cuando aprieto el botón, pero enseguida se me une un grupito de chicas. Quizá sea un poco peyorativo por mi parte llamarlo grupito, pero en realidad no hay otra palabra, no parecen científicas, y se comportan de forma muy femenina: riendo, susurrando cosas entre ellas y agitando el pelo como si estuvieran en un anuncio de champú. Todo esto me hace sentir un poco cohibido. Dentro del ascensor no puedo evitar oír de lo que hablan, de una fiesta que ha tenido lugar o que va a tener lugar pronto, no estoy seguro, y algo sobre un chico con el que una de ellas se está acostando. Tengo que imaginarme la última parte, ya que susurran muy bajito, pero está bastante claro. Cuando el ascensor se detiene en el tercer piso, salgo, y solo entonces me doy cuenta de que no me he fijado en las vistas. Así que me detengo junto a la ventana para echar un vistazo.

La vista es preciosa. Mucho más bonita que la de mi nueva habitación aunque, si me pongo exigente, quizá no tan buena como la de mi casa de Lornea. En cualquier caso, me gusta observar las islas de aquí, en la bahía de Silverlea no hay ninguna isla. Al cabo de un rato, me doy la vuelta y empiezo a buscar el despacho del profesor Hall, y tras lo que me parece kilómetros y kilómetros de pasillo, lo encuentro. Me entran los nervios de nuevo cuando llamo a la puerta.

Al principio no hay respuesta, y empiezo a pensar que tal vez debería haber mandado un correo electrónico primero, para concertar una cita, cuando de repente una voz responde desde dentro.

—¿Qué pasa?

No dice si debo entrar, ni nada más, así que después de un segundo vuelvo a llamar, y de nuevo la misma respuesta, solo que ahora la voz suena un poco más molesta.

—He dicho que qué pasa.

Así que esta vez abro la puerta un poco. Y dentro hay una visión francamente maravillosa. Es una habitación llena de estanterías, y un par de escritorios con ordenadores bastante buenos, y cubiertos de papeles y trabajos. Trabajos de verdad. Hay carteles en las paredes que muestran diferentes especies de pulpos y hay un tanque de cristal lleno de agua con algunos guijarros y hierbas marinas en el fondo. Entrecierro los ojos para intentar ver qué más hay allí.

—¿Sí? ¿Puedo ayudarlo?

Me vuelvo hacia el hombre del mostrador. El profesor Hall es casi como lo había imaginado. Es bastante mayor, tendrá unos cuarenta años, y está sentado en uno de los escritorios con un microscopio delante. Parece simpático a pesar de que lo he interrumpido, a nadie le gusta que lo interrumpan cuando están haciendo un trabajo importante.

—Profesor Hall —empiezo—, siento mucho molestarle sin cita previa, pero mi nombre es...

¡POP!

Dejo de hablar, sin saber de dónde viene el ruido, y también porque es evidente que no me está escuchando. En su lugar, está observando el tanque con atención y me doy cuenta de que hay algún tipo de camarón en él.

—¿Has oído eso?

—Pues...

—¿Sabías que hay más de quinientas especies de *Alpheidae*? Seguro que aún hay muchas más, pero que conozcamos seguro unas quinientas…

—¿*Alpheidae*? ¿El camarón pistola? ¿Los que disparan burbujas?

El profesor Hall levanta la vista, parece satisfecho.

—¡Sí! Excepto que no disparan burbujas sino que generan un vórtice de baja presión al chasquear su pinza con increíble rapidez, lo cual produce una onda de choque capaz de aturdir o matar a presas mucho más grandes. Mira esto.

Sumerge un palo de madera en el agua, acercándolo a donde el camarón está semienterrado en la arena, en el fondo del tanque. Por un momento no pasa nada, y luego: ¡POP!

Pasa más rápido de lo que puedo ver. El profesor Hall se dirige a un termómetro digital que tiene apuntando al tanque.

—La temperatura, en un área diminuta, es tan caliente como la superficie del sol. ¿No es increíble?

—Sí, lo es. ¿Está haciendo un estudio sobre ellos?

—En realidad no. —El profesor Hall levanta la vista y parece pensativo—. Sebastián es más bien una mascota. Aunque me lo estoy pensando. ¿Sabía que el ruido de los camarones chasqueadores es tan fuerte que puede interferir con el sonar marino?

—No, no lo sabía.

—Ah, sí. Son unos invertebrados muy interesantes. En fin —de repente sonríe—, ¿en qué puedo ayudarlo, joven?

Por un segundo no me acuerdo, pero luego lo hago.

—Yo solo… quería presentarme, soy Billy Wheatley. Uno de los nuevos estudiantes de su grupo de tutores de primer año.

La cara del profesor Hall se ensombrece un poco entonces.

—Ah no.

—¿Cómo dice?

—Serías mi estudiante si me llamara profesor Hall, pero no es así. Él y yo compartimos despacho, pero yo no soy él. —Articula las últimas palabras de forma muy individualizada, de modo que aunque no parezca que tenga sentido, lo tiene. Miro el otro escritorio de la habitación. Es muy parecido al suyo, pero sin la pecera.

—Ah, vaya, lo siento.

—No pasa nada. Si buscase al profesor Little, estaría en el lugar correcto, ya que ese sí soy yo. Pero yo no me encargo de estudiantes de primero. En cualquier caso, el profesor Hall acaba de salir, si es rápido podrá alcanzarlo. Estará en la cafetería.

—Ah, vale, gracias.

El profesor Little vuelve a sonreír, como indicando que no ha sido ninguna molestia, y se inclina de nuevo sobre su microscopio. Estoy a punto de echarme atrás y dejarlo solo, cuando me doy cuenta de que no puedo.

—Erm, una cosa más...

Levanta la vista del microscopio y, tras medio segundo de vacilación, me dedica la misma sonrisa.

—Déjeme adivinar, ¿quiere saber por qué he llamado Sebastián a un *alpheidae*? Bueno, es un nombre perfectamente decente para una gamba, ¿no cree?

—Erm, sí. Pero no es lo que quería saber. Me preguntaba cómo es el profesor Hall.

—Ah ya. Busca al joven con la camisa de flores hawaiana más llamativa de todo Boston. No tiene pérdida.

—Gracias.

—De nada. —Se vuelve hacia el tanque y, un poco a regañadientes, vuelvo a salir.

Esta vez voy por las escaleras, ya que necesito un poco de tiempo para estabilizarme. Todo es tan nuevo, y tan emocionante, y quiero causar una buena primera impresión al verdadero profesor Hall. Además, es solo un piso más arriba.

La cafetería es bastante grande y tiene cristaleras que rodean todo el edificio, pero no está llena. Habrá tal vez veinte personas. Me pongo a buscar a un hombre con camisa hawaiana, y como dijo el profesor Little, solo hay uno. Pero no puede ser el profesor Hall, porque este hombre es demasiado joven. Como, unos veinte años demasiado joven. Tiene el pelo largo y negro, lleva una cadena de oro alrededor del cuello y está sentado con las chicas que vi antes en el ascensor, que siguen riéndose todas juntas. Me quedo mirando confundido, y de alguna manera él debe notarlo, porque le llamo la atención. Entonces me sentiría mal si no le explicara por qué le estoy mirando. Así que avanzo.

—Disculpe, ¿es usted el profesor Hall? ¿El profesor Lawrence Hall?

—No —dice, y me invade una sensación de alivio.

Después de todo, me he equivocado. Lo cual es bueno, porque no hay manera de que este hombre sea mi tutor.

—Bueno, técnicamente lo soy, pero no me gusta el título. Me hace parecer demasiado serio, ¿me explico? —Se dirige a las chicas y les dice—: llamadme Lawrence. —Estas se ríen como lo hicieron antes en el ascensor. En ese momento siento sus ojos sobre mí—. ¿Y tú quién eres?

—Billy. Billy Wheatley. — En una especie de reacción automática extiendo mi mano. Él tan solo levanta las cejas así que continúo—: Estoy en tu grupo de tutoría.

Entonces le cambia la cara. Es como si entrara en pánico.

—Ay, joder. ¿Es ahora?

No entiendo de qué está hablando.

—¿Tenemos una tutoría ahora?

—¡Ah! No. No es hasta la semana que viene. Es el próximo miércoles a las tres de la tarde.

—¡Gracias a Dios! —Parece aliviado y sonríe. Tiene una buena sonrisa, y lo sabe, me doy cuenta por la forma en que se gira para asegurarse de que las chicas lo vean sonreír. Luego se vuelve hacia mí.

—¿En qué puedo ayudarte?

Siento que las chicas me siguen mirando. Empiezo a preguntarme qué estarán haciendo todas aquí. De hecho, empiezo a preguntarme qué hago yo aquí.

—Solo quería venir a presentarme, tal y como pone en el prospecto del curso. La relación entre el alumno y su tutor es muy importante.

Se hace el silencio. A medida que se alarga sé que he dicho algo equivocado. No sé por qué he añadido lo del prospecto, aunque es cierto que lo pone. Es como si quisiera aportar pruebas para respaldar mi argumento. Entonces, una de las chicas, la más guapa, se echa a reír, y enseguida se tapa la boca, pero da igual porque el resto de las chicas se echa a reír también. Entonces el profesor Hall empieza a reírse.

—Es que... —empiezo, sintiendo que se me pone la cara colorada.

—No, no. Tienes razón. Es muy importante. Algo que algunos de mis alumnos de segundo año harían bien en recordar. —Levanta las cejas hacia las chicas, luego se inclina hacia atrás y estira los brazos detrás de la cabeza. Vuelvo a pensar en las preguntas que pensé antes, sobre cuáles son sus especialidades. Pero no voy a hacerlas ahora. No soy tan tonto.

Me quedo callado mientras espero a que se apaguen las risas.

—Bien, Sr. Wheatley. Considérese presentado —dice el profesor Hall dice, unos momentos después—. Le veré en nuestra primera sesión la semana que viene.

Pienso en preguntar si hay algo que deba hacer antes, como leer algún tema o algo así, pero supongo que nos enviará un correo electrónico si quiere que preparemos algo. Así que, en lugar de eso, asiento con la cabeza y doy un paso atrás. Luego me doy la vuelta y me alejo, pero oigo que las chicas estallan en carcajadas detrás de mí, y esta vez el profesor Hall no hace nada para detenerlas.

CAPÍTULO OCHO

CUANDO VUELVO, Gary y Jimbo ya están bebiendo, y el montón de basura que desborda la papelera ha crecido un poco más. Y durante los siguientes días la cosa sigue así. Ese parece ser el patrón que sigue la mayoría de los estudiantes. Beber, recuperarse de la borrachera mientras se quejan de la resaca que tienen, y continuar con esta absurda charla sobre cuánto sexo están teniendo, o cómo en la próxima fiesta se van a tirar a no sé cuántas. En resumen, es casi igual que el instituto, solo que aquí las casas están mucho más sucias porque no hay adultos que las limpien.

Supongo que estoy un poco decepcionado, pero todavía tengo la esperanza de que la cosa cambie cuando empiecen las clases en serio y pueda conocer a otros estudiantes de Biología Marina. Mientras tanto, decido no quejarme. No es tan malo. Pero mentiría si dijera que mi primera impresión de la universidad está siendo genial.

Mi primera clase se llama «Células: Los bloques de construcción de la vida». Es la primera vez que asisto a una clase de verdad en una de las salas de conferencias propiamente dichas, con las filas de asientos empinadas y el profesor al frente, detrás de un atril. Llego un poco temprano y no sé dónde sentarme. En realidad, llego quince minutos antes, así que la sala está vacía, lo que no me da mucho juego. Al final opto por la segunda fila, cerca de la parte delantera pero no justo delante, no quiero ser el friki de la clase. Al rato llegan varios frikis que se sientan en la primera fila, y otros estudiantes más normales que se sientan en pequeños grupos esparcidos por toda el aula. Espero que alguien venga a sentarse a mi lado, pero nadie lo hace. Tomo apuntes todo el tiempo. En realidad no es necesario, porque el temario es muy básico, pero me preocupa que el profesor se ofenda si no lo hago. Al final me sorprende un poco cuando termina y se va, diciéndonos que nos verá la semana que viene mientras sale por la puerta. En cierto modo, es una especie de anticlímax.

Luego tengo una hora libre seguida de mi segunda clase: Introducción a la Biología Marina. De nuevo es bastante básica, porque llevo estudiando estas cosas desde que tenía once años, así que espero que el temario profundice pronto. En esta clase me tomo el tiempo de mirar un poco a mi alrededor. Habrá unos cien estudiantes, y la mayoría parecen bastante serios, al menos están escribiendo o tecleando en sus portátiles, lo cual me parece muy bien.

Las otras clases que tengo son Evolución y Comportamiento, y Biodiversidad y Procesos Físicos y Químicos del Océano. Estos temas no son nada nuevo para mí, ni tampoco son difíciles, pero supongo que no está de más hacer un pequeño repaso. A medida que pasan los días voy conociendo a otros estudiantes del curso aunque me cuesta recordar quién es quién. A pesar de que todos mis compañeros parecen bastante simpáticos, no puedo evitar sentirme un poco decepcionado ya que los estudiantes de Biología Marina no parecen muy diferentes a los otros estudiantes que voy conociendo en las fiestas y en mi residencia. Ninguno parece muy comprometido con sus estudios, parecen más preocupados en cuánto están bebiendo y cuánto sexo están teniendo.

* * *

Estoy nervioso cuando me toca tener mi primera tutoría con Lawrence. Ahora ya me he enterado de que tan solo es un estudiante de doctorado que está dando clases, es decir, que aún no se ha doctorado, y mucho menos es un catedrático de verdad. Y al ritmo que lleva, no estoy seguro de que lo vaya a conseguir nunca. Tal y como sospeché cuando lo conocí, sigue pareciendo más interesado en sus alumnas que en Ecosistemas Marinos, la asignatura que enseña. Y eso que es una de las asignaturas más básicas. La tutoría resulta ser un poco más interesante que las clases, porque al menos podemos responder a preguntas, de hecho, acabo respondiendo a todas porque ninguno de los otros estudiantes parece saber mucho. Así que, en cierto modo, es bastante divertida.

Entonces recibo una llamada de Ámbar diciéndome que tenemos que quedar para comer. Por un lado me cuesta creer que hayan pasado dos semanas desde la última vez que la vi, pero por otro lado no me puedo creer que hayan pasado tan solo dos semanas.

Es más fácil para mí ir a verla que para ella bajar al campus, ya que solo tiene una hora libre en su trabajo y yo tengo un montón de horas libres en mi agenda que se supone que son para estudiar pero que no es que las necesite todavía. Así que quedamos en Pasta Gusto, que está justo enfrente de su oficina.

—Cuéntame, Billy, ¿cómo te va? —me pregunta, una vez que nos hemos sentado. Se ha vuelto a teñir el pelo, ahora es naranja, pero solo a trozos—. ¿Cómo está mi universitario favorito?

—Bien. —Hay una pausa, en la que nos sonreímos, pero es un poco incómoda—. ¿Qué tal tu trabajo?

—Está bien. Tengo un montón de trabajo, pero… —inclina la cabeza hacia un lado—, me alegro de verte Billy, me alegro mucho.

Por un momento me pregunto si espera que me levante de nuevo y la abrace; parece que se lo está pensando, pero luego se compone, poniendo un móvil que no había visto antes en la mesa y guardando su bolso en el asiento de al lado. Entonces ve a una camarera y levanta la mano para llamarla.

—¿Quieres una cerveza? —sonríe Ámbar—. Ya sé cómo sois los estudiantes.

—Y también ya sabes cómo soy yo —respondo, y luego frunzo el ceño—. ¿Te vas a tomar una?

—No puedo. Todavía estoy trabajando. —Pide una Coca Cola y yo hago lo mismo—. Me han puesto a trabajar en el lanzamiento de una nueva cadena de panaderías, una empresa grande. Y mi jefe no deja de tener nuevas ideas y me hace empezar de cero todo el rato. —Señala el teléfono—. Por eso debo tenerlo encendido todo el día.

No entiendo muy bien de qué está hablando.

—¿Cómo es tu apartamento?

Ella levanta la vista.

—Ah, está bien. Mejor que tu casa. Lo comparto con otras dos chicas. —Se encoge de hombros—. Están bien, son un poco mayores que yo. ¿Qué tal tu grupo? ¿Cómo está… cómo se llamaba? ¿Greg?

—¿Te refieres a Gary?

—Sí.

—Bueno, ya lo conociste. Es un idiota.

Ámbar sonríe mientras le hablo de mis compañeros, de cómo parecen más interesados en beber que en estudiar y de que las chicas se esconden en sus habitaciones y yo apenas las veo. Después de un rato me doy cuenta de lo agradable que es estar con Ámbar de nuevo. Puedo ser yo mismo y relajarme. Y tengo la sensación de que ella siente lo mismo, pero al mismo tiempo me doy cuenta de que mira el teléfono un par de veces, o tal vez solo esté pendiente de la hora.

Pedimos dos pizzas, y le explico que el trabajo es un poco decepcionante, al menos hasta ahora, y ella asiente. Cuando termino, Ámbar me explica cómo funciona su lanzamiento. Tienen que diseñar un conjunto nuevo de logotipos y mostrar cómo se envasarán los diferentes productos que fabrica la panadería. Pero se enfrentan a otras dos agencias de publicidad, y la panadería decidirá cuál prefiere. Si no ganan, no cobran nada. Es interesante pero bueno, no tan interesante, así que le pregunto si ha conseguido hacer algún diseño nuevo para la campaña «Salvemos a nuestros dragones de mar». Se pone un poco tensa y dice que ya ha hecho muchos carteles para eso. Y luego hay unos momentos en los que ambos estamos comiendo las pizzas y parece que no sabemos muy bien qué decir. Supongo que me hace darme cuenta de que Ámbar y yo nos estamos distanciando más rápido de lo que había previsto. A ver, estoy seguro de que seguiremos siendo amigos y todo eso, pero ahora estamos en caminos separados, ella va por el mundo comercial y yo por el académico.

Entonces, antes de que termine de comer, el teléfono de Ámbar suena, y cuando ve quien es suelta una palabrota y dice que tiene que irse, ya mismo, en ese momento. Insiste en pagar la comida, aunque intento detenerla. Dice que ya le han pagado el primer sueldo. Es una gran ayuda, porque mi cuenta bancaria está casi vacía.

CAPÍTULO NUEVE

PASAN CASI dos meses en los que me digo a mí mismo, y a papá, cuando le llamo, que todo va bien, a pesar de que no sea así, de verdad que no. Para ser honestos, me recuerda un poco al instituto, no hay ningún problema específico que pueda señalar, es tan solo que toda la experiencia está siendo de alguna manera, no sé, decepcionante. Pero entonces ocurre algo que lo cambia todo por completo. Aunque en realidad no es algo, sino alguien.

No te lo había dicho, pero justo después de empezar el semestre me seleccionaron para un programa especial, no de aquí de la universidad de Boston sino de otra universidad que se llama Harvard. Quizás has oído hablar de ella, ya que es bastante conocida (aunque ni siquiera enseña Biología Marina). En fin, la Universidad de Harvard tiene mucho dinero y le gusta ayudar a otras universidades menos afortunadas, así que ofrecen a algunos estudiantes especiales, los que provienen de entornos desfavorecidos o los que son excepcionales, cursos adicionales en la propia Harvard. Y me dijeron que encajaba en esas dos categorías, así que me ofrecieron una clase de Derecho Nacional e Internacional. En realidad fue mi tutor, Lawrence, quien me convenció a ir, ya que yo no le veía sentido, pero me dijo que el Derecho es muy importante, dado que repercute en las costas y los océanos. Y la verdad es que es muy interesante, en parte porque es algo nuevo que aprender. El único problema es que mi clase de Harvard termina a las dos los jueves, y mi clase de Procesos Físicos y Químicos del Océano empieza a las dos y media, lo que me da solo media hora para cruzar cinco kilómetros de la ciudad. Por supuesto, en realidad no me importa si llego tarde a Procesos Físicos y Químicos, ya que es muy fácil y en la universidad no pasan lista, pero igual así me parece de maleducados llegar tarde. Total, que por eso iba corriendo hace un momento, saliendo del campus de Harvard, cuando doblé una esquina y me choqué contra una chica, que gritó como si lo hubiera hecho aposta o algo así.

La miro mientras me levanto del suelo. Está tumbada de espaldas, con las piernas en el aire, y sus libros esparcidos por todas partes. Me da unos segundos para pensar qué hacer. Ya he visto que los alumnos de aquí son diferentes a los de mi campus, los de aquí parecen tener dinero. No quiero que esta chica me ponga una demanda

—Lo siento mucho —digo de repente—. ¿Estás bien? Iba tarde a clase, y...

Se echa hacia delante, con el pelo revuelto y la cara blanca. Aun así, su aspecto me hace callar.

—¡Casi me matas!

Se levanta con cuidado y se sacude el polvo de los vaqueros. Por un lado, se parece a cualquiera de los cientos de estudiantes que hay alrededor, con vaqueros y una especie de blusa, pero por otro lado está claro que es diferente. Es despampanante, y el enfado en su cara solo la hace más llamativa. Le ha dado un color rojo a sus mejillas, mientras el resto de su piel es pálida. No quiero quedarme mirando como un pasmarote así que me agacho para coger sus libros. No puedo evitar leer los títulos. Son libros de texto de Derecho.

—¿A qué clase? —me pregunta.

—¿Perdón?

—¿A qué clase llegas tarde? —repite extendiendo las manos para recuperar sus libros, y mientras lo hace me mira a los ojos.

—Ah, no es aquí. Yo voy a la universidad de Boston... —Sigue mirándome, y hay una expresión de curiosidad en su cara que no entiendo —. Es, uhm, Procesos Físicos y Químicos del Océano.

La chica no reacciona así que carraspeo un poco, para llenar el silencio.

—Te conozco —estrecha los ojos y arruga la frente un poco, su piel sigue pareciendo suave y delicada.

Tiene el pelo de color dorado, un poco como, como... Bueno como la luz del sol. O tal vez se parezca más a la hierba seca, pero solo cuando está preciosa al final del verano en el atardecer, donde el sol se pone tras las dunas.

—Te vi en la televisión.

Salgo de mi trance y trato de concentrarme.

—Eres tú, ¿no? Tú eres el chico que detuvo a los... unos mafiosos de un cartel de drogas. Solo que cuando te entrevistaron en la televisión tú solo querías hablar del tamaño de los tiburones. El periodista no sabía por dónde tirar. Fue divertidísimo.

Ahora me toca a mí fruncir el ceño. Es cierto que acabé ayudando a que arrestaran a unos contrabandistas de drogas hace un año, bueno los que tuvieron suerte acabaron arrestados, otros acabaron asesinados pero eso no fue culpa mía. Y aunque concedí un par de entrevistas en la televisión, y aproveché la oportunidad para intentar explicar las circunstancias atenuantes del fraude científico de Steve Rose, definitivamente no fueron divertidas. Pero trata de explicarle todo eso a una chica a la que acabas de tirar al suelo.

—Eras de, erm... —Se da la vuelta y chasquea los dedos—, de la isla de Lornea, ¿no es así?

Como si fuera un poco lelo, asiento con la cabeza.

—Tenemos una casa en Lornea —sonríe de repente. Se le ilumina la cara y es como si acabara de salir el sol—. Mis padres, quiero decir, una casa de vacaciones —arruga la nariz.

Sigo sosteniendo sus libros y, aunque no sé qué decir, no quiero devolvérselos. Podría llevar a que se marchara y creo que no quiero que pase eso.

—¿Así que eres de allí? ¿De la isla de Lornea?

Vuelvo a asentir, aunque en realidad mi origen es algo difícil de explicar.

—Sí.

—¡Billy! —exclama de repente—. Te llamas Billy, ¿verdad? Ahora lo recuerdo. Tengo una memoria estupenda. —Extiende su mano, y tengo que apretar sus libros contra el pecho para liberar la mía y poder estrecharla.

Entonces su frente vuelve a fruncirse en una mueca, pero de confusión divertida, no de enfado.

—En realidad eran mis libros lo que quería, pero ya que insistes... Encantada de conocerte, Billy. Me llamo Lily.

Entonces retiro mi mano, justo cuando ella va a estrecharla, y enseguida extiendo la mía por segunda vez, y por fin nos damos la mano. Su mano es delicada, tiene la piel fresca y suave. De repente, se echa a reír.

—¿Qué estás haciendo? —No tengo ni idea de lo que quiere decir, pero suelto la mano de inmediato.

—Lo siento, estaba...

—No te preocupes. —Me mira a los ojos por un momento—. De hecho, ¿qué estás haciendo?

Hago una pausa.

—No hago nada. Es solo que tu mano es muy...

—No me refiero a eso, a ver igual te suena un poco raro pero me preguntaba ¿qué estás haciendo ahora? Hay alguien que me gustaría que conocieras.

Me quedo helado. Tengo una clase. Pero esta chica, esta increíble chica... Aún no he faltado a ninguna clase y debo pensar en mi récord de asistencia.

—Tengo una clase.

—¿Procesos Físicos y Químicos? —sonríe de nuevo—. Procesos Físicos y Químicos del Océano. Te dije que tengo una memoria excepcional. ¿Es difícil? Suena difícil.

—Ah, no. Estudié el temario completo el año pasado, cuando estaba en el instituto... Quiero decir, no es que fuera una asignatura que daban en mi instituto, pero yo la estudié de todos modos.

—¿Cuándo no estabas ocupado atrapando a contrabandistas de drogas?

—Así es. O a asesinos.

Sus cejas se disparan.

—También atrapé a varios asesinos. Solo a un par. —Me doy la vuelta y hago recuento en mi cabeza—. En realidad, fueron tres.

—¿Tres?

—Creo que fueron tres.

—Eres aún más gracioso en la vida real que en la televisión.

Vuelvo a fruncir el ceño.

—¿Quieres que te devuelva los libros?

—Puedes llevármelos si quieres.

—No entiendo.

—Puedes llevarlos porque tú te vienes conmigo.

—Pero tengo que ir a...

—No, no tienes que hacerlo. Acabas de decir que era fácil, y estoy a punto de ampliar tu educación en otras direcciones. Vamos. —Se da la vuelta y empieza a alejarse, y no puedo evitar ver lo bien que le quedan los vaqueros. Su pelo se agita al girar la cabeza, y ve hacia dónde miro.

—Vamos, Billy.

Así que la sigo.

CAPÍTULO DIEZ

CAMINA RÁPIDO, por lo que es difícil seguirle el ritmo, sobre todo porque todavía llevo sus libros pegados al pecho, y también mi mochila.

—¿A dónde vamos?

—Ya lo verás.

Lo hago pronto, cuando llegamos a una pequeña cafetería. Está escondida en el sótano de un bloque de apartamentos en una calle justo al lado del campus de Harvard. Baja los escalones y abre la puerta de un empujón; un timbre tintinea al hacerlo y, dentro, la mayoría de los clientes levantan la vista para ver quién ha entrado. Habrá solo unas diez personas, y es uno de esos lugares en los que te dejan quedarte tanto tiempo como quieras. La mayoría de los asientos son viejos sofás de cuero. Contra la pared de la izquierda hay dos sofás uno frente al otro con una mesa baja entre ambos y hay tres personas reclinadas en ellos.

—¡Hola, chicos! —dice Lily con alegría. Entonces, extiende la mano detrás de ella, me agarra por el brazo y tira de mí hacia delante, como si me presentara como un premio.

—¿Quién es este? —Es un hombre el que pregunta, bueno, es solo un par de años mayor que yo, supongo, pero parece mucho más maduro que yo. Físicamente quiero decir, no sé si mentalmente. No he tenido la oportunidad de evaluarlo.

—Me topé con él —explica Lily. Supongo que está usando el término de forma literal y metafórica, pero no da más explicaciones—. Se llama Billy, y es muy divertido.

El grupo, el hombre que preguntó y los otros dos, que son otro hombre y una chica, me miran, como si estuviera a punto de lanzarme a contar un chiste, pero está claro que no lo hago, y me quedo parado.

—No parece muy gracioso —dice el primer hombre, pero enseguida el otro le interrumpe.

—No sé, James, la forma en la que viste tiene bastante gracia. —Este es el otro hombre, que lleva unas pequeñas gafas redondas que se empuja hacia arriba por el tabique de la nariz. Entonces se levanta y me tiende la mano, no como si fuera a estrecharla, más bien como si me la ofreciera para que la besara.

—Me llamo Eric.

Tomo su mano, aún en posición horizontal, y la sostengo por un segundo, luego la suelto de nuevo.

—Encantado de conocerte. Cualquier amigo de Lily es amigo mío. Y de James también, estoy seguro de ello.

No tengo ni idea de lo que está pasando, pero Lily me agarra ahora de la mano y tira de mí hacia el sofá. La otra chica se aparta para hacernos sitio.

—Así que has conocido a Eric, y más o menos a James —se gira hacia él y le dedica una sonrisa—. Esta es Jennifer. Y nos falta… —mira a su alrededor —, ¿dónde está Óscar?

—Tiene una clase —dice Jennifer, y se vuelve hacia mí ahora. Ella está a un lado de mí, y Lily al otro, y el caso es que las dos son impresionantes. Jennifer es mucho más morena que Lily, de pelo oscuro y piel bronceada, y me sorprende al inclinarse hacia mí y soltarme un beso. Es solo un beso en la mejilla, y sus labios no llegan a tocarme, pero aun así me pilla por sorpresa.

—¿Y qué? ¿De qué conoces a Lily? —Es James quien hace la pregunta. Es el único que está sentado solo, en uno de los sillones que completan el cuadrado de nuestros asientos, y sigue sonando enfadado. Estoy a punto de responder cuando Lily lo hace por mí.

—Es de la isla de Lornea.

—¿Y qué?

—¡Cómo que y qué! Él es de la isla de Lornea, yo soy de la isla de Lornea. Por eso lo conozco.

—Tú no eres de Lornea —dice James.

—Bueno, paso todos los veranos allí. —Se vuelve hacia mí—. Casi todos.

Hay un momento en el que nadie habla. Y aunque estoy entre las dos chicas más guapas que he visto en mi vida, lo cierto es que me arrepiento de haber venido.

—Entonces, ¿por qué está aquí? —insiste James. Lo único bueno de la situación es que no siento que tenga que responder yo. Está claro que está hablando con Lily, y ella con él. Me da la oportunidad de estudiar un poco a James. Además de ser maduro, en el aspecto físico, veo que también es muy guapo. En el sentido de tener la mandíbula cuadrada.

—Cálmate, James. Ya te lo he dicho, es un chico divertido. Lo vi en la televisión el año pasado, cuando atrapó a una banda de contrabandistas de drogas. Voló su barco por los aires.

Esto parece tomar a James por sorpresa. Lily sigue hablando.

—He pensado que podría contarnos la historia. Sería entretenido —cambia un poco la voz, pero no sé qué significa.

—De acuerdo —concede James con brusquedad—. Continúa.

De repente siento que la atención de todos se desvía hacia mí, pero Eric interviene enseguida.

—Un momento, ¿qué hay de nuestros modales? Primero tenemos que ofrecerle al pobre chico una bebida, ¿no?

Entonces se produce un pequeño debate sobre lo que voy a beber, y por un momento siento una pizca de decepción. Esta gente parecía tan diferente a mis compañeros de casa, pero ahora resulta que son iguales: solo les interesa el alcohol.

—Bueno, yo he terminado mis clases por hoy —anuncia Eric—. Así que voy a celebrarlo con un daiquiri de plátano congelado. ¿Quizás quieras acompañarme? —Eric se levanta y por primera vez me doy cuenta de cómo va vestido. Lleva un traje y un chaleco de seda. Hay una cadena que le cuelga así que creo que incluso podría llevar un reloj de bolsillo. Pero me sonríe de forma muy amistosa, así que le devuelvo el saludo.

—Yo también quiero uno —le grita Lily mientras él se acerca al mostrador, donde habla con la señora que está detrás de la barra como si fueran viejos amigos.

Eric vuelve a la mesa y se sienta. Me echa una sonrisa bobalicona que enseguida contradice con una mirada de intensa atención.

—Marchando daiquiris de plátano congelado para todos. Estarán en un momento. Ahora Billy, eres libre de comenzar con tu historia.

* * *

No sé qué decir, pero empiezo a contar la historia de lo que ocurrió el año pasado, cuando fui a Australia con el Dr. Steve Rose, el famoso biólogo marino, para ayudar a contar la población de tiburones en la reserva marina de la isla de Wellington, solo que descubrí que Steve había estado exagerando el tamaño de los tiburones durante varios años, para hacerlos parecer más peligrosos a los ojos de los productores de televisión.

—Espera —me interrumpe Eric en este punto—. ¿Estás hablando del Steve Rose, el de la televisión, el de Tiburón salvaje?

—Sí, solo que ya no está haciendo Tiburón salvaje, por lo que pasó —explico, y luego vuelvo a mi historia—. Así que tuve que pilotar los drones, tengo varios en casa, por lo que tengo mucha experiencia en el pilotaje, y los utilizábamos para medir a los tiburones...

—Espera, ¿cómo se relaciona todo esto con el asunto de las drogas? ¿Lo que dijo Lily? —Esta es Jennifer, girada hacia mí, con el pelo colgando como una brillante cortina negra. Me distrae un poco.

—Erm. —Tomo un sorbo de daiquiri para volver a concentrarme. Ya han llegado, con esas pequeñas sombrillas de papel. Entonces miro a mi copa con curiosidad, preguntándome qué tendrá en realidad esta bebida. Sea lo que sea, está buenísima—. Eso vino después. Tengo una amiga, que se llama Ámbar...

—¿Tu novia? —pregunta Eric de inmediato.

—No. Ámbar es mi amiga. Conoció a un tipo, un italiano que había navegado desde Europa en un pequeño velero, conoció a unos tipos en algún lugar de Sudamérica, y acordó llevar algo de cocaína para ellos a los Estados Unidos. Solo que le pilló una tormenta y pensó que podía usarla para fingir que su barco se había hundido, y ganar dinero vendiendo la cocaína él mismo.

Me detengo para tomar otro sorbo de daiquiri de plátano, y esta vez noto que todos están en silencio, mirándome.

—Así que estaba escondido, viviendo en su barco en Holport, que es donde yo amarraba mi barco, antes de que se hundiera claro está, y resultó que había empezado a ver a Ámbar mientras yo estaba fuera y...

—Espera. —Es Eric de nuevo. Levanta la mano y actúa como si estuviera tratando de resolver un puzzle—. ¿Así que tu amiga Ámbar está saliendo con un tipo que fingió su propia muerte estafando a contrabandistas de drogas sudamericanos?

—Humm, sí.

—Bien, continúa.

—Bueno, no hay mucho más que decir. De alguna manera, los contrabandistas descubrieron que Carlos no estaba muerto, el tipo italiano. Lo encontraron y enviaron a unos tipos para matarlo y recuperar la droga.

Doy otro sorbo a mi bebida.

—¿Carlos es el tipo que robó las drogas? —Esta vez es James quien pregunta.

—Sí.

—¿Y qué pasó?

Hago memoria, recordando cómo saqué mi kayak y vi a Ámbar y Carlos en pleno acto sexual en el suelo de su barco. No les cuento esa parte.

—Bueno, encontraron a Carlos y lo torturaron, pero por alguna razón les dije que yo sabía dónde estaban escondidas las drogas.

—¿Y lo sabías? —pregunta Jennifer. Sus ojos brillan con fuerza ahora. La miro a ella y a Lily, y luego vuelvo a mirarlas a ambas por segunda vez. Las dos son guapas de verdad, pero en realidad no hay duda de cuál de ellas es la más guapa. Es Lily. Hay algo en ella que me deja sin aliento.

—¿Billy?

—¿Qué?

—¿Que si lo sabías?

—Ah, no. Bueno, al principio no, pero luego lo descubrí, porque en realidad había visto a Carlos mientras escondía las drogas en una cueva de mar. —Me vuelvo hacia Lily—. ¿Conoces esas cuevas en el lado oeste de la isla de Lornea, en la reserva marina? Me pareció raro que estuviera pescando con arpón allí.

—Sí, creo —Lily frunce el ceño.

Eric se echa hacia atrás de repente y su cabeza da una especie de escalofrío, como si no pudiera seguir el ritmo, pero yo sigo adelante. Ya casi he terminado.

—Así que descubrí dónde estaba la cocaína. Pero entonces los mafiosos, supongo que eso es lo que eran, secuestraron a la hermana de Ámbar y nos dijeron que la matarían si no les devolvíamos la droga, que valía millones, al parecer.

—¿Entonces qué pasó? —James se rasca la barbilla.

—Bueno, entonces Steve y yo salimos a bucear para recuperar las drogas, y nos las arreglamos para disparar a los mafiosos con el arpón que había perdido Carlos. Luego estrellamos mi barco contra el suyo, y entonces apareció la policía.

Me siento y espero.

—Os dije que era un chico divertido —dice Lily, y me mira, con el placer iluminando su hermoso rostro.

CAPÍTULO ONCE

—¡GUAU! —dice Eric unos momentos después—. Gu-a-u, Billy. —Se levanta y chasquea los dedos, y cuando la señora que está detrás del mostrador mira, me pide otro daiquiri de plátano, aunque todavía no me he terminado el primero. Entonces todos empiezan a hacerme preguntas, queriendo aclarar con exactitud lo que pasó. Tengo que admitir que es divertido hablar de ello ahora, aunque en aquel momento no lo fuera. También es extraño, ya que en cierto modo esperaba tener que explicar todo esto a la gente de mi casa, después de haber salido en la televisión y todo eso, pero ninguno me preguntó.

La cafetería en la que estamos sentados tiene un ambiente muy cómodo, que no me había dado cuenta de lo mucho que había echado de menos hasta ahora. Mi apartamento -todavía no lo considero mi casa- estaba bastante vacío cuando me mudé, y ahora está lleno de basura; y quiero decir literalmente lleno de basura, ya que nos hemos peleado por quién debe sacarla, y como resultado nadie lo hace. La propia basura, que es un pequeño contenedor de plástico que estaba en un rincón junto al microondas, se llenó hace semanas y se ha desbordado, como un río en crecida. Ahora está enterrado bajo cajas de pizza vacías, latas de cerveza y botellas de vino en lo que Gary y Jimbo han bautizado como la Montaña Basura. Afirman que es una mejora, ya que tan solo tienes que apuntar en cualquier parte de la Montaña Basura y estás seguro de acertar. Y no hay necesidad de sacarla fuera. Está claro que ahí es donde se equivocan. Mi habitación está más o menos ordenada, pero es muy pequeña, y solo hay una silla junto al escritorio, así que allí no puedes relajarte. Pero en este lugar, miro a mi alrededor, los sofás son todos diferentes y están bien usados, pero no de una manera desgastada, sino como si hubieran tardado años en acomodarse y ahora estuvieran bien. Me sorprende, y me decepciona un poco, que James saque de repente su teléfono móvil, lo compruebe y anuncie que es hora de irse. Al principio creo que se refiere solo a él, pero los demás empiezan a levantarse para irse también.

—¿Adónde vais? —pregunto, lo cual es un poco atrevido por mi parte, pero solo demuestra lo relajado que me siento ahora y lo mucho que estaba disfrutando.

—Tenemos trabajo que hacer, Billy —James me sonríe, y se me ocurre que es la primera vez que me ha sonreído en todo el tiempo que llevo aquí. Y no es que sea la sonrisa más agradable del mundo, más bien parece un poco sarcástica. Los demás se levantan y empiezan a marcharse, y por un momento me da pánico que me dejen la cuenta. No me importa pagar lo que he bebido, pero diez Daiquiris de plátano congelado deben de ser caros. Entonces veo que Eric se dirige a la barra. Espero que saque la cartera o algo así, pero en lugar de eso abraza a la señora que está detrás del mostrador y la besa en ambas mejillas. Ella hace lo mismo con él, como si fuera un comportamiento normal. Entonces supongo que me pilla mirando, porque se acerca a mí y me susurra al oído.

—No te preocupes querido, está todo en la cuenta. —Luego me toca el hombro, me mira y dice en voz alta—. Confío en que nos volveremos a ver pronto, Billy... —y luego mira a Lily, que mira a James, que no dice nada, pero que se da la vuelta, se aleja y sale de la cafetería. Los demás lo siguen, excepto Lily, de modo que ahora estamos los dos solos. Ella no dice nada, como si estuviera considerando qué hacer a continuación.

—¿Por qué no vienes a cenar? —me pregunta al final, algo que de verdad no me esperaba.

No tengo ni idea de si se refiere solo a nosotros dos, o a todos.

—Vale —digo, después de un momento.

—Muy bien. —Parece complacida con esto, y toma un bolígrafo y un trozo de papel de la mesa y escribe un número.

—Envíame un mensaje con el tuyo. Prepararé algo. —Cuando me lo entrega, nuestras manos se tocan por segunda vez, y esta vez acaricio con cuidado su suave piel. Pero lo que más recuerdo son sus ojos, la forma en que brillan cuando levanta la vista se despide de mí.

—Nos vemos, Billy.

* * *

Le envío un mensaje de texto antes de salir de la cafetería, pero no me responde de inmediato. De hecho, pasan dos días antes de que alguien vuelva a enviarme un mensaje, así que empiezo a preocuparme por si mi móvil está roto. Pero entonces, un par de días después, oigo el pitido de un mensaje. En realidad, todavía estoy en la cama, ya que es sábado y no tengo clases. Tengo el teléfono cargando en mi escritorio, así que tengo que levantarme para cogerlo, pero entonces veo que no es de Lily. Es de Ámbar.

«Hola Billy, estuve un poco distante la otra semana. Estoy muy ocupada. Vamos a salir con tus amigos. ¡Quiero volver a ver a Gary!»

Lo leo, y aunque me decepciona que no sea de Lily, también me hace sonreír, y entonces llega un segundo mensaje.

«Es sábado por la noche. Debes de tener planeada alguna fiesta ¿no?»

Y entonces se oye un fuerte golpe en mi puerta.

—Oye, Billy, mueve el culo.

No sé quién es, y luego la voz se vuelve más difícil de identificar porque la música a todo volumen se dispara de repente desde la cocina. Quienquiera que sea golpea la puerta de nuevo, y entonces vuelve a gritar. Esta vez lo identifico como Jimbo.

—Levántate, vago de mierda. —Ya nos conocemos un poco mejor, así es como habla con sus amigos.

—¿Qué pasa? —respondo.

—Estamos limpiando —dice Jimbo—. Levántate.

—¿Limpiando?

—Mueve tu culo de mierda y ven aquí.

Considero la posibilidad de ignorarlo, ya que yo no he ensuciado nada, pero decido que es mejor que ayude, así que me visto y voy a la cocina. Allí me encuentro con que todos mis compañeros de casa están allí y están intentando limpiar el desastre de nuestra casa. Jimbo lleva unos guantes rosas para fregar y está enjabonando todos los platos, tazas y demás vajilla; hace semanas que se nos acabaron los limpios, pero nunca se lavaron. Claire los está secando y guardando, mientras Sarah y Laura recogen con delicadeza objetos de la Montaña Basura y los meten en bolsas negras. Gary está barriendo, más o menos, detrás de la fila de sillas.

—¿Qué está pasando?

—Estamos haciendo una limpieza. Vamos a empezar un turno —dice Jimbo desde el fregadero.

—¿Creía que os gustaba el desorden? ¿Qué ha cambiado?

Nadie responde por un segundo, luego Laura lo hace.

—He visto una rata —explica arrugando la nariz.

—¿Dónde? —Mis ojos se dirigen a la Montaña Basura—. ¿Qué era? ¿Una rata de verdad?

—Creo que sí. —Le da un escalofrío. Siento que Gary se acerca a mi lado, y los cuatro miramos el montón de basura como si ocultase monstruos aterradores—. No estoy del todo segura de que fuera una rata —continúa—. Estaba un poco colocada en ese momento. Pero estoy segura de que vi algo. Fue asqueroso.

—Y no ayuda para traer chavalas a casa —añade Gary, lo que hace que Laura le dé un empujón.

—¿Quieres ayudar a llenar esto, Billy? —pregunta Sarah, extendiendo una bolsa.

—Claro que va a ayudar, joder —grita Jimbo desde el fregadero—. Si cree que puede librarse de esto puede irse a la mierda.

El comentario me parece una grosería por su parte, porque por supuesto que voy a ayudar.

—Puedo encender el ordenador —sugiero—. Se me dan muy bien las hojas de cálculo. Podría hacer un cuadrante y asignar turnos.

—Ay no, ni hablar, pedazo de mierda perezosa. Coge una puta bolsa.

Así que lo hago, y me sorprende darme cuenta de que es el sábado más agradable que he pasado con los compañeros de casa. Laura, Sarah y yo llenamos seis bolsas de basura antes de volver a ver la parte superior del cubo de basura, y luego empezamos a ir más despacio, por si acaso Laura de verdad vio una rata, aunque dudo que siga ahí, si es que la vio de verdad. Y al mismo tiempo, nos ponemos a hablar, sobre lo que están estudiando, y cómo lo están encontrando. Y es curioso, pero ahora que he conocido a Lily y a Jennifer, me ha hecho estar más relajado con mis compañeras de piso; parecen... ordinarias, pero no en el mal sentido de la palabra. Laura lleva el pelo recogido y tiene la piel un poco manchada. Y Sarah sigue siendo bastante guapa, casi como una versión menos glamurosa de Jennifer, la amiga de Lily. Pero ni de lejos tan despampanante como Lily, por lo que me resulta fácil hablar con ella.

Laura coge una esquina de la bolsa de plástico de la Montana Basura y la saca del contenedor. Al salir, un liquidillo asqueroso gotea en el suelo.

—¡Aj! mételo en esta bolsa —doy un paso adelante y abro la bolsa negra que sostengo en las manos para meter la otra. Mientras lo hacemos se oye un crujido al fondo de la montaña.

—¡He visto algo! —dice Sarah, y todos nos quedamos mirando, tensos.

—Ha sido el montón que se está asentando —digo yo. Todavía estoy seguro de que no vamos a descubrir una rata, lo cual sería asqueroso. Pero entonces Gary se acerca con su escoba. Le da la vuelta y mete el mango en el montón, enganchándolo bajo los restos rotos de una bolsa de basura. Recuerdo haberla colocado, junto a la lata, después de que rebosara por primera vez. La levanta y vemos una parte del suelo que hacía tiempo que no veíamos, manchada de amarillo. Y entonces lo vemos. Primero un destello de pelaje marrón, y luego la piel escamosa de la cola de un roedor, que desaparece en lo que queda del montón. Gary levanta un poco más de basura.

—¡Dios mío! —exclama Laura, y Gary grita también, cuando una docena de pequeños cuerpos rosados se agitan bajo la repentina luz. No es una sola rata, es un nido de ellas.

CAPÍTULO DOCE

AL FINAL FUI yo quien tuvo que ocuparse del nido ya que nadie más quiso acercarse a él. Utilicé una vieja caja de cartón de cerveza, de las que contienen doce latas grandes, y corté dos lados para hacer una especie de pala, con una tapa abatible. Luego me puse unos guantes, retiré los pocos trozos de basura que aún cubrían el nido y deslicé la caja con cuidado bajo el mismo. Se oían los chillidos de las crías, pero bastante leves ya que Laura y Claire gritaban tres veces más fuerte. Sarah me ayudó a cerrar la caja y a envolverla con cinta adhesiva para sellarla. Luego recogimos el resto de la basura de manera muy cuidadosa ya que anticipábamos ver a las ratas adultas en cualquier momento, pero no estaban allí. Encontramos un pequeño hueco en el rodapié, así que supongo que sería por ahí por donde entraban y salían. Tapé el agujero para que no pudieran volver. Pero no estábamos seguros de qué hacer con el nido. Jimbo y Gary querían tirarlo por el desagüe, pero Laura no se lo permitió, y mi sugerencia de encontrar un lugar seguro en algún lugar salvaje era buena en teoría, pero no era de mucha ayuda en medio de una ciudad. Al final, Sarah y yo lo llevamos juntos a un parque, mientras los demás vigilaban que nadie viera lo que estábamos haciendo. Lo deslizamos bajo unos arbustos y construimos un pequeño dique alrededor con palos y hojas. No creo que sobrevivieran, pero al menos les dimos una oportunidad.

Después de todo eso, y de pasar el resto del día dejando la cocina casi tan limpia como cuando nos mudamos, se podría pensar que querríamos cocinar algo en ella, pero igual habíamos quedado un poco preocupados con el tema higiénico, y de todos modos, ninguno teníamos comida en la nevera. Así que, en lugar de eso, acordamos salir juntos a cenar en condiciones. Supongo que nos sentíamos un poco más unidos tras la experiencia. Y en algún momento me acordé del mensaje de Ámbar y les pregunté a mis compañeros si podía invitarla. En el momento en que la mencioné, Gary se entusiasmó con la idea, y aunque Laura pareció un poco dudosa durante un par de segundos porque, en caso de que no lo hayas adivinado está intentando ligarse a Jimbo y no quiere competencia, debió de percibir el buen rollo de la noche y no quiso estropearlo. Así que le mando un mensaje a Ámbar y le digo que se apunte.

Después de eso es imposible entrar al baño, ya que las chicas están allí preparándose. En realidad, las chicas y Gary, que es igual de vanidoso. Jimbo se sienta en el salón y bebe cerveza mientras ve un partido en la televisión. Está conectada a Internet, así que puede ver un canal de hockey muy poco conocido, y trata de explicarme el atractivo del juego, aunque tengo que admitir que no lo consigue.

A eso de las ocho vamos a una pizzería. Ámbar viene con una de las chicas de su apartamento, una chica que se llama Susie, así que somos ocho alrededor de la mesa. Y es divertido, esto de hacer cosas que la gente normal hace. Es divertido contar la historia del nido de ratas a Ámbar y Susie, que están ambas horrorizadas. Luego Jimbo habla del club de hockey y de todo lo que beben, y Gary intenta coquetear con Ámbar, que no lo acepta. Hablo un poco con Sarah y decido que podría ser maja, si no fuera porque estoy más interesado en Lily. Pero para ser sincero, toda la noche tiene ese aire de instituto del que hablaba antes, solo que no lo es del todo, es como si estuviéramos pasando de ser simples estudiantes de instituto a algo un poco más adulto, pero es como si estuviéramos jugando a ello, en lugar de ser lo que en realidad somos. Sea lo que fuere, no es lo que soñaba cuando pensaba en ir a la universidad.

Después, dividimos la cuenta para que cada uno pague lo que ha consumido y nos vamos a un bar. Está lleno de gente y nos quedamos juntos, bebiendo y casi sin poder decir nada porque hay mucho ruido, y pasa lo de siempre. Tras una hora de estar en el bar Susie dice que se va a casa, y yo estoy a punto de hacerlo también, cuando Jimbo empieza a insistir en que vayamos a una discoteca. Estoy a punto de decir que no cuando Ámbar responde que sí, así que nos vamos a una que se supone que es bastante impresionante, pero en realidad es un poco mediocre. Primero tenemos que hacer cola fuera durante media hora, y cuando llegamos a la entrada el portero se queja de mis zapatos, que son unos zapatos impermeables perfectamente sensatos para caminar, y no unas zapatillas de deporte, como sugiere él. Es Ámbar quien consigue que nos dejen entrar (cuesta veinte dólares, eso sí), y dentro hay tanto ruido que no se puede hablar. Jimbo y Gary compran bebidas y se quedan de pie junto a la barra mientras las chicas bailan. No sé a quién unirme, hasta que Ámbar me agarra y me lleva a la pista de baile. No me gusta bailar, pero a Ámbar se le da muy bien, tanto bailar como hacer que me relaje... o tal vez sea la cerveza. En cualquier caso, después de unos minutos de sentirme un poco cohibido, me olvido de la gente que me mira y me pongo a copiar lo que hacen Ámbar y Sarah. Y durante una hora nos quedamos allí, riéndonos, saltando y bailando, mientras la pista se llena a nuestro alrededor.

CAPÍTULO TRECE

LA MAÑANA siguiente también es divertida. Me levanto y me duele un poco la cabeza, pero no demasiado, y tengo la sensación de que los demás sienten lo mismo. La cocina está un poco desordenada tras la noche anterior (no sabemos quién, pero alguien decidió hacerse un sándwich tostado cuando llegamos anoche, Sarah bromea que igual fueron las ratas), pero la limpiamos y las chicas preparan un aperitivo para todos. Tengo que escribir un ensayo de verdad, y lo hago en mi habitación, pero con la puerta abierta por lo que puedo escuchar la música que pone Gary. Es más o menos como me imaginaba que sería la universidad, al menos un poco.

Pero, en cierto modo, el pequeño interludio no dura mucho. Al día siguiente tengo una tutoría, con Lawrence, y es aburrida. Me enfado con él porque el temario es demasiado fácil, y él se enfada conmigo por responder a todas las preguntas, pero, a ver, si no lo hago, ¿cómo vamos a avanzar? Dos días después, la cocina no se ve muy diferente a como estaba antes de que la limpiáramos. Vale, no hay Montaña Basura, hemos aprendido la lección, pero sigo siendo el único que lava los platos. Y no los lavo todos.

Así que cuando recibo un mensaje de Lily supongo que me hace un poco de ilusión. Solo pone una dirección y que venga a las ocho. Busco la calle en Google, y parece un apartamento en una de las típicas casas de piedra rojiza de por aquí, aunque por los coches de fuera se nota que está en la parte cara de la ciudad. Lo cierto es que no sé qué esperar. No sé qué ponerme, ni si vamos a comer en esa casa, o vamos a salir, o cuál es el plan.

Decido ir andando, con la esperanza de que me calme los nervios. Y porque aún no he aprendido a usar el metro.

El apartamento es más impresionante en la vida real que en Google, pero me digo a mí mismo que no me intimide y llamo a la puerta. Tardan una eternidad en contestar, pero cuando se abre la puerta es Jennifer. Va vestida de forma bastante relajada, con unas mallas negras y una especie de jersey grueso de color verde. Aun así está estupenda y me agrada ver cómo me recibe: me da un abrazo y un beso en ambas mejillas, y me siento envuelto en su perfume, que me atrae hacia la casa.

—¡Billy, has venido! —exclama—. Ven a la cocina con nosotras las chicas, ignora a esos estúpidos chicos. —Dirige el último comentario a una habitación a su izquierda, no puedo ver el interior, y me agarra la mano. La sigo, como atraído por el aroma de su cabello, pero no puedo evitar darme cuenta de que el vestíbulo no es lo que esperaba. Pensaba que iba a entrar en un edificio dividido en varios apartamentos, pero parece que Lily tiene todo el edificio, suponiendo que sea ella quien viva aquí. Y la decoración es increíble, es como entrar en un museo. El pasillo está repleto de muebles de aspecto antiguo y hay paneles de madera en las paredes, así como pinturas al óleo que parecen originales. Del techo cuelga un candelabro de verdad. Miro a mi alrededor mientras Jennifer me guía, atravesamos el umbral de una puerta y entramos en la cocina. Pero no es una cocina normal. Es más grande que todo mi apartamento incluyendo todas las habitaciones. La decoración es similar a la del pasillo, quizá aún más cargada. Esperaba que estuviera solo Lily, pero veo a Eric también. Está sentado en la encimera con los pies colgando y lleva una camisa de seda azul brillante.

—Billy puede resolver esto —dice, como si hubiera estado allí toda la tarde y acabara de volver entrar en la habitación—. La encantadora Lily y yo estamos discutiendo sobre la necesidad de imponer un control efectivo sobre las armas en este país. Yo creo que hay que prohibir todas las armas de fuego, con la excepción de las que se utilizan cuando es absolutamente necesario para controlar las poblaciones de animales salvajes. Pero Lily quiere eliminarlas de manera gradual, aunque no da detalles de cómo se puede hacer eso en la práctica.

Habla muy deprisa y, mientras lo hace, baja las piernas y, para mi sorpresa, me abraza igual que Jennifer, incluyendo los besos que casi, pero no del todo, me rozan las mejillas. Aun así, haga lo que haga o diga lo que diga, no puede competir con el aspecto de Lily. Lleva un vestido casi blanco, con flores estampadas, y una delicada rebeca le cuelga por los hombros. Se acerca y me da un abrazo de bienvenida, pero sin los besos. Presto tanta atención al saludo que apenas me doy cuenta de que Eric ha vuelto a hablar.

—Sí. Bueno, creo que tenemos que hacer que Billy entre en calor antes de saturarle con las grandes preguntas de la vida. —Sostiene una botella, esta vez es solo vino blanco que sirve en una gigantesca y delicada copa de vino. La desliza sobre el granito de la encimera hacia mí.

—Estás siendo bastante obtuso, Eric, como siempre. —Lily vuelve a la conversación anterior. Noto que está preparando una ensalada. Hacía varias semanas que no veía algo verde en un plato—. Tan solo quería indicar que hay millones de armas en circulación y si te limitas a prohibirlas no creo que cause un gran impacto. Por lo que pienso que cualquier enfoque que se tome debe tener este hecho en cuenta.

Eric la mira un instante y luego aparta la vista de manera exagerada, como si estuviera en un escenario.

—En realidad, si lo prefieres —me interrumpe Jennifer con una sonrisa dulce—, puedes unirte a los chicos. Están en la sala de billar, debatiendo la importancia del arte impresionista francés.

No sé si se trata de una broma o no, aunque empiezo a sospechar que no lo es, pero sea como sea, no he terminado de asimilar la casa en la que me encuentro.

—¿Esta casa es toda tuya? —pregunto. Al instante me arrepiento de la pregunta, pero Eric se vuelve hacia mí con una gran sonrisa.

—Sí, es una maravilla, ¿verdad? El Palacio de Lily, lo llamo yo. Amueblado para un príncipe europeo exiliado, ¿no es así? Espérate a ir al baño, los grifos son de oro.

Lily pone los ojos en blanco y no dice nada.

—Es de mi abuelo, me deja vivir aquí mientras voy a la universidad. Quería que estuviera cómoda.

—Y lo está, muy cómoda —vuelve a interrumpir Eric, alzando un brindis por ella con su copa de vino.

—¿A qué se dedica tu abuelo? —pregunto—. No es un príncipe, ¿no?

Supongo que es una pregunta estúpida, o deduzco que debe serlo, por el incómodo silencio que le sigue. Durante unos instantes nadie me mira, sino que intercambian miradas entre ellos. Entonces Eric deja su copa en la encimera.

—Billy, ¿por qué no te doy una vuelta por tu palacio para esta noche? —Se vuelve hacia Lily—: ¿Te parece bien? ¿Mientras cortas ese tomate? Prometo no enseñarle tu tocador...

La cara de Lily, que seguía seria tras mi pregunta, se descompone de repente y vuelve a estar encantadora. Muestra una sonrisa modesta y hermosa.

—Claro que sí. Pero, por favor, no rompas más jarrones.

Eric le echa una mirada en su dirección, y de repente se baja de la encimera y se pone a mi lado. Antes de que me dé cuenta de lo que ha pasado, me ha quitado la copa de las manos, la ha dejado en la mesa y me ha agarrado por el brazo. Puedo sentir la delgadez de sus músculos a través de la manga de su camisa.

Salimos al pasillo y de ahí entramos en una sala dominada por una enorme mesa de comedor, colocada sobre una enorme alfombra que cubre parte del suelo de madera maciza. En la mesa caben veinte comensales, por lo menos, pero la han puesto para -cuento con rapidez- seis personas solo. Los platos y cubiertos parecen de plata, y han puesto servilletas de lino y todo. No sé si serán caras, pero lo parecen. El resto del comedor hace juego con la casa. Hay una enorme chimenea con un gigantesco espejo colgado sobre ella, y una gran ventana doble; cuando me acerco a ella veo que fuera hay un gran jardín de césped protegido a ambos lados por árboles maduros. Más allá del césped hay un muelle y el río, ancho aquí al encontrarse con la bahía.

—Aquí es donde comemos —comienza Eric—. Decorado para el rey Jorge VIII por el genio del interiorismo parisino, Pierre Le Gustave, famoso por tener un solo ojo y tres piernas.

Pongo la mirada en blanco.

—Me lo acabo de inventar, pero luego habrá un examen —Se detiene—. En realidad, solo quería sacarte de la cocina antes de que te metieras en más problemas.

Si es posible, parezco aún más inexpresivo.

—Billy, deja que te informe de las reglas del Palacio de Lily —me rodea con el brazo y me lleva fuera del comedor, de vuelta al pasillo, y luego a otra sala. Está llena de estanterías en todas las paredes, con escaleras para llegar a las más altas—. La biblioteca —anuncia—. Sentémonos un momento a contemplar.

Hay cuatro sillones de cuero rojo, me empuja a uno y él se sienta en otro.

—La primera regla del Palacio de Lily es que nadie habla del Palacio de Lily. —Espera un segundo y continúa—. Debes pretender, al igual que el resto de nosotros, que es muy normal vivir en una mansión de diez habitaciones a la orilla del río con antigüedades de valor incalculable y grifos de oro.

—Pero por qué ella...

—¡Ah! —Eric levanta un dedo para detenerme—. Estás olvidando la primera regla del Palacio de Lily. Nadie habla del...

—Pero...

—Basta ya, Billy. No se pregunta, no se mira con curiosidad, ni siquiera se menciona el Palacio de Lily. Ni a tus amigos, ni a tu familia —me mira a los ojos antes de continuar—, ni siquiera a tus amantes.

Se hace un silencio incómodo.

—No tengo ninguna amante.

No sé por qué lo digo. Supongo que todo esto me resulta bastante abrumador.

—Ay, Billy. Eres muy revelador, un libro abierto. Lo cual me lleva a la tercera regla. Arriba.

Por un momento no sé a qué se refiere, luego me hace un gesto con la mano para que me levante del sillón. Salimos de la biblioteca y entramos en otra estancia. Supongo que podría llamarse sala de estar. Es un poco más normal con una televisión colgada de la pared. Hay una abertura en un extremo que da a una especie de solario que sale a los jardines. Eric señala con vaguedad a su alrededor.

—La sala de estar. Es donde Lily pasa la mayor parte del tiempo. Bueno, aquí y en la cocina.

Luego me lleva de nuevo al exterior. Hay otra puerta del vestíbulo que no he visto, aquella en la que Jennifer dijo que estaban los chicos, discutiendo algún tipo de arte, creo. Vamos allí a continuación, pero incluso antes de entrar, puedo oír que todavía siguen allí. Eric empuja la puerta sin llamar y veo una mesa de billar; creo que es de billar inglés, aunque no estoy seguro de la diferencia entre ese y el billar americano. Sea cual sea el tipo, la mesa es enorme, como el resto de la casa. Dentro está James, jugando con otro hombre que no conozco. Supongo que se tratará de Óscar. Ambos me miran como si prefirieran que no estuviera aquí, luego James sonríe de manera forzada.

—Billy, has venido. —No me presenta al otro hombre, pero Eric sí lo hace.

—Y este es Óscar. No os habíais conocido pero le hemos hablado de ti.

No sé si debo entrar a estrecharle la mano o qué, pero no hace ningún movimiento hacia mí.

—Hola —digo al final, y él se limita a devolverme el saludo con la cabeza.

—Te toca —dice James, dándonos la espalda. Así que supongo que la conversación se ha terminado.

—Vamos a mirar arriba —dice Eric. Y cuando estamos subiendo la escalera continúa hablando—. Óscar te acabará cayendo bien, al igual que James. Siempre y cuando recuerdes la tercera regla...

Ya estamos en el rellano del primer piso, que de nuevo está revestido de arte. A intervalos regulares hay aparadores repletos de jarrones de varios tamaños.

—Eso fue lo que rompí —interrumpe Eric—, uno de esos jarrones, estaba jugando al fútbol. Valía más de cien mil dólares. Pero al parecer estaba asegurado por varias veces esa cantidad. Así que la familia acabó sacándole dinero al incidente, de ahí que todavía me dejen entrar en la casa, pero sin balones de fútbol. Elige una puerta.

Lo hago, y Eric me lleva a un enorme dormitorio. Por un segundo me pregunto si será el de Lily.

—No es el de Lily, si es eso lo que te estás preguntando. Ella duerme en el gran dormitorio principal. Ni siquiera yo he entrado, solo James. Esta es tan solo una de las habitaciones de invitados.

Dice el nombre de James tan rápido que casi no lo capto, pero lo hago, y tengo que obligarme a no repetirlo en voz alta.

—¿Cuál es la tercera regla? —pregunto, después de haber visto la gran cama y haber admirado un armario.

—La tercera regla —Eric se vuelve hacia mí. Ahora parece más serio, incluso da un poco de miedo—, la tercera regla mientras estés aquí Billy, es que no intentes follar con Lily.

Me pilla por sorpresa.

—Yo no... —logro soltar por fin.

—Ya lo sé. Sé que no lo harás. Ella está fuera de tu alcance. De hecho, está fuera del alcance de todos, excepto de James, por supuesto. Pero lo cierto es que Lily es... es guapísima ¿verdad? —sonríe de nuevo—. No es que sea mi tipo, por supuesto, pero eso no significa que no aprecie lo encantadora que es. Con su piel blanca, sus ojos claros, con esos preciosos pómulos. Y supongo que podrás fantasear con ella, cuando estás de vuelta en tu casa. Pero si intentas algo con ella, cuando esté borracha, o cuando tú lo estés, y puede que incluso te dé esa oportunidad, porque a nuestra Lily le gusta tontear de vez en cuando... Si intentas tirártela, entonces todo este lugar se derrumbará a tu alrededor y solo te quedarán las ruinas.

No sé qué decir. Pero incluso a través de la advertencia, siento una especie de dolor.

—Ese chico, James, ¿es su novio?

Eric se queda en silencio. Pero luego asiente con la cabeza.

—¿Y Óscar?

—¿Qué pasa con Óscar? —Eric frunce el ceño—. Es solo un... amigo de James. No es nada.

—Él está... —No sé lo que estoy preguntando, y parece que Eric tampoco lo sabe—. ¿No está con... con Jennifer?

Eric me mira a los ojos.

—Creo que sí. Pero ¿por qué te importa? ¿Qué más te da Jennifer? ¿Eres

de lo que les gusta conformarse con el segundo premio? —Levanta las cejas
—. ¿Con Jennifer? Supongo que podrías probar tu suerte, pero para ser sincero tampoco te lo recomendaría.

—No, quería decir... —Me cuesta encontrarle sentido a todo esto—. Solo quiero entender quiénes sois, cómo encajáis los unos con los otros.

Eric me mira a los ojos antes de contestar.

—Solo somos amigos, Billy. Un grupo de amigos normal y corriente. Ven, déjame que te enseñe la azotea.

CAPÍTULO CATORCE

POCO DESPUÉS, Jennifer llama por el pasillo que la cena está lista y vamos al comedor. Me siento en el centro de la mesa, entre Eric y Jennifer, y frente a James, que tiene a Lily y a Óscar a cada lado. James toma el control de la conversación, pero parece estar de mejor humor ahora. Me sirve más vino, esta vez tinto, y hace sitio en la mesa para que Lily ponga un plato lleno de una especie de pelotillas. No tengo ni idea de lo que son, James se da cuenta de mi cara y me lo explica.

—Son *gnocchi*.

—Mmmm —dice Eric—. ¿Hechos en casa?

—Sí, pero no por mí —responde Lily—. Son del restaurante de abajo. También hay ensalada, voy a por ella.

—Ya voy yo. —James se levanta y le sonríe, esta vez parece bastante normal. Sale del comedor. Cuando vuelve, los demás empiezan a servirse y, tras un momento, me animan a hacer lo mismo. No sé qué son los *gnocchi* estos, parecen una especie de pasta blanda en forma de bolas. La verdad es que están bastante ricos.

—¿Habéis llegado a alguna conclusión —pregunta Jennifer, dirigiendo la pregunta a James—, sobre cuál de los impresionistas franceses era el mejor?

—Decidimos que hay un empate —responde James con una gran sonrisa ahora. Es muy guapo, es difícil no darse cuenta—, entre Monet y Cézanne. — Luego se dirige a mí—. Quizá Billy pueda emitir el voto decisivo. ¿Tienes un pintor favorito, Billy?

Me doy cuenta de que este comentario podría hacerse para

menospreciarme, pero en realidad no lo parece. Creo que es una pregunta genuina.

—De verdad que no lo sé.

—Yo tampoco —continúa James, sin dudar—. Al principio no podía distinguir un Pissarro de un Picasso...

—O un Goya de tu polla —interrumpe Eric, pero James sigue hablando como si Eric no existiera. Se limita a echarle una mirada—. Pero fuimos a Europa el verano pasado para verlos en vivo y en directo. Y de verdad que son sorprendentes.

Hay murmullos de aprobación del resto del grupo y entiendo que cuando dice «fuimos» se refiere a que fueron todos juntos.

—Lo que pasa con el arte es que es... —se detiene, con la mirada perdida durante un momento—, es una extraña mezcla de dinero, misterio, escasez, y una visible progresión de habilidades y técnicas, que te permiten estudiar la evolución a través de los artistas y a través de la historia.

Supongo que se da cuenta de que no sé a qué se refiere.

—Vale, empecemos por el dinero. Tal vez el setenta por ciento de la atracción es el valor monetario. Se suele decir que las obras de arte tienen un precio incalculable, pero aun así cada cuadro tiene un precio que sube con el tiempo debido a la escasez, a que hay un número limitado de obras y a que, dado que los artistas están muertos, no se pueden crear más.

Sonríe.

—De ahí llegamos al misterio. Se rumorea que existen muchos más cuadros de los que hay catalogados. Y si uno tiene ciertas conexiones, se da cuenta de que algunos de esos cuadros no están perdidos, sino ocultos. Aquí en esta casa, por ejemplo, hay un Renoir, del que ningún museo sabe nada. De hecho nadie lo sabe.

—¿De verdad? —pregunta Jennifer, parece sorprendida—. No lo he visto.

Entonces me doy cuenta de que Lily está mirando a James y parece un poco molesta.

—Está en la habitación principal —añade Lily, y luego frunce el ceño de manera divertida—. Es un poco subido de tono. Se llama «Desnudo en el río».

—¡No me lo creo! —exclama Jennifer, y la explicación de James se ve interrumpida mientras Lily describe el cuadro y promete que se lo enseñará a Jennifer más tarde.

—Entonces, ¿qué es lo tuyo? —me pregunta James, un rato después—. Si no son los pintores franceses muertos...

Ahora tampoco me siento presionado por la pregunta. De hecho, todo lo contrario. James transmite una verdadera calidez. Es un poco extraño, dado lo frío que estaba antes, pero lo he perdonado.

—Bueno, siempre me ha interesado mucho la biología marina —digo—. Y cuando digo mucho, de verdad que es mucho.

—¿Por eso estabas en Australia, midiendo los tiburones?

—Sí.

—Nunca he estado en Australia —reflexiona—. Pero eso es bueno. Tienes suerte de tener una pasión en la vida, algo que te interese de verdad.

Hay un silencio, pero Eric lo rompe.

—Estos *gnocchi* son deliciosos, Lily —dice, sosteniendo dos que ha ensartado con su tenedor—. Verdaderas bolas de placer.

La charla continúa y, aunque la mayoría de las veces no se trata de mí, todos intentan incluirme en lo que dicen, explicando a lo largo de la cena qué es lo que están estudiando y algunos detalles sobre cómo se conocieron. Me entero de que todos van a Harvard y de que están en su tercer año. La mayoría está estudiando alguna variante de Empresariales con la excepción de Óscar, que estudia Informática. Noto que eso es lo único que dice en toda la cena.

Tengo la impresión de que todos provienen de familias que tienen algún tipo de negocio, aunque no dicen cuáles. Preguntan por mí y les explico que mi padre también tiene su propio negocio de avistamiento de ballenas y que yo le ayudé a montarlo. Coinciden en que es algo que les gustaría hacer alguna vez. Luego me invitan a participar en varios de sus pasatiempos, como jugar al tenis en el club de campo e incluso ir a navegar en el velero del padre de Lily, aunque no fijan ninguna fecha concreta. Me paso la velada tratando de guardar cuánta más información pueda para intentar darle sentido luego.

Después de la pasta viene el plato principal. En realidad no me había dado cuenta de que las bolas de pasta no eran el plato principal, hasta que James y Jennifer se las llevaron y volvieron con pechugas de pollo cocinadas en vino blanco. Luego hay un postre, una tarta que se llama *Pavlova*. Había oído hablar de ella pero nunca la había probado. Es una especie de cosa blanca crujiente, con frambuesas y nata. Está bien, pero no es nada del otro mundo. Mientras la tomamos, Eric me recuerda que dije algo de atrapar asesinos, además de traficantes de drogas, y les hablo de mi antigua directora del instituto, que ayudó a asesinar a su padre y a su hermano, y de cómo la atrapé. Después ayudo a llevar los platos a la cocina, donde Lily los mete en el lavavajillas, bueno, en uno de ellos. Hay dos lavavajillas en esta cocina, lo que me parece una muy buena idea, siempre y cuando tengas suficientes platos, claro. Mientras se lo digo a Lily me doy cuenta de cómo se le sube el vestido por las piernas al inclinarse, mostrando su piel desnuda. Y creo que me callo. Cuando desvío la mirada me doy cuenta de que Eric me está mirando.

Después de la cena, Óscar me reta a una partida de billar inglés. En realidad no conozco las reglas, pero él me las explica. Tampoco se me da mal, porque he jugado mucho al billar cuando era pequeño ya que solían tener una mesa en el Club de salvamento y socorrismo de Silverlea. Hay que despejar todas las bolas, como en el billar americano al que estoy acostumbrado, solo que hay que meterlas en el orden correcto, y cada color tiene una puntuación diferente. Sin embargo, Óscar es bastante mejor que yo y después de unos diez minutos él tiene sesenta puntos y yo todavía no he metido ninguna bola. Así que los demás empiezan a ir conmigo de repente. Óscar mete una bola tras otra, pero cuando por fin falla y me toca a mí de nuevo, los demás empiezan a golpear la mesa y a animarme. Me siento nervioso cuando me inclino para hacer el tiro, pero cuando golpeo la bola sé que va a entrar, y cuando lo hace todos me aplauden. Bueno, todos menos Óscar.

Él tan solo me sonríe.

—Un tiro con suerte, Billy. Aunque sigo ganando yo.

Después de eso James me coge por el brazo, junto con Lily, y me dice que quiere enseñarme algunos de los cuadros de los que hablaba antes. Hay un par de ellos en las paredes, o copias de ellos, pero sobre todo miramos algunos libros enormes en la biblioteca, y veo que está interesado de verdad, aunque no puedo decir lo mismo de mí.

Sin embargo, hacia la medianoche, cuando estamos todos en la sala de estar que Eric me mostró antes, Lily da un gran bostezo, y los demás lo toman como señal de que la noche ha terminado. Le damos las gracias a Lily, y recibo otro abrazo y un beso de ella y Jennifer, y luego nos vamos todos juntos. Óscar y Jennifer giran a la derecha en la calle, diciéndome que no viven muy lejos, pero Eric ya ha llamado a un Uber, que dice que puedo compartir. Una vez en el taxi quiero hacer más preguntas sobre todo lo que he visto, y sobre quiénes son todos ellos, pero recuerdo sus extrañas reglas, y supongo que incluyen no dejar que los conductores de Uber oigan nada. Así que no hago ninguna pregunta. En su lugar me deja en casa, sin dejarme pagar nada y luego se aleja.

Todavía estoy confundido por todo mientras vuelvo a mi apartamento. Confuso y con una especie de subidón, sin creer ni entender del todo dónde he pasado la tarde. Hay una luz encendida en nuestro salón, y al entrar veo que Jimbo y Gary están aún levantados, fumando porros y viendo algo de motocross en la televisión. Nuestra cocina-comedor me parece diminuta, aunque en realidad sea bastante grande con espacio para que se sienten seis personas. Y aunque está bastante limpia, parece sucia y vieja comparada con la que acabo de ver en el Palacio de Lily.

—Billy, mi papi favorito —dice Jimbo con un terrible acento colombiano—. ¿Quieres una calada, hermano?

Me ofrece una calada al porro, pero le digo que no y me voy a la cama.

CAPÍTULO QUINCE

NO QUIERO IRME A DORMIR. Me da vueltas la cabeza y quiero investigar un poco. Eric me ha dicho que no debo hablar del Palacio de Lily, pero no dijo nada de que no pudiera buscarlo en Google. Así que eso es lo que hago.

Tengo un buen equipo aquí, en lo que se refiere a ordenadores. Tengo mi portátil, y compré un monitor separado después de llegar, uno bastante grande porque voy a tener que hacer trabajos aquí en algún momento y me gusta tener dos pantallas. También pensé que me haría sentir más en casa.

Minimizo todas las pestañas con lo que estoy trabajando y abro un par de navegadores nuevos: Google Chrome, Microsoft Edge, Opera, Vivaldi y Mozilla Firefox. Entonces empiezo a teclear algunos de los términos que memoricé antes, con la esperanza de obtener el apellido de Lily, para poder averiguar más cosas sobre ella. Es más difícil de lo que esperaba. O bien se cuidaron de no decir nada que me permitiera encontrarla en Internet, o bien yo estaba demasiado nervioso con todo lo que estaba pasando y no pillé nada. En realidad, esto último es lo más probable.

Entonces recuerdo que Lily me envió un mensaje de texto, lo que significa que tengo su número de teléfono móvil. He rastreado a la gente de esta manera muchas veces. A veces la gente pone su número de teléfono en Internet, por ejemplo en Facebook o algo así, para que puedas conseguirlo de esa manera, lo cual es una gran tontería, así que casi me alegro cuando veo que ella no lo ha hecho. En cualquier caso, no es un problema ya que es bastante fácil acceder a los listados de las bases de datos de las distintas compañías telefónicas. Lo que sí que es un problema es que es un poco ilegal hacerlo, así que me meto en la web profunda para que no me puedan rastrear. Me lleva un poco de tiempo porque no hay una base de datos centralizada con los registros telefónicos de todo el mundo. Es más bien que muchos piratas han accedido a los registros de cada una de las principales compañías en diferentes momentos, por lo que los datos están dispersos. Así que hay que buscar en todos ellos uno por uno. Además, no siempre están actualizados, lo que significa que si se ha cambiado el número hace poco, no figurará en los registros. En fin, después de investigar un poco (si de verdad quieres saberlo, escribí un pequeño programa que crea una tabla de búsqueda y lo ejecuté para automatizar el trabajo), descubrí que su número no figuraba en ningún registro. Lo que significa no está en ninguna de las principales redes utilizadas en Estados Unidos. Esto es extraño, y no sé lo que significa, pero sigo adelante.

Ahora lo intento con la dirección. Sé dónde vive, claro está, pero no sé de quién es, aparte de que es el abuelo de Lily, o eso dijo ella. Pero es un lugar tan increíble, que tiene que haber algo sobre el edificio en Internet. Una de las formas más sencillas de averiguar quién es el dueño de una propiedad es ver quién paga los impuestos, lo cual se puede averiguar a través de la oficina del asesor fiscal local. Suelen tener una página web, y todo lo que necesitas es la dirección, y un poco de paciencia, porque no son las páginas mejor diseñadas. En el caso de esta oficina de impuestos también quieren que pagues una tasa de cien dólares y, fíjate el detalle, quieren que vayas en persona a pagarla porque ni siquiera han creado un portal de pago online. Aunque fuera a pagarles, que no es el caso, no están abiertos a las ¿qué hora es ahora? Las tres de la mañana. No importa. En lugar de eso, decido buscar en los registros del condado.

En la mayoría de los estados, las escrituras y los documentos de propiedad de todos los edificios están a disposición del público. Tengo que contener un poco la respiración cuando compruebo si eso es cierto aquí, pero me alegra ver que lo es, y además no hay que pagar. Entonces introduzco la dirección solo para encontrar un nuevo problema. Los registros han sido digitalizados desde la década de los 60, y está claro que la casa del abuelo de Lily se construyó antes de esa fecha. Así que no aparece en la parte indexada de la página web del registro. Estará en algún registro pero voy a tener que mirar en las imágenes de los registros escaneados. La verdad es que me estoy frustrando un poco.

Tardo otra hora en darme cuenta de que lo han organizado en base a mapas. Tienes que encontrar en el mapa el cuadrado de la calle que buscas y luego puedes buscar en todos los registros de ese cuadrado. Como se trata de una ciudad, hay bastantes registros y no se puede buscar en ellos porque es solo una imagen de un libro de contabilidad escrito a mano. Por fin encuentro la plaza y la calle correcta y ahí está: la dirección de Lily. Solo que no hay nada anotado en ella. Por alguna razón, mientras que todas las demás direcciones tienen un bloque de texto escrito a mano que indica el titular de la escritura, en la dirección de Lily no aparece nada. Esto sí que es extraño de verdad. Así que vuelvo a la web profunda y hago un par de búsquedas sobre lo que podría significar, pero no encuentro nada. Al final dejo la pregunta en un tablón de anuncios y me desconecto. Estos tableros de mensajes están llenos de mega raros que están muy metidos en estas cosas. Seguro que mañana tengo una respuesta.

Así que, una vez hecho esto, cierro la sesión y esta vez sí que me voy a dormir.

CAPÍTULO DIECISÉIS

CUANDO ME DESPIERTO, bastante temprano porque tengo una clase a las nueve, me espera una respuesta. Tengo que leerla dos veces porque estoy un poco aturdido con mi investigación y porque no es el nombre lo que necesito sino solo una explicación de por qué no puedo ver ningún registro en la dirección de Lily.

La respuesta es de un tal CaballoNegro. Pienso que es un hombre aunque no lo sé, en realidad podría ser una mujer. En cualquier caso, me dice que hay varias razones por las que una residencia privada puede tener acceso restringido. Podría ser algo muy peligroso, como por ejemplo, que el propietario forme parte del Programa de Protección de Testigos, o que los propietarios trabajen en algún departamento militar de alto secreto. En ese caso tendría que proceder con mucho cuidado porque hay todo tipo de búsquedas de alto nivel que activan alertas, y cuando se trata de temas militares son superdifíciles de borrar. También podría ser algo mucho menos emocionante, como que el dueño de la propiedad haya pedido que sus registros no formen parte del dominio público. Además de contarme todo esto, CaballoNegro me ha preguntado si quiero que investigue más a fondo, y me dice que ni siquiera me cobrará. Me lo pienso un rato, mientras me preparo un café en la cocina, pero luego respondo que no, que muchas gracias pero que no hace falta. Creo que no está del todo bien hacer todas esas búsquedas sobre Lily a sus espaldas. Y además, con estos frikis de la informática, nunca se sabe si están del todo bien de la cabeza.

Hace una mañana muy buena y estoy de buen humor mientras voy a la universidad para mi clase de la mañana. La primera hora es igual que siempre, repasando temas que estudié hace años, pero sigo con el rollo de escribir apuntes. Estoy tan aburrido que se me va la cabeza y empiezo a repasar todo lo que pasó anoche. Mientras lo hago, sigo teniendo visiones de Lily. Lily riéndose en la mesa. Lily acercándose para besarme cuando llegué. Lily inclinándose sobre el lavavajillas, con la falda levantada y mostrando sus suaves piernas. Estoy tan distraído que no me doy cuenta de que una mujer, sentada a un par de asientos, se inclina para hablar conmigo. Al final me toca en el brazo.

—¡Oye! ¿Estás bien? —Sonríe y parece un poco preocupada. Ya me había fijado en ella, pero nunca habíamos hablado. Es un poco mayor que yo y se le ve que está muy interesada en su carrera ya que solemos estar solos ella y yo al principio de las clases, antes de que lleguen los demás—. Hoy pareces muy distraído.

—¿Qué? —Mi visión de Lily se desvanece, lo cual me decepciona. Sacudo mi cabeza para despejarla y me centro en la mujer que tengo frente a mí—. No. Estoy... bien.

Me sonríe con calma y vuelve a sus notas. Luego, al final, cuando el profesor ha terminado, se acerca al asiento de al lado antes de que me levante para salir.

—Ha sido difícil, ¿verdad? Me cuesta mucho trabajo recordar todos los nombres en latín. —Pone los ojos en blanco.

—Ah, no, yo no estaba... —Entiendo lo que quiere decir, pero me detengo. No quiero decir que no estaba prestando atención.

—Me llamo Linda —dice la mujer a pesar de que no le pregunto—. Linda Reynolds. Estoy en muchas de tus clases.

—Lo sé.

—Claro. —Mueve la cabeza hacia un lado y luego hacia el otro, como si lo estuviera pensando—. Bueno... solo quería saludarte. Y decirte que puedes tomar prestados mis apuntes si alguna vez los necesitas —me da otra sonrisa—. Si te pasas toda la noche de fiesta y sientes que tu cabeza no está en su sitio.

—No he estado toda la noche de fiesta.

—¿Ah no? —Me mira y sonríe, pero luego se encoge de hombros—. Bueno, ya sabes. Por si alguna vez lo estás.

En ese momento tengo que bostezar y no puedo evitarlo. Entonces siento que debo explicarme.

—Anoche estuve trabajando.

—Ah —Linda parece contenta con la explicación—. Entonces eres de los que se queda toda la noche repasando. —Vuelve a sonreír—. Nos preguntábamos cómo te las arreglabas para saber la respuesta a todas las preguntas de las tutorías.

—No era ese tipo de... —Empiezo a decir, pero luego me detengo—. ¿Quiénes sois los que os lo preguntáis?

Linda agita una mano. Ya ha llenado su bolsa.

—Unos cuantos, somos estudiantes maduros en su mayoría. Nos ayudamos los unos a los otros con el trabajo.

No sé qué decir a esto. Así que no digo nada.

—Me preguntaba, ¿quizás te gustaría unirte a nosotros? Quiero decir, tú eres maduro, bueno un joven maduro.

Tampoco sé qué responder. Está claro que no necesito ayuda con mi trabajo, pero no quiero decirlo, porque me haría parecer un arrogante.

Vuelve a sonreír, mientras el resto de la clase se va levantando a nuestro alrededor.

—En realidad hemos quedado hoy para tomar un café, después de Procesos Químicos, ¿quieres unirte a nosotros?

Lo dudo, ya soy más joven que todos los demás estudiantes. No estoy seguro de que salir con los estudiantes maduros tenga mucho sentido. Pero no quiero ser descortés.

—Hum, bueno, vale.

—¡Genial! Te buscaré en clase. —Se va y me saluda con la mano.

Ahora tengo un descanso, así que voy a la biblioteca. Intento leer, pero parece que no puedo concentrarme. De repente estoy de un humor extraño. Antes de llegar aquí, tenía todas esas ideas sobre cómo sería la universidad. Que iba a ser todo investigación y experimentos y diversión. Pero en realidad casi todo lo que hacemos es leer sobre lo que otras personas investigan. Y son artículos que ya he leído en su mayoría. Siento que me falta algo, pero no sé qué es. Así que no leo mucho, sino que me limito a observar en secreto a los estudiantes que me rodean, con sus auriculares, sus ordenadores portátiles, sus gigantescos vasos de café para llevar del Starbucks y las miradas de concentración en sus rostros, como si les resultara todo muy difícil. Me pregunto qué estaré haciendo mal.

Pero enseguida me animo porque entonces recibo una llamada de Lily. Suena fresca y llena de vida.

—Billy, ¿qué vas a hacer hoy?

Mi agenda aparece en mi cerebro. Es un día muy ajetreado, tengo otras tres clases después de este descanso, con descansos entre medias a lo largo del día por lo que termino a las seis de la tarde. Pero no tengo la oportunidad de decírselo, porque continúa hablando.

—Nos vamos a la playa. ¿Quieres venir?

—¿Qué?

—A la playa, Billy. Es como una gran bañera, con arena…

—Ya sé lo que es… pero no puedo. Tengo clases.

—¿Y?

—Pues que no puedo. —Pienso con rapidez, o lo intento—. Podría ir el fin de semana. —Lo digo con un poco de esperanza.

—No, eso es demasiado tarde. Nos vamos ahora mismo. James ha decidido que quiere ser surfista. —De fondo oigo un resoplido de risa, parece Eric—. Es su nueva afición, su nueva pasión. —Lo dice con mucho sarcasmo, y casi puedo ver cómo me sonríe, a su manera tan bobalicona—. Y dice que este fin de semana no va a haber olas. Así que tiene que ser ahora o nunca.

Pienso, o tal vez deseo, que hubiera alguna manera de poder mover las clases. Pero es un pensamiento ridículo y Lily lo interrumpe de todos modos.

—¿Qué clases tienes?

—Evolución y comportamiento, Biodiversidad y Procesos físicos y químicos del océano.

—Vale. ¿Pero no nos dijiste la otra noche que tu curso era tan fácil que podías hacerlo con los ojos cerrados?

—Erm —empiezo a responder. Puede que dijera algo así, pero no con esas palabras.

—Entonces ponte al día más tarde. Cuando estés durmiendo. Es un día demasiado bonito para pasarlo en clase —sigue hablando rápido, como si ya estuviera resuelto—. ¿Dónde estás?

—Estoy en la biblioteca.

—¿En la universidad?

—Sí.

—Te recogemos fuera. Vamos a alquilar tablas y neoprenos, así que no necesitas nada. Solo nos faltas tú.

Y cuelga. Ni siquiera dijo cuánto tiempo tardarían en llegar.

Me lo pienso durante unos treinta segundos y me levanto de golpe para devolver los libros, coger mis cosas y salir a esperarla. Me siento un poco inseguro allí de pie. Temo que uno de mis profesores me vea y me pregunte qué estoy haciendo y adónde voy, pero sé que no lo harán porque la universidad no es como el instituto. Puedes faltar a clase si quieres. No hay listas, ni un director al que informar si no te presentas. Puedes hacer lo que te apetezca.

Aun así me siento mal. Hasta que, diez minutos más tarde, veo un gran todoterreno plateado doblando la esquina y el hermoso rostro de Lily asomado por la ventanilla del copiloto buscándome. Entonces, de repente, señala hacia mí y empieza a mover el brazo con alegría.

CAPÍTULO DIECISIETE

CONDUCIMOS hacia la playa de Nantasket, una playa al sur de la ciudad de Boston en la que no he estado nunca. James conduce, con Lily a su lado, y Jennifer y Eric van en el asiento trasero. Yo voy en el medio (Eric se bajó para dejarme entrar; dijo que se marea si no se sienta junto a la ventanilla). Hay una tercera fila de asientos y Óscar está atrás solo, con la excepción de una cesta de mimbre gigante que no sé lo que tendrá pero sea lo que sea, huele bastante bien.

Tardamos unos cuarenta minutos en llegar debido al tráfico, y durante todo el camino están charlando y emocionados, y es muy contagioso. No solo porque me encanta ir a la playa y la he echado de menos. Sino porque vamos todos juntos.

No hay mucha gente cuando llegamos. Está como la playa de Silverlea en un día de buen tiempo pero entre semana, cuando la mayoría de la gente está trabajando. James parece saber a dónde va y se detiene en un aparcamiento frente a una pequeña tienda de surf, y luego él y Lily desaparecen dentro. Yo no los sigo, en su lugar me limito a cruzar la calle y a mirar al mar, absorbiéndolo. No es la playa más bonita que he visto en mi vida: hay una carretera que recorre la parte superior, respaldada por edificios, y no hay acantilados ni dunas ni nada muy natural que digamos, pero a la vez no hay ni un soplo de viento, y la superficie del agua está tan tranquila que parece un espejo. Aun así, hay un pequeño oleaje que entra, plateado y perezoso bajo el sol de la tarde. No es épico, pero siento que me atrae. Bajo la mirada para contemplar la playa, de arena pálida, con la marea baja. Hay unos cuantos grupos de gente tumbada en toallas o con sombrillas, pero hay mucho espacio libre en la arena. El agua tampoco está muy llena, solo se ve salpicada por cabezas y hombros de varios surfistas.

—Eric y Jennifer van a esperar en la playa, pero tú vas a entrar, ¿verdad, Billy?

Me giro para ver a Lily, de pie con otro chico. No lo conozco, pero reconozco el tipo enseguida.

—Este es Wayne, lleva la tienda de aquí, le he pedido que te dé un traje y una tabla. Escoge lo que quieras, corre todo de mi cuenta.

Me doy cuenta de que debería protestar por la generosidad de Lily y empiezo a hacerlo, pero me detiene enseguida.

—No seas tonto. Te he arrastrado hasta aquí y yo voy a hacer surf. —Me sonríe con una sonrisa fresca y alentadora—. Vamos.

Así que vuelvo a mirar al océano una vez más y luego la sigo a ella y a Wayne hacia la tienda.

He estado en un montón de tiendas de surf, casi todas con papá, y esta no es diferente, pero nunca había alquilado una tabla antes. Nunca lo he necesitado. Papá siempre tiene muchas tablas por todas partes. Los representantes de las casas se las dan, porque quieren que vaya a hacer surf con las tablas de su marca, o que les diga cómo mejorarlas. Tampoco he alquilado nunca un neopreno. En Lornea, solo los turistas los alquilan. Vamos, que lo que quiero decir es que toda esta experiencia es un poco rara, pero hago lo posible por ignorarlo.

Oigo que Lily está en uno de los vestuarios, poniéndose con dificultad el neopreno y haciendo bastante ruido mientras lo hace. Mientras tanto, James ya se ha puesto el suyo, solo que, por la forma en que lo lleva, veo que no está acostumbrado a andar en uno. Entonces Wayne empieza a sostener neoprenos contra mí para encontrar uno que me quede bien. Los miro un instante y cojo el mejor, o el menos malo. Luego me enseña dónde están los cambiadores. Esto también es nuevo para mí. En casa me cambiaría junto a la camioneta y no me importaría que me vieran, pero ahora me siento cohibido porque Lily sigue al lado y solo hay una cortina entre nosotros.

Cuando me he puesto el neopreno salgo y veo que los otros siguen eligiendo sus tablas con Wayne. Solo vamos a hacer surf James, Óscar, Lily y yo, el resto se ha ido a sentar a la playa. James y Óscar son los primeros en escoger sus tablas, ambos se toman un tiempo para inspeccionar las tablas de surf cortas. Mientras espero, veo que tienen un estante de tablas de pádel surf y me sorprendo a mí mismo al preguntar a Wayne si puedo coger una de esas en su lugar. También sorprende a Lily, que pregunta por qué. Le explico que cuando las olas son pequeñas como hoy, es mucho más fácil y se pueden coger muchas más olas en una tabla de pádel. Entonces Lily parece interesada y dice que hará lo mismo. Así que, unos minutos después, los cuatro cruzamos la carretera y bajamos a la arena. Eric y Jennifer están tumbados en la arena. Han sacado una sombrilla de algún sitio, aunque hoy no la necesitan. Eric nos echa un silbido cuando pasamos junto a ellos. En realidad, tengo la extraña sensación de que el piropo me lo ha echado a mí.

Me siento raro mientras caminamos hacia el agua. Es difícil explicar con exactitud por qué, pero es como si estuviera ante un encuentro entre dos mundos. O quizás más de dos. Cuando era niño me daba mucho miedo el agua, más que eso, me tenía aterrorizado. Y por una buena razón, ya que mi madre intentó ahogarme cuando era un bebé. Pero cuando lo superé, empecé a hacer mucho surf con papá, y a bucear, y a nadar y a ir en kayak, y todo tipo de cosas. Así que ahora me siento muy relajado en el agua, como si estuviera en mi propia casa. Y se nota que Lily, James y Óscar no están tan relajados: no sujetan las tablas de la manera correcta, ni siquiera saben cómo subir la cremallera de sus neoprenos (cuando era más joven tenían las cremalleras en la espalda, pero ahora siempre están en la parte delantera). Pero a la vez sigo esperando que James o Lily me hagan una pregunta sobre pintores impresionistas franceses, o el billar inglés, o algo de lo que todos ellos saben y yo no. Así que es una mezcla extraña, no sé si sabes lo que quiero decir.

Nos adentramos en las olas. Siento que el agua está aún cálida. James y Óscar se tumban en sus tablas y empiezan a remar, yo me pongo de pie en la tabla de paddle y empiezo a usar el largo remo para impulsarme. Es una tabla muy grande y estable, tengo una en casa que es la mitad de tamaño y tampoco me caigo de esa. A mi lado, Lily observa lo que hago e intenta hacer lo mismo, pero se inclina hacia delante, grita y se cae, con los pies por los aires mientras chapotea en el agua. Desde la orilla oigo a Eric gritando y riéndose.

Me siento un poco culpable pero ella sale a la superficie, con cara de asombro por un momento, antes de romper a sonreír, con el pelo pegado a la cara. Dejo de remar y espero en el sitio mientras lo intenta de nuevo. Se cae por segunda vez. Sigo esperando en el mismo sitio pero me giro para estar perpendicular contra las olas que entran para que no me derriben.

—¿Cómo lo haces? —pregunta por fin, resoplando por el esfuerzo.

—Tienes que… —trato de pensar—, solo tienes que ponerte de pie. —De verdad que no es difícil una vez que te acostumbras.

Lo intenta de nuevo, pero vuelve a caer, y ahora ya no sonríe tanto, así que le sugiero que se ponga de rodillas hasta que crucemos el oleaje y hayamos llegado donde el agua está más tranquila y será más fácil.

Entonces, cuando eso tampoco funciona, decido ayudarla. Me bajo de la tabla y la aparto hacia un lado, sujeta por la correa, y empujo la suya desde atrás hasta que pasamos por la sección del rompiente de las olas. Mientras tanto, Lily se arrodilla sobre la tabla y ayuda un poco con su remo. Por fin atravesamos el rompeolas y llegamos a una buena zona donde podemos coger olas. Aquí es fácil, porque el agua se mantiene en calma. Y aquí le doy una breve lección; le muestro cómo ponerse de pie y usar el remo para mantener el equilibrio. Le enseño el lugar correcto para ponerse de pie en la tabla, y cómo hacer para girarla. Y es fácil, porque el paddle surf es muy fácil, por eso todos los famosos lo hacen. Pronto le coge el tranquillo y volvemos a remar hacia donde nos esperan James y Óscar, a los que llama diciendo ¡mírame!, y veo con alivio que está divirtiéndose de nuevo.

Cuando llega un buen grupo de olas, dejo que James y Óscar tomen las primeras, porque eso de ser educado, y también los observo. Ambos se ponen de pie, pero no tienen el estilo suave y fluido de los surfistas de la isla de Lornea, de papá y sus amigos. En su lugar, se impulsan hacia arriba, desviando la tabla de la ruta que habían tomado por las olas. Luego se tambalean un poco, agitando los brazos y tratando de conseguir suficiente velocidad para hacer un giro. En realidad no es culpa suya, las olas son demasiado pequeñas y lentas para sus tablas cortas; por eso elegí la tabla de paddle. Así que cuando llega la última ola y Lily está demasiado lejos para cogerla, me doy la vuelta y me lanzo a por ella.

La tabla que he escogido resulta ser bastante buena para coger olas, por cierto. Avanzo por la línea de la ola, y luego, solo porque puedo, doy un paso adelante y cuelgo los dedos de los pies sobre el filo de la tabla. Papá me enseñó a hacerlo, pero en lugar de quedarme ahí doy un paso hacia la parte trasera de la tabla, ya que la ola se está empinando en esta sección, y la dirijo para que dé varios giros. Luego por fin salgo de la ola y sin caerme siquiera, me doy la vuelta y vuelvo a remar hasta donde Lily está esperando, observando.

—¡Jolines Billy! No nos dijiste que eras un experto.

—No lo soy. —Me encojo de hombros.

Pero no digo nada más, porque enseguida llega otro conjunto de olas, desde un ángulo un poco diferente, y remo hasta él, esta vez me aseguro de escoger la mejor y la surfeo, apoyándome en la ola y arrastrando con naturalidad la otra mano por la pared de agua de la ola durante unos segundos. Una vez más, salgo de la ola al final del recorrido y vuelvo a remar.

Al rato me estoy divirtiendo de verdad. James y Óscar siguen luchando, y no hay mucho que pueda hacer por ellos, así que me concentro en enseñar a Lily a coger olas. El paddle surf es mucho más fácil que el surf, y si las condiciones son las adecuadas, como las de hoy, con aguas tranquilas y olas pequeñas, casi cualquiera puede aprender a coger olas de verdad, siempre y cuando hagas un par de cosas bien. Por ejemplo, la forma de ponerse de pie es fundamental. Tienes que empezar mirando hacia delante, pero una vez que has cogido una ola tienes que girarte de lado, como cuando vas en monopatín. Y tienes que empezar a remar hacia delante en el momento justo, pequeños remos cortos y fuertes con la pala, para ir a la misma velocidad que la ola cuando te coja. Una vez que Lily consigue hacer todo eso es capaz de coger varias olas. La primera que coge grita de miedo, y creo que de emoción, y le brillan los ojos cuando vuelve a remar (con el pelo pegado a la cara, de rodillas y con un poco menos de elegancia que yo, pero ya le está cogiendo el tranquillo). Está claro que lo está disfrutando, y eso, bueno, me hace sentirme muy feliz.

Una hora más tarde James y Óscar se salen y Lily dice que quiere salirse también. Me sorprende un poco, supongo que porque estoy acostumbrado a hacer surf con papá quien a veces se queda en el agua seis horas. Pero cogemos una ola a la vez y consigo hacer un buen giro en la sección final. Luego llevamos las tablas hasta donde están sentados Eric y Jennifer, y James y Óscar están tumbados de espaldas en la arena. Parecen cansados.

—Eres una caja de sorpresas, Billy —dice Eric cuando llegamos a su lado —. No nos dijiste que eras un campeón del surf. —Me mira con las cejas levantadas.

—¿Qué dices? —Lily se gira para mirarme.

—Te estábamos viendo, dando giros por las olas como una especie de... —Eric agita una mano mientras busca una palabra—, de príncipe hawaiano, y me entraron las sospechas. —Sostiene su teléfono—. Así que te he buscado en Google. —Empieza a leer en la pantalla—: Campeón de la isla de Lornea, varias veces, además de ganador del Campeonato de Olas Gigantes. Mira el tamaño de ese trofeo. —Gira el teléfono y Lily se inclina para mirar. James también lo hace, pero desde más lejos. No puedo ver la imagen con tanta claridad, pero sé de qué página web se trata. Es de una competición de surf que se celebró en la isla de Lornea, y no la gané yo, sino papá, pero el periódico local es tan malo comprobando hechos que se confundieron, utilizaron una foto mía sosteniendo la copa de papá y pensaron que había sido yo el que había ganado.

Lily se vuelve hacia mí con una mirada de fingida indignación.

—No me puedo creer que estuvieras ahí sentado en la parte de atrás del coche todo el camino hasta aquí y que no mencionaras ni una sola vez que eras un maldito profesional.

—¡No lo soy! —protesto. Y pienso en explicarlo, pero luego decido que prefiero que se olviden del asunto.

Eric se ríe, y James y Óscar dicen que van a la tienda a cambiarse. Miro a Lily para ver si está haciendo lo mismo, pero en lugar de eso ya está buscando la cremallera de su neopreno y comienza a desabrocharla. Me quedo un poco atónito, hasta que se lo baja hasta la cintura y veo que lleva un bikini debajo, uno blanco. Entonces recuerdo que debo apartar la mirada.

—Toma, ¿quieres que te preste unos pantalones cortos? He traído un par de repuesto. —Eric me sonríe y me lanza una toalla, así que me cambio aquí mismo, en la playa, mientras Lily se quita el resto del neopreno y se tumba en su toalla.

CAPÍTULO DIECIOCHO

NO SÉ quién habrá preparado la cesta, pero está llena de comida increíble. Hay pequeños sándwiches, algunos con pepino y otros con un jamón seco italiano especial, una ensalada de pasta fría, unos pastelitos y dos tarros de aceitunas y de tomates secos. Pregunto quién ha preparado la comida y Jennifer se encoge de hombros y dice que lo ha comprado todo en una charcutería, aunque no dice cuál. Parece que le gusta tomar el sol, lleva un bikini verde, que va bien con su piel morena, brillante por la crema solar que se ha puesto. En realidad, me doy cuenta de que fue Óscar quien le aplicó la crema protectora, cuando James y él regresaron. Y durante un rato, nos quedamos así, tomando el sol. Excepto Lily, que parece estar inquieta todavía. Justo después de que James se tumbe a su lado, ella se levanta de un salto, me empuja en el brazo con una pala y me dice que echemos un partido de tenis en la playa. Agarro la pala con la mano y sigo a Lily hasta una zona un poco alejada del resto, donde empezamos a golpear la pelota el uno al otro. Somos un poco malos al principio, pero pronto le cogemos el tranquillo, y empezamos a intentar llegar a los cien golpes sin que ninguno de los dos falle, pero cada vez que nos acercamos uno de los dos siente la presión y falla, y muy pronto ninguno de los dos somos capaces de seguir contando de tanto reírnos.

Entonces ella pone una mirada seria y me dice que vayamos a por todas, así que yo también dejo de reírme. Cogemos el ritmo, nos mandamos tiros fáciles, nos concentramos en contar los golpes y de repente es más fácil.

Llegamos a noventa y cuatro tiros, y parece que vamos a pasar de los cien. Pero entonces me toca a mí, se la devuelvo con demasiado cuidado, por lo que ella tiene que dar un bandazo para cogerla antes de que rebote dos veces. Consigue devolvérmela por los pelos.

—Noventa y cinco. No lo estropees.

Se la devuelvo, esta vez mejor.

—¡Noventa y siete! —exclama, mientras llega a la pelota.

La tensión me está afectando, pero consigo devolverle la pelota, ella envía el golpe número noventa y nueve de vuelta hacia mí, con un golpe un poco triunfante, pero esta vez le ha dado un poco mal y tengo que saltar hacia delante para alcanzar la bola, pero a estas alturas la arena está muy pisoteada y tropiezo con un agujero por lo que no llego a la pelota.

—¡Billy! —me grita y corre hacia adelante. Comienza a golpearme con la pala de broma. Y entonces, de alguna manera, se aferra a mí, se apoya en mí y gime, y puedo sentir el tirante de la parte superior de su bikini presionando mi pecho, y no sé dónde poner las manos.

—No tienes ni un gramo de grasa, ¿a qué no? —dice de repente, y se separa. Me pregunto si quiere volver a empezar, como antes, pero esta vez se da por vencida, y vuelve a sentarse con el grupo. Óscar y Jennifer cogen las palas y también intentan llegar a cien.

No entiendo muy bien qué está pasando. Siento que hay cierta incomodidad, sobre todo en torno a James, que parece estar muy enfadado. Pero todavía estoy un poco decepcionado cuando, un poco más tarde, él le sugiere a ella que vayan a dar un paseo. Quiero que diga que no, pero no lo hace. Y se marchan, a lo largo de la costa, juntos. Eso nos deja solos a Eric y a mí durante un rato, ya que los otros dos siguen jugando al tenis. Al principio no digo nada, sino que observo a Lily mientras se hace cada vez más pequeña, caminando por la playa.

—Estás jugando un juego peligroso, Billy Wheatley —dice Eric. Sorprendido, me giro para mirarlo.

—¿Qué? ¿Qué quieres decir?

—Sabes exactamente lo que quiero decir.

—No, no lo sé.

Levanta las cejas hacia mí, pero luego se da la vuelta y creo que lo va a dejar. Hasta que un momento después vuelve a hablar.

—Es verdad que es muy guapa, ¿a qué sí?

Por un segundo pienso en negarlo, o en pretender no saber de quién está hablando. Al fin y al cabo, podría estar refiriéndose a Jennifer. Pero me doy cuenta de que vuelve a mirarme, y presiento que se da cuenta de que he mentido. Asiento con la cabeza.

—Y ágil, y vivaz, y oh tan sexy con ese diminuto bikini blanco. Y no olvidemos que es increíblemente rica. —Eric no me mira ahora, parece perdido en su propia cabeza—. Y sin embargo, de alguna manera, es más que la suma de todas esas partes.

Eric sonríe con tristeza, y una graciosa revelación me golpea, a Eric le gusta Lily tanto como a mí. Aunque en realidad es la segunda parte de ese pensamiento la que de verdad me impacta. Me gusta Lily. Me gusta mucho Lily.

—Pero ella pertenece a James, y James le pertenece a ella. Y así será siempre —lo dice con una finalidad real. No sé por qué, pero me molesta.

—¿Por qué?

Es el turno de Eric de parecer confundido. Se vuelve hacia mí, con la frente fruncida.

—¿Por qué, qué?

—¿Que por qué va a ser así siempre?

No responde por un momento, pero sigue con el ceño fruncido.

—Pues porque sí, solo por eso. Van a volver de su pequeño paseo agarrados de la mano, y nadie sabrá lo que se dijeron, aparte de ellos, pero Lily abandonará su ridículo coqueteo contigo, y James dejará de deprimirse como un adolescente enfadado, y todo volverá a estar bien con la pareja de oro. Al menos por ahora.

No respondo, entonces él suspira y sonríe.

—Déjame contarte algo sobre la encantadora Lily y el guapo James. Empezaron a salir cuando tenían catorce años, y se conocen desde mucho antes. Sus familias aprueban de su relación. —Me dedica una sonrisa enfermiza—. Tiene el sello de aprobación de los Belafonte, de una manera que tú nunca tendrás, Billy. Nunca podrás tenerlo.

—A ti también te gusta, ¿no? —pregunto, sintiendo que mi cara se pone colorada. Espero que parezca sorprendido por la pregunta. Pero, en cambio, parece triste. Cierra los ojos un rato, luego los abre y sacude la cabeza.

—No, Billy. No lo sé.

—Sí lo haces, por la forma en que hablas de ella, está claro.

—No hay más ciegos que los que no quieren ver.

—¿Qué?

Eric extiende una mano y con un sobresalto me doy cuenta de que quiere tocarme la cara, pero es lento y suave, y siento que me abre los ojos. Es bastante extraño, pero estoy tan sorprendido que no hago nada.

—Ábrelos, Billy. Abre los ojos. Hay muchas cosas que no ves.

Me siento confundido, frustrado. No tengo ni idea de lo que está diciendo.

—No te entiendo. —Ya no me mira a mí, sino que mira hacia la playa, donde Lily y James apenas son visibles ahora, pequeñas figuras en la distancia. De mala gana, aparta la mirada.

—Baja la voz. No quiero que nos oiga. —Mira hacia Óscar y Jennifer, que siguen jugando al bate y a la pelota.

—¿Quién?

—Su hermano de sangre.

Eric me sonríe y deduzco que se refiere a Óscar, aunque sigo sin saber de qué estamos hablando. Aun así, estoy desesperado por saber más. Hay algo fascinante en este grupo, en todos ellos.

—Óscar conoce a James desde hace más tiempo aún que a Lily. Se remontan muchos años atrás.

Ambos los observamos durante unos instantes. Siguen jugando al tenis. La parte inferior del bikini de Jennifer se ha enganchado un poco en un lado de su trasero, por lo que hay una pequeña sección de piel más blanca expuesta. Entonces, ella baja la mano y se lo coloca bien.

—¿Ah sí?

—Sí, creo que se conocieron en parvulitos. Están más unidos que unos hermanos de verdad.

—¿Y no te cae bien?

Eric aparta la mirada del trasero de Jennifer.

—¿Por qué dices eso?

Estoy confundido de nuevo. No sé si debería volverme hacia él. Pero no lo hago.

Eric sonríe.

—Óscar y yo nos llevamos bien. Siempre que me mantenga en mi sitio, claro.

Me doy cuenta de que no he prestado mucha atención a Óscar hasta ahora, y por primera vez lo estudio. Se ha quitado la camiseta para jugar y observo que está bastante pálido, pero al mismo tiempo tiene buenos músculos, es evidente que está fuerte. Sin embargo, mientras lo observo, se me ocurre algo más. Algo más importante.

—¿Has dicho Belafonte?

—¿Mmmm? ¿Qué?

—¿Esa es la familia de Lily? ¿Ese es su apellido?

Eric se vuelve hacia mí con una mirada curiosa.

—Sí.

Me pongo a pensar. No sé cómo de común es ese apellido, pero no parece muy común. Ahora podré hacer una búsqueda de verdad. Puede que ni siquiera necesite a CaballoNegro. Pero Eric parece leer mi mente.

—Te ahorraré la molestia de buscar en Google. —Eric me dedica una fría sonrisa—. Los Belafonte son una de las familias de negocios más importantes de la Costa Este. El abuelo de Lily hizo su fortuna fabricando productos químicos y cuando murió, la empresa se dividió en dos. Ahora una mitad es propiedad del padre de Lily y la otra de su tío. Supongo que pensó que así dejarían de discutir por el dinero.

Escucho, sin entender del todo, pensando que es imposible que no vaya a buscar en Google por mí mismo. Pero entonces se me ocurre otra cosa.

—¿Y por qué estás aquí? —pregunto de repente, y esta vez es él quien no entiende, así que me explico—. Si Lily está con James, y Óscar está con Jennifer. ¿Dónde encajas tú?

Eric tarda en contestar, pero cuando lo hace su voz es muy seria. Es como si hubiera pensado mucho en esto.

—Lily es sorprendente en muchos aspectos, pero está lejos de ser perfecta —dice, y cuando frunzo el ceño, ya que esto no es una respuesta real, continúa—. Es una coleccionista de cosas fascinantes, y de gente fascinante. Por eso estoy aquí. La divierto. Y por eso James y Óscar me toleran, porque la divierto. Pero solo estaré aquí mientras siga siendo así, y luego me echarán del grupo. —Se queda callado un momento. Y luego continúa—. Pero, en realidad, la verdadera pregunta es, querido Billy —vuelve a dedicarme esa fría sonrisa—, ¿por qué estás tú aquí?

No tengo la oportunidad de responder porque Jennifer aprovecha ese momento para volver a tumbarse de nuevo en su toalla, con Óscar a su lado. Durante unos instantes Eric y yo nos quedamos en silencio, hasta que empieza a preguntarme por mi curso, como si eso fuera de lo que hemos estado hablando todo el tiempo. Alrededor de media hora después James y Lily vuelven a aparecer, y tal y como ha dicho Eric van cogidos de la mano, y cuando vuelven parecen estar mucho más a gusto el uno con el otro. Y aunque Lily se muestra amable y cortés conmigo durante el resto del día, justo hasta que James me deja en la puerta de mi casa, ya no es lo mismo.

CAPÍTULO DIECINUEVE

BELAFONTE. Lily Belafonte. No la busco en Google en cuanto llego a casa. La verdad es que esta noche estoy cansado. Así que, en lugar de eso, le doy vueltas a su nombre en mi cabeza mientras me cepillo los dientes y me voy a la cama. Mientras me duermo, oigo golpes en la cocina y voces en el pasillo de mi habitación. Esta noche parece haber fiesta en nuestra casa.

Por la mañana me despierto tarde y cuando me levanto no funciona internet en casa, así que me voy a clase, pero como siempre, son bastante básicas, y en lugar de escuchar y pretender tomar notas, me siento solo y saco el teléfono. Incluso con su apellido no es fácil encontrarla. Pero al final lo consigo.

Lillian Belafonte, 18 años, hija del director general de Fonchem, Claudio Belafonte.

Ese es el pie de foto que aparece en el *New York Times*. La tomaron en la Cena de Gala de los Premios Anuales de la División Este de Empresarios de la Cámara Americana del Comercio, ni idea de lo que es eso. No hay duda de que es ella, con una sonrisa tímida y vestida con un vestido largo blanco. Tiene un aspecto increíble. Miro hacia arriba y alrededor de la sala de conferencias. Sin quererlo, capto la mirada de la mujer con la que hablé el otro día, Linda nosequé, la estudiante madura. Desvío la mirada con rapidez. Otra cosa que es extraña, me refiero a Lily, es que no encuentro nada en Instagram, ni en Facebook, ni en Twitter, ni en ninguna red social de ningún tipo. Todo el mundo tiene perfiles en las redes sociales hoy en día. Bueno, casi todo el mundo. De hecho, la única persona que se me ocurre que no lo tiene soy yo. Investigo un poco más y encuentro otro par de menciones de su nombre, pero ninguna fotografía, y nada con interés especial, así que me centro en su padre, Claudio Belafonte. No es que él este todo el día en Twitter tampoco, pero no me cuesta averiguar quién es en la página web de Fonchem. Entonces me doy cuenta de lo idiota que he sido. Fonchem, conozco ese nombre. Lo busco en Wikipedia para comprobarlo, pero enseguida veo que estoy en lo cierto. Esto es lo que dice:

«Fonchem S.A.

Tipo: Fabricante de productos químicos para la industria privada

Sede: Boston, Massachusetts

Número de fábricas: 66

Personas clave: Claudio A. Belafonte (director general)

Productos: Productos químicos

Ingresos: ~ 1.800 millones de dólares (2019)

Número de empleados: 4.300 (2017)

Página web: www.fonchem.com

Fonchem S.A. o Fonchem (anteriormente Productos Químicos Especiales Belafonte) es una empresa química con sede en Boston, Massachusetts. Produce resinas termoestables y productos especiales relacionados.

Fundada en 1865, es en la actualidad una de las mayores empresas químicas de los Estados Unidos, aunque es bastante más pequeña que las tres mayores. Hasta 2018, Fonchem se situaba dentro de la lista Fortune 1000 en términos de ingresos, pero ahora ha descendido y ya no figura. Fonchem ha sido objeto de críticas relacionadas con el medio ambiente, los derechos humanos, las finanzas y otras consideraciones éticas.

Fonchem está organizada en dos divisiones: la División de Resinas Epoxi, Fenólicas y de Recubrimiento, y la División de Productos Marinos.

Fonchem ofrece resinas para una amplia gama de aplicaciones como abrasivos, adhesivos, productos químicos intermedios, ingeniería civil, revestimientos, compuestos, protección de cultivos, electricidad/electrónica, madera de ingeniería, fertilizantes y plaguicidas, fibras y textiles, espumas, materiales de fricción, muebles, compuestos de moldeo, yacimientos petrolíferos, tableros de partículas y de fibra, madera contrachapada y de chapa laminada y refractarios.

Estructura corporativa: Aunque Fonchem es propiedad de los accionistas, sigue estando controlada por la familia Belafonte, especialmente por Claudio Belafonte, hijo de Arthur Belafonte. Fonchem se formó cuando la empresa original Productos Químicos Especiales Belafonte se dividió en dos empresas tras la muerte de Arthur Belafonte a mediados de 2007. Aproximadamente el 50% de la empresa formó Fonchem, mientras que el otro 50% se convirtió en

Químicos de Calidad del Este, bajo el control del otro hijo de Arthur Belafonte, Jacques A. Belafonte. Ambos hermanos son muy privados y evitan la publicidad.

Véase también: Formaldehído»

Luego hay un enlace a una parte de la página llamada fábricas y pincho en él. No hace falta que lo haga, porque ahora sí que ya me acuerdo. Pienso que he debido estar atontado por no haberlo reconocido de inmediato. Pero quizá no me quedé bien con el nombre de la empresa ya que, para ser honestos, todas me suenan igual. Cuando leo la lista de sitios, ahí está:

«Isla de Lornea: Fonchem mantiene una pequeña instalación en el norte de la isla, y han solicitado la ampliación de su superficie para poder aumentar la producción».

Fonchem es la empresa que está tratando de destruir la zona de reproducción de los dragones de mar.

* * *

Esta noticia me ha dejado traspuesto. De verdad que lo estoy, es como si toda la sala de conferencias estuviera girando a mi alrededor. Lo cual es horrible porque los asientos están muy inclinados, así que siento que podría caerme hacia abajo en cualquier momento. Aparto el teléfono de mi vista, porque no quiero averiguar nada más, pero no puedo concentrarme en lo que dice el profesor. Solo puedo pensar en la pequeña bahía del norte de Lornea, donde viven los caballitos de mar entre las algas marinas, y en cómo el padre de Lily quiere destruirla. Pero supongo que será mejor que me explique. Tengo la campaña de protesta en casa, pero está dirigida sobre todo a la gente de la isla, así que quizás aquí no han visto los carteles. Todo comenzó, bueno, no sé cuándo comenzó ya que la empresa química, la tal Fonchem, tiene una fábrica allí desde que tengo uso de memoria. No es que eso lo justifique ni le dé derechos. Pero de todos modos, será mejor que empiece por el principio.

Hace un par de veranos, papá y yo decidimos que íbamos a navegar alrededor de la isla de Lornea en un pequeño velero que papá encontró abandonado al lado de la carretera. Navegábamos durante el día y luego acampábamos, pescábamos y dormíamos alrededor de una hoguera bajo las estrellas por la noche. Estuvo genial.

Salimos de la playa de Silverlea, a finales del verano, y bajamos primero hacia el sur, para aprovechar los vientos del norte al salir. Llevábamos todo lo que necesitábamos dentro del barco y llegué a conocer la isla a fondo y encontré hábitats que no sabía ni que existían. Pero al quinto o sexto día, no recuerdo cuál, llegamos casi al extremo norte de la isla, y ahí es donde nos encontramos con un problema. No podíamos atravesar la zona propiedad de Fonchem. El problema era que no solo poseían el terreno donde estaba la fábrica, sino que también eran dueños de la playa y el fondo marino que se extiende desde la playa hasta cuatro kilómetros mar adentro. Hay una serie de boyas que protegen la zona, con carteles por todas partes que indican que es una zona de exclusión marítima, y que cualquiera que entre será arrestado.

No es fácil dar un rodeo de cuatro kilómetros mar adentro en un pequeño velero, así que estábamos atrapados.

Solo que no estábamos atrapados de verdad porque mi padre no es el tipo de persona que se rinda con facilidad, o que obedezca las señales de una boya. Así que decidió que navegaríamos a través de la zona de exclusión, pero como decía que había guardias de seguridad armados y había un muelle con lo que parecía una lancha con cañones de fuego (igual ni eran armas de verdad, pero parecía una de esas cosas de las películas de guerra), decidimos esperar a que oscureciera. Eso significaba que teníamos toda la tarde para explorar la pequeña bahía al sur del complejo, y la pequeña isla que la protege. Fue entonces cuando descubrí el vivero de caballitos de mar.

Cuando digo descubrir no quiero decir que haya hecho un descubrimiento para el mundo de la ciencia. Mucha gente sabía que el vivero estaba allí, incluso yo, solo que no se sabía con exactitud dónde. Hacía tiempo que quería encontrarlo, no solo porque los caballitos de mar son geniales en general, sino porque son de una especie endémica de la isla de Lornea de la que te hablé: el dragón de mar de la isla de Lornea. Es importante entender que no son dragones de mar de verdad. Técnicamente, los dragones de mar de la isla de Lornea son una especie de caballitos de mar, pero tienen aletas pectorales muy onduladas que parecen alas, y nadan más bien sobre el vientre, como si volaran, por eso los pescadores de aquí los llaman dragones. En fin, el caso es que ya me imaginaba que la pequeña bahía situada junto al complejo Fonchem era un hábitat perfecto, así que esa tarde tenía muchas esperanzas de ver uno.

Fui a bucear con mi máscara y floté en el agua por encima de las algas marinas. Era una tarde calurosa, el agua estaba tibia y el sol me calentaba la espalda. Pero durante un buen rato no vi nada, tan solo el fondo arenoso debajo de mí, y una especie de pradera de hierbas marinas, que parecía estar vacía. Cuando se me acostumbró la vista, empecé a ver ciertos animales: pequeños peces planos, muchos moluscos y anfípodos, y aquí y allá un banco de diminutos peces plateados, demasiado pequeños para identificarlos. Pero seguía sin ver ningún caballito de mar. Entonces me fijé en un trozo de hierba que no parecía del todo normal, y cuando nadé más cerca, me di cuenta de que estaba sumergido debajo de otro trozo de hierba, y ahí estaba, ¡un dragón de mar de la isla de Lornea! Mediría solo unos cinco centímetros de largo, así que no era el dragón más temible que pudiera imaginarme, pero se parecía un poco a un dragón, con su largo hocico y sus aletas onduladas. Lo observé durante mucho tiempo, pero por desgracia me había quedado sin batería en la cámara por lo que no pude sacar fotos ni vídeos.

Total, que esa noche no hicimos una hoguera porque no queríamos que nos vieran. Cuando se hizo de noche del todo metimos nuestros chismes en el bote y remamos un poco hacia el mar sin ninguna luz. Cuando estábamos a unos quinientos metros de la playa, todavía en el lado legal de las boyas, comprobamos con prismáticos si había alguien moviéndose dentro del recinto o en la playa. Parecía estar tranquilo, así que empezamos a remar como locos a través de la zona de exclusión. Solo tiene un kilómetro de ancho, y nos acompañaba la marea, pero remar en un bote de vela es bastante lento, y uno se cansa, así que cuando estábamos a mitad de camino vimos que aparecían luces en la playa, y supimos que nos habían visto. Si hubiera habido algo de viento podríamos haber izado las velas en ese momento (no las usamos antes porque las velas eran blancas, y nos habrían hecho más fáciles de ver), ahora no importaba, pero no había viento de todos modos. Remamos más rápido y unos minutos después vimos que habían botado la cañonera. Podía ir unas cincuenta veces más rápido que nosotros, así que no había duda de que nos iba a alcanzar. Entonces papá tuvo una gran idea. En cuanto vio la lancha, encendió su linterna flotante y la lanzó tan lejos como pudo detrás de nosotros. Era la única luz que había en los alrededores, excepto las luces rojas de las boyas, y la cañonera se dirigió hacia ella, mientras nosotros seguíamos remando tan rápido como podíamos. Cuando se dieron cuenta de lo que habíamos hecho y nos detectaron con su foco, ya estábamos casi en las boyas del otro lado de la zona de exclusión. De hecho, ya habíamos salido por completo de la zona prohibida cuando nos alcanzaron.

El guardia de seguridad fue bastante majo. Nos dijo que no debíamos haberlo hecho, que era peligroso y todo eso, pero pareció entender que no queríamos dar la vuelta mar adentro. De hecho, nos dijo que si volvíamos a navegar por Lornea, se lo hiciéramos saber y nos escoltaría a través de la zona acordonada. Fue tan amable que incluso le hablé de los dragones marinos.

Termina mi primera clase y, pensativo, recojo mis papeles, la mayoría llenos de garabatos, y los meto en la mochila. Luego salgo y me dirijo al edificio de al lado, donde tengo la siguiente clase. Cuando llego veo a Linda, la estudiante madura, e intento echarle una especie de sonrisa para saludarla, pero esta vez está hablando con otra persona y no me ve.

Así que me siento, otra vez solo, y sigo pensando en lo que pasó después.

Lo anunciaron en el periódico, creo que fue allí donde lo vi por primera vez, o puede que fuera en la televisión, en el canal local de la isla. En cualquier caso, la cuestión es que la empresa química del norte de la isla de Lornea, Fonchem, había anunciado que quería ampliar su base de fabricación y construir un muelle mucho más grande para exportar sus productos desde la fábrica, en lugar de tener que llevarlos por carretera hasta el puerto. Lo anunciaron como una buena noticia porque generaría más puestos de trabajo para la isla y en general atraería dinero, pero enseguida supe que no eran buenas noticias para los dragones de mar. Y no era el único que estaba preocupado. Se convirtió en una especie de batalla entre Fonchem y varios grupos ecologistas. El ayuntamiento de la isla de Lornea va a decidir ahora. Van a dar una respuesta definitiva sobre si se permite la ampliación o no. Por eso le he pedido a papá que siga poniendo los carteles.

Aunque, me doy cuenta con un poco de sentimiento de culpa, hace tiempo que no le pido a papá que los ponga. Pero es que he estado muy ocupado, con el curso de la universidad, y... Y bueno, correteando por ahí con la preciosa hija del director general de Fonchem.

Así que tampoco consigo concentrarme mucho en esta clase.

CAPÍTULO VEINTE

TENGO EL NÚMERO DE LILY, pero no sé qué voy a decir si la llamo. Y ni siquiera sé si aún le gusto, después de lo que pasó el otro día con James. Sé que encontraré las respuestas al cabo de un par de días cuando reciba otra invitación de ella. Quiere que tomemos un café el sábado. Me pienso mucho si debo ir o no. Bueno eso en realidad es mentira. No hay duda de que voy a ir. Lo que no sé es qué decirle acerca de Fonchem y la expansión en la isla de Lornea.

Mientras me dirijo a la cafetería en la que me dijo que nos encontráramos, junto al puerto, me pregunto si vendrán todos o solo ella. Si son todos, no sé cómo voy a decir lo que tengo que decir. Y si es solo ella, entonces sí que va a ser extraño, porque será como una cita. Cuando llego, no hay nadie en absoluto. Así que amarro la bici y entro a esperar.

Aparece al cabo de diez minutos, solo ella. Lleva una especie de falda plisada y un jersey blanco. Parece... bueno, supongo que parece una niña rica, la típica hija de una familia de ricos empresarios que ganan todo su dinero destruyendo el medio ambiente. Pero también parece estar muy guapa.

—Hola Billy, ¿cómo estás? —Se inclina para besarme en ambas mejillas, ya que no me levanto, y noto su perfume. Es como si me envolviera en él. Se desliza en el asiento de enfrente y sacude la cabeza.

—Ufff, vaya semana dura. Y la tuya ¿qué tal?

La miro a los ojos y absorbo su imagen. Su piel impecable, sus ojos azul claro y su pelo largo, amarillo dorado, que le cae sobre los hombros.

—Fatal también —respondo. Ella me mira con extrañeza, y entonces llega la camarera—. ¿Por qué querías quedar? —pregunto, cuando terminamos de pedir. Lily me mira divertida.

—¿Qué quieres decir?

—¿De qué querías hablar?

—¿Cómo que qué quería? Quería verte.

Hago una pausa.

—¿Por qué?

Ella frunce el ceño, lo que forma delicadas arrugas en su frente.

—¿Estás bien, Billy? —Parece pensar por un momento y su expresión cambia—. ¿Es por lo de James y lo mío?

Me sorprende la pregunta y no tengo oportunidad de responder antes de que ella continúe.

—Porque eso es complicado...

Se queda en silencio, mientras la camarera vuelve con nuestras bebidas. Ambos permanecemos en silencio, incluso cuando se ha ido, y Lily arranca la esquina de un sobre de azúcar y lo vierte en su café con lentitud.

—James y yo nos apreciamos mucho. Y nos conocemos desde hace mucho tiempo, pero...

—No se trata de James —estallo, interrumpiendo.

Se detiene, todavía con el azúcar en la mano. Luego lo deja en la mesa.

—Ah. —Vuelve a fruncir el ceño lo cual me distrae porque tiene un gesto muy bonito. Luego da un gran suspiro y yo no puedo evitar notar cómo le sube y baja el pecho.

—Bueno, ¿de qué se trata?

Me toca dudar. Pero con la sensación de que esta puede ser la idea más estúpida que he tenido en mucho tiempo, saco una carpeta de documentos de plástico con papeles que imprimí en casa. La abro y saco el contenido. Encuentro una fotografía de un dragón marino de la isla de Lornea, y luego un mapa que he sacado de Internet donde he señalado la zona por la que quiere expandirse Fonchem. Los pongo ambos delante de ella.

—Esta es tu empresa, la compañía de tu padre. No me dijiste que eran ellos los que querían comprar la mitad de la isla de Lornea. —Estoy exagerando bastante, pero estoy enfadado.

Ella coge los papeles y los mira, y luego me mira a mí.

—No te entiendo.

Señalo con un dedo el mapa.

—Mira aquí, la fábrica de Fonchem quieren ampliar la fábrica en este terreno, incluyendo la zona de la bahía, y van a destruir un hábitat único que utiliza una especie de caballito de mar que es endémica de la isla de Lornea. No se encuentra en ningún otro lugar.

Vuelve a mirar los documentos, y según le doy más papeles, también los mira. Mis carteles, un artículo que imprimí, con una foto de su padre, sonriendo con un traje.

—Ah —dice. Y se muerde el labio.

* * *

Tomo un sorbo de mi bebida, sin poder mirar a Lily a los ojos, mientras ella forma una ordenada pila con todos los documentos

—¿Así que has descubierto a qué se dedica mi familia? —Hay una ira en sus ojos que no esperaba.

—Sí.

—¿Y estás enfadado?

Tomo aire antes de responder.

—Sí.

—Porque, por supuesto, tú mismo no utilizas ningún producto químico en tu vida. ¿No viajas en coche, ni usas detergentes, ni tienes aparatos electrónicos?

—Lo hago. Pero no veo por qué es necesario destruir los hábitats de fauna marina para producir todas esas cosas.

Ella aparta la mirada ante esto. Sé que he dado una gran respuesta.

—Estoy seguro de que no los van a destruir... —Vuelve a mirarme de repente—. Mira, no sabía nada de esto hasta que me lo has enseñado. Yo no trataba de ocultarte nada.

—Pero sabías que me gusta la biología marina. —Se me ocurre un pensamiento extraño—. ¿Sabías que estaba haciendo una campaña para oponerme a que Fonchem comprara ese terreno? ¿Es por eso por lo que te hiciste amiga mía? ¿Me estás espiando?

—¡No! —Lily me mira a los ojos durante un largo rato y luego se echa a reír—. No, Billy. No te estoy espiando. —Deja de reírse—. Te lo prometo. Y dudo mucho que tu campaña haya preocupado a nadie en la oficina de mi padre. No es el tipo de lugar... Es...

Su cara de repente se pone seria de nuevo, igualando la mía.

—Mira Billy, tenemos oposición cada vez que abrimos una fábrica nueva, o cambiamos lo que se produce allí, o ampliamos un sitio, o hacemos cualquier cosa. Es una empresa química, eso es lo que pasa.

—¿Y te parece bien?

Vuelve a mirar hacia otro lado. Esta vez parece más exasperada.

—Bueno, en realidad no. No me parece bien en absoluto. —De repente me agarra la mano y tira de ella—. Mira Billy, me imagino lo que debes pensar de mí. La hija rica de un multimillonario, dueña de millones de acciones. Tengo una casa gigantesca y me lo ponen todo en bandeja. Pero yo no soy así.

Me quedo atascado en la palabra multimillonario. No sabía que tenían tanto dinero.

—¿Sabes lo que estoy estudiando? —me pregunta de repente, y tengo que forzarme a recordar.

—Derecho Internacional.

—Derecho Internacional del Medio Ambiente. Hay una diferencia. Se trata de los intentos de controlar la contaminación y el agotamiento de los recursos naturales. Pero no solo para luchar contra ello en protestas a pequeña escala, como la tuya, sino para encontrar soluciones reales que puedan cambiar la forma de operar de las empresas de verdad. Empresas como la de mi padre.

No sé qué decir y ella continúa.

—No tengo que estudiar nada, Billy. Podría dedicarme a atender fiestas e irme de vacaciones y no hacer nada. Tenemos dinero más que suficiente para eso. Pero eso no es lo que elegí. ¿No te dice eso algo?

Ahora frunzo el ceño. Lo noto en mi cara.

—¿Así que no estás de acuerdo con esto? —Golpeo la pila de papeles, pero mi voz suena insegura.

La mira, parece frustrada.

—No. ¡Sí, no lo sé! No he... Tendría que estudiarlo... Lo que quiero decir es que no soy quien tú temes que sea. No soy... no lo sé. Tengo que ser realista, no a pesar de lo que soy, sino por lo que soy. Pero estoy de tu parte. Estoy contigo, Billy. —Me aprieta la mano y me suelta.

De repente, se da la vuelta y empieza a rebuscar en su bolso, que está en la silla de al lado. Tengo la extraña sensación de que está a punto de darme dinero, para comprar mi silencio. Vuelve a fruncir el ceño mientras rebusca en él. Pero entonces saca una tarjeta. Es la tarjeta de miembro de Greenpeace.

—Mira, soy miembro. Estoy apuntada desde hace varios años. No sé nada de estos... —busca en la mesa la foto del dragón marino—. Caballitos de mar. No sé nada de ellos, de este caso en particular, pero sé que me importan estas cosas. De verdad que me importan. De hecho, es por eso que... —se detiene, y sus ojos se encuentran con los míos por un segundo, antes de mirar hacia otro lado—. Supongo que es por lo que me gustas.

No sé cómo reaccionar ante esto y se produce un extraño silencio.

—¿Qué quieres decir?

—¿Qué quieres decir con «qué quiero decir»? —Me dedica una sonrisa torcida y vuelve a apartar la mirada.

—¿Qué quieres decir con que te gusto?

Tarda en contestar y cuando lo hace dice un simple: —No lo sé.

Entonces se produce otro silencio, que Lily rompe preguntándome por mi trabajo, y por el curso, y por un montón de otras preguntas que no significan nada. Y luego echa otro vistazo a los documentos que he traído. Terminamos nuestras bebidas y me doy cuenta de que se va a ir pronto. De verdad que no quiero que lo haga.

—¿Qué estabas diciendo? —pregunto de repente, cuando tengo la sensación de que se está preparando para irse—. ¿Cuándo pensabas que estaba enfadado por lo de James?

Su cara cambia de inmediato y puedo ver que está pensando qué decir. Pero entonces sacude la cabeza.

—Nada. Solo pensé que podría haberte molestado lo del otro día, eso es todo. Todo lo que está pasando entre James y yo.

Quiero preguntarle qué está pasando entre James y ella, pero algo en su cara me detiene. Entonces se levanta y me dice que tiene que irse. Y antes de que pueda decir nada más, me ha dado un abrazo, se ha despedido con un rápido «hasta luego» y se ha ido.

Solo entonces me doy cuenta de que es precisamente eso, lo de ella y James y dónde encajo yo, lo que más me preocupa y confunde de todo esto. Más que el tema medioambiental. Más que los dragones de mar de la isla de Lornea.

CAPÍTULO VEINTIUNO

LA SIGUIENTE VEZ que Lily llama me pregunta si quiero salir a cenar. Pero antes de que pueda responder, me dice que es el cumpleaños de Óscar y que la pandilla ha decidido hacer algo chulo. Pero por la forma en que lo dice tan rápido sin darme tiempo casi ni a hablar me doy cuenta de que le preocupaba que pensara que me estaba invitando a mí a solas, como si fuera una cita de verdad. Y entonces, tal vez por eso, siento la necesidad de demostrarle que no estaba pensando eso en absoluto y que también hay veces que tengo otros planes con otros amigos. Total, que es esa necesidad la que me lleva a hacer algo un poco estúpido.

—Pues el jueves no puedo —decido decir—, ya que voy a ver a mi amiga Ámbar.

Dado que no he visto a Ámbar en más de dos semanas está claro que estoy mintiendo, pero bueno.

—Ah —responde Lily. Entonces intuyo que va a decir que no importa, que tal vez podamos vernos en otra ocasión por lo que me entra el pánico de que tal vez no haya otra ocasión, que no vuelva a saber de ella nunca más, así que casi sin pensar, añado.

—¿Por qué no me la traigo? Es muy simpática.

Se hace una larga pausa, en la que me arrepiento mil veces de lo que acabo de decir, antes de que Lily responda.

—Claro. Por supuesto, Billy. Claro que puedes traer a tu amiga —enfatiza la palaba amiga, de modo que suena un poco rara, y no sé muy bien qué significado tiene—. Voy a llamar al restaurante para avisarlos de que seremos uno más.

Entonces tengo un pequeño problema, ya que ahora tengo que invitar a Ámbar a conocer a Lily y a los demás, y ni siquiera le había hablado de ellos. Pero no es un gran problema. Estamos hablando de Ámbar, es mi mejor amiga y hemos pasado muchas cosas juntos, así que ir a un restaurante no va a ser tan difícil. Me lo pienso un poco y luego la llamo para preguntarle qué va a hacer el jueves por la noche. Mientras espero a que conteste se me ocurre que tal vez esté ocupada, y si es así tan solo tendré que decirle a Lily que no ha podido venir y asunto resuelto. Sin embargo, Ámbar me cuenta que el único plan que tenía el jueves era teñirse el pelo, que es su manera de decirme que no está ocupada. Le pregunto si quiere salir conmigo y mis amigos y noto que le ha encantado la invitación.

Total, que no sé muy bien si alegrarme o no, pero el caso es que ya está todo acordado.

Cuando llega el jueves por la noche voy al apartamento de Ámbar. Creo que es mejor que vayamos juntos, así puedo explicarle de camino cómo son. Cuando toco el timbre, me preocupa que Ámbar haya decidido ponerse muy radical con la ropa, pero no está mal, lleva unos vaqueros y una camiseta negros con el nombre de uno de los grupos de punk que le gustan. Ya no tiene el pelo naranja, ha vuelto a una especie de azul morado, que es el color que creo que le sienta mejor.

—¡Billy! —Me da un abrazo—. Dame cinco minutos. Mete la bicicleta en el pasillo, allí estará más segura que en la calle.

Se da la vuelta y desaparece en una de las habitaciones. No había entrado en su apartamento nunca y supongo que se da cuenta de ello, ya que me grita desde su habitación.

—Échale un vistazo, si quieres. Mis compañeras de piso no están.

Así que doy una vuelta por la casa y veo que está muy bien. Es acogedora, mucho más parecida a un hogar que donde vivo yo, aunque todo el apartamento sea más pequeño que la enorme cocina de la casa de Lily.

—Total, Billy, que por fin vas a presentarme a tus amigos de la universidad.

Ya he visto toda la casa y estoy de nuevo en el pasillo, en la puerta de su habitación, que está abierta por lo que puedo verla ante un espejo, poniéndose sombra de ojos morada. Creo que se llama sombra de ojos. Sea lo que sea, se está poniendo una buena cantidad.

—¡Ya era hora!

—Sí. Bueno, quería avisarte... —empiezo pero no estoy muy seguro de cómo seguir—. Están bastante metidos en temas de cultura y demás.

Pero tal vez no me oye con la radio encendida de fondo.

—¿Va a estar el tal Gary? —me interrumpe Ámbar—. Si es así no me sientes a su lado, ¿vale?

Le digo que no se preocupe por eso y sugiero que vayamos andando al restaurante, así tendré la oportunidad de explicarle más a fondo cómo son, aunque sé que en realidad lo único que estoy intentando es retrasar nuestra llegada. Cuando Ámbar ve dónde está, me dice que estoy loco y llama a un Uber. Cinco minutos después llegamos a la puerta de un gran restaurante con fachada de cristal y pinta de ser muy caro. Ámbar me mira antes de entrar, como si esto no fuera lo que esperaba para una noche de juerga con universitarios. En ese momento sé que la noche no va a salir bien.

Dentro del restaurante hay un camarero de pie, esperando en una especie de podio. Va muy bien vestido y nos sonríe con un gesto un poco confuso, será por la vestimenta de Ámbar. Sé lo que hay que hacer porque lo he visto en las películas, así que le explico, un poco titubeante quizá, que estamos aquí para cenar con Lillian Belafonte. Me sorprende un poco cuando asiente con la cabeza de manera natural y nos pide que lo acompañemos. Pero Ámbar me echa una mirada y me susurra un «qué coño...» mientras le seguimos. Pasamos por delante de varias mesas con comensales sentados en silencio y con platos enormes con cantidades diminutas de comida que no reconozco. Me doy cuenta de que la mayoría de los hombres van de chaqueta y las mujeres con vestidos de noche, y oigo que alguien toca un piano de fondo. Siento un gran alivio cuando llegamos a nuestra mesa y veo que está un poco apartada, al fondo del restaurante y separada por una pecera gigante muy iluminada y llena de peces de agua dulce. Reconozco varios peces tetra y disco. Lily y sus amigos visten normales, bueno normal para ellos.

—¡Billy! —Lily se levanta. Lleva unos vaqueros azules y un jersey de lana blanco—. Y tú debes ser...

—Ámbar —dice Ámbar y le echa una sonrisa. Creo que espera que Lily haga lo mismo, pero no lo hace. Entonces Lily presenta al grupo, pero lo hace un poco rápido y a medias, y James y Óscar apenas dejan de hablar para saludar. Entonces nos sentamos, tal y como está dispuesta la mesa, estamos Ámbar y yo en un extremo, algo alejados de los demás.

—Pedimos esta mesa —se inclina Lily para decirme— por el pescado. —Me regala una sonrisa, pero luego se vuelve hacia James, que parece estar en mitad de una historia. No sé muy bien de qué va, pero pillo lo suficiente como para saber que se trata de una demanda que alguien ha puesto por incumplimiento de un contrato. El grupo parece estar atento y cuando llega al final todos se ríen a carcajadas, bueno todos menos Ámbar y yo. Luego se hace un silencio, que solo se rompe cuando James y Óscar cogen sus menús y empiezan a hablar sobre lo que van a pedir. Miro a Ámbar, que me mira extrañada, y cojo también mi menú.

Lo primero en lo que me fijo es en los precios. Supongo que será por costumbre, pero en este caso debe de haber un error ya que no hay nada por menos de cien dólares, y las descripciones de las comidas están todas en francés, o la mayoría. James y Óscar empiezan a discutir, en voz alta, qué es lo mejor, y todo gira en torno a la última vez que lo comieron, o a cuándo comieron esa otra cosa en París, o ese restaurante de mariscos en Florencia, y se prolonga durante mucho tiempo. Por fin oigo a Eric decir con firmeza que no tiene suficiente hambre para pedir entrante así que solo va a tomar el rodaballo, y noto que me mira a los ojos mientras lo dice. Cuando encuentro el rodaballo en el menú veo que es lo más barato, así que digo que yo también lo voy a pedir. Ámbar se inclina para susurrarme.

—¡Qué coño, Billy! ¿Estos son tus amigos?

No sé qué decir, así que no digo nada. Cuando llega la camarera, que parece la persona más normal del lugar, Ámbar le dice que también tomará el rodaballo.

La cosa mejora un poco después. La mesa se divide en dos. James, Óscar y Jennifer hablan sobre todo entre ellos. No oigo lo que dicen, pero parece que siguen recordando sus vacaciones en Europa del año pasado. Al final Eric parece hacer todo lo posible para que Ámbar se sienta bienvenida. Al menos, le habla de verdad. Lily está casi siempre en silencio. Parece dividida entre los dos grupos. Pero ni siquiera Eric está tan divertido como de costumbre, y en varios momentos acabamos en silencio en nuestro extremo de la mesa, como añadidos escuchando a James y a Óscar bromear entre ellos sobre los detalles de un viaje al que no fuimos.

—Entonces, Lily, ¿qué estás estudiando? —pregunta Ámbar de repente, lo cual me pilla de sorpresa. Pensé que no íbamos a hablar en absoluto por el resto de la cena.

—Ah —Lily parece sobresaltada—. Derecho. ¿Y tú? Billy me contó… —No termina lo que está diciendo, igual será porque no le he hablado mucho sobre ella.

—Diseño —Ámbar decide sacarla del aprieto—. Pero estudié en Lornea, no aquí. ¿Es divertido el Derecho? —continúa Ámbar mientras observa su pescado.

Lily parece incómoda por la pregunta, y se vuelve de mala gana hacia Ámbar. Desde donde estoy sentado, junto a Eric, puedo verlas una al lado de la otra. No podrían parecer más diferentes.

—Yo no lo llamaría una diversión. Pero sí que es importante.

—Mmmm —Ámbar asiente con la cabeza.

—Me gusta tu color de pelo —dice Eric, uno o dos minutos después, y trata de sonreír a Ámbar, pero sigue pareciendo fuera de lugar.

—Gracias Eric —responde Ámbar—. A mí me gusta el tuyo... —Pero sus palabras son ahogadas por una enorme carcajada desde el otro extremo de la mesa, y le sigue la risa de Jennifer durante mucho tiempo, como si no pudiera parar. Tengo la sensación de que es falsa, por la forma en que mira a Lily al final, como para asegurarse de que lo ha visto.

—Creo que no deberían tener peces león aquí —digo, de repente. Sé que no es lo más apropiado para decir, pero quiero intentar aligerar el ambiente además, me ha estado molestando desde que me senté.

—¿Qué? —pregunta Eric.

Señalo la pecera y el gran pez león *Pteriois* que nada detrás del cristal.

—¿Por qué no? —pregunta Eric—. ¿Se van a comer a los demás?

—Sí, pero el problema no está en las peceras, sino en la naturaleza. La gente los compra porque cree que quedarán bien en sus peceras, y luego, cuando se comen a todos lo demás, los tiran por el retrete o los sueltan en el mar. Y se han convertido en una de las peores especies invasoras de toda la costa de América.

—No me lo creo —continúa Eric.

—Así es. Son depredadores muy eficaces. Tienen bocas muy grandes, se acercan a otros peces y se los comen en un momento. Pero el verdadero problema es lo rápido que se reproducen. Las hembras pueden poner 30.000 huevos cada siete días. En resumen, expulsan a las especies nativas.

—¿De verdad?

La cosa mejora después de eso. Al menos, Eric está un poco más hablador, y él y Ámbar parecen llevarse bien. Pero todavía hay una división en la mesa, y Lily sigue sin decir mucho. Mientras tanto, James, Óscar y Jennifer parecen estar pasándolo bien. Se ríen y siguen pidiendo más vino cada vez que se terminan una botella, lo que parece ocurrir a menudo, pero cuando lo hacen, ni siquiera envían la botella a nuestro lado. Es como si Eric, Ámbar y yo estuviéramos en una cena diferente. Por fin creo que han terminado de pedir y entonces empiezo a preocuparme por la cuenta. Las veces anteriores, como cuando fuimos a la playa por ejemplo, Lily lo pagó, y por una parte espero que ocurra lo mismo aquí, aunque no me parece justo para ella. Pero el caso es que me preocupa cuánto va a costar todo esto. En cualquier caso, no han terminado. En su lugar, James pide una ronda de lo que creo que son coñacs para él y Óscar, y pide la cuenta al mismo tiempo. Cuando llega el camarero se la da a él, porque es él quien la ha pedido. Y tras mirarla unos instantes, anuncia en voz alta que la repartamos a partes iguales, ya que así será más fácil. Noto que me mira mientras lo dice. Es la primera vez que me ha dirigido la palabra en toda la noche. Enseguida Óscar y Jennifer están de acuerdo en voz alta, y es como si estuviera decidido cuando no lo está. Me vuelvo hacia Ámbar, y me doy cuenta de que está incandescente de rabia, y casi espero que vaya a decir algo, pero sé que se está conteniendo. Así que nos limitamos a pagar lo que nos piden, creo que solo para poder salir de allí cuanto antes.

Cuando por fin salimos, James, Óscar y Jennifer dicen que se van a una discoteca y nos preguntan si queremos ir, pero me doy cuenta de que no lo dicen en serio. Así que a continuación pasamos unos penosos cinco minutos en los que ellos pretenden estar esperando a ver si cambiamos de opinión, pero en realidad solo están esperando a un taxi. Cuando por fin llega se suben y desaparecen. Incluso entonces la situación sigue siendo tensa, porque Eric y Lily siguen con nosotros. Lily quiere irse a casa y Eric se ofrece a acompañarla, así que se suben al siguiente taxi. Entonces, por fin, nos quedamos solos Ámbar y yo.

—¡No me jodas, Billy! —exclama en el momento en que nos quedamos a solas—. ¿Me puedes explicar qué coño ha pasado ahí dentro?

CAPÍTULO VEINTIDÓS

NO PUEDO FINGIR que la velada haya sido un éxito, así que no lo hago.

—¿Esos son tus amigos? ¿La razón por la que no te he visto en casi un mes?

—No son siempre así. No sé qué les ha pasado.

—¿Ah no? Dime, ¿cómo son? ¿Unos jodidos niños de papá además de ser niños de papá esforzándose por ser lo más grosero posible?

—No... yo... —Seguimos de pie fuera del restaurante, pero ya no hay más taxis—. ¿Quieres llamar a un Uber?

—No, Billy. No quiero llamar a un Uber. No me queda un puto duro.

Yo tampoco tengo dinero, así que empezamos a caminar, pero Ámbar no afloja.

—Madre mía, vaya petarda, la del jersey blanco con la cara larga. ¿Cómo se llamaba?

—Lily.

—Ah eso, Lily. ¿Qué clase de nombre es ese?

No contesto.

—Estoy estudiando Derecho, es importante —Ámbar imita la voz de Lily, pero de forma burlona.

—No es siempre así —la interrumpo de repente—. De verdad que no son así, debe de haber pasado algo.

Ámbar se gira para mirarme ahora.

—¿Sabes lo peor de todo? Todavía tengo hambre.

Frunzo el ceño.

—No me puedo creer que haya pagado doscientos putos dólares por la cena y me haya quedado con hambre. Y del vino ya ni me hables. —Ámbar frunce el ceño. Al menos Lily insistió en pagar la cuenta del vino, de lo contrario habríamos tenido que pagar mucho más—. ¿Quieres ir a algún sitio? A un sitio normal, me refiero.

Así que nos ponemos de camino hacia su casa, y al cabo de un rato llegamos a otro restaurante, que creo que es malayo, así que no es que sea muy normal, pero Ámbar dice que debería probarlo y eso es lo que hacemos. Entramos y comemos una especie de fideos que están muy buenos, y todo parece normal, como solía serlo con Ámbar. Me cuenta cosas sobre cómo le va la vida aquí en Boston, que tal le va en el trabajo y que está saliendo con un chico que se llama Sean, que es irlandés y trabaja en un gimnasio. No tenía ni idea de nada de esto. Ámbar lo pasó mal hace un tiempo cuando su novio murió, así que me alegra saber que vuelve a salir con alguien. Le hablo un poco de mis compañeras de piso y de que están bien, pero que son un poco simples. Intento explicarle por qué me caen bien Lily y su grupo de amigos. También hablamos de mi curso, de que me molesta que siga siendo tan básico y que estoy decepcionado por eso y Ámbar me dice que no me preocupe, que seguro que mejorará y que solo tengo que perseverar.

Entonces suena mi teléfono y es Eric.

—Hola —respondo. No hay mucho ruido en el restaurante así que no me alejo de Ámbar.

—Billy —responde Eric, pero no dice nada más.

—¿Estás bien?

—Sí —dice con un suspiro—. Pero acabo de pasar una hora con Lily llorando a mares sobre mi hombro. Y pensé que debía explicarte algo.

Suena cansado y yo estoy sorprendido o quizá simplemente no quiera acordarme del lugar donde acabamos de cenar y de cómo lo hemos pasado antes. Estaba tan a gusto con Ámbar, disfrutando de su compañía y de que estuviéramos a solas de nuevo.

—¿Explicarme el qué?

—Explicarte por qué acabas de pasar la noche más insoportable de la historia de la humanidad —responde Eric.

—Ah —digo sin más—. Y ¿por qué?

Pero entonces no responde de inmediato.

—Mira, no sé si debo contártelo, Lily no me dijo... Bueno, no conseguí que se aclarase y en fin...

—Anda, dímelo y salimos de dudas.

—Está bien, está bien —Eric suena apagado—, no te pongas en plan dominante conmigo. No creo que pueda soportar más trastornos en mi vida.

—Por favor, Eric, dímelo —suavizo mi voz.

—Vale. La razón por la que esta noche ha sido tan incómoda es que James ha roto con Lily esta tarde, justo antes de llegar al restaurante.

CAPÍTULO VEINTITRÉS

NO VEO A LILY, ni a Ámbar, ni a Eric, ni a nadie, durante una buena temporada. Y para ser sincero, no me importa mucho. Mi curso sigue sin ser difícil, pero tengo que hacer muchas prácticas y escribir un montón de trabajos así que me meto a fondo en la investigación. De hecho, me han dado las notas de mis primeros trabajos y, aunque estaban pasables, saqué un Notable en uno de ellos, lo cual no quiero que se repita. Así que voy a todas mis clases y, para variar, presto atención de verdad. Luego me paso la mayor parte de mi tiempo libre en la biblioteca, leyendo todos los libros y revistas que debía de haber leído antes. Muchas veces son libros que ya me había leído, pero me entretiene el volver a perderme en ese mundo.

Además, todavía tengo mi clase de derecho en la Universidad de Harvard. Ahora he descubierto una nueva ruta, lo que significa que no voy tan apurado a la vuelta. Pero cuando estoy allí, me veo buscando a Lily. No es mi intención, es más bien un reflejo que no puedo controlar y tan solo sucede. Sea lo que sea da igual porque no la veo, lo cual creo que me decepciona un poco. Aun así, de vez en cuando pienso en ella. Me pregunto si debería llamarla, o enviarle un mensaje y preguntarle si está bien, y decirle que siento lo de ella y James, aunque por supuesto que no lo siento porque creo que James es un cretino, pero no sé si será lo correcto así que no hago nada. Al cabo de un tiempo empiezo a pensar que tal vez ese haya sido el final de nuestra historia, que no voy a volver a verla, ni a ella ni a ninguno de sus amigos.

Es entonces cuando me envía el mensaje.

«¿Sabes navegar?»

Estoy en la biblioteca cuando me llega, escribiendo una redacción sobre la ecología del plancton y las interacciones de las redes alimentarias; que quede entre nosotros pero no es tan interesante como suena. No sé qué pensar del mensaje e incluso se me ocurre que igual lo ha enviado por error, igual quería enviárselo a otra persona. Pero al rato recibo otro:

«Perdona, Billy, escribí el mensaje un poco rápido. Quería preguntarte si se te da bien la navegación. Puede que te necesite si es así...»

Todavía no sé qué decir, pero esta vez le respondo.

«No se me da mal»

Y entonces ella no contesta, sino que me llama por teléfono, lo cual es un poco tenso porque, como acabo de decir, estoy en la biblioteca. No quiero parecer maleducado así que recojo los libros y me apresuro a salir, donde puedo hablar con más tranquilidad.

—¿Estás ahí? —pregunta Lily, cuando llego fuera y puedo hablar con propiedad.

—Sí.

—Suena como que ha habido un terremoto.

—Lo siento, es que... No pasa nada.

—Menos mal… Te llamaba porque se te daba tan bien el surf aquella vez que fuimos que me preguntaba si también sabías navegar. Es que, bueno, estamos un poco desesperados. Eso es todo.

Hay un ruido de fondo, pero no consigo identificar el qué.

—Sí, he navegado varias veces —respondo, un poco perdido. En realidad lo que quiero decir es lo agradable que es escuchar su voz, y lo bien que suena, fresca y feliz—. Bueno mi padre me enseñó hace unos años. Encontramos un barco abandonado, así que lo reconstruimos y navegamos alrededor de la isla de Lornea.

—¿Lo dices en serio? —se ríe—. Jolines, lo sabía. Es lo que necesitamos.

—¿Lo que necesitáis para qué? —pregunto, pero no me dice nada. En su lugar oigo su voz de fondo hablando con alguien.

—Papá, es un experto. ¿Tienes planes para el sábado? —me pregunta, creo que a mí.

—No —dudo un poco ya que no soy un experto.

Hay más voces de fondo. Parece que alguien le está respondiendo.

—Lo siento, estoy en casa con mi padre. Ha tenido una estúpida discusión con mi tío en el club náutico. Este sábado es el último día de la temporada y... —se calla y vuelvo a oírla hablar de fondo «sí papá, es una estupidez».

Luego vuelve a dirigirse a mí.

—Ambos son competitivos hasta más no poder y papá le retó a una apuesta. El que acabe primero el fin de semana gana, el perdedor tendrá que invitar al ganador, y a toda su tripulación, a cenar.

Se ríe de nuevo y yo sigo esperando a ver por dónde sale esto.

—Así que... Necesitamos un miembro de tripulación para el sábado. Lo ideal sería alguien que sepa navegar bien. Así que pensé en ti. —Hay un curioso cambio en su tono de voz cuando dice «pensé en ti». O tal vez me lo he imaginado. Me acuerdo del pequeño velero que papá y yo arreglamos para navegar por Lornea, y me pregunto qué clase de barco tendrá el multimillonario papá de Lily.

—Erm, ¿quieres que vaya? —es lo único que se me ocurre decir.

—¡Sí! —de nuevo su voz suena brillante y llena de alegría.

—Vale.

Y así es como acabé metido en otra situación social muy por encima de mi alcance.

* * *

La noche anterior tengo un sueño en el que el barco del padre de Lily es uno de esos enormes superveleros de más de 30 metros de eslora, con una docena de tripulantes y un helicóptero en la parte trasera, y por alguna razón me dicen que tengo que navegarlo yo, solo que ni siquiera tiene velas, pero de alguna manera se mueve, al fin y al cabo es un sueño, y termino chocándolo contra unas rocas. El padre de Lily, que parece un pirata, solo que lleva uno de los jerséis de lana blancos de Lily, y para más inri lleva también un monóculo, no deja de gritarme e insultarme y entonces agarra una enorme manguera de la que fluyen productos químicos tóxicos que dirige hacia mí. El líquido me cubre por completo y fluye hacia el mar. Entonces veo a Lily jadeando horrorizada, por lo que he hecho yo, no por lo que está haciendo su padre.

Cuando me despierto sé que es solo un estúpido sueño, pero sigo sin poder quitarme de encima la idea de que esto va a ser un desastre. El sábado por la mañana, temprano, porque es cuando me han dicho que baje, voy al puerto deportivo y busco un lugar seguro para atar mi bici. Ojeo la dársena de veleros, como un bosque de mástiles, para ver si hay algún pedazo de

114

velero de un multimillonario. No veo ninguno, pero sí que hay algunos veleros enormes, y me pregunto si el del padre de Lily será uno de ellos. Entonces llamo a Lily, tal y como me dijo que hiciera, porque hay una verja cerrada para bajar a donde están amarrados los barcos. La veo caminar por el pontón hacia mí. Me saluda y parece contenta. Hoy lleva una chaqueta de navegación blanca y azul, con una capucha amarilla fluorescente. Pero no veo de qué barco ha venido.

—Hola Billy, qué buen tiempo ¿verdad? Hay una brisa perfecta. —Introduce un código y la puerta se abre. Me pregunto si me va a besar, o si debería besarla yo, pero al final dudamos y no hacemos nada—. Vamos, entonces. Te voy a presentar al resto. —Se da la vuelta y comienza a caminar por el pontón.

—¿Cuál es el barco de tu padre? —pregunto, mientras caminamos. Tal y como funcionan los puertos deportivos, los barcos más pequeños siempre están amarrados más cerca, donde hay menos agua y menos espacio. Así que cuanto más lejos vamos, más grande va a ser el barco de su padre. Se gira para mirarme.

—Mira, ese. —Señala de manera relajada pero veo que apunta hacia el que tiene el mástil más alto, un pedazo de monstruo. Debe de tener 30 metros de largo, es azul oscuro y domina por completo el muelle.

—¿Ese? —Me detengo. Es como si mi pesadilla ya se estuviera haciendo realidad.

Lily se gira para mirarme, con una expresión de curiosidad en su rostro.

—¿Estás bien? —Sigue mi mirada y se ríe—. No, Billy, ese no es. ¿Quiénes te crees que somos? ¿Multimillonarios del petróleo? Es ese.

Señala en su lugar un velero mucho más modesto, del tipo que se puede encontrar en el puerto de Holport, en la isla de Lornea, y al instante siento cierto alivio.

Pero a medida que nos acercamos veo que en realidad es más grande que los veleros de la isla de Lornea, tendrá unos cuarenta pies de eslora, con dos timones para la navegación, una a cada lado en la cabina. Hay un hombre que está en la cubierta de proa, intentando mover varios rollos de cuerdas.

—Vaya —digo—. Es precioso.

—Sí, lo es. Pero no es muy rápido, por desgracia. Al menos no de la forma en que papá lo maneja. Vamos.

Se aferra a uno de los los cables de metal que bajan del mástil, mientras se balancea y salta a bordo. Yo hago lo mismo.

—Hola, papá —dice Lily—. Este es Billy. Te hablé de él.

El hombre deja lo que está haciendo y se endereza. Es bastante delgado y lleva un jersey de punto azul con agujeros. Parece más un pescador de Holport que un multimillonario. Y veo con alivio que no lleva monóculo.

—Hola —le saludo.

—¡Hola! —me responde mientras baja por la cubierta lateral, pisando con cuidado, hasta quedar a mi altura—. Qué bien que te hayas unido a nosotros. —Me da la mano.

—Billy es mi amigo, el experto marinero —le dice Lily.

—¿De verdad? Bueno, eso espero. Vamos a necesitar toda ayuda que podamos conseguir. Confío en que Lillian ya te ha explicado la misión del día.

—Sí, más o menos. ¿Tienes que vencer a su tío en una regata?

—Bueno, son tres regatas en realidad, pero esa es la idea. Su tío, mi hermano, puede ser... un poco pesado, y no quiero pasarme todo el invierno escuchándole presumir de habernos ganado. Así que, así es. Considéralo una cuestión de vida o muerte.

Lo dice con una sonrisa por lo que sé que no habla en serio, pero al mismo tiempo me da la sensación de que sí lo hace.

—La primera regata empieza a las diez, así que quiero salir ya. ¿Por qué no vas a guardar tus cosas en la cabina?

Lily me lleva abajo y el interior es precioso. Es más grande que cualquier otro velero en el que haya estado antes, y está equipado con madera tan bien pulida que brilla como el oro. Hay una pareja, un poco mayores que yo, sentados a la mesa de navegación con el trazador de gráficos. Otra mujer, mayor pero elegante, entra desde un camarote de popa y sonríe con expectación.

—Mamá, David, Emily, este es Billy, os dije que vendría.

—Hola —digo a la madre de Lillian, porque me parece lo más educado saludarla a ella primero. Me toma la mano y me dice que la llame Clara.

—David es mi hermano —continúa Lily— y Emily es su novia. — Estrecho más manos. No se me había ocurrido que toda la familia iba a estar aquí.

—Hola Billy, Lilly nos ha hablado de ti. Vas a ser nuestra arma secreta ¿no? —David tiene un tono de voz despreocupado y no consigo descifrar si habla en serio o no.

—Bueno...

—Eso espero, porque papá se pone como loco cuando pierde. Igual te tira por la borda y todo.

—David —interviene la madre de Lily—, no asustes al pobre chico. Ya debe de ser bastante aterrador conocer a toda la familia a la vez.

—Pero son solo amigos, mamá —responde David, de una manera que puedo decir que está imitando algo que Lily debe de haber dicho antes. No sé cómo me hace sentir eso. No tengo ni idea de si estoy aquí como amigo o no. Bueno, creo que ahora sí lo sé y supongo que esperaba que fuera algo más.

Al poco rato subimos a cubierta y el padre de Lily nos da instrucciones mientras prepara el barco para dejar el amarre. He hecho esto mil veces, pero sigue siendo un poco tenso porque los barcos son difíciles de mover en espacios pequeños. Te puedes hacer una buena idea de lo seguro que está la persona al mando, y veo que el padre de Lily está bastante relajado, dando instrucciones con calma, y los demás hacen lo que se les dice con la misma tranquilidad. Pero a la vez hay una especie de electricidad en el aire. No somos solo nosotros los que salimos del puerto deportivo, sino que hay un flujo constante de veleros que parten, cada uno de ellos con tripulaciones en cubierta que se dedican a quitar las cubiertas de las velas y a preparar el aparejo en la fresca brisa de la mañana. Navegamos a motor durante unos minutos, pero luego izamos las velas y de inmediato empezamos a escorar en un ángulo agudo mientras cortamos el agua. El padre de Lily lleva el timón y nos dirige hacia un barco a motor amarrado. A nuestro alrededor, otros barcos también izan sus velas. Son todas blancas con la excepción de una embarcación con velas de *mylar* negras a juego con su casco pintado de negro.

—Ese es el Abigail. —Lily me golpea en las costillas, a través de la chaqueta de vela que me han prestado—. Es el barco de mi tío. Es igual que este, pero él mandó hacer varias modificaciones para que fuera más ligero, todo para poder ganar a papá. —Me mira y levanta las cejas.

Miro hacia el barco justo cuando cambia de dirección en una virada, las grandes velas negras empiezan a aflojar el viento, hasta que pierden propulsión mientras el velero gira hacia el otro lado, donde se llenan de nuevo de viento. El casco avanza, cortando el agua, a no más de cincuenta metros. Hay un hombre dirigiendo el barco, y veo que se vuelve hacia nosotros. Bueno, no a nosotros, incluso desde esta distancia está claro que se dirige al padre de Lily. Yo también lo miro, su rostro es ilegible. De nuevo tengo la sensación de que esto es más serio para el padre de Lily de lo que está dispuesto a admitir.

Sin embargo, pronto me doy cuenta de que, después de todo, no estoy aquí como marinero experto. Mientras nos acercamos a la línea de salida para la primera regata, David sincroniza su reloj con las señales del barco de salida, y mientras él y el padre de Lily intercambian instrucciones y tácticas, no me preguntan nada. La verdad es que me siento bastante aliviado. Todo ese rollo de experto era solo una broma de Lily. Pero eso no significa que esté aquí para ir de paseo, en un barco tan grande siempre hay mucho que hacer. Cada vez que cambiamos de una amura a otra, lo que ocurre a menudo, mientras luchamos por mantener la posición entre docenas de embarcaciones, tenemos que soltar las velas de un lado del barco y tirar de ellas hacia el otro. A Lily y a mí nos toca un lado, y Emily y la madre de Lily se encargan del otro. Lily me obliga a manejar el cabrestante. Es decir, tengo que tensar la enorme vela de Génova de la parte delantera enrollando la escota alrededor del cabrestante de acero inoxidable lo más rápido posible. Lily me ayuda guiando la cuerda hacia el tambor del cabrestante y yo me limito a girar la manivela lo más rápido posible hasta que David o el padre de Lily, al que todos llaman Claudio, así que supongo que yo también debería hacerlo, me dicen que pare. Emily y la madre de Lily hacen lo mismo en el otro lado, y nos enzarzamos en una especie de batalla para ver qué equipo puede hacerlo más rápido.

Debería explicar lo de la navegación por si no sabes mucho de eso. Yo no sabía nada, al menos hasta que papá me enseñó. Los veleros no son como los barcos a motor, en el sentido de que puedes ir en todas las direcciones que quieras. La forma en que mi padre me lo explicó fue así: es un poco como montar en bicicleta en una colina muy empinada. El viento es la colina, y cae desde arriba hasta abajo. Así que es fácil ir cuesta abajo, o incluso atravesar la colina. Pero si quieres subir, no puedes. Está demasiado empinada, por lo que tienes que ir en zigzag, como las curvas de una carretera de montaña. Ese movimiento en zigzag se logra virando si vas contra el viento o trasluchada si vas con el viento, ya te dije que era un poco lío. Cada dirección de zigzag se llama amura y cada tramo es una tachuela, y cuando vas de una amura a otra, vas avanzando contra el viento en diagonal. Si no lo pillas no te preocupes, yo tampoco lo entendí hasta que salimos y empezamos a practicar. Entonces fue bastante fácil.

—Tres minutos para el disparo de salida —grita David, mientras viramos de nuevo y tensamos las velas. Me duelen los hombros del esfuerzo y tengo calor.

—Adelante. Vamos a esperar un minuto, después a trasluchar alrededor de la boya de salida —grita Claudio.

No me entero mucho, así que hago lo que me dicen.

—¡Tira de la mayor! Trasluchamos... —Claudio hace girar el timón hasta que corremos con el viento, y Lily tira de la escota de la mayor para que la botavara no pueda barrer demasiado rápido hacia el otro lado. Luego, poco a poco, va enderezándose en la nueva amura y, con las velas tensadas, apuntamos justo al extremo derecho de la línea de salida. Estamos a unos cincuenta metros de ella. En el panel de instrumentos hay una lectura de registro que nos indica la velocidad en tiempo real. Sube, de seis nudos a siete y enseguida a siete con cinco.

—Un minuto para la salida —grita David. Hay tres barcos a sotavento de nosotros, y otros dos a barlovento, colocados a pocos metros por delante de nosotros, lo que les da ventaja en la ceñida. Uno de ellos es el velero negro, tan cerca que podemos ver las expresiones tensas en los rostros de la tripulación. Tiran más fuerte de sus velas y aceleran, moviéndose media longitud del barco delante de nosotros. Entonces, entre gritos y ruidos y el pitido de la alarma de la cuenta atrás de David, se oye el disparo de un arma en los acantilados de la orilla. Vemos el humo un instante antes del ruido, y luego veinte veleros llegan a la línea de salida todos juntos. Durante unos minutos pienso que vamos a chocarnos contra todos, o que al menos la regata va a ser muy reñida durante todo el trayecto, pero en realidad empezamos a separarnos enseguida a medida que los barcos más rápidos se llevan el viento de los más lentos y se adelantan. Estamos más o menos en la sexta posición, supongo, aunque no es fácil decirlo debido a lo del zigzag que expliqué antes. David me enseñó el recorrido que tenemos que hacer antes de salir del muelle. Tenemos que navegar contra el viento hasta una boya de señalización, luego volver con el viento, dar una segunda vuelta aunque esta vez no es tan grande y luego volver a bajar para cruzar la meta en el mismo lugar desde donde empezamos. Cuando lo pones así, sí que parece un poco fútil.

Pero no lo es, al menos no ahora que estoy participando. Es emocionante y bastante aterrador, y muy intenso. Nos escoramos, nos movemos y nos estrellamos contra las pequeñas olas, grandes salpicones de agua explotan hacia arriba, y hay dos barcos tan cerca que podrías tirar una piedra a sus cubiertas, uno a sotavento, al que estamos ganando, y el otro a barlovento, en mejor posición y que, por desgracia para nosotros, es el velero negro. Tensamos y aflojamos las velas, tratando de impulsar el velocímetro hacia arriba. A veces llegamos a los nueve nudos, a veces a los seis, y vemos la diferencia en cómo el velero negro se adelanta o nosotros nos acercamos. De repente, el velero negro vira, más rápido que antes, y sus velas se azotan al cambiar al otro ángulo del zigzag.

—Virando para cubrirse —dice de inmediato el padre de Lily y todos corremos a cambiar las velas para que podamos ir también en la otra dirección, siguiéndolo. Entonces se produce un momento de ruido y caos mientras giramos y nuestra velocidad baja a tres nudos, antes de que el viento presione las velas desde el otro lado y volvamos a apretar hacia delante. Cinco nudos. Siete. Nueve de nuevo. El agua que se desliza por las barandillas debajo de nosotros fluye con rapidez. Aun así, el velero negro está ahora por delante, a unas dos esloras de ventaja. Y estos son barcos largos. Veo su popa con el nombre pintado en rojo: Abigail. Entonces se oye un siseo y un crujido en la radio, y llega una voz que consigue sonar petulante incluso a través de las interferencias.

—¡Tienes que mejorar tus tachuelas, Claudio! —dice Jacques.

David se dirige a la escalera, donde está la radio.

—¿Permiso para decirle a Jacques que es un imbécil arrogante? —pregunta David a su padre.

—Permiso denegado —responde Claudio, que observa las velas gigantes y gira el timón para que naveguemos un poco más cerca del viento.

Diez minutos después, nos hemos alejado aún más. He estado mirando el velocímetro con atención, llevamos una velocidad media de 8,5 nudos. De repente me sorprendo cuando Claudio me habla.

—No te preocupes, Billy. Lo atraparemos en el tramo de popa. —Me giro para verle sonreír, de una manera un tanto apenada—. Veo que sabes un poco de barcos.

—Sí, un poco.

Asiente con la cabeza.

—¿Has participado en alguna regata? —Niego con la cabeza—. Pero hice un poco de investigación cuando Lily me pidió que viniera.

Él parece sorprendido por esto.

—¿Investigación?

—Sí, sobre tácticas de carreras. Para saber al menos lo básico.

Se ríe.

—Ah, sí. ¿Y qué aprendiste?

—Esto… —No estoy seguro de poder recordar toda la terminología, así que me resisto a intentar repetirlo todo ahora—. Bueno, en una regata se trata sobre todo de quién puede subir el tramo de barlovento primero. —Decido que no voy a contarle mi analogía de la montaña—. Dado que no se puede navegar hacia el viento, y hay que zigzaguear hacia él, los barcos navegan en realidad mucho más lejos en esta etapa. Pero además, el viento nunca es constante, ni en su dirección ni en su fuerza. Así que algunas partes del circuito tienen más viento lo que hace que se vaya más rápido, y en otras es más ligero por lo que se va más lento. Además, en algunas partes el viento sopla desde direcciones un poco diferentes, algunas de las cuales te permiten navegar hacia la meta y otras te obligan a navegar más lejos de ella. Así que es un poco como encontrar el camino a través de un laberinto gigante, donde tienes que leer este viento invisible para encontrar la ruta más rápida. Y para colmo, también hay corrientes.

Siento que tanto Claudio como David Belafonte se vuelven para mirarme.

—Esa es, sin duda alguna, la teoría.

Sin embargo, no viramos mucho, no ahora que estamos en regata. Esto se debe a que el barco es tan grande y pesado que tarda mucho tiempo en recuperar la velocidad cuando lo hacemos, y a que hay más viento en el lado derecho del recorrido, por lo que todos los barcos han ido en esa dirección. A medida que nos acercamos a la primera boya de señalización, el barco negro se adelanta y hace el giro un minuto antes que nosotros. Cuando rodeamos la boya y aflojamos las velas para volver a sotavento, parece estar a kilómetros de distancia. Lo seguimos a sotavento, izando una enorme vela de *spinnaker* que nos lleva de vuelta a la salida mucho más rápido de lo que tardamos en llegar hasta aquí, y luego hay unos momentos de pánico mientras tenemos que recogerla de nuevo. Entonces empezamos de nuevo, en la segunda ceñida, que es mucho más corta. Ahora estamos aún más retrasados, y el ambiente en el barco se hunde.

—¿Qué te parece, David? ¿Nos arriesgamos a ir hacia el otro lado? —pregunta Claudio, cuando volvemos a navegar a favor del viento. Ahora puedo seguir la táctica. El barco negro ha subido por el mismo lado del recorrido que hicimos en la primera ceñida, alejándose de la tierra donde hay más viento, pero si nos limitamos a seguirlos, va a ocurrir lo mismo que en la primera vuelta. Los dos estaremos en el mismo viento, ellos son un poco más rápidos que nosotros, así que se mantendrán por delante.

—No nos queda otra —responde David—. Solo nos queda esperar a ver si se equivocan al rodear la boya.

Pero no lo hacen. Dan la vuelta cinco minutos antes que nosotros, y justo después de que nosotros rodeemos la baliza de ceñida, cruzan la línea de meta. Segundos más tarde oímos de nuevo la radio.

—Primera victoria de tres, Claudio. ¿Te rindes?

Terminamos la regata en decimotercera posición de un total de veinticinco barcos, lo que al parecer, según Lily, no está mal, pero está claro que no estamos muy contentos, porque el barco al que queríamos vencer estaba siete puestos por delante de nosotros. Sin embargo, no bajamos a tierra ni nada, hay otra regata justo después de esta, y tenemos que navegar un poco mientras esperamos a que terminen los últimos barcos, y luego habrá otra secuencia de salida. Mientras tanto, la madre de Lily saca tazas de sopa caliente y sándwiches envueltos en papel de aluminio que había calentado en el horno. Están muy buenos, pero de alguna manera esperaba que la gente rica comiera mejor que esto.

Queda menos tiempo del que imagino antes de volver a empezar. Y enseguida la presión aumenta de nuevo. La salida es muy importante, hay que cruzar la línea justo cuando suene el pistoletazo de salida y salir a toda velocidad; si no lo haces, es como dar ventaja a otros barcos. Pero además, un extremo de la línea de salida está un poco más en contra del viento que el otro, así que todos los barcos quieren empezar en ese extremo, al mismo tiempo. Así que hay muchos gritos y chillidos, y los barcos cambian de dirección. Cuando suena el pistoletazo de salida, no estamos tan bien situados como antes, y el barco negro ya está a unas cuantas esloras por delante. Al igual que antes, viró para navegar por el lado derecho del recorrido, más hacia el mar, donde el viento es más fuerte. Pero esta vez hay algo diferente.

—Tenemos que virar —dice David—. Tenemos que seguirlos.

Pero esta vez Claudio vacila y puedo ver por qué, está muy claro. El viento ha cambiado de dirección. Se puede ver en el agua y en la forma en que las aves están volando, están suspendidas en el aire, arrastradas por las corrientes ascendentes que fluyen por los acantilados. El ángulo que forman contra la orilla ha cambiado.

—Vale —dice por fin Claudio—. Prepárate para virar.

—¡No! —grito yo—. El viento ha cambiado. Quédate en esta tachuela.

Nadie dice nada durante unos segundos porque están sorprendidos. En realidad, yo soy el que más se sorprende con mi intervención. Creo que quizá he hablado más de la cuenta.

—Hace más viento de mar —responde David, en parte a mí, pero luego más a su padre—. Tenemos que seguirlos.

Me quedaría callado, de verdad que lo haría si no estuviera tan claro que el viento ha cambiado.

—Pero mira el viento en la costa. El ángulo es mejor.

—¿Estás seguro? —me pregunta Claudio. En ese momento no lo estoy. No estoy tan seguro ya. Porque una cosa es pensar todo esto en mi cabeza y otra decirlo en voz alta y que se tome una decisión al respecto.

—Los pájaros están volando de forma diferente a como lo hacían antes.

Tanto David como Claudio miran, pero luego me devuelven la mirada, frunciendo el ceño, como si no lo vieran.

—De todas formas estamos detrás. Solo íbamos a perseguirlos hasta la meta si viramos. Así que vamos a intentarlo —dice Claudio, y eso es lo que hacemos. Y ahora estoy muy tenso mientras navegamos a la izquierda y el velero negro se aleja cada vez más de nosotros hacia el otro lado del recorrido. Pero pronto nos encontramos con el cambio de viento, y somos capaces de apurar nuestro ángulo, y navegar mucho más cerca hacia la boya de barlovento. Entonces navegamos con un rumbo más corto que ellos. Lo único que ha sucedido es que el viento se está curvando más cerca de la costa, hizo lo mismo cuando estábamos navegando alrededor de Lornea. El viento sigue siendo un poco más flojo en la costa, pero no mucho, y seguimos teniendo una media de ocho nudos en el cuaderno de bitácora. En algún momento tendremos que virar para volver a navegar hacia la boya de señalización, y el momento de hacerlo es crucial. Cuando lo hacemos, y volvemos a coger velocidad, vemos que hemos invertido la posición frente al Abigail. Ahora estamos un buen trecho por delante y ellos están a diez esloras de distancia. Rodeamos la boya y gritamos de alegría al pasarlos cuando estamos de vuelta a sotavento.

La situación es tensa, pero nos mantenemos a la cabeza, y en la segunda ceñida, la más corta, tomamos la misma decisión de ir hacia la izquierda. Esta vez el barco negro nos sigue, pero está demasiado atrás para alcanzarnos y terminamos la regata en cuarto lugar. Claudio le da el timón a David y va a hablar él mismo por radio, aunque no consigo oír lo que dice. No me importa, tengo a Lily a mi lado dándome más sopa y sándwiches. Sonríe con alegría, con el pelo recogido en un gorro de lana rojo que hace juego con el brillo de sus mejillas.

Hay un intervalo más largo entre la segunda y la última regata, y comemos más sándwiches envueltos en papel de aluminio. Ahora podemos relajarnos un poco y empiezo a preguntarme si podré encontrar algo de tiempo para hablar con el padre de Lily. Antes se me ocurrió que, al conocerlo así, podría hablarle del tema de los dragones marinos, no iba a mencionar lo de mi campaña para protestar contra la expansión de su empresa, lo de que soy yo el que está detrás de eso me lo iba a callar, pero quizá podría explicarle las razones de la campaña y la necesidad de proteger las zonas de reserva marinas. Antes de conocerlo supuse que no sería el tipo de persona que prestaría atención a eso, pero ahora se me ocurre que quizá sea todo lo contrario. De hecho, parece mucho más decente y normal de lo que me esperaba. Aun así, no ha habido un momento libre hasta ahora. Y antes de que pueda encontrar la manera de abordar el tema ya estamos en la secuencia de salida de la tercera regata.

El ambiente es más tenso aún, si es que es posible, supongo que porque es la última regata del día. En realidad, es la última carrera de toda la temporada. Hay más conversaciones por radio, entre muchos de los barcos, y más gritos, y las embarcaciones parecen estar más cerca unas de las otras que antes. Un par de veces tenemos que virar cuando otros barcos se dirigen hacia nosotros. Los barcos amurados a babor tienen que ceder el paso a los de estribor, y es como estar en un aparcamiento en verano en la playa, cuando todo el mundo quiere aparcar sus coches y no hay espacios suficientes. Es un caos.

—Falta un minuto. Jacques se ha ido a la izquierda —grita David. Lo que significa que el velero negro se ha quedado en el otro extremo de la línea de salida al que apuntamos en las regatas primera y segunda. Supongo que significa que van a subir por el mismo lado del recorrido que nosotros en la segunda regata. Como son un poco más rápidos que nosotros, eso significa que perderemos nuestra ventaja.

—¿Por qué lado vamos, Billy? —me pregunta Claudio—. ¿Sigues pensando que el viento es mejor en la costa?

Miro a la superficie del agua. A los pájaros, pero ahora no hay ninguno. Han volado. Lo cual es extraño en sí mismo. Dudo.

—Necesito una respuesta. ¿A la izquierda o a la derecha?

—Ve a la izquierda. Sigue a la izquierda —dice David—. Tenemos que hacerlo.

Dudo de nuevo, y noto que Claudio me está mirando. Asiento con la cabeza.

—Dale.

Así que lo hacemos. Llegamos a la línea unos segundos después del disparo, y muchos de los otros barcos ya han visto el cambio en el viento, así que la flota se divide. La mitad se dirige a la costa, el velero negro y nosotros entre ellos, la otra mitad sigue saliendo al mar. Seguimos compitiendo durante un rato, pero pronto queda claro que el barco negro no está en una buena situación. Está demasiado cerca de otras tres embarcaciones, que se cortan el agua unas a otras y perturban el viento. Nosotros tenemos más suerte, estamos solos, y esto significa que la diferencia de velocidad de nuestro barco se iguala. Incluso nos adelantamos. Entonces, el barco negro vira antes de tiempo, abandonando este lado del recorrido y yendo hacia el otro. Pero nosotros seguimos con nuestro plan, hasta que al final tenemos que virar también y navegar hacia la boya de señalización. Cuando lo hacemos, vemos qué mitad del recorrido era mejor, y resulta que en realidad no había un lado mejor, esta vez al menos no. Así que todos los barcos llegan a la boya de señalización más o menos al mismo tiempo. Va a ser un caos de nuevo, al igual que la salida, ya que todos tratamos de dar la vuelta juntos.

—Cuidado, papá —advierte David, mientras nos acercamos a la boya. Los primeros barcos ya han dado la vuelta y vuelven a la carga a favor del viento, lo que aumenta el caos. Estamos apuntando a la boya desde una dirección, y llegaremos al mismo tiempo que el velero negro, aunque este venga desde el otro lado. La diferencia es que nosotros estamos amurados a babor, mientras que ellos están a estribor. Eso es otra cosa táctica, tan solo significa que ellos tienen prioridad y nosotros tenemos que ceder el paso. Veo a Claudio maldecir en voz baja, ya que no tiene más remedio que aflojar, y dejar que el velero negro rodee la boya antes que nosotros, pero se acerca, de modo que solo estamos en su estela, el agua todavía espumosa. Entonces ocurre algo, al principio no lo entiendo, solo oigo a Claudio gritar, y miro hacia arriba para ver que el costado del velero negro está justo delante de nosotros, tan cerca que podría estirar la mano y tocarlo. Veo que Claudio hace girar el timón como un loco, para alejarnos, y hay un segundo horrible antes de que nuestra embarcación responda en el que creo que vamos a estrellarnos contra ellos. Pero entonces el timón surte efecto y nos alejamos del viento.

—¡Imbécil! —grita alguien, y veo que es el padre de Lily—. Maldito hijo de puta.

Entonces parece que se controla. Se concentra en poner el barco bajo control de nuevo, y a dirigirnos hacia la boya. Pero ahora el velero negro está mucho más adelante de nosotros. Damos la vuelta, a cuatro barcos de distancia de ellos.

—¿Pueden hacer eso, papá? —pregunta Lily. Él no responde hasta que estamos en el tramo de sotavento, con las velas abiertas, tratando de alcanzarlos de nuevo.

—Sí. Pueden. No deberían, pero tenían la ruta interior y yo pasé demasiado cerca.

Ahora parece muy concentrado y bastante enfadado.

Reina el silencio durante el camino de vuelta a favor del viento. Como si el hecho de ir serios fuera a hacernos avanzar más rápido. Cuando nos golpea el oleaje avanzamos más rápido, acortando la distancia, pero luego la ola pasará por debajo de nosotros y levantará al Abigail, y ellos volverán a subir la ventaja. Puedo ver a Jacques Belafonte, al mando del otro barco, girando y midiendo la distancia entre nosotros con sus ojos. Y en nuestro barco, Claudio Belafonte hace lo mismo, solo que le oigo murmurar «vamos, vamos...».

Cuando doblamos la boya de sotavento para la última ceñida estamos a treinta segundos. Esta vez Claudio no me pregunta, ni siquiera le pregunta a David qué camino debemos tomar. En su lugar, seguimos al velero negro por el lado izquierdo del recorrido y, de alguna manera, nos acercamos. Pero no lo suficiente. Llega a la última baliza de ceñida con treinta segundos de ventaja y no podemos hacer nada. Izamos nuestra vela de *spinnaker* que cruje como un látigo cuando se llena de viento, que ahora sopla un poco más fuerte, y hace que se sienta el tirón de la vela en el pesado casco a medida que avanzamos por el agua. Doce nudos en el registro. Trece.

Y entonces, de repente, delante de nosotros, algo sucede. No sé el qué, pero la colorida vela del *spinnaker* del velero negro, que debería estar tensa y llena de viento, como un medio globo, no lo está. Está ondeando como una sábana colgada en un tendedero. Y al otro lado del agua se oyen los gritos de la tripulación que luchan por controlarla. Veo la reacción de Claudio, que se tensa, se inclina hacia delante cuando detecta el problema, y luego vuelve a concentrarse en lo que está haciendo, dirigiendo la trayectoria más rápida a través de las olas.

Tan solo tardan treinta segundos en recuperar la cuerda perdida, y el velero vuelve a coger velocidad. Pero es todo lo que necesitábamos. De repente estamos codo con codo, uno al lado del otro, corriendo a favor del viento, en paralelo, y cada uno se turna para avanzar mientras cabalgamos las olas a favor del viento. Jacques dirige su barco hacia nosotros, obligándonos a reaccionar e ir en la misma dirección, para evitar una colisión, pero Claudio hace lo mismo. Nos acercamos con rapidez a la línea de meta. Emily grita de emoción. «Vamos a ganar, vamos a ganar!».

Pero no sé si lo haremos. Casi parece aleatorio, ya que nos turnamos para tener la ventaja, dependiendo de quién esté en la ola. No nos queda más que aguantar, es como estar en una montaña rusa. La línea de meta está a veinte metros, el velero negro a unos dos metros por delante, pero ya no están en una ola y a nosotros aún nos queda el siguiente oleaje. El empuje de la ola golpea la popa de nuestra embarcación y recibimos un impulso hacia adelante. Estamos a un metro por detrás, a diez metros de la línea de meta. Se puede ver la emoción en la gente del barco de salida. Uno de ellos sostiene una pistola de arranque en el aire. No debemos estar ni a cinco metros de la línea y de repente nos nivelamos, y todavía nos empujan las olas más rápido, mientras ellos siguen cayendo de la parte trasera de la ola que estaban montando.

¡Bang! El pistoletazo de salida se dispara y cruzamos la línea de meta.

—¿Quién ha ganado? —pregunta Lily, pero nadie responde ya que nadie lo sabe. Entonces la radio crepita.

—Sexto lugar para el *Morning Star*, el Abigail en séptimo lugar. Una carrera magnífica. No podría haber estado más cerca.

Así que hemos ganado.

CAPÍTULO VEINTICUATRO

DESPUÉS, las cosas se vuelven un poco locas.

Al principio, seguimos navegando a favor del viento a diez nudos, pero Claudio se acerca al viento y bajamos el *spinnaker*, y luego navegamos de vuelta hacia el puerto deportivo y bajamos el resto de las velas al llegar allí. Poco a poco, todos los barcos que salieron por la mañana van regresando, pero en lugar de una sensación de ansiedad y anticipación, ahora hay una sensación de euforia, al menos en nuestro barco. Creo que nunca he sentido nada parecido.

Se oyen muchas conversaciones por la radio. Antes creí que Jacques era como una especie de malo en una película de Bond, pero en realidad no lo es. Se nota que está enfadado por haber perdido, pero felicita a Claudio. Y David y Emily empiezan a hablar con la tripulación del otro barco y se nota que se conocen y se caen bien. A mí no me importa porque Lily está encantada con el resultado y el resto tiene enormes sonrisas en sus rostros mientras trabajamos para amarrar el barco.

No estoy seguro de lo que se supone que va a pasar una vez que tengamos el barco listo, pero pronto lo averiguo. Vamos al club náutico, al edificio donde el bar está ya lleno de gente. Nos dan un montón de palmaditas en la espalda y vítores y recuentos de los momentos más emocionantes de las regatas. En realidad yo no participo, pero me veo arrastrado, ya que Claudio, e incluso David, parecen decididos a contar que fue mi decisión virar a la izquierda en la segunda regata.

Al rato, Jacques y su equipo entran en el bar, y hay más palmadas, más vítores y más bebida, pero todo están de buen humor, más o menos. Jacques insiste en que estuvo a punto de ganar si su velero no hubiera estado a punto de escorar en el último tramo. Luego vamos a cenar. Es una mesa enorme, en un restaurante que en realidad está dentro del club náutico, y cuando nos dan el menú esta vez es todo marisco. Los precios son aún más altos que los del otro restaurante, pero Claudio nos dice en voz alta que pidamos lo que queramos porque paga Jacques. A lo que Jacques sonríe, pero de una forma un poco dolorosa, así que se le nota que de verdad odia esta parte. Mientras tanto, todo un equipo de camareros y camareras traen un plato tras otro de langosta y gambas y una botella tras otra de champán.

Después de un rato está claro que la mayoría de la gente está llena, y las camareras retiran las cáscaras destrozadas de todo el marisco, y lo sustituyen por postres, que de verdad son increíbles. Luego traen cafés y creo que brandy, e incluso puros, y entonces algunas personas empiezan a marcharse. Creo que tal vez este es mi momento. Veo que Claudio está sentado sin hablar con nadie, con los ojos cerrados mientras da una calada a su puro, y empujo mi silla para acercarme a él. ¿Qué mejor oportunidad voy a tener de hablar con él sobre los dragones marinos? Ahora estoy seguro. Estoy seguro de que es el tipo de director general que hará lo más responsable, si conoce el problema. Pero mientras me muevo me doy cuenta de que Lily, sentada frente a mí al otro lado de la enorme mesa, me mira de forma extraña. Es difícil describir la mirada exacta que me dirige, pero entonces se levanta y camina hacia donde estoy sentado, se inclina y me susurra al oído.

—Llévame a casa, Billy Wheatley.

Y supongo que entonces me olvido de hablar con su padre sobre los dragones marinos.

Me coge de la mano y empieza a alejarse, de modo que espera que la siga. Así que me levanto, un poco sorprendido por la inestabilidad de mis pies. Nadie parece darse cuenta de que nos marchamos, o al menos no nos prestan mucha atención, parece que el calor se ha esfumado de la fiesta debido a la cantidad de aire de mar que hemos absorbido durante el día. Ahora estamos de vuelta en el bar, fuera del restaurante, cuando Lily se detiene y se vuelve hacia mí.

—Estoy borracha —dice con la lengua trabada.

Parpadeo al verla.

—Llévame a casa —vuelve a decir.

—¿Quieres venir a mi apartamento? —le pregunto.

Se ríe, se aparta de mí y gira hasta quedar de nuevo frente a mí.

—Tal vez. Pero esperaba una ducha caliente para quitarme toda esta sal.

Y tengo una ducha en mi casa que es lo suficientemente grande para dos. ¿La tuya es así de grande?

Sacudo la cabeza.

—No.

Ella inclina la cabeza sobre su hombro.

—Bueno, en ese caso, creo que la mía es la mejor opción. ¿No te parece?

No respondo. No puedo responder. En su lugar, observo cómo se aleja hacia el bar, que ahora está tranquilo. Le pide al camarero que llame a un taxi, y él asiente y coge un teléfono. Habla un momento y levanta dos dedos hacia Lily. Le oigo decir dos minutos. Se vuelve hacia mí.

—Mi héroe. El conquistador de mi malvado tío. —Me rodea con sus brazos, apoya su peso en mí, luego se da la vuelta, de modo que estamos como brazo con brazo, y me lleva a través del bar y de vuelta hacia la puerta por la que entramos. Aquí hay aún más silencio. Hay algunas personas que van y vienen, pero la fiesta ha quedado atrás. Bajamos las escaleras, hacia el aparcamiento, y más allá vemos un taxi que se dirige hacia nosotros. Cuando llegamos al nivel de la calle, el taxi ya está parado, Lily abre la puerta y sube. Da su dirección y nos sentamos juntos en la parte de atrás. No hablamos, pero tras unos minutos, Lily empieza a dejar que su mano se acerque a mis piernas. Primero solo las roza, pero luego su mano empieza a arrastrarse hacia mi muslo, como si fuera una araña, o un cangrejo. No digo ni hago nada. Me siento allí, muy consciente de su mano y de lo que está haciendo.

El trayecto es corto, Lily paga y corre hacia la puerta de su casa. Se inclina, abre el cerrojo y entramos. El interior está tranquilo. Por alguna razón no esperaba que lo estuviera. Esperaba ver a James y a Óscar jugando al billar en la sala. Pero cuando miro dentro de la sala, está vacía, con una partida a medio terminar en el tapete verde.

—¿Quieres hacerlo en la mesa? —Lily me ve mirar, y casi me aterra que piense que hablo en serio.

—¡No!

—Entonces vamos. Arriba.

Así que la sigo. Es solo la segunda vez que subo al primer piso, la primera vez fue con Eric, pero él no nos dejó entrar en su dormitorio. Esta vez entramos y Lily se quita los zapatos. Luego entra en el cuarto de baño, enciende la luz y, segundos después, oigo cómo corre la ducha. Entonces reaparece. Se acerca a mí muy despacio. La luz sigue sin estar encendida en el dormitorio, pero con la luz del baño puedo ver el cuadro del que hablaron James y Lily. El desnudo. No recuerdo si era un Pissarro o un Picasso. Pero lo intento, porque es como si necesitara algo en lo que pensar en lugar de lo que está pasando. Lily está de pie a un metro de mí, entonces se sube el jersey y se lo quita por encima de la cabeza. Veo aparecer su vientre blanco seguido del blanco de su sujetador. Se lo quita del todo y lo tira a un lado. Respira y veo cómo su pecho sube y baja al hacerlo. Luego se desabrocha los vaqueros y se los baja por las caderas, hasta que quedan arrugados en el suelo. Da un paso para salir de los vaqueros en el suelo. Luego se da la vuelta y sin dejar de mirarme, camina hacia el baño, solo con la ropa interior.

—¿Y bien, Billy? ¿Te vienes conmigo?

Y creo que ya no debo contar más.

CAPÍTULO VEINTICINCO

DOS MESES DESPUÉS

—¿BILLY Wheatley? —Las palabras provenían tanto de la agente especial West, como de la administradora del complejo de Fonchem, Claire Watson, que había seguido la conversación desde el sofá en el que se había sentado a pasar las horas posteriores a la explosión causada por la bomba.

El inspector Smith, que acababa de revelar el nombre que la base de datos de la policía había vinculado a la huella dactilar del fragmento de olla a presión, frunció el ceño, sin saber a quién dirigirse a continuación, así que fue West quien se dirigió a la supervisora.

—¿Conoce ese nombre?

—Sí... Lo siento, no debería estar escuchando —respondió, levantándose. Pero continuó de todos modos—. Él es quien está detrás de esta... supongo que se podría llamar la campaña contra la ampliación de las instalaciones. Tiene una página web y ha puesto carteles por todas partes. Son todos sobre una especie de pez, creo que se llaman dragones de mar.

—¿Dragones de mar? ¿Qué demonios es eso? —preguntó Black.

—No lo sé, la verdad. Pero son raros de encontrar y él afirma que viven aquí en la bahía y que la expansión los amenaza de alguna manera.

—¿Así que es un radical del medio ambiente?

—No lo sé... supongo... —continuó Watson.

Entonces el inspector se volvió hacia West.

—¿Usted también lo conoce?

Se tomó un momento para responder, y con una sonrisa de disculpa a la supervisora, apartó a Smith y a su compañero para que pudieran hablar en privado.

—Sí, lo conozco. Antes de entrar en la Agencia trabajé para la policía. Me enviaron aquí para trabajar en un caso de una adolescente desaparecida. Una chica que se llamaba Olivia Curran, ¿lo recuerda?

—¿El caso Curran? Claro que lo recuerdo. Fue el caso más importante que hemos tenido aquí en muchos años. —El inspector torció la cara, y entonces cayó en la cuenta—. Ay joder, ¿esa era usted? ¿Acabó atrapada en una cueva con la mujer que mató a Curran, y Wheatley y su padre?

—Sí. Esa era yo. A su padre, Sam Wheatley, le dieron un tiro y Billy y yo tuvimos que sacarlo a nado mientras subía la marea. —Se detuvo, con el ceño más fruncido que nunca—. Me quedé... atascada, en la entrada de la cueva, y Billy volvió para rescatarme. Tenía tan solo once años pero me salvó la vida.

—Recuerdo el caso. Yo solo era un ayudante por aquel entonces. —El inspector también se detuvo un segundo, pensando. Al momento continuó —: Igual ha oído algo pero nuestro querido Billy Wheatley no es que haya evitado meterse en líos desde entonces. Formó una especie de agencia de detectives hace unos años y lo que empezó como una tontería de chavales acabó con Billy descubriendo que la directora de su instituto era una asesina. Luego, hace poco, se vio envuelto en un lío con una banda de narcotraficantes.

—Jesús. No lo sabía. —West se quedó mirándolo con asombro.

—Pues sí. Es muy conocido en la isla.

—¿Y está seguro de que eran sus huellas las que encontraron en los fragmentos de la explosión?

—Eso es lo que mostró la base de datos.

Se miraron a los ojos durante varios instantes.

—¿Qué edad tendrá ahora?

El inspector comprobó el archivo en su móvil.

—Diecisiete años.

El ceño de West se mantuvo fruncido, calculando.

—Así que debe estar... ¿qué? ¿Todavía está en el instituto? ¿Cómo va a estar poniendo bombas en varias instalaciones en la costa Este del país?

—No tengo ni idea. Pero ese chico, no me extrañaría que encontrara una manera.

West dejó caer la cabeza entre sus manos.

—No puede ser. Tiene que haber algún error.

—Estás de coña ¿no? —interrumpió Black—. Llevamos meses intentando cazar a este hijo de puta y ahora que encontramos la primera prueba ¿quieres desecharla? Ni hablar, vamos a por él.

—No he dicho... Mira, deberíamos hablar con él, por supuesto que sí. Pero esto... No puede ser correcto. Es solo un niño.

—¡Tiene diecisiete años! Tú misma lo has dicho. Y el inspector ha dicho que estuvo mezclado en asuntos de drogas hace un tiempo. Vamos Jess, ya debes saber que cada pedazo de mierda que arrestamos fue alguna vez un dulce niño, con grandes ojos redondos...

—De acuerdo. —El tono de voz de West lo detuvo—. Pero te aviso, creo que tenemos que ir con cuidado. Hay algo aquí que no me cuadra, no me cuadra en absoluto.

Se volvió hacia el inspector.

—Es su caso —respondió este mientras los observaba a ambos—. Lo llevamos como usted diga.

West respiró con profundidad, pensando.

—¿Tiene su dirección?

El inspector asintió.

—Bueno, pues venga, pero no entremos muy fuerte. Vamos a ver si está en casa.

CAPÍTULO VEINTISÉIS

LOS AGENTES especiales viajaron juntos en un coche patrulla, delante iba el inspector Smith y detrás de ellos otro coche de la policía local. La isla, cubierta por un manto de nieve, no se parecía en nada a como la recordaba West. Pero el día se estaba calentando y la cubierta se derretía con rapidez, las carreteras estaban resbaladizas y húmedas. El pequeño convoy se dirigió hacia Silverlea y tomó el desvío para Littlelea, el pequeño pueblo en la cima del acantilado donde Billy Wheatley figuraba como residente junto con su padre Sam Wheatley.

Salieron de la carretera de Littlelea y avanzaron por un camino de entrada, y West recordó entonces haber venido aquella vez, hacía varios años, para arrestar al padre de Billy. Doblaron una esquina y se encontraron con la misma vista, la amplia extensión de arena de Silverlea, dispuesta bajo ellos.

—¡Vaya vista! —exclamó Black, y West se limitó a mirarle a los ojos.

—La camioneta está aquí —respondió West al rato cuando observó la zona de aparcamiento fuera de la pequeña casa, donde se encontraba una camioneta Toyota de color rojo. Parecía en mejor estado que la que habían encontrado la otra vez e incluso parecía que la casa estaba en mejor estado de mantenimiento. Se bajaron del coche patrulla y junto con el inspector, se dirigieron a la puerta principal. Cuando llamaron, la puerta se abrió enseguida.

—¿Sam Wheatley? —West lo recordó sin dificultad. Tenía algunas canas en la parte delantera de la cabeza pero era sin duda el mismo tipo al que había sacado de la entrada de la cueva, el mismo con el que se había sentado a hablar en el hospital en aquellas semanas posteriores al incidente.

—¿Inspectora West? —Wheatley ladeó la cabeza y miró a los otros agentes—. ¿De qué va esto?

—No, soy... —West dudó—, ahora soy la agente especial West. —Se detuvo—. ¿Está Billy en casa?

—¿Billy? —Wheatley frunció el ceño—. ¡No! ¿Por qué iba a estarlo? Y de hecho, ¿por qué están ustedes aquí?

West dudó tanto que Black se encargó de continuar. Abrió su identificación y se la mostró a Wheatley.

—Tenemos razones para creer que su hijo puede tener información sobre un ataque con explosivos que tuvo lugar en una planta química anoche. ¿Está Billy en casa, por favor?

—¿Disculpe? —Sam apenas pareció tomar nota de la identificación.

—Lo siento Sam, sé que esto debe de ser una sorpresa desagradable —West encontró su voz de nuevo—, para mí también lo es. Pero me temo que mi compañero tiene razón. Tenemos que hablar con él.

Hubo un silencio mientras Sam Wheatley los miraba de uno en uno, los agentes tan solo le devolvían la mirada con firmes expresiones en sus rostros.

—Bueno, como ya he dicho, no está en casa.

—¿Dónde está? —preguntó Black de inmediato.

—No lo sé, y si lo supiera no creo que se lo fuera a decir.

—Obstruir una investigación federal es un delito grave... —comenzó Black, pero West le cortó.

—Sam, ¿podemos entrar y hablar de esto con calma? Es posible que sea todo un error pero tenemos que aclararlo.

Hubo un silencio mientras Sam Wheatley reflexionaba, pero luego se apartó de la puerta para dejarlos entrar.

Tomaron asiento a una pequeña mesa de la cocina excepto Sam, que permaneció de pie.

—Entonces, ¿de qué diablos se trata todo esto?

Nadie respondió.

—¿Podría decirnos dónde está Billy? ¿Sigue viviendo aquí?

—No.

—¿Ah no?

—No, está en la universidad.

—¿En la universidad? ¿No tiene diecisiete años?

—Sí, pero es un chico inteligente. Le han adelantado un año.

Los agentes intercambiaron miradas ante esa información.

—Ya veo —West fue la que habló—. ¿En qué universidad está?

—En Boston, en la Universidad de Boston. ¿Qué tiene que ver eso?

—¿Y cree que él se encuentra allí ahora?

—Sí, así es.

—¿Tiene su dirección de allí?

Sam Wheatley no se movió durante un rato, pero luego empezó a rebuscar en un montón de papeles que había sobre la encimera. Por fin encontró lo que buscaba, una carta con el sello de la oficina de alojamiento de la Universidad de Boston. En ella figuraba una habitación alquilada a un tal B. Wheatley.

—¿Le importa si nos quedamos con esto?

Sam se encogió de hombros.

—¿Le importa decirme de qué se trata?

—Vale. —West le miró a los ojos y asintió con lentitud—. De acuerdo. —Asintió de nuevo y respiró con profundidad antes de comenzar—: Mi compañero y yo hemos estado investigando una serie de atentados con bomba en plantas químicas en varios estados de la costa este. El último tuvo lugar anoche y encontramos la huella dactilar de Billy en uno de los fragmentos de metal del explosivo.

Sam se quedó en silencio, y después de un rato se rio.

—Y una mierda.

—La empresa en cuestión se llama Fonchem —continuó West—. ¿Tengo entendido que Billy estaba metido en una especie de protesta contra ella? —Indicó hacia la pila de papeles de donde había sacado la carta de la oficina de alojamiento. En la parte superior había un pequeño cartel que decía en letras grandes «SALVEMOS A NUESTROS DRAGONES DE MAR». Debajo, en letra más pequeña, estaban las palabras «Stop Fonchem».

Sam Wheatley dejó de reírse.

—¿Fonchem?

—Sí.

Abrió la boca para hablar, e incluso sus labios se movieron, pero no salió ningún sonido. Luego se dio la vuelta. Cuando volvió a mirar, su rostro volvía a estar resuelto. Decidido.

—No. Es imposible que Billy haga algo así. De ninguna de las maneras.

—Creemos que el terrorista es un ecologista comprometido. Con la intención de obligar a estas empresas a reducir su impacto medioambiental, para que reduzcan sus vertidos, ese tipo de cosas. Sé que Billy era muy aficionado a los animales marinos. Me envió un montón de cosas sobre eso, documentos que estaba escribiendo.

Sam Wheatley se quedó mirándola.

—¿Qué está estudiando, Sam? ¿Qué carrera hace en la universidad?

Apretó la mandíbula con fuerza antes de responder.

—Biología, Biología marina.

Unos minutos más tarde, Black pidió al inspector de policía que se quedara con Wheatley y se llevó a West fuera.

—Mira Jess, no sé muy bien qué está pasando aquí, pero tenemos que enviar un equipo a la residencia de estudiantes, sin retraso.

West no respondió. Pero tras un momento asintió, solo que la acción fue tan leve que su compañero ni la notó.

—Tiene diecisiete años, hemos visto que tiene rencor contra la empresa, y su maldita huella digital estaba en un fragmento de bomba. Es suficiente para arrestarlo, ¡incluso para condenarlo!

—Sí, lo sé —espetó West—. Pero es que... no lo entiendo, eso es todo.

—Mira —Black trató de suavizar su tono—. ¿Recuerdas el análisis psicológico que hicieron? ¿Ponía que el terrorista o los terroristas estaban interesados en las causas ambientales, y que tenían una inteligencia superior a la media? A este chico lo han dejado entrar en la universidad un año antes. Todo encaja. Puede que no te guste, pero encaja.

—Ya te he dicho que sí, ¿de acuerdo? Llama por teléfono. Que manden a un equipo a recogerlo... —West se detuvo de repente.

—¿Qué pasa?

—Bueno, si está aquí en la isla de Lornea poniendo bombas, entonces no va a estar en Boston, ¿no? —Abrió los ojos de par en par mientras su mente empezaba a trabajar—. Llama al puerto y a todas las compañías de ferris. Tenemos que detenerlo si intenta salir de la isla.

Dos horas más tarde recibieron noticias. Dos coches patrulla habían ido a recoger a Billy Wheatley a la dirección indicada por su padre, Sam Wheatley. Y aunque estaba registrado en esa dirección, y sus compañeros de casa confirmaron que vivía allí, en ese momento no estaba en casa y ninguno de sus compañeros lo había visto en un par de días. Black colgó el teléfono, dentro de la comisaría de Newlea, donde esperaban ahora.

—¿Dijeron a dónde iba?

—No. No lo saben. Dijeron que era un poco solitario y nunca les solía decir a dónde iba.

Black cerró la mano en un puño y la apretó. Miró a West. Empezó a pasearse arriba y abajo.

—Vale —dijo West. Parecía resignada a hacer algo que en realidad no quería hacer—. Pongamos una alerta pública. Debemos encontrarlo, esté donde esté.

CAPÍTULO VEINTISIETE

LA ALERTA CONSISTÍA en una fotografía de Billy Wheatley, tomada de los registros que la policía ya tenía, junto con una petición para que cualquiera que lo viera llamara sin demora al teléfono de emergencia. El número llegaba a la centralita de la comisaría de Newlea, en el centro de la isla, y cualquier avistamiento creíble sería remitido de inmediato a los dos agentes del FBI. Por su parte, estos fueron a tomar un tardío almuerzo a un pequeño restaurante que West creía recordar de su anterior estancia en la ciudad.

Pero aunque llegaron allí, e incluso pidieron comida, no llegaron a tomarla. Justo cuando la camarera dejaba su mesa, sonó el teléfono móvil de Black. Este respondió con sequedad, luego escuchó un momento y a continuación tapó el micrófono y transmitió la información a West.

—Lo han encontrado. La compañía de transbordadores dice que tomó el barco de la tarde.

—Mierda. ¿Ha zarpado ya?

Black hizo la pregunta. Su rostro se endureció ante la respuesta.

—Sí, ha salido hace una hora. Pero aún no ha atracado. El barco sigue navegando con lo cual, Billy está en el ferri.

West parecía dolida.

—¿A qué hora llega?

—Dentro de cuarenta minutos. —Se miraron durante un largo momento.

—¿Podemos volver a coger el avión de la Agencia? —preguntó Black, no del todo en serio.

—Voy a intentarlo. —West sacó su teléfono móvil y empezó a marcar. Al mismo tiempo siguió hablando—. Vuelve a llamar a la compañía de transbordadores, haz que reduzcan la velocidad del ferri; que digan que tienen problemas con un motor, que se están hundiendo, me da igual. Cualquier cosa que les dé una excusa para reducir la velocidad. Mientras tanto yo haré lo posible por llegar al puerto a tiempo.

Treinta minutos más tarde estaban en el pequeño aeródromo de la isla y, gracias a una combinación del ofrecimiento de una buena parte del presupuesto del FBI y de pura suerte, habían conseguido hacerse con un helicóptero y un piloto de aspecto más bien anciano, que había tardado un rato largo en ponerse el traje de vuelo y en limpiar la condensación del interior del parabrisas del helicóptero. Pero ahora, por fin, estaba inyectando gasolina en los motores principales. Despegaron, dieron una vuelta en el aire, sin sentido según West, y por fin empezaron a moverse hacia el oeste, volando sobre el mar hacia tierra firme. Volaron a baja altura sobre el agua, y West se pasó todo el vuelo escudriñando por debajo de ellos en busca del transbordador, mientras Black coordinaba el comité de bienvenida en tierra.

—Podemos aterrizar en el puerto —explicó Black al piloto, mientras la ciudad de Boston empezaba a llenar la vista frente a ellos—. Han despejado un hueco para nosotros. —Luego se giró y se dirigió a West—: Tenemos cuatro agentes que van de camino. Están a unos pocos minutos.

—¿Ha atracado ya el barco?

—No consigo comunicarme con ellos por teléfono. —Consultó su reloj—. Tendría que haber llegado hace diez minutos.

Ambos observaron el agua debajo de ellos, que se veía fría y gris en la luz del invierno.

—¡Allí! —exclamó West, mientras se acercaban con rapidez a tierra, y a los muelles mucho más grandes aquí que en la isla de Lornea. Un pequeño transbordador de coches estaba dando la vuelta, casi en su amarre ahora, a unos pocos minutos de atracar.

—Mierda —dijo Black—. No sé si vamos a llegar a tiempo.

—Más nos vale —respondió West.

Aterrizaron en la orilla del puerto y, casi antes de que los dos agentes hubieran bajado, el piloto saludó y volvió a despegar. Pero ni West ni Black le vieron, ya que estaban ocupados metiéndose en dos coches negros con llantas tintadas que los condujeron hasta donde el transbordador estaba acercándose al muelle.

Desde el suelo ya no parecía tan pequeño. Era de los que tienen una proa que se levanta para permitir que los coches suban a bordo. West lo recordaba de su anterior viaje a la isla, años atrás. Indicó a un par de agentes que esperaran junto a la salida de pasajeros a pie, que consistía en una pasarela que conectaba con el ferri mientras estaba amarrado al muelle. West y Black, así como la otra pareja de agentes, esperaban a ambos lados de la rampa de salida en la proa, preparados para detener a cada coche mientras se bajaba. Con una serie de gritos, el barco se acomodó en su atracadero y la rampa de proa se levantó. Black se puso a trabajar con los estibadores del ferri, dándoles instrucciones para que dejaran salir a los vehículos con lentitud, uno por uno. Según salían del ferri, esperando salir del puerto y marcharse a sus destinos, se vieron detenidos por agentes del FBI, que comprobaban las matrículas, examinaban los rostros de los pasajeros y rebuscaban en cada vehículo para asegurarse de que Wheatley no se había colado a bordo de alguno. Fue un proceso lento, y nadie se alegró de la interrupción del procedimiento normal de atraque.

Tres largas horas después, la fila de vehículos que esperaban para salir de la nave se había reducido y por fin había desaparecido.

Pero en ninguno de ellos encontraron a Billy Wheatley.

CAPÍTULO VEINTIOCHO

WEST LLAMÓ por teléfono a los agentes que vigilaban la salida de pasajeros a pie, pero estos confirmaron que no habían visto nada. Las únicas personas que habían utilizado la pasarela para salir fueron dos ancianitas, y habían hablado con ellas, por si acaso se trataba de un chico de diecisiete años disfrazado. No fue así. West vio entonces a Black agitando los brazos hacia ella desde el interior de la caverna de acero del interior del ferri.

—Todavía está a bordo. Su coche está aquí.

Dando instrucciones para que los demás agentes siguieran vigilando los caminos de salida del ferri, West se apresuró a subir a bordo y se unió a Black junto a un único coche que permanecía en el interior.

—La empresa de ferris apunta las matrículas de todos los vehículos que suben a bordo. Esta es la matrícula que Billy Wheatley registró cuando hizo la reserva. Ha debido de habernos visto registrando los coches a la salida. Lo que quiere decir que aún está a bordo.

—Vale. —West miró a su alrededor, aliviada por tener una respuesta sobre el paradero del chico. Asintió con la cabeza—. Muy bien, tendremos que registrar el barco entonces.

Black transmitió al operador del ferri la noticia de que su navegación de regreso se iba a retrasar aún más, West volvió a desplegar a los agentes para registrar el ferri. En veinte minutos, un equipo de diez personas estaba trabajando con el personal de abordo, recorriendo todas las cubiertas y examinando cualquier espacio en el que pudiera esconderse un joven de diecisiete años. Media hora después, otros treinta agentes se unieron a la búsqueda.

Mientras tanto, una grúa de vehículos del FBI entró en el barco, levantó el coche de Wheatley en su parte trasera, lo envolvió en una lona y se lo llevó a las oficinas de la Agencia en Chelsea. West observaba y respondía a su móvil que sonaba cada diez minutos con llamadas de la compañía de transbordadores que le imploraban que terminara la operación y los dejara volver al trabajo. Fuera, en el muelle, se veían las colas de coches y camiones, sus viajes interrumpidos por culpa de lo que ella estaba haciendo. Y aun así los equipos de búsqueda no encontraron nada.

Al final hicieron tres barridos completos.

—No está aquí, Jess —concluyó Black, tras completar el tercero. Estaban de pie en la cubierta al aire libre, una barandilla de hierro era lo único que les protegía de la caída a las profundas aguas negras del puerto.

—¿Cómo puedes estar tan seguro? Hay mil lugares donde esconderse en este barco.

—Sí, y los hemos registrados todos. No está aquí.

West se quejó de repente.

—Entonces, ¿dónde leches está? —Se pasó los dedos por el pelo y se volvió hacia su compañero, con la intención de disculparse, pero no era necesario.

—Mira, sabemos que subió. Llegamos aquí antes de que el barco atracara. Hemos registrado todos los coches, así que es imposible que se bajase antes. Hemos registrado cada milímetro de este barco, y no está aquí. Solo nos queda una opción...

Ella respiró con fuerza, y luego levantó la cabeza para mirarlo.

—¿De qué hablas?

—¿Te has fijado en la televisión de la cafetería? Tienen un canal de noticias locales. Ha estado encendido todo el tiempo que llevamos buscando. En el tiempo que llevamos a bordo ha mostrado las imágenes de la alerta pública tres veces. Si Billy estaba aquí, lo habrá visto.

¿Y si la muerte del guardia de seguridad fue un accidente? ¿Y si este Billy no es un chico tan malo, como tú dices, y tan solo esto le ha salido tremendamente mal? ¿Y si vio que lo estábamos buscando y sabía que solo le quedaba una salida?

Black miró hacia arriba y hacia el exterior, de vuelta a las aguas abiertas de donde había salido el transbordador. Luego miró de nuevo hacia abajo, hacia la caída de veinte metros hasta el agua.

—¿Y si tan solo saltó?

CAPÍTULO VEINTINUEVE

WEST INSISTIÓ en registrar el ferri una última vez antes de relevar a los agentes y devolver el barco al control del operador, que dejó subir a la frustrada multitud de nuevos pasajeros. Pero aun así se quedó en el puerto, de pie desde una posición que le permitía vigilar tanto las puertas de proa como la pasarela de pasajeros. Sin embargo, no hubo ningún indicio de que un adolescente intentara escabullirse. Al final, con siete horas de retraso, sonó la bocina del barco y entre gritos y aspavientos se soltaron las amarras. A bordo quedaban cuatro agentes de calle, con instrucciones de mezclarse con los pasajeros y vigilar por si Wheatley había logrado evadir de algún modo los registros del barco. Y cuando por fin atracara en Lornea, ya de madrugada, volvería a ser recibido por la policía local, que revisaría de nuevo todos los coches.

La propia West se reunió con Black a primera hora de la mañana siguiente, en la sede regional del FBI en Chelsea. No habían recibido ningún informe sobre Wheatley durante la noche por lo que permitieron al ferri a continuar sus travesías con normalidad. Sin embargo, una solicitud de imágenes de CCTV había dado un resultado. West y Black se reunieron alrededor de un monitor mientras recibían por correo electrónico una serie de imágenes. Procedían de una cámara que cubría la cabina de registro de vehículos en el muelle de la isla de Lornea. El sistema era antiguo y estaba pensado sobre todo para disuadir a los turistas, que tenían que hacer cola para salir de la isla, de gritar al personal del ferri. Aun así, mostraba en blanco y negro de la llegada del coche de Wheatley y su único ocupante presentando un billete. West lo congeló cuando el rostro se levantó un instante y miró hacia la cámara.

—¿Es él? —Black tenía en la mano una copia de la fotografía que habían utilizado en la alerta pública, y miró de una a otra—. Podría ser —respondió a su propia pregunta.

Había un cierto parecido en la altura del individuo y tras rebobinar varias veces los agentes llegaron a la conclusión de que si no era Wheatley, tenía que ser su hermano gemelo. West se quedó mirando un buen rato, intentando entender cómo el pequeño y precoz niño de once años que había conocido hace tiempo se había convertido en este joven.

—No cambia nada —dijo Black—. Sabemos que se subió, y que no se bajó.

Hablaron con los guardacostas, que les confirmaron que no habían recibido ninguna alerta de un cuerpo flotando en las aguas entre Lornea y el puerto de Boston, pero también que rara vez los había en las no pocas ocasiones en que alguien se lanzaba al agua desde una embarcación, ya fuera por accidente o con intención. El problema era la profundidad del agua y las corrientes, que tendían a arrastrar un cuerpo mar adentro, no hacia la tierra.

—¿Podría haber nadado hasta la orilla? —preguntó West, aunque ya anticipaba la respuesta. Había sido nadadora de competición de joven, así que no tenía ningún problema en imaginar a alguien en forma y saludable cubriendo la distancia, incluso si se hubiera metido a mitad de camino entre la isla y el continente. Pero sabía que la distancia no era el problema principal.

—Ahora mismo el agua no supera los cinco grados —respondió el guardacostas—. Sin neopreno ni chaqueta salvavidas, duraría una media hora como mucho, pero es más probable que el frío ralentice los músculos con más rapidez. La gente se piensa que va a poder nadar, pero las extremidades dejan de funcionar. Hemos visto casos que se ahogan en pocos minutos. Y eso en caso de que no perdiera el conocimiento con la caída del ferri al agua.

West volvió a pasarse las manos por el pelo y apenas fue consciente de que Black ponía una taza de café frente a ella en su mesa.

El tema del coche era un misterio. No había registros que mostraran ningún vehículo registrado a nombre de Wheatley, aunque sí tenía licencia para conducir. Y el análisis de las matrículas del coche recuperado del ferri mostró que era un coche de alquiler de una pequeña empresa de Boston. Sus registros mostraban que lo habían alquilado tres días antes bajo el nombre de Hans Hass, de veinticinco años. Según los registros estatales y federales, el Sr. Hass no existía en realidad.

—¿Hans Hass? —preguntó Black, mientras reflexionaba sobre este descubrimiento—. Un nombre curioso, ¿crees que podría ser un anagrama? —Cogió un papel en blanco, escribió las letras en grande y empezó a probar diferentes combinaciones.

West le observó durante unos instantes, y luego volvió a su ordenador, donde escribió el nombre en la barra de búsqueda de su navegador de internet.

—Hans Hass —leyó unos instantes después— fue un biólogo marino de fama internacional y pionero del buceo submarino. Conocido por ser uno de los primeros científicos en popularizar los arrecifes de coral, las rayas y los tiburones, convirtiéndose en una especie de celebridad en este campo. Era bastante conocido por su uso pionero de la tecnología, incluidas las cámaras submarinas.

Black dejó lo que estaba haciendo, miró sus resultados por un momento y luego hizo una bola de papel.

—Mmmmm.

La empresa de alquiler guardaba en sus archivos fotocopias de los documentos que Hass había utilizado, y enseguida se demostró que eran falsificaciones bastante burdas. Mientras tanto, el equipo de forenses que examinó el coche encontró un sinfín de huellas dactilares y fibras, típicas en un coche de alquiler. La mayoría de las huellas no estaban registradas, pero descubrieron que muchas procedían de Billy Wheatley.

Por la tarde, West y Black fueron a registrar el apartamento de Wheatley en Boston. Fue un momento de gran emoción para sus compañeros de casa, que se reunieron fuera mientras el equipo echaba abajo la puerta de su dormitorio. West le dijo a Black que esperara fuera con los demás estudiantes mientras ella se ponía un par de guantes de silicona y entraba.

Era una habitación de estudiante bastante típica, que le recordaba a la que ella misma tuvo en sus días de estudiante. La cama, el armario y el escritorio eran baratos y bastantes viejos, pero el equipo informático del escritorio no era así. Wheatley tenía un segundo monitor de aspecto caro, junto al de su ordenador portátil, que ya parecía bastante caro de por sí. El ordenador fue retirado de inmediato para investigarlo a fondo.

La mayor parte del papeleo de la habitación parecía estar relacionado con el curso que Wheatley estaba estudiando, pero West encontró en el alféizar de la ventana una carpeta con marco de alambre que contenía varios diseños de carteles para la campaña contra Fonchem. Se centraban en la destrucción del hábitat de los dragones de mar, y por ellos West supo que eran un tipo de criatura tipo caballito de mar que solo se encontraba en esta zona. La habitación estaba ordenada. Nada parecía fuera de lugar.

Tras el registro, West y Black entrevistaron a los compañeros de piso de Wheatley, uno tras otro, en el comedor común del apartamento. Obtuvieron la misma historia de cada uno de ellos. Wheatley no se había adaptado bien a la vida universitaria. No salía con los demás. No parecía haber hecho verdaderos amigos. La mayor parte del tiempo se quedaba en su habitación, haciendo cosas en su ordenador, no sabían el qué. Un chico llamado Gary Musgrove parecía ser el más comunicativo. Afirmaba haber sido el que más se esforzó en entablar amistad con Wheatley en las primeras semanas del curso.

—Dijiste que era un solitario —Black dirigía el interrogatorio, mientras West se sentaba a observar—. ¿Salió de fiesta alguna vez?

El chico negó con la cabeza, con los ojos muy abiertos por la emoción de lo que estaba sucediendo.

—Le obligamos un par de veces al principio, pero era... —miró hacia otro lado, y parecía estar buscando la palabra adecuada—, era un poco arrogante, ¿me explico? Como si fuera demasiado bueno para nosotros.

—Ya —asintió Black—. ¿Alguna vez lo viste con otros amigos? ¿Tenía novia o algo así?

—No. No parecía tener otros amigos. Era un solitario. Díganme, ¿de verdad creen que estaba envuelto en las explosiones, todo el tiempo que estuvo aquí?

Black se rascó la oreja, irritado.

—No creemos nada. Tan solo te estamos preguntando cómo era cuando estaba aquí. Eso es todo.

—Claro.

—Entonces, ¿tenía novia? ¿O algún otro amigo con el que nos pueda interesar hablar?

Musgrave sacudió la cabeza.

—Ah, un momento, sí que había alguien.

—¿Quién? — West se sentó hacia adelante con atención.

—Una chica... —Musgrave pensó durante un rato—. Vino con ella cuando llegó aquí por primera vez. Era una pedazo de tía —se volvió hacia Black, con una sonrisa en la cara—, estaba muy buena, una especie de gótica punk.

—¿Sabes cómo se llamaba?

Musgrave pensó por un momento.

—No estoy seguro. Ámbar, creo. Eso es todo lo que sé.

CAPÍTULO TREINTA

HABLARON con el tutor de Wheatley, un estudiante de doctorado que se llamaba Lawrence Hall. Sugirió reunirse en la cafetería de la última planta del edificio de Biología Marina, alegando que su despacho era un desastre.

—¿Cómo era Wheatley como estudiante? —comenzó West mientras evaluaba al hombre. Era guapo, pero parecía saberlo y se vestía para llamar la atención. Hall no contestó al principio, sino que juntó las puntas de los dedos de ambas manos mientras consideraba la pregunta.

—Inusual —respondió por fin.

—¿A qué se refiere? —preguntó Black, y el hombre se volvió hacia él en su lugar.

—No era como ningún otro estudiante de primer año al que haya dado clases —continuó Hall—. Era inusualmente precoz. Sabía mucho y quería demostrar a la gente que sabía mucho. Dominaba las pocas tutorías a las que asistía.

—¿No asistía a menudo? —interrumpió West.

—Al principio sí. De hecho, vino a verme antes de que nos conociéramos. Aquí mismo, por cierto. Y durante las primeras semanas me esperaba en la puerta antes de que empezara la sesión. Pero durante las últimas semanas faltó bastante. Y a las que vino, parecía distraído. Menos interesado.

—¿Diría que era el tipo de persona que podría imaginar con algún tipo de agenda secreta? ¿Llevando una especie de vida secreta? Como, por ejemplo, ¿responsable de una campaña de ataques con bombas contra plantas químicas? —preguntó Black, y de nuevo se produjo un largo retraso mientras el tutor lo consideraba.

—Sí. Es el tipo de persona que podría imaginar haciendo eso —respondió al final.

* * *

—¿Qué clase de pregunta era esa? —preguntó West cuando volvieron a su coche, aparcado en el aparcamiento subterráneo. Era lo primero que decía desde que le estrecharon la mano a Hall y lo dejaron sorbiendo su capuchino.

—¿Eh? —Black frunció el ceño.

—¿Quieres preguntarlo de una forma más clara, o no se te ocurre ninguna?

—¿Qué dices? ¿Qué te pasa?

—¿Qué me pasa a mí? ¿A cuántos alumnos ha enseñado que han pasado a dirigir campañas secretas de atentados? ¿A cuántos alumnos ha enseñado? El tipo apenas tiene veinticinco años.

—¡Oye! Solo preguntaba si era el tipo de chico que podría hacer algo así. Y una vez más, todas las personas que lo conocieron durante los últimos meses encuentran fácil creerlo. Eres tú la única que no quiere creerlo.

—Bueno, él no lo va a saber, ¿no? No va a tener ni idea de eso. —West se llevó una mano a la frente. Había esperado que en los días anteriores hubiera recibido noticias de un joven que salió del agua, exhausto y congelado, pero no había sido así. Las guardias que mantenían en la casa de Lornea tampoco habían dado nada, ni las de la residencia de estudiantes ni las vigilancias del barco del padre, que era lo suficientemente grande como para vivir a bordo. No se había realizado ninguna transacción bancaria en tres días y su teléfono móvil había dado señal por última vez en medio de la isla, al parecer para mostrar a Wheatley la ruta hacia el ferri. El móvil de West sonó, interrumpiendo la discusión antes de que pudiera convertirse en una pelea de verdad.

West escuchó y se volvió hacia Black.

—Han entrado en su ordenador.

Se apresuraron a volver a la oficina y fueron a ver al analista técnico al que se le había encomendado la tarea de acceder al portátil de Wheatley. Estaba sentado con el ordenador en su escritorio, conectado a lo que sin duda sería su propio sistema, con cables que unían ambos.

—Yo diría que era bastante paranoico —dijo el técnico, respondiendo a otra pregunta capciosa del agente Black. El hombre llevaba una camisa de manga corta, a pesar de ser pleno invierno, y tenía los brazos estrechos, delgados e increíblemente pálidos—. Tenía dos contraseñas de acceso, la primera es la normal que se pone en una configuración de este tipo de sistemas, ya saben, como cuando se configura un sistema Linux... —hizo una pausa, y fue West quien respondió.

—No, no entiendo.

—Ah, bueno. Pues hay que poner una contraseña y con este tipo de sistema no puedes acceder al archivo fuente y leer lo que son, como podrías con la mayoría de las configuraciones de la gente. Y de todos modos, como he dicho, tenía dos contraseñas —explicó el hombre. Parecía estar más contento hablando con West que con Black—. Pero entonces me di cuenta de que no era una instalación estándar de Linux en absoluto. Era otra cosa, una especie de cruce personalizado.

—¿Y eso qué significa? —West esbozó una sonrisa alentadora.

—Bueno, Linux es una recreación de UNIX, pero esto era más bien una continuación...

—No, me refiero a si conseguiste entrar o no.

—Ah, claro. Pues sí. Verás, para la primera contraseña utilizó una combinación generada al azar de letras, números y símbolos. Técnicamente eso es imposible de descifrar, pero con un ordenador de bastante potencia se pueden revisar todas las combinaciones hasta dar con la correcta.

—¿Y eso es lo que hiciste?

—De ninguna manera. Tardaría una eternidad, creo que más tiempo que todo el tiempo que queda en el universo. No, mira, el fallo de las contraseñas como esta es que tienes que recordarlas, lo cual es difícil, o almacenarlas en algún lugar, lo que significa que hay un punto débil. Tenía un repositorio de contraseñas, y por suerte para acceder a él hacía falta una contraseña que ya habíamos descifrado. Así que probé todas las contraseñas de allí y bingo.

—¿Así que es paranoico, pero no muy inteligente? —preguntó Black.

El analista frunció el ceño de inmediato.

—Ah no, yo no diría eso. Quiero decir, tal vez si fuera experto en los métodos del FBI y supiera que íbamos a intentar acceder entonces sí, podría decirse que es bastante tonto. Pero para un ciudadano normal y corriente que se dedicaba a sus asuntos, en ese caso diría que su nivel de protección era el más alto. Así que depende. —Se encogió de hombros.

—Entonces, ¿qué has encontrado? —West tenía ganas de avanzar.

—Ahí es donde se pone interesante. Le gusta merodear por la web profunda.

West respiró con profundidad, no le gustaba cómo sonaba esto.

—¿Qué estaba mirando?

—¿Quién sabe? Eso es lo bueno de la web profunda, al menos, si tienes instalado el programa correcto que borra para siempre tu historial de búsqueda. Y él lo tenía.

—¿Así que no lo sabes?

—Pues no. Verás, cualquier cosa que mires en Internet se queda registrada porque el proveedor de Internet y el motor de búsqueda guardan sus propios registros, a los que no puedes acceder, pero eso no sucede en la web profunda. Puedes mirar algo, borrar los registros, y puf. Desaparece. —Sonrió con aprecio.

—¿Así que no tenemos ni idea de lo que ha buscado?

—Tenemos alguna idea. Tenía su software configurado para borrar las búsquedas de manera automática, pero no de golpe. Puede cambiar la configuración. Supongo que a algunas personas les gusta poder volver atrás y encontrar la misma página que tenían abierta antes. Google no funciona muy bien en la web profunda, así que necesitas una forma de encontrar cosas.

—No entiendo esto. ¿Qué estás diciendo? ¿Sabemos lo que miró o no lo sabemos? —preguntó Black.

—Lo que estoy diciendo es que hubo un retraso en la eliminación de su historial y no se han borrado las búsquedas de la última semana. —El hombre se volvió hacia su segunda pantalla, que tenía un navegador abierto en varias pestañas. Pinchó en la primera y al instante la pantalla cambió a la empresa de alquiler de coches que había proporcionado el coche que conducía Wheatley.

—¿Qué es eso? —preguntó Black.

—Contratos de alquiler. Estaba mirando lo que necesitaba para alquilar un coche.

West y Black se inclinaron para mirar.

—¿Qué más hay?

El técnico les mostró las otras fichas.

—Aquí buscó documentos. Una factura de tarjeta de crédito y un permiso de conducir a nombre de Hans Hass.

—¿Ambos falsos?

—Sí. Los hizo alguien con el nombre de CaballoNegro.

—¿Quién es ese?

—Ni idea. Creo que es un ruso. No parece estar involucrado, lo único que ha hecho ha sido proporcionar los documentos.

—¿Encontraste algo sobre la fabricación de bombas? — preguntó Black—. ¿En concreto, sobre cómo hacer una bomba con una olla a presión?

—No. Pero como dije, borró todas sus búsquedas anteriores en la web profunda. Podría haberlo buscado con anterioridad.

—¿Y la información está ahí? Quiero decir, si hubiera realizado la búsqueda, ¿estaría ahí para encontrarla?

—Ah sí. —Los dedos del analista volaron sobre su teclado, y segundos después apareció una lista en la pantalla.

—¿Qué es eso?

—Hay un montón de sitios en los que puedes encontrar cómo hacer una bomba en Internet, cualquier cosa, desde un pequeño explosivo hasta un dispositivo nuclear, si eres capaz de encontrar los ingredientes, claro. Pero esto es una especie de portal que los enumera todos.

El hombre escaneó la pantalla y las palabras se reflejaron en el revestimiento de sus gafas.

—Aquí. —Pinchó en un enlace y la página se actualizó con las coloridas imágenes e instrucciones de lo que parecía ser una receta, solo que la olla a presión que se utilizaba estaba llena de fertilizante y cables.

—Pensé que lo llamaban la web profunda —murmuró Black—, pero parece una página para hacer sopas.

—¿Sabemos si miró esto? —quiso aclarar West—. ¿Hay alguna prueba que sugiera que miró esto?

—No hay pruebas de que no lo hiciera. Pero espera, hay más.

Salió de la página y se dirigió a una de las últimas pestañas de lo que había sido la pantalla de Billy Wheatley. Mostraba un mapa de Google, pero el contenido estaba borrado.

—Bien, lo primero. Esta es la fábrica de Fonchem en el norte de la isla de Lornea. Esto es lo que estaba mirando.

—¿Por qué está borroso?

—Eso lo tendrás que preguntar a Google, o en realidad a Fonchem. Las bases militares y algunas zonas comerciales están oscurecidas. Se puede solicitar a Google que así lo haga y Google decide. Muchas plantas químicas y farmacéuticas lo hacen, para dificultar la visión de lo que hacen en realidad. Mirad esto, es muy interesante. —Pinchó en la última pestaña y vieron que mostraba un plano.

—Todos los estados y condados mantienen un registro de todos los edificios que se puede descargar, aunque son mucho más difíciles de encontrar. Pero él lo encontró.

—Entonces, ¿qué es eso, qué estamos viendo?

—Es el plano de la fábrica donde pusieron la bomba.

CAPÍTULO TREINTA Y UNO

TRABAJARON juntos en el informe y West prestó especial atención a que no hubiera afirmaciones que no estuvieran respaldadas por las pruebas. Dividieron el informe en varias partes.

Había muchas pruebas que sugerían que Billy Wheatley era el responsable del ataque a las instalaciones de Fonchem. Los registros de los coches de alquiler, y los datos de su ordenador, demostraron que utilizó un carné falso para alquilar un coche que luego reservó en el ferri de la isla de Lornea el día anterior al ataque. Luego se le vio salir de la isla, el día después del atentado. En total se identificaron dieciséis de sus huellas dactilares en los fragmentos restantes de la carcasa de la bomba, lo que indicaba sin duda que al menos estuvo presente cuando se fabricó el artefacto, aunque no se pudiera demostrar que fuera él el responsable de su fabricación. El único rastro de huellas de botas, y su pequeño tamaño, que seguro que vio el guardia de seguridad que acabó asesinado, coincidía con el número de pie de Wheatley. Y Wheatley tenía una campaña contra Fonchem, algo que ni siquiera trató de ocultar, lo que pudo haber proporcionado un motivo para el ataque.

La autopsia del guardia de seguridad ya había confirmado que había muerto por la detonación al estallar el artefacto. Había causado tanta destrucción que era imposible determinar con exactitud lo que había sucedido. Era posible que Wheatley hubiera programado el artefacto para que explotara cuando el guardia se acercase o que hubiera sido un desgraciado accidente ya que en ninguno de los otros lugares donde se colocaron bombas hubo heridos ni muertos.

Las entrevistas realizadas a todos los que habían conocido a Wheatley durante su breve estancia en la universidad habían contado la misma historia. Billy era un chico tranquilo y educado, estaba claro que era muy inteligente, pero también reservado, y parecía estar más interesado en sus propios proyectos que en participar en las actividades típicas de los estudiantes de primer año. En qué consistían tales proyectos no lo había compartido con nadie. Tenía un aire diferente. Arrogante era una palabra que surgía a menudo. Parecía bien capacitado para llevar a cabo los trabajos que le ponían, pero no parecía motivado por ellos. Su asistencia a las clases había empezado bien, pero había decaído en las semanas anteriores al ataque.

El equipo informático que recuperaron en el piso de estudiantes de Wheatley reveló una ausencia de información que no era solo interesante sino que en cierto caso también levantaba sospechas. Había instalado y empleado una serie de programas y dispositivos diseñados para evitar dejar cualquier tipo de rastro electrónico. Se descubrió que su teléfono móvil, que nunca recuperaron, tenía un programa que proyectaba una posición falsa a cualquiera que intentara rastrearlo. Aunque este programa era legal, otros programas y aplicaciones instalados no lo eran. En total, parecía haber hecho un esfuerzo considerable para dejar rastros falsos y ocultar su ubicación física y sus verdaderas actividades en línea. Se consideró que esta era la razón más probable por la que había sido difícil hasta ahora situarle en los lugares de los otros atentados que los agentes estaban investigando. Pero con los recursos y el tiempo suficientes, se consideró probable que estas defensas fallaran y saliera a la luz información que demostrara que estaba implicado en los otros atentados.

Por último, no se había visto a Billy Wheatley desde que fue captado por las cámaras de seguridad conduciendo el coche de alquiler hasta el ferri de la isla de Lornea dos semanas antes, un ferri del que nunca salió. No había habido ninguna actividad en sus dispositivos electrónicos, ni ninguna actualización en sus múltiples cuentas y alias en línea. Las vigilancias realizadas en su casa de estudiantes, en la casa de su familia en la isla de Lornea y a los pocos amigos que se sabía que tenía, en particular a una tal Ámbar Atherton, no habían demostrado ningún contacto con Wheatley, ni ninguna prueba que sugiriera otra cosa que no fuera que había perecido esa noche. Y aunque no se había encontrado su cuerpo, era coherente que se hubiera caído, o más bien saltado, del ferri de la isla de Lornea el 2 de febrero.

Por lo tanto, los agentes a cargo de la investigación concluyeron que el autor de la cadena de atentados terroristas domésticos contra las instalaciones de la planta química de Fonchem era un tal William «Billy» Wheatley y que había muerto, muy probablemente por suicidio, la noche siguiente al último atentado.

Una vez terminado el informe, Black lo leyó por completo, con cara de satisfacción.

West, sin embargo, no quedó en absoluto satisfecha.

CAPÍTULO TREINTA Y DOS

TRES MESES ANTES

TODAVÍA ESTOY AQUÍ. No puedo creerlo. Ya es por la mañana y todavía estoy aquí. En la casa de Lily. El Palacio de Lily. Pero no solo eso, sino que estoy en su habitación. Con ella. Bueno, en realidad ella está durmiendo, pero está aquí a mi lado. Esto es lo más increíble que me ha pasado nunca. Y me han pasado muchas cosas increíbles.

Tengo ganas de levantarme porque siento que estoy lleno de energía, pero tampoco me atrevo a moverme porque no quiero despertarla. Quiero contarte lo que pasó anoche, pero no creo que deba hacerlo. Es algo privado, ¿entiendes? Bueno, te contaré un poco, lo mínimo para que entiendas qué está pasando.

Volvimos de la cena en el club náutico, subimos las escaleras, y yo no entendía lo que estaba pasando, no del todo, y creo que estaba un poco borracho también, y Lily dijo que quería tomar una ducha, y luego se quitó la ropa justo delante de mí, bueno, no toda, se dejó la ropa interior, ¡pero aun así! Se metió en la ducha de al lado, tiene un cuarto de baño que sale justo de su dormitorio y no es un cuarto pequeño, es enorme, y después de un rato oí correr el agua, y no sabía qué hacer, así que me quedé allí, y entonces oí que me llamaba, con una voz muy dulce, así que al final entré y ella estaba en la ducha, y no podía ver mucho debido a todo el vapor que había, pero a ella no parecía importarle, y me dijo que entrara y le frotara la espalda, así que eso hice. Entonces dio un grito y me dijo que tenía que quitarme la ropa primero, supongo que debí de olvidar hacerlo, y me ayudó, y fue muy divertido, lo cual no me esperaba. No me lo esperaba en absoluto. Y entonces, bueno, creo que debería parar ahí, aunque nosotros no lo hicimos, lo de parar, digo.

No tengo mucha experiencia con chicas. Quiero decir, no tengo ese tipo de experiencia con chicas. O al menos antes así era. Supongo que ahora ya sí que la tengo. Ya sabía que tarde o temprano tendría que hacer algo al respecto, pero nunca esperé... nunca imaginé que fuera con Lily. Con mucho cuidado, giro la cabeza para mirarla. Su pelo dorado está despeinado sobre la almohada y tiene la boca medio abierta. No puedo creer que haya besado esa boca. Es... Es perfecta, incluso cuando está dormida así, creo que nunca he visto una chica más guapa. Hace que mi corazón lata raro. Creo que me estoy mareando.

—Billy... —murmura de repente. No está dormida después de todo. Pero su voz es tan suave y encantadora—. Billy, ¿puedes dejar de mirarme?

Me doy la vuelta de inmediato y miro al techo.

—Lo siento.

Intento concentrarme en el techo. Es muy diferente al de mi apartamento. Allí los techos son bajos y con lámparas baratas. Aquí el techo es alto, y hay una moldura de decoración alrededor de una lámpara de araña, no sé cómo llamarla. De repente, Lily se mueve, su mano se desliza por mi estómago y se incorpora para ponerse encima de mí. Lo siguiente que sé es que está a horcajadas encima de mí, con su larga melena formando una especie de cortina que cierra el mundo exterior y dentro solo quedan su sonrisa y su perfume y ay Dios, lo estamos haciendo otra vez.

* * *

Al final nos levantamos a las once y media y no sé si debería llamarlo desayuno o almuerzo, pero el caso es que tomamos unas tortitas y dos tazas de café. Luego Lily quiere ir a dar un paseo ya que hace un día agradable. Mi ropa aún está un poco húmeda de anoche, por lo que Lily la mete en la secadora, mientras yo espero con el albornoz de Lily puesto. Al rato está casi seca así que me la pongo y salimos. Caminamos a lo largo del río, y no hablamos mucho, pero Lily apoya su cabeza en mi hombro varias veces, me mira y sonríe. Esto demasiado para mí.

Casi me alegro de volver a mi apartamento, a mi habitación, donde puedo intentar darle sentido a todo lo que ha pasado. Tengo novia. Lily es mi novia.

Bueno, es algo así como mi novia.

CAPÍTULO TREINTA Y TRES

DURANTE LA SEMANA siguiente paso dos veces por casa de Lily y en ambas ocasiones no regreso hasta el día siguiente. Creo que ya sabes lo que quiero decir. Y sigo sin creerme que me esté pasando esto a mí. Sin embargo, hay algo un poco raro. Por un lado, cuando estamos juntos todo es fácil y divertido y parece muy natural, pero por otro lado me resulta un poco difícil, no sé, relajarme creo. Al menos cuando no estamos haciendo... ya sabes. A veces es como si no supiéramos qué decirnos el uno al otro, lo cual, cuando lo piensas, sí que es extraño. Intento no darle importancia, pero la tercera vez que voy es diferente. Me doy cuenta enseguida.

Cuando entro, espero que se quede mirándome de la forma en que siempre lo hace, o tal vez incluso que me bese, y desde luego que yo quiero besarla, pero cuando intento hacerlo ella retrocede. En ese instante siento un golpe de pánico interior y de verdad que me parece un golpe físico en las tripas. Creo que es pánico a que se haya terminado lo nuestro.

—¿Qué pasa? —le pregunto.

—No pasa nada —niega con la cabeza lo que hace que el pelo se agite en ambas direcciones a la vez—. Entra. —Se aparta para que pueda meter la bici dentro, y lo hago, pero ahora me siento fatal, estoy casi mareado. Me he pasado todo el día pensando en ella, en lo que íbamos a hacer, y ahora no va a pasar y no sé por qué. No sé qué decir.

—¿Estás segura de que no pasa nada?

—¡Claro que estoy segura! —suena normal. No, suena como si intentara sonar normal, cuando en realidad está estresada. Entonces me susurra en voz muy baja—: Eric está aquí.

Entonces lo entiendo todo, pero antes de que pueda responder, oigo su voz en la cocina.

—¿Es Billy, nuestro joven marinero?

Así que la velada transcurre de forma muy diferente a como esperaba. Y creo que también de manera diferente a como Lily esperaba. Para empezar, nos quedamos abajo. Eric ha traído ingredientes para cocinar, pero deja que Lily los cocine mientras él y yo nos sentamos a la mesa, bebiendo vino que ha sacado de la nevera. No se ha molestado ni en preguntar.

—Así que, Billy —dice, cuando ha servido tres copas grandes—, cuéntamelo todo acerca de tu gran triunfo el fin de semana pasado, en la regata, me refiero.

—¿Cómo te has enterado? —interrumpe Lily desde el otro lado de la cocina.

—Tengo mis fuentes, no eres solo tú la única que me cuenta cosas. —Se vuelve hacia mí—. Leí la página web del club náutico. Había un artículo sobre la regata.

Miro a Lily, y ella frunce el ceño, pero continúa cortando el pepino en rodajas.

—¿Sabías que yo también fui a navegar en el velero familiar? —Eric se estremece ante mí—. Me pasé todo el tiempo que estuvimos allí mareadísimo. Estuve, o con medio cuerpo colgando por la borda o vomitando sobre la madre de Lily. Creo que aún no me ha perdonado.

—No, a mi madre no le importó. —Lily se acerca a la mesa y deposita un bol de patatas fritas entre nosotros. Cuando se va, deja que su mano toque apenas mi hombro mientras se aleja. Es tan sutil que ni siquiera estoy segura de que haya ocurrido—. Es papá de quien te tienes que preocupar. No le hace nada de gracia la idea de que tenga un amigo gay.

—¡Lillian! —Eric parece sorprendido, aunque solo está fingiendo. —Todavía no he salido del armario con Billy. Él es un completo inocente en estos temas.

Eric hace como si no le hubiera oído y se vuelve hacia mí.

—Entonces, Billy. Cuéntamelo todo.

Así que le explico que hubo estas tres regatas y que terminamos ganando en el tramo final de la última. Todo el tiempo Eric da pequeños sorbos de vino blanco y selecciona patatas fritas, una tras otra y las hace crujir de manera cuidadosa en su boca.

—Ya veo, fuiste todo un héroe. ¿Y lo celebrasteis por todo lo alto?

—Bueno, hubo una comida —digo—, en el club náutico.

—No me refería a eso.

—La cena está lista —Lily vuelve a interrumpir. Pone una fuente de pasta en la mesa, y luego trae una ensalada. Nadie dice nada, salvo pedir que nos pasemos los platos y rellenar las copas.

—James navega muy bien, ¿lo sabías, Billy? — me pregunta Eric, unos minutos después, cuando estamos comiendo—. Iba a menudo a navegar en el velero familiar. En ambos veleros creo, ¿no navega con tu tío a veces, Lily?

Ella le echa una mirada asesina y vuelve a su comida.

—¿Crees que es posible que Billy vuelva contigo? Al barco, digo.

—A ver Eric, pregúntalo ya, ¿quieres?

La voz de Lily suena de repente enfadada, y le sigue el silencio.

—¿Preguntar el qué?

—Lo que sea que tengas en mente.

Eric se traga lo que tiene en la boca y, esta vez, parece un poco dolido de verdad.

—Solo tengo curiosidad por la relación de dos de mis amigos.

Lily me mira y luego vuelve a mirar a Eric.

—¿Estáis...? —continúa Eric, con los ojos puestos en ella pero con las cejas subiéndole por la frente—. ¿Lo habéis hecho?

Lily se encoge de hombros y Eric abre los ojos de par en par.

—Ay, Dios. —Respira con profundidad un par de veces y por fin se vuelve hacia mí. Toma su copa en la mano y la levanta en un brindis—. Lo sabía. Es que lo sabía.

—Pero no quiero que nadie lo sepa —continúa Lily de manera apresurada—. Ni mi familia, ni James. En especial James.

Quiero preguntar por qué no. Pero no lo hago, y Eric se limita a asentir, como si tuviera todo el sentido del mundo.

—No quiero estropear... lo que tenemos. Todos nosotros.

Eric mantiene su vaso levantado, y lo extiende hacia Lily. Al final, ella coge la suya también y chocan las dos.

Y por un segundo es como si ambos se hubieran olvidado de que estoy aquí.

Después de la cena, jugamos a las cartas. Todavía en la cocina. Es un juego que no conozco, pero al parecer jugaron mucho cuando estaban en Europa, en los trenes y en las esperas en los aeropuertos y hoteles. Tienes tres barajas y tienes que deshacerte de todas las cartas, pero si no recuerdas bien las reglas puedes acabar con manojos enteros. Me lleva un tiempo aprender las reglas, pero cuando lo hago empiezo a disfrutar bastante. Entonces Lily le dice a Eric que debería llamar a un taxi, porque está cansada. Eric le echa una mirada y le pregunta si es para uno, o para dos, y se refiere a si voy con él. Y yo no lo sé en absoluto. Pero ella le dice que tengo mi bicicleta aquí, así que me puedo ir a casa en bici. Después de eso salimos todos al pasillo, ya que podemos ver en el móvil de Eric que el Uber ya está aquí, y empiezo a preparar mi bici también, aunque en realidad no hay mucho que hacer, solo con estar ahí ya está lista.

Eric le da un abrazo a Lily, un abrazo de verdad que se prolonga durante mucho tiempo y en el que le dice algo que no consigo oír. Luego me sorprende dándome uno a mí también. Justo antes de soltarme me susurra algo al oído.

—Deberíamos hablar. Mañana te llamo.

Luego, sin detenerse en absoluto, continúa, mucho más fuerte.

—Bueno, pues me voy, solo, en mi taxi. Ten cuidado con la bici, pirata, la noche esconde muchos peligros. —Y con esas, abre la puerta de un tirón, y pasa, dejándola abierta para mí. Dudo un segundo y recojo mi bicicleta para sacarla también. Pero Lily pone su mano sobre ella y la vuelve a empujar contra la pared. No dice nada, solo sacude la cabeza, y luego va a cerrar la puerta principal de nuevo.

Así que me quedo en su casa otra noche.

CAPÍTULO TREINTA Y CUATRO

NO SÉ por qué Lily no quiere que nadie sepa lo nuestro, pero no voy a arriesgarme a estropearlo contándoselo a cualquiera. En cierto modo lo entiendo. Por ejemplo, Gary y Jimbo, mis compañeros de casa, no dejan de hablar de sexo. Solo que para ellos es casi, no sé, casi como una competición, o como si estuvieran robando algo. Quieren tener sexo con un montón de chicas, fingir que no tiene ninguna importancia para ellos, dejarlas plantadas e intentar tener sexo con la siguiente, y cuanto más dolida por lo ocurrido se sienta la primera chica, mejor. No es que me crea ni por un instante que están teniendo éxito alguno. No tanto como presumen, al menos.

Pero lo que Lily y yo tenemos no se parece en nada a eso, nada en absoluto. Por eso no quiero decírselo.

Y si no se lo cuento a los chicos, tampoco puedo decírselo a las chicas. No estoy muy seguro de cuál es su actitud ante el sexo, porque no hablo mucho con ellas, pero sé que si se lo cuento a alguna de ellas, Laura acabaría enterándose, se lo diría a Jimbo, y entonces todos lo sabrían.

Supongo que hay otra razón por la que no quiero que las chicas lo sepan. Es porque Sarah, la chica tranquila de pelo oscuro de mi casa, pues el caso es que me gusta bastante aunque no de la misma manera que Lily, o no tanto como ella, pero me gusta que sea diferente a las demás, y no quiero decepcionarla. No creo que fuera tal la decepción, pero por si acaso.

Luego está Ámbar. Me gustaría decírselo, porque necesito decírselo a alguien, supongo que por eso sigo hablando de ello aquí, porque una parte de mí quiere decírselo a todo el mundo, por lo increíble que es, por lo increíble que me siento. Pero no quiero contárselo a Ámbar porque no fue nada bien cuando conoció a Lily, y no le cayó nada bien. Así que no sé cuál sería su reacción.

Así que sigo fingiendo que no pasa nada. Voy a mis clases y tutorías, a la mayoría al menos, y hago mis trabajos, ya sea en la biblioteca o en mi habitación con la puerta cerrada. Estoy como presente en la vida universitaria, pero al mismo tiempo, estoy ausente porque en mi cabeza no puedo dejar de pensar en Lily, y de preguntarme cuándo será la próxima vez que me llame o me mande un mensaje diciendo que puedo pasarme por allí.

* * *

Eric llama, como ya me avisó. Quiere que quedemos para hablar de «la situación», sea lo que sea que signifique eso. Le sugiero que vayamos a la cafetería donde nos conocimos, la de los daiquiris de plátano, pero dice que no es la época del año adecuada para ese sitio y que ya vendrá él. Al final quedamos en la cafetería de la última planta del edificio de Biología Marina. Cuando aparece le pregunto si quiere tomar algo, pero insiste en pedirla él mismo y tiene que esperar en una buena cola.

—Ahhhhh, querido Billy. —Se sienta enfrente de mí y desliza un vaso de cartón lleno de café hacia mi lado de la mesa—. Se puede oler el aire fresco del mar. —Hace un gran esfuerzo por respirar con profundidad—. Huele a algas, y... pescado. —Mira a su alrededor, estudiando al resto de los estudiantes antes de volverse hacia mí—. ¿Sabes que puedo verlo?

—¿Ver qué?

—Esa... —levanta una mano y se frota el pulgar y el índice, como si no pudiera precisar lo que quiere decir—, esa pinta de biólogo marino. —Sonríe—. Es la típica de... no sé, como de un friki muy práctico, ¿no? Telas muy duraderas, muchos bolsillos. —Vuelve a mirar a su alrededor y luego me sonríe.

Miro hacia la mesa donde suele sentarse mi tutor, pero hoy no está.

—Lo siento, Billy. Estoy siendo un poco malo. —Ahora sonríe—. ¿Cómo estás? —me pregunta a continuación, dando un sorbo a su café y mirándome a los ojos—. ¿Qué tal te trata la vida?

—Estoy bien.

—¿Cómo van las cosas?

Estoy a punto de responder cuando me doy cuenta de que no ha terminado la pregunta.

—... ¿las cosas con Lily?

Entonces cambio mi respuesta, mirando a izquierda y derecha para asegurarme de que nadie pueda escuchar.

—Van bien.

Eric mantiene sus ojos fijos en mí todo el tiempo.

—¿Solo bien?

No sé qué decirle. No sé lo que quiere. La verdad es que las cosas con Lily están increíbles. Pero eso es privado. No quiero decírselo.

—Eso es bueno. En cierto modo —sonríe ahora—, es mejor que las cosas no vayan más allá de «bien», si sabes lo que quiero decir.

Vuelve a esbozar una sonrisa.

—No sé lo que quieres decir.

Vuelve a mirarme y le cambia la cara al ver la mía.

—Ay, mierda. Estás muy metido, ¿no?

—¿A qué te refieres?

—A Lily. Ella es... —se detiene, piensa un momento, y luego continúa—. Billy, en una escala del uno al diez, ¿cómo de enamorado dirías que estás?

No respondo, pero no puedo evitar echar una mirada.

—Ay, Dios. Eso parece un once, Billy, o incluso un doce. Esto es mal asunto, muy malo. —Respira con profundidad, como si se estuviera calmando, y luego continúa—. Mira Billy, había venido a advertirte que no le hicieras daño, soy muy protector con mi Lily, pero ahora veo que es al revés. Es más probable que ella te haga daño a ti. —Suspira.

No entiendo nada.

—¿Por qué iba a hacerme daño?

Es como si no me oyera al principio, entonces me doy cuenta de que Lawrence, mi tutor ha entrado, y los ojos de Eric lo escudriñan de arriba abajo.

—¿Por qué me haría daño? —insisto.

Eric se vuelve hacia mí.

—¿Eh?

—¿De qué estás hablando?

Eric agita una mano, parece distraído.

—Ah, es por lo del asunto del negocio familiar. —Me dedica una media sonrisa, como la de cuando has discutido algo durante demasiado tiempo y se ha vuelto aburrido, pero no tengo ni idea de lo que quiere decir.

—¿Qué asunto?

Ahora Eric frunce el ceño.

—La adquisición. Bueno, el intento de adquisición.

Sigo perdido y se me debe notar en la cara.

—¿Qué adquisición?

Ahora parece sorprendido.

—¿No lo sabes?

—¿Saber el qué?

—Ay, Dios. —Eric sacude la cabeza—. De qué habláis en esos momentos de tranquilidad entre... —se detiene—. O tal vez no tenéis momentos tranquilos...

—Eric, ¿puedes decirme de qué se trata? —Y por fin eso hace que deje de hacer el tonto.

—Vale, Billy. Estoy seguro de que has notado que Lily ha estado distraída estos últimos días. La razón es que su tío, que es dueño de uno de los mayores rivales de Fonchem, la empresa de su padre, ha lanzado una oferta de adquisición hostil a Fonchem. Ha salido en toda la prensa financiera.

Parezco un poco desanimado.

—Supongo que no lees la prensa financiera —continúa en voz baja—. No hay suficiente pescado en ella —suspira de nuevo—. Una adquisición hostil es aquella en la que una empresa hace una oferta a los accionistas de otra para comprar las acciones y sustituir el consejo de administración en contra de sus deseos. El tío de Lily quiere hacerse cargo de Fonchem y echar a su padre. Por eso está enfadada.

También me cuenta más cosas, pero lo que más me preocupa es que ni siquiera sabía que estaba molesta.

CAPÍTULO TREINTA Y CINCO

LAS DOS ÚLTIMAS bolas en la mesa estaban justo sobre las dos troneras de las esquinas. Impedían que cualquier otra bola entrara allí, y si el otro jugador tuviera la oportunidad de volver a coger un turno acabaría metiéndolas él con facilidad. Peor aún, eso era casi inevitable porque la bola negra también estaba en esa zona, lo que significaba que la única manera de que el chico, de pelo pelirrojo, de veintitantos años y con pinta de friki, consiguiera embocar la negra en una de las troneras del medio sería haciéndola rebotar por encima de las otras. El chico sopesó su estrategia, fingiendo estar más enfadado de lo que en realidad estaba por la mala suerte que le había llevado a esta situación. No había nada en juego. Se trataba solo de unas partidas de billar con su mejor amigo, otro chico con aspecto de empollón que bebía una cerveza de botellín y empezaba a sonreír mientras observaba la jugada, sabiendo que la partida iba a su favor.

El chico se inclinó para dar su golpe. No veía la manera, ni siquiera un jugador profesional lo haría. Decidió darle con fuerza y ver qué pasaba.

—Me apuesto cien dólares a que no metes la bola. —Las palabras no provenían de ninguno de los dos jugadores, sino de un joven apuesto, de pelo rubio, más alto y de mayor complexión que los chicos que jugaban.

—¿Qué? —El pelirrojo se incorporó de la mesa. Sonaba asustado.

—Cien dólares. No. La. Metes.

—¿Qué?

—¿Es esa la única palabra que conoces?

—¿Qué? ¡No! Joder, no. Quiero decir que no quiero apostar contigo.

—¿Por qué no? ¿Eres una nenaza?

El chico pelirrojo miró a su amigo en busca de apoyo, pero este había retrocedido, feliz de que esto no le estaba sucediendo a él.

—No. Mira, estamos solo jugando una partidilla entre colegas.

—Sí, bueno, yo también estoy jugando un juego. Venga, cien dólares. —James sonrió, con un poco más de calidez, y sacó un fajo de billetes del bolsillo de sus vaqueros. Levantó uno. Pero el chico negó con la cabeza.

—No. Yo no... no quiero...

—A ver... —James sacó otro billete, luego tres más—. Aquí hay quinientos dólares. Pero eso significa que puedo hacerlo por ti.

—¿Qué? ¿Tú? ¿Quieres intentarlo ahora?

—Así es —asintió James, agitando los billetes en la cara del pelirrojo.

En ese momento el otro jugador se involucró.

—Mira tío, ¿qué tal si nos dejas en paz? —le había salido la voz más chillona de lo que pretendía y movía los ojos de manera nerviosa de un lado a otro. Parecía que ya se arrepentía de haber abierto la boca. James se volvió para mirarlo.

—Tranqui, colega. Tu amigo es un hombre hecho y derecho, él puede decidir por sí mismo si le interesa el trato o no.

Los ojos del chico pelirrojo estaban fijos en el dinero.

—Quinientos dólares a que puedo meter la bola —repitió James, con voz suave—. Contra cien dólares tuyos.

El pelirrojo hizo una pausa.

—¿Quieres apostar quinientos dólares a que puedes meter la negra y si lo logras solo tengo que darte cien?

James asintió.

—Y si no lo consigues, ¿me das los quinientos?

—Así es. Lo has entendido a la perfección.

—¿Qué estás haciendo, Paul? Venga, nos piramos de aquí —intervino el amigo. Pero el pelirrojo, Paul, no le miró. En su lugar ojeó la mesa. Estudió el tiro que había estado a punto de intentar, sin esperanza alguna de meter la bola. Incluso si este loco era una especie de genio del billar, no había manera de que pudiera meter la bola. Era prácticamente imposible. Además, esto representaba ahora un desafío a su masculinidad. ¿Qué iba a hacer? ¿Huir? Como lo había hecho toda su vida...

—Muy bien. Pero pon el dinero por delante. Así sé que no te vas a echar atrás.

—Por supuesto, eso no es problema. —James cogió los billetes y los puso bajo una botella medio vacía de cerveza en la mesa de al lado—. Ahora tú.

—¿Qué? —El pelirrojo Paul se quedó helado.

—Enséñame los cien dólares. Después de todo, vas a tener que dármelos dentro de treinta segundos.

Paul no daba crédito, pero asintió con la cabeza y buscó a tientas en su bolsillo la cartera en la que James ya se había fijado, y de la que sacó un billete. Se lo mostró con timidez a James, quien hizo un gesto con la mano y señaló la mesa.

—Ponlo en la mesa —dijo, como si le hablara a un niño un poco simple.

Paul miró a su amigo, que negó con la cabeza de manera disimulada para que James no lo notara. Pero Paul lo ignoró e hizo lo que le dijeron. Durante un segundo, todas las miradas se posaron en la mesa donde se hallaban los billetes y luego en la mesa de billar. El tiro era casi imposible.

—¿Puedo? —James extendió la mano para que el pelirrojo le entregara el taco de billar.

—Ah, claro, toma.

James se agachó para alinear el tiro. Hizo una pantomima durante un rato, con todo el brazo temblando como si no pudiera controlarlo, y luego se enderezó de nuevo, para marcar con tiza el extremo del taco. Mientras lo hacía, Óscar se acercó con sigilo a la mesa donde estaba el dinero, justo cuando James volvía a alinear el tiro, pero esta vez dio un enorme estornudo. El pelirrojo Paul no pudo evitar reírse, y James también, pero luego se recompuso.

—Bien. Mira y aprende, amigo mío. Mira y aprende. —Golpeó el taco contra la bola blanca y la envió a la negra. Tomó toda la energía y rebotó en la punta a cien millas por hora. En un momento dado, se acercó lo suficiente a la tronera central como para entrar, pero no lo hizo. Por fin se frenó y se detuvo.

—¡Ah, mierda! —exclamó James en voz alta—. De verdad que pensé que iba a meterla. —Volvió a tenderle el taco a Paul, que parecía encantado.

—Entonces... ¿he ganado? —preguntó, sonriendo. Tenía los dientes un poco torcidos y una cara llena de pecas que se estaba ruborizando de la emoción.

—Supongo que sí...

James se volvió hacia la otra mesa, donde el dinero en efectivo había estado sujeto por la botella de cerveza. Entonces se le cambió la cara porque la botella estaba allí, pero el dinero no.

—¿Oye? —exclamó James, aún más fuerte. Miró al pelirrojo Paul, y luego al otro chico—. Oye, ¿qué has hecho? ¿Qué leches? ¿Dónde coño está el dinero? —James se volvió hacia Paul, acercándose de manera intimidatoria —. ¿Lo has cogido tú?

—¡No!

James se volvió hacia el otro chico.

—¿Fuiste tú?

El otro chico parecía asustado de nuevo, pero también lo negó. Ninguno de los dos se había fijado en Óscar para nada, y mucho menos lo habían visto coger el dinero de debajo de la botella antes de salir del bar.

—Joder, hombre, esto huele muy mal —dijo James, sacudiendo la cabeza—. Menuda mierda. Nos ha timado.

Y así, ignorando las miradas ansiosas de los dos chicos, salió del bar.

Se encontró con Óscar un par de calles más allá, junto al todoterreno blanco.

—Vaya par de cretinos —dijo James, abriendo el coche.

—Has corrido un riesgo estúpido —espetó Óscar mientras se subía al asiento del copiloto.

—Anda, vamos, se lo estaban buscando. Llevaban toda la puta noche en esa mesa.

—Lo digo en serio. No voy a volver a hacer eso. No por cien asquerosos dólares.

—No son solo cien dólares. —James sonrió mientras sacaba la cartera del chico pelirrojo del bolsillo de su pantalón—. Volví al bar y los hice ver que pensaba que habían cogido el dinero sin que yo los viera. Dije que estaba muy decepcionado, el muy cabrón se cagó en los pantalones, pensaba que le iba a dar de leches. ¡Le faltó tiempo para soltarme la cartera! —James sonrió con los ojos entrecerrados y tiró la cartera al otro lado del coche.

—¿Cuánto hay? —preguntó James, una vez que Óscar la había abierto y mirado dentro.

—Doscientos setenta dólares.

—¿Y tarjetas de crédito?

—Claro, pero no podemos usarlas.

—¿Por qué no?

—Porque no quiero ir a la cárcel, por eso.

—Vale, vale. ¿Estás seguro de que no hay nada más.

Óscar suspiró.

—Sí, estoy seguro. ¿Quieres comprobarlo tú mismo?

—No —James sonó arrepentido.

—Gira aquí mismo —le dijo Óscar, y luego utilizó su manga para limpiar la cartera y eliminar cualquier huella dactilar. Cuando terminó, James ya había bajado la ventanilla y dirigido el coche cerca del parapente del puente. Óscar miró hacia delante y hacia atrás, y luego la arrojó al agua de manera despreocupada. En la semioscuridad no había nadie cerca para darse cuenta.

James volvió a cerrar la ventanilla.

—Mierda. Menos de cuatrocientos dólares, qué miseria —reflexionó James.

—Pues sí —contestó Óscar.

—¿Quieres volver y preguntar si tienen más? —James se volvió de repente hacia Óscar y sonrió, pero este no le devolvió la sonrisa.

—¿Qué te pasa, estás aburrido?

—¿Qué?

—¿Aburrido? ¿Frustrado? ¿Cómo te va con esa tal... cómo se llamaba?

—¿Cuál?

—No sé. La animadora. Tu última conquista.

—¿Brooke? Sí, está bien. Todo el día encima de mí.

—No lo dudo. Pero tal vez... —Óscar se detuvo y el rostro de James se tensó.

—Tal vez ¿qué?

—Tal vez sea el momento.

—¿El momento para qué? —James fingió no entender. Óscar respiró con profundidad antes de contestar.

—Ya es hora de que vuelvas a arreglar las cosas con Lily.

James no contestó durante un largo rato.

—Yo también estoy un poco harto de andar por bares de mierda.

—¿Crees que yo no lo estoy? —James le devolvió las palabras con dureza, tras lo cual ambos se quedaron callados durante un rato.

—Es que no entiendo qué problema tienes. Esto ya ha pasado antes. termináis, te dedicas a follar por ahí como un perro en celo, te cansas y volvéis a salir juntos... Y ya veo lo que estás haciendo: todos esos estúpidos riesgos que corres, estafando a imbéciles por trescientos dólares. Estás desviando la atención. Lo estás posponiendo. Lo que no entiendo es por qué. Vuelve con ella y las cosas volverán a la normalidad.

James no respondió, pero su rostro se ensombreció.

—¿Qué? Vamos hombre, dime. Soy tu mejor amigo. ¿No te preocupará que haya descubierto lo de Brooke?

—No es eso.

—¿Entonces qué es?

James siguió conduciendo durante un rato, con la mirada fija hacia delante, pero luego empezó a hablar de nuevo, entre dientes apretados.

—Ha habido una novedad.

—¿Qué novedad?

—Tienes razón. Supongo que estaba listo para volver con ella. Así que fui a su casa, todavía tengo la llave. Solo que...

—¿Solo que qué?

—Pues que no estaba sola, ¿vale?

Óscar parecía confundido. Luego sonrió al comprenderlo.

—Joder, tío, ¿me estás tomando el pelo? Te encontraste con Lily... —casi no quería decirlo, pero lo hizo—... ¿follándose a uno?

Se volvió hacia James y, dado el gesto de la cara de su amigo, dejó de sonreír.

—Vaya putada. ¿Qué hiciste?

—Me fui. No me vieron.

Óscar consideró esta respuesta

—Y ¿viste quién era?

—Sí. Lo vi.

James condujo con una sola mano durante un rato, hurgando en sus dientes.

—¿Y bien? ¿Quién era?

James esperó a quitarse lo que fuera que le estaba molestando, entonces contestó.

—Era Billy.

CAPÍTULO TREINTA Y SEIS

A VER, no es que esté aburrido, no quiero parecer desagradecido, es solo que... estaría bien hacer otra cosa que estar en casa de Lily y, bueno, acostarnos. Me ha vuelto a mandar un mensaje, preguntándome si puedo ir esta noche cuando acabe las clases, así que eso es lo que voy a hacer. Solo que esta vez voy a sugerir que salgamos a algún sitio, para variar un poquito.

Cuando llego, veo que lleva ropa de estar por casa. He aprendido la diferencia. Si va a salir, se arregla, se pone maquillaje y todo eso, con el pelo limpio y horquillas. Si, por el contrario, se va a quedar en casa, se pone ropa cómoda y se recoge el pelo en una coleta. Como hoy, lleva unas mallas y un jersey largo que le llega por los muslos. No es que me moleste, a ver, está increíble sea lo que sea que lleve puesto. Es solo que me resulta interesante la diferencia.

—Hola, Billy —me saluda mientras abre la puerta, y noto cómo mira la calle detrás de mí antes de cerrarla, pero no digo nada. Cuando la puerta está cerrada y he dejado mi bicicleta contra la pared, se inclina sobre mí y comienza a besarme de inmediato, lo cual es agradable, pero como ya dije antes, no es lo que quiero hacer esta noche.

—¿Qué pasa? ¿Tienes hambre? —me sonríe, ya se ha dado cuenta de que como mucho.

—No. A ver, sí —me llega un olor de la cocina, no sé qué es, pero huele muy bien—. Tengo hambre —empiezo, y me animo a seguir hablando, porque si no lo hago vamos a terminar comiendo y luego nos vamos a acostar y no vamos a hablar—, pero también he pensado...

—¿El qué has pensado? —Lily se aparta de mí y me mira de frente. Parece confundida.

—Se me ocurrió que tal vez deberíamos... —sus ojos, grandes y azules, siguen cada una de mis palabras—, ¿deberíamos salir a algún sitio? Luego, quiero decir.

Su mirada pasa de la confusión a otra cosa. Un poco de enfado, tal vez.

—¿Salir?

Tengo que alejarme de esos ojos, así que voy a la cocina, hacia la fuente del olor, y hay una botella de vino abierta. Me sirvo una copa de vino y le doy un buen trago.

—¿Ya te estás aburriendo de mí? —me pregunta Lily desde la puerta.

—No. —Siento una ola de emoción que no esperaba. Me parece que esto no está yendo en absoluto como yo quería—. No, es que... es que estoy un poco harto de estar siempre aquí, ya sabes, escondidos en casa.

Y de repente es casi como si estuviéramos teniendo nuestra primera pelea.

—Ah —dice, y de repente mira en todas direcciones excepto a mis ojos—. Ya. ¿Es que esta casa no es lo suficientemente buena para ti? ¿Es eso? Me he pasado toda la tarde cocinando y ahora resulta que no lo quieres. —Lily entra en la cocina y toma su copa en las manos.

—No, no es eso. Huele muy bien. Es que he tenido una idea.

—¿Qué idea?

—Después de la cena, ¿puedes meter un bañador en la mochila?

—¿Qué dices? ¡Hace cero grados fuera!

—Ya lo sé.

Me niego a revelar nada mientras cenamos. Ha hecho una especie de pastel de pollo y verduras que está delicioso: la corteza está al punto crujiente en los bordes y la base no está pastosa por debajo. Al terminar, sube a coger el traje de baño y yo la acompaño y, por una parte quiero cambiar de opinión cuando veo la cama, y la veo sosteniendo un montón de bikinis contra ella mientras me pregunta qué tipo va a ser el más adecuado para lo que vamos a hacer. Tengo que decirle que no sé con certeza si podremos usarlo, y eso la confunde aún más. Entonces, a pesar de que tiene coche, un Audi pequeño, reservamos un Uber porque ya hemos bebido bastante vino. Lo pido a mi cuenta para no tener que decirle a dónde vamos.

Nos deja en el paseo marítimo y la llevo hacia el acuario.

No estoy del todo de acuerdo con los acuarios. Creo que lo mejor es que los animales vivan su vida de manera natural, pero sí que es cierto que dan la oportunidad de ver a los animales marinos en situaciones de apariencia realista, y hay cierta evidencia de que esto ayuda a la gente a respetar un poco más el mundo natural. Una vez leí un artículo sobre ello en la revista *National Geographic*. Hay muchos acuarios que, como éste, también hacen mucho por la investigación y la conservación. Así fue como conocí a Kevin. Cuando le conocí era el supervisor de día y yo era bastante joven. Para ser sincero, creo que le di bastante la lata porque no paraba de hacer sugerencias acerca de qué animales se podían exponer, cómo hacerlo, y también me ofrecí a llevarles animales que coleccionaba. Cuando me hice un poco mayor, y me volví un poco más sensato, a Kevin le ascendieron primero a subdirector y luego a jefe de todo el acuario. Y ahora somos muy buenos amigos.

—¿Por qué vamos al acuario, Billy? ¿No está cerrado?

—Lo está para la mayoría de la gente —respondo mientras camino—, pero no para todos.

No es Kevin quien me recibe en la puerta, tienen un guardia de seguridad, pero Kevin le ha dicho lo que quiero hacer por lo que nos deja entrar y cierra la puerta tras nosotros. Mira a Lily de arriba abajo y levanta las cejas sorprendido, me guiña un ojo y nos dice que nos divirtamos y que no hagamos saltar ninguna alarma. Luego se aleja caminando.

—¿A dónde va?

—Tiene una pequeña oficina. Hay muchas cámaras de seguridad, así que nos vigilará desde allí.

—¿Pero qué hacemos aquí, Billy?

—Quería enseñarte el lugar —sonrío.

La mayoría de las luces de los tanques tienen temporizadores, porque los peces están acostumbrados a los ritmos del día y la noche como nosotros, pero hay algo de luz en los pasillos, como si hubiera luna llena. En cualquier caso, es muy diferente a cómo se ve por el día, ya que ahora no hay gente. Tomo la iniciativa y le muestro las primeras zonas; así es como tienen dispuestos los animales, por zonas. Es un poco básico, pero también es divertido.

En la zona del Amazonas hay unas cincuenta pirañas de vientre rojo que dan bastante miedo. En la exposición pone que pueden formar un frenesí alimenticio y despojar a un animal de toda su carne en cuestión de minutos, pero eso es sobre todo un mito, en realidad solo ocurre en momentos de inanición. La mayoría de las veces comen insectos o semillas que caen al agua. También hay una iguana muy gorda que se llama Susan. En la zona de África hay tilapias, percas gigantes, un par de tortugas de nariz de cerdo y muchas nutrias. No les gusta la gente así que son mucho más felices por la noche, cuando no hay nadie, y podemos verlas jugar, lo que es muy bonito porque también hay algunas crías. Hay una zona llamada El Abismo, que se supone que tiene animales de las profundidades del océano, pero, por supuesto, no pueden reproducir por la presión del mar en esas zonas así que solo tienen imágenes de ciertas especies, como el pulpo Dumbo, y algunos peces de mares más superficiales con pinta aterradora o extraña como los congrios y los nautilos. A Lily no parece importarle. Soy capaz de explicarle con detalle todos los animales y lo que los hace interesantes, y va de una exhibición a otra observando, fascinada. Así que cuando por fin llegamos al gran tanque en medio de la zona tropical, se ha olvidado de lo que le pedí que trajera.

Por cierto, es el tanque es enorme, del tamaño de una piscina olímpica pero más profunda y tiene un túnel de cristal que la atraviesa por debajo. Es la atracción principal y muestra las especies de mares cálidos. La primera vez que se ve la piscina es desde arriba, así que no se puede distinguir lo que hay en el agua hasta que se estás justo encima.

—¿Esos son tiburones?

—Sí. Hay tiburones de punta negra, tiburones gato y tiburones alfombra de cola larga. También hay rayas, peces cebra, peces guitarra, unos cuantos atunes, y una tortuga que se llama Norman.

—¿Norman?

—Sí, es una tortuga caguama. Hay que tener un poco de cuidado con él porque una vez mordió a uno, pero si lo apartas con las manos entiende el mensaje y se marcha.

Lily me mira.

—¿No estarás sugiriendo que me vaya a meter ahí? —señala la piscina gigante—, ¿con los tiburones?

—Pensé que te gustaría. El agua está muy calentita. —De hecho está tan caliente que el ambiente aquí arriba, fuera del agua, es un poco sofocante.

—¿Lo dices en serio?

Como respuesta me dirijo a la puerta del almacén y tecleo el código de seguridad para entrar. No te darías cuenta de su existencia si no supieras que está ahí. Dentro hay unas cuantas máscaras de buceo colgadas en ganchos. Cojo un par.

—Puedes cambiarte aquí si quieres. Aquí fuera está todo cubierto por las cámaras de seguridad, el guarda podría estar mirando.

—Dios mío, vas en serio. —No entra, sino que vuelve a la piscina y se asoma por la barandilla para mirar hacia abajo. Me uno a ella y vemos a todos los peces que navegan alrededor. La mayoría de las especies se comportan de la misma manera que en la naturaleza. Los peces de mar abierto navegan por el tanque, y los peces de arrecife vigilan sus agujeros y nidos en los falsos corales. Un gran tiburón de punta negra se nos acerca, con su aleta dorsal apenas rompiendo la superficie.

—No puedo nadar ahí, está lleno de tiburones.

—Son solo pequeños —le digo—. Vamos, va a ser divertido. —Dejo que mire un rato y luego la conduzco al almacén.

Salgo para que se cambie en privado. Parece más apropiado de esa manera, entonces cuando ella ha terminado me cambio yo también. Cuando salgo, sigue mirando a los tiburones.

—¿Estás seguro? —me pregunta, mordiéndose el labio—. ¿Lo has hecho alguna vez?

Lo he hecho muchas veces, los animales de aquí están muy acostumbrados a que el personal del acuario y los voluntarios se metan a bucear en la piscina, por eso me lo permiten hacer esta noche. Pero decido tomarle el pelo. Me encojo un poco de hombros y veo cómo se tensa.

—¿No lo has hecho? Entonces ni hablar.

—Relájate y ten cuidado con Norman. —Trepo por la barandilla y me asomo al agua. Entonces me pongo la máscara sobre la cara y me dejo caer.

Es alucinante, verte sumergido en agua caliente siempre lo es. Me dejo hundir hasta el fondo de la piscina. Con el chapoteo que he hecho, los peces al principio se alejan, pero al cabo de unos instantes vuelven, curiosos por ver qué es lo que acaba de unirse a ellos. No me quedo mucho tiempo, salgo a la superficie y veo que Lily todavía está en el puente.

—¡Vamos!

—¿Estás seguro?

—Por supuesto que estoy seguro.

—Ay, por el amor de Dios. —Sube con cuidado por la barandilla pero una vez encima, se agarra con fuerza.

—¡Venga!

Se suelta y grita al caer al agua.

Veo el pánico que le entra al principio, ni siquiera mete la cara en el agua, aunque ver qué es lo que te asusta sea la mejor manera de calmarse. Poco a poco, cuando nada la ataca, consigo convencerla de que se ponga la máscara, que mire hacia abajo y haga pequeñas inmersiones bajo el agua y alrededor de la piscina. Los peces saben que es mejor no acercarse demasiado, excepto algunos tiburones a los que no parece importarles. De hecho, nos rozan mientras nadamos y sentimos lo áspera que es su piel. Norman también viene a vernos, pero no está de humor para mordernos.

Nadamos alrededor de la extraña burbuja de cristal que es el túnel. Es curioso que cuando estás dentro del túnel se ve todo un poco distorsionado y el túnel parece enorme y cuando estás en el agua parece tan pequeño y un poco claustrofóbico. Hay varias zonas de observación en el túnel, y nadamos alrededor de todos ellas mirando todos los huecos tal y como hacen los peces. Luego rodeamos toda la piscina junto con el banco de peces y por último nadamos con Norman, agarrándonos al borde de su concha y dejando que nos arrastre por el agua. Entonces es ya casi medianoche por lo que sugiero que salgamos del agua.

Esta vez nos cambiamos juntos en el almacén; se me olvidó sugerir que lleváramos toallas, pero ahí tienen varias. Miro hacia otro lado mientras Lily se quita el bañador, ella sigue hablando de lo increíble que ha sido sentir a los tiburones de cerca y se da cuenta de que miro hacia otro lado y me dice que me vuelva para mirarla. Entonces no puede dejar de reírse de mi reacción. Tengo que recordarle, de nuevo, que tienen cámaras de seguridad en la parte principal del acuario.

Nos dejan salir y, de nuevo en la calle, decidimos ir andando a casa, porque hace muy buena noche. Cuando por fin llegamos a casa de Lily, empieza a besarme nada más entrar y, esta vez, no la detengo.

* * *

—Sabes una cosa —dice Lily a la mañana siguiente, cuando me despierto. En realidad, voy tarde: debería estar en clase, pero no es una a la que sea obligatorio ir. Lily corre las cortinas para que entre la luz del día. Ya ha estado abajo y puedo oler el café—. He estado pensando en lo que dijiste ayer, en cómo nos hemos estado escondiendo aquí. —Me incorporo con dificultad sobre uno de mis codos y me froto los ojos con la otra mano.

—¿Ah sí?

—Sí. Y tienes razón. No podemos seguir así, escondiéndonos, como tú dices. —Sonríe para demostrar que no está enfadada—. Tenemos que abrirnos al mundo. Más allá de Eric, quiero decir. Ser valientes.

—Un poco como antes. Cuando hacíamos muchas cosas. Era divertido.

—Sí. Por eso... —respira con profundidad—, estaba pensando que, antes de hacerlo, antes de contárselo a todo el mundo, deberíamos volver a reunirnos todos primero. Para aclarar las cosas. Ya sabes, Eric y Jennifer y Óscar y... ...y James. —Me mira por un segundo mientras dice el último nombre, y enseguida vuelve a apartar la mirada.

—Ah.

—Es parte del grupo, Billy. Y Eric dice que sabe de lo nuestro de todos modos y que no tiene ningún problema. A ver, no debería tenerlo, fue él quien rompió conmigo. —Sonríe de nuevo, pero esta vez es una sonrisa un poco forzada—. He oído que tiene una nueva novia. Una tal Brooke que al parecer es animadora. —Frunce la nariz, como si fuera un nombre estúpido de veras—. Supongo que también podríamos invitarla.

—¿Invitarla? ¿Invitarla a dónde?

—Pues aquí, tonto. Antes de que... ya sabes... antes de que nos vean fuera. Estaba pensando que podría invitarlos a todos el sábado. ¿Te parece bien?

No era a lo que me refería cuando dije lo de salir más. Pero supongo que es un paso en la dirección correcta.

—Vale, supongo.

Lily sonríe.

—Hay café abajo. Tengo que ir a clase, pero tú puedes quedarte. Dúchate y cierra la puerta cuando salgas.

Así que eso es lo que hago.

CAPÍTULO TREINTA Y SIETE

—¿BILLY? ¿Lily está saliendo con Billy?

—No. No... —James apartó la mirada, seguía conduciendo despacio en la noche—. No están saliendo. Al menos, no va a durar, es solo un...

—¿Un qué? —apremió Óscar, con la sombra de una sonrisa en los labios.

—No sé el qué. Ese es el problema. Nunca había hecho esto antes. Mucho menos con....

—¡Venga, vamos! —Óscar se volvió hacia su amigo—. ¡Es imposible que elija a un cretino como ese antes que a ti!

James no contestó.

—Ay joder —continuó Óscar—. Eso lo explica todo. Por qué te has portado como un tonto del culo esta noche con esos dos empollones —se rio y luego cuando volvió a hablar su voz era seria—. Entonces, ¿qué vas a hacer?

—¿Que qué voy a hacer?

James condujo en silencio, como si fuera la primera vez que era capaz de pensar con claridad en el tema.

—Voy a recuperarla, eso es lo que voy a hacer. Y de paso, voy a joder a ese capullo.

CAPÍTULO TREINTA Y OCHO

EL VIERNES por la noche no voy a casa de Lily porque tengo que hacer un trabajo de «El significado de la biología y sus diferentes campos», sigue siendo muy básico. Entonces, justo cuando estoy a punto de salir de casa el sábado por la tarde recibo un correo electrónico de Lornea que me desconcierta. Es como si dos mundos chocaran.

No puedo decir de quién procede el correo electrónico porque he configurado el sistema para que sea anónimo. Pensé que animaría a más gente a utilizarlo, pero ahora alguien lo ha usado y lo cierto es que es un poco molesto no poder contactar con el remitente para hacer unas preguntas. Supongo que debo explicar de qué estoy hablando. El correo electrónico llegó a través de mi página web contra la ampliación de Fonchem en el norte de la isla de Lornea. Después de descubrir que la bahía situada al sur, la que Fonchem quiere adquirir, es un importante lugar de cría para los dragones marinos de la isla de Lornea, me preocupó que estuvieran tan cerca de un emplazamiento en el que se fabrican todos esos horribles productos químicos, así que creé un correo de denuncia anónimo, para que la gente pudiera mandar sus informes sobre vertidos químicos o daños medioambientales. Y luego, para ser sincero, me olvidé de ello, porque nadie enviaba ningún correo y en la mayoría de los casos ni siquiera me acordé de poner la dirección de correo en los carteles. Pero sí la puse en algunos de ellos y ahora alguien me ha enviado un correo electrónico.

Quienquiera que sea ha incluido fotos que están ahora en la pantalla de mi ordenador. Muestran la línea de la marea alta, no se puede ver dónde con exactitud, pero miré los metadatos de las fotos, que es información adicional que la mayoría de las cámaras capturan cuando graban imágenes, como por ejemplo la fecha, qué equipo se usó, y en las cámaras con GPS también incluye coordenadas de localización. Por eso sé que las fotos son de algún lugar en la bahía al sur de la fábrica de Fonchem. Y allí, secos y muertos, con un aspecto casi idéntico al de los restos de algas, hay tres pequeños cadáveres de dragones de mar, con la cola enroscada. Aun así quiero hacer preguntas, como cuántos hay en realidad, y si ha habido fuertes vientos en los últimos días que pudieran haber arrojado olas demasiado grandes y arrastrar a los dragones a la orilla. O, si se encontró algún residuo en la superficie del agua, o en la arena, que indique un vertido tóxico, o alguna otra razón por la que podrían haber muerto. Pero no puedo hacer nada de eso, porque no sé quién envió el correo electrónico. Así que, en su lugar, me limito a estudiar la imagen durante un rato, y luego me entra la prisa porque dije que llegaría a casa de Lily a tiempo para ayudarla a preparar las cosas para esta noche. Así que puedes ver por qué estoy un poco en conflicto. Una mitad de mí está haciendo campaña contra una gigante empresa de productos químicos que quizá esté vertiendo residuos tóxicos al mar, y la otra mitad está muy enamorada de la hija del director general de la misma empresa.

Cuando llego, Lily ha decidido que vamos a tener una noche de juegos. Cree que eso nos dará algo en lo que pensar que no sea lo raro que es que Lily esté conmigo ahora y no con James. Mientras ella cocina, yo sigo sus instrucciones. Entro en la biblioteca y saco todos los juegos que tienen en la casa. Me gusta la biblioteca de la casa de Lily. No es una sala enorme, pero las cuatro paredes están recubiertas de estanterías que llegan del suelo hasta el techo. Hay incluso una escalera sobre raíles, que puedes deslizar a izquierda y derecha para llegar a los libros que están demasiado altos y me paso un rato subiendo y bajando y mirando por todos lados. Al final encuentro los juegos, que estaban en un armario de madera muy oscura, y hay casi todos los juegos que te puedas imaginar. Hay Scrabble, Monopoly, Risk, varios juegos tipo charada... No tengo preferencia por ninguno, así que los saco todos y los llevo a la mesa del comedor. Luego allí enciendo la chimenea porque es una sala bastante fría y el tiempo está cambiando ahora que es otoño.

Eric es el primero en llegar, y se alegra cuando se entera de que vamos a jugar juegos. Me doy cuenta de que Lily está más bien como yo, un poco nerviosa por ver cómo va a salir la noche. Cuando vienen los demás, Jennifer, Óscar y James llegan todos juntos en el todoterreno enorme de James, tengo que respirar hondo un par de veces antes de abrir la puerta.

Pronto me doy cuenta de que, después de todo, todo va a salir bien. Óscar tiene un ramo de flores que ha traído para Lily y Jennifer me da un beso en ambas mejillas, como podría haber hecho antes de que Lily y yo empezásemos a salir. Cuando James me ve, su cara se ilumina con una gran sonrisa y me da una palmada en la espalda. Sin embargo, hay un breve momento brusco cuando ve a Lily.

—Hola —le dice a Lily que ha salido de la cocina para saludarlos a todos. Se quedan parados como si estuvieran mirando a ver cómo reacciona el otro, pero no dura mucho, y se dan una especie de abrazo a medias.

—Hola James —responde Lily—. Me alegro de verte.

—Yo también me alegro de verte. Tienes buen aspecto.

—¿No te has traído a tu novia nueva? —pregunto, porque recuerdo que Lily dijo que la invitaría. Enseguida me arrepiento de haber dicho nada, porque es... bueno, no es lo correcto, ¿no? Pero ya está hecho, así que sigo—. Se llamaba Brooke, ¿no?

James se vuelve hacia mí y su sonrisa es un poco forzada al principio, pero luego se relaja de nuevo y casi se ríe. Niega con la cabeza.

—Yo no diría que es una novia nueva, Billy —responde—. Salimos juntos un par de veces pero no funcionó. —Nos quedamos todos en silencio, que James decide romper—. Pero bueno, no hace falta hablar de eso. Mantengamos las cosas felices. He oído que estamos aquí para jugar un maratón de juegos, y tengo la intención de destruiros a todos.

—No lo creo —interrumpe Óscar y ambos se ponen a picarse el uno al otro. Lily tiene que intervenir y les dice que primero tenemos que cenar.

La cena está deliciosa. Lily se ha esforzado un montón, y yo aprendo muchas palabras italianas, como *bruschetta*, que es una especie de tostada con ajo, tomates y aceite de oliva, y *crostini*, que es más o menos lo mismo, solo que con salmón ahumado y berros. De cualquier forma, ambos están buenísimos. También hay unas tartaletas de queso de cabra que no puedo dejar de comer. Felicitamos a Lily por lo bueno que está todo, lo cual parece agradarle. James domina la conversación, pero no en el mal sentido. En realidad es mucho más divertido de lo que había pensado antes. Nos cuenta una historia sobre una cabra que encontró en su dormitorio, lo cual suena extraño, pero resulta que era de un amigo suyo que estaba intentando entrar en una de las hermandades de la universidad de Harvard. Yo no sabía nada acerca del tema, pero James me explicó que se trata de clubes privados que son exclusivos, e incluso si te invitan a entrar tienes que hacer una prueba de iniciación. Y la prueba del amigo de James consistía en cuidar de una cabra en su habitación durante toda una semana, solo que se dejó la puerta abierta y se le escapó. Tuvieron que buscarla por todo el edificio y cuando todos se habían dado por vencidos, James volvió a su habitación y descubrió que estaba en su cuarto de baño, comiéndose la alfombra de la ducha. Nos reímos bastante, excepto Eric que por alguna razón no está de muy buen humor.

Después de recoger la cena, sacamos los juegos. Hay una pequeña discusión sobre a qué jugar, Óscar dice que deberíamos jugar al Risk, pero James quiere jugar al Monopoly, así que acabamos votando. Yo voto por el Risk, pero ni Jennifer ni Lily saben jugar, así que nos decidimos por el Monopoly.

Leí un artículo sobre el Monopoly en la revista *Science*. Contaba lo extraño que es que se haya convertido en un fenómeno cultural a pesar de que en esencia es tan solo un juego de azar. Solo puedes moverte al lugar que te indican los dados y una vez hecho la única opción que tienes es la de comprar la propiedad o no, y eso si resulta que eres el primero en caer allí. Podríais tirar los dados por turnos una docena de veces y ver quién tiene la puntuación más alta. Sería más rápido y habría menos discusiones.

Sin embargo, es curioso cómo te absorbe. Yo sigo la única táctica que tiene sentido: comprar todo lo que pueda al principio y esperar tener suerte. Eso es más o menos lo que hacen los demás. Así que al cabo de un rato ya hemos comprado todas las calles, pero ninguno tenemos el conjunto completo que necesitamos para empezar a construir casas y hoteles, que son los que dan los alquileres más altos. Bueno, me imagino que ya sabrás las reglas del juego. En ese momento empiezan los trapicheos. Eric ha ido a por las estaciones (lo cual es una táctica muy pobre por cierto) y casi se arruina intentando que Lily le venda la última. Por lo que Lily tiene ahora el dinero suficiente para comprar las calles que le faltan a Jennifer y a James y consigue completar dos colores. Yo tengo dos calles amarillas y una roja, y James tiene lo contrario, así que hacemos un trato. Y mientras tanto Óscar consigue un conjunto de las calles amarillas oscuras, tras hacer un trato con Jennifer, que se queda con las azules claras. Entonces empezamos a construir casas. Muy pronto nos dividimos en tres niveles diferentes de poder. Están Lily y Óscar, que son los más poderosos con dos conjuntos cada uno. La probabilidad indica que es casi seguro que uno de ellos va a ganar. Luego están Eric y Jennifer. Eric tiene solo las estaciones y Jennifer un conjunto de bajo valor, por lo que es solo cuestión de tiempo antes de que ambos se arruinen. Y luego estamos James y yo, que estamos en el medio, cada uno tiene un conjunto de valor medio. Es poco probable que ganemos, pero tenemos suficiente dinero y otras propiedades para permanecer en el juego durante un par de rondas.

En este punto se podría hacer un modelo matemático, utilizando un generador de números aleatorios como los dados. Se podría ejecutar unos cuantos miles de veces y calcular el porcentaje exacto de posibilidades de que cada uno de nosotros gane. Por supuesto, no daría el mismo resultado cada vez, porque las tiradas de los dados son aleatorias, pero sería interesante hacerlo.

Aunque en realidad no funcionaría porque no tendría en cuenta un detalle importante del Monopoly: la forma en la que varios jugadores se puede unir para intentar arruinar a otro. No sé cómo se podría incluir eso en el modelo matemático.

Tras dos horas de juego Jennifer tiene una racha de mala suerte. Le salen dos cuatros, lo que hace que caiga en la segunda propiedad más cara de Lily, y luego tiene que lanzar de nuevo, y cae en la calle más cara de Lily, que también resulta ser la más cara de todo el tablero. Y aunque no sea culpa de Lily en absoluto, todo el mundo la culpa, y sigue culpándola cuando Jennifer no tiene suficiente dinero o propiedades para pagar el alquiler. Así que Jennifer es la primera en ser eliminada. Finge estar muy enfadada, pero en realidad se nota que disimula solo un poco, como si pretendiera ocultar que está un poco cabreada.

Eric es el siguiente en perder, tras caer también en una de las calles de Lily, por lo que ella se hace con las estaciones. Eric también se amarga un poco, e incluso hace un comentario sobre cómo Lily debe de haber salido a su padre, tan despiadado con los negocios. Todos se ríen, todos menos Lily. Ahora está aislada, pero sigue disfrutando porque ya no hay manera de que pueda perder la partida. Entonces, cuando le toca a James, se queda pensando un buen rato, mientras sostiene los dados sin lanzarlos. En lugar de tirarlos me sugiere que hagamos una fusión. Somos los dos jugadores más débiles que quedan y dice que es la única manera de que tengamos alguna posibilidad de sobrevivir. Podemos quitar su ficha, el coche, y nos quedamos con mi barco. Tiene razón, por supuesto, es una buena táctica, pero hay una pequeña disputa sobre si es legal hacerlo o no. La caja del Monopoly era vieja y faltaba el libro de instrucciones, así que hacemos otra votación y Lily es la única en contra. Así que después de eso, James y yo estamos tan fuertes como Óscar, con Lily todavía muy por delante. Lo único que queda por ver es quién va a ser el siguiente en tener mala suerte y caer en una calle cara, James, Óscar o yo. La situación es un poco tensa durante un rato, pero luego pasamos la parte más difícil del tablero y le damos los dados a Óscar, que cae en el hotel de Lily. Después de eso, es solo cuestión de tiempo antes de que Óscar sea hombre muerto.

Tres turnos más tarde, eliminamos a Óscar del juego y nos hacemos con todas sus propiedades por lo que el balance de la partida cambia por completo. Ahora somos más fuertes que Lily, en términos de estadística y probabilidad, mucho más fuertes de hecho aunque ella no parece querer verlo. Creo que es porque aún tiene un montón de dinero, pero se podría ejecutar el resto de la partida desde este punto cien veces, y noventa y nueve de ellas acabaría pagando alquiler a nosotros, más rápido que nosotros a ella, hasta que al final se quedaría sin nada y tendría que empezar a hipotecar la propiedad, y entonces estaría acabada. En resumen, vamos a ganar.

Supongo que esto me emociona un poco, tal vez incluso estoy un poco excitado, pero ahora ya es tarde. Jennifer está acurrucada casi dormida en el sofá, con Óscar a su lado acariciándole el pelo. Eric ha encontrado un poco de coñac y lo está agitando en un vaso gigante mientras atiza las brasas del fuego. Lily no deja de bostezar, pero ya no nos queda mucho, para ganar quiero decir.

—¿Qué tal si lo dejamos en empate? —sugiere James, justo cuando estoy a punto de tirar los dados.

—¿Qué? Ni hablar —digo, un poco más alto de lo que quería. Lily mira el tablero, y me doy cuenta de que sabe que está perdida.

—Son casi las dos de la mañana. —Parece cansada—. Billy, ¿aceptarías un empate?

Una parte de mí quiere decir que no, pero en ese instante veo lo que James está haciendo. Está intentando quedar bien delante de ella. Y que yo quede mal. El problema es que todavía estoy un poco absorto en el juego.

—¿Qué tal si hacemos un recuento de nuestras casas y hoteles y vemos quién tiene más? —Sugiero, pero Lily gime. Entre los dos tenemos todas las propiedades y más dinero que el banco. Nos llevaría un buen rato.

—No, venga Billy. Es muy tarde —dice James. Luego se inclina y continúa en voz baja en mi oído—. Créeme, te agradecerá que cedas ahora —sonríe.

Miro a Lily y me devuelve la mirada, con una expresión rara en la cara. Así que con un poco de esfuerzo acepto.

—Vale, dejémoslo en un empate.

Eric y Jennifer dan un par de vítores forzosos y James barre con un gesto todas las piezas del tablero, como dudando de si fuera a cambiar de opinión. Entonces va a llamar a un taxi porque están demasiado borrachos para conducir. Solo que es tan tarde que no puede encontrar ninguno hasta dentro de media hora. Escuchamos la conversación porque llama de verdad a una compañía de taxis, no sé por qué no usará la aplicación de Uber.

—¿Por qué no os quedáis aquí? —pregunta Lily, mientras él sigue con la llamada, preguntando si están seguros de que no pueden venir antes.

—No, no, ya nos hemos impuesto bastante por una noche —dice James, tapando el altavoz de su móvil con la mano.

—No seas tonto —responde Lily—. Sabes que tengo habitaciones de sobra. Quedaos y mañana por la mañana podéis volver en vuestro coche.

James parece que va a intentar convencer una vez más a la compañía de taxis, pero luego cambia de opinión y les dice que no se molesten. Así que de repente se van a quedar todos.

Entonces me siento un poco incómodo, porque ahora no estoy seguro de si yo voy a quedarme. Después de todo, yo tengo mi bicicleta aquí. Lily sube al piso de arriba para asegurarse de que las habitaciones tengan las camas hechas, o algo así, y me encuentro con que soy el único que está abajo. Al final tengo que tomar una decisión, así que subo con sigilo a la habitación de Lily. Por suerte, ha dejado la puerta un poco abierta, miro dentro y ella ya está en la cama, mirando su teléfono. Levanta la vista y me ve allí.

—No sabía si ibas a venir.

—No estaba seguro de si querías que lo hiciera.

—Depende de ti.

Así que entro y cierro la puerta. Y sin decir nada más los dos nos vamos a dormir.

CAPÍTULO TREINTA Y NUEVE

A LA MAÑANA SIGUIENTE, Lily me despierta soplándome en la cara. En cuanto abro los ojos, me besa y me toca la nariz.

—El Monopoly es un juego estúpido y tú eres un idiota estúpido.

Es bastante tarde, pero todavía tengo un poco de sueño, así que no respondo. Creo que solo parpadeo al verla.

—Recuérdame que no vuelva a jugar contigo nunca jamás. —Me besa de nuevo, pero antes de que pueda devolverle el beso, se levanta de la cama y va al baño. Creo que va a volver, o quizá espero que lo haga, porque parece estar de mucho mejor humor, pero en su lugar oigo el ruido de la ducha.

Cuando estoy un poco más despierto, compruebo mi teléfono y enseguida veo que ha llegado otro correo electrónico anónimo durante la noche. Tiene más fotos de dragones de mar muertos en la playa junto al recinto de Fonchem. Así que vuelvo a sentirme en conflicto. Sé que debería decirle algo a Lily al respecto. Incluso si ella no puede hacer nada al respecto. Incluso si los ha arrastrados el mal tiempo, lo cual es muy posible. Pero ¿y si no es así? ¿Y si la empresa de su padre es responsable de vertidos tóxicos al mar y de la destrucción de un valioso hábitat?

—¿Estás bien? —Lily ha salido de la ducha. Se ha envuelto en una toalla y se frota la cabeza con otra. Su repentina aparición me devuelve a mi extraña realidad—. ¿No seguirás enfadado por lo de anoche?

—¿Qué?

—Por perder la partida. —Se sienta en su tocador y la veo en el reflejo.

—No perdí.

—¿Por no haber ganado entonces? ¿Por no destruirnos a todos y dominar el mundo?

—No.

Ella frunce el ceño.

—¿Entonces qué te pasa?

Pienso unos segundos. Luego pongo la foto en la pantalla del móvil y lo giro para que la vea.

—¿Qué es eso? —Se gira para mirarme bien.

Se lo explico.

—Es una foto de la playa al sur de las instalaciones de Fonchem en la isla de Lornea. ¿Te acuerdas que te lo conté?

—Por supuesto. Pero qué son…

—Son dragones de mar… bueno, caballitos de mar en realidad, pero están muertos.

—¿Por qué? ¿Qué les ha pasado?

—No lo sé. Podría haber sido un vertido, de la planta química.

Lily parece horrorizada, lo cual me agrada en cierto modo, porque tenía miedo de que no le importara.

—Bueno, ¿cómo…? Quiero decir, ¿cómo has obtenido esta foto?

Pero justo entonces llaman a la puerta y se oye la voz de Eric.

—El desayuno estará listo en cinco minutos. —Espera un momento y continúa—: Espero haberos interrumpido el sexo mañanero.

Lily lanza algo a la puerta.

—¡Acabamos de terminar! —Luego se vuelve hacia mí—: Luego hablamos. De esto, quiero decir. Pero primero vamos a desayunar.

* * *

Los demás deben de llevar un rato levantados, porque James ya ha salido a por bollos y *croissants*, y Eric ha encontrado una máquina de hacer gofres y ya tiene una pila en la mesa de la cocina. Jennifer, con el pelo revuelto, está preparando café. Hablamos de poca cosa, y luego los demás salen de la cocina.

—Cuéntame entonces, Billy —me dice Lily cuando nos quedamos a solas. Así que empiezo a explicarle que monté la página web y que creo que Fonchem podría estar echando algo al agua.

—Deberías decírselo a tu padre —sugiere James de repente. No me había dado cuenta de que había vuelto a la cocina, pero debe de haberlo oído todo.

—Lo haré. ¿Pero estás seguro de que son productos químicos? ¿No podría ser algo natural? Quiero decir, ¿no aparecen organismos muertos a veces? Solo hay un par de ellos en las fotos.

Dudo. Me he hecho la misma pregunta varias veces.

—De verdad que no lo sé.

—Fonchem no es una empresa mala —dice James de repente. Y me mira a mí más que a Lily—. Tienen unos estándares medioambientales bastante altos y es imposible que hayan hecho esto de manera deliberada.

Veo que Lily le sonríe agradecida.

—Lo digo en serio, Billy. Si Lily le cuenta esto a su padre, lo investigará como es debido.

Dejo pasar el tema. No quería hablar de ello con James. Parece que Lily tampoco quiere porque se levanta y sale de la cocina. Así que nos quedamos James y yo solos.

—Por cierto, Billy, no tengo tu número de móvil —dice, sin venir a cuento. Saca su teléfono y espera hasta que le diga mi número. Entonces me llama y, un poco sorprendido de que esto esté sucediendo, lo agrego a mi lista de contactos con el nombre: James.

CAPÍTULO CUARENTA

NO ME SORPRENDE del todo cuando me llama, un par de días después. Me pregunta si quiero ir a comer con él. Como no respondo enseguida, continúa y dice que hay ciertas cosas que quiere contarme. Acepto solo por eso.

—Genial. ¿Qué tal mañana? —Me da el nombre de una hamburguesería que está a medio camino entre las dos universidades—. Ah, y no te preocupes por la cuenta. Invito yo.

Así que al día siguiente me dirijo hacia allí después de que hayan terminado mis clases de la mañana. No me llevo la bici porque no quiero tener que dejarla atada fuera del campus, donde podrían robarla. No sé si eso es probable o no, pero creo que tengo un extraño presentimiento sobre este encuentro.

Me encuentro con James al llegar, que viene caminando desde la otra dirección. Me saluda como si fuéramos viejos amigos, o al menos buenos amigos. Entramos y escogemos una mesa junto a la ventana. El restaurante tiene servicio de camareros y al principio James estudia el menú como si lo que fuera a comer fuera lo más importante. Después de un rato, levanta la vista y me ve mirándolo.

—Pide lo que quieras Billy, invito yo —me dice de nuevo. Así que lo hago. Elijo una hamburguesa doble con queso y bacón, patatas fritas y una ensalada. Desde que salgo con Lily me ha dado por comer ensaladas. Cuando termino de pedir, James se vuelve hacia la camarera.

—Tomaré lo mismo que él —sonríe y ella le devuelve la sonrisa. Es guapa, no como Lily, pero no hay muchas chicas que lo sean. Pero es evidente que le gusta James, porque no puede apartar los ojos de él—. Ah, y un par de cervezas también.

Ella le devuelve la sonrisa y se toma un tiempo para escribirlo, mirándolo por encima de su libreta, y aleteando las pestañas. Por fin se va y James aparta los ojos de su espalda para mirarme.

—Apuesto a que te preguntas por qué te he pedido que vengas.

Hago una especie de mueca y encojo los hombros, para demostrar que sí, que me lo pregunto, pero que no es para tanto. El caso es que me irrita que no me lo diga.

—¿Cómo fue con el padre de Lily?

—¿Qué?

—El tema ese de los caballitos de mar muertos cerca de la fábrica de Fonchem. ¿Habló Lily con él?

—¡Ah! —No digo nada más. La verdad es que no sé qué tal fue. Lily me dijo que hablaría con él, pero no sé si lo hizo y no he querido volver a sacar el tema. Es incómodo. No es que sea su empresa, es la de su padre.

—Lily es muy sensible con el tema de Fonchem —continúa James, hablando de forma muy casual—. Es una de las cosas que aprendí de ella. Una de muchas. —Hace un medio giro de ojos—. Tienes que verlo desde su perspectiva. Ella no pidió nacer en la dinastía Belafonte. Y quizá, cuando lo herede todo, quiera hacer las cosas de otra manera. Pero ahora mismo, es muy poco lo que puede hacer para influir en la forma en que se dirige la empresa. —Se detiene, y me da un momento para ver si voy a contradecirle, pero no lo hago—. No es una de esas chicas que tiene a su padre comiendo de la palma de su mano. Él toma las decisiones de negocios, independientemente de lo que ella diga.

Sigo sin contestar. Es como si estuviera construyendo un caso contra cosas que ni siquiera he dicho.

—Y además, piensa en el tipo de empresa que es —continúa James continúa—. Piensa en lo que hacen. —Hace una pausa—. Productos químicos y farmacéuticos. A todos nos encanta odiarlos, hasta que descubrimos que los usamos todos, a diario en nuestras vidas. —Se echa hacia atrás en su asiento, mira hacia abajo y se ríe un poco—. Esta mesa de aquí por ejemplo, no es una pieza de madera maciza, ¿no? Es un tablero de contrachapado recubierto por melamina.

Observo la mesa y veo por el borde que tiene razón.

—Casi seguro que está hecho con resinas que han fabricado en Fonchem, o una de las empresas parecidas. Y se podría decir, bueno, no necesitamos mesas así, podríamos usar madera real, pero si todos los muebles del país fueran de madera maciza en lugar de contrachapado, eso requeriría la tala de millones de árboles cada año, tal vez miles de millones.

No respondo. Aunque quiero añadir que se podrían usar bosques sostenibles, donde los árboles se replantan a medida que se cortan. No lo hago, en cualquier caso entiendo lo que quiere decir. Y es más o menos lo que ya había pensado, cuando decía lo conflictivo que me sentía al salir con Lily.

—Y no es solo el contrachapado, es todo... —Mira a su alrededor, buscando otro ejemplo, y coge la botella de kétchup de plástico. La deja de nuevo en la mesa—. Pero tú ya sabes esto Billy, eres un chico inteligente. Cualquiera puede verlo.

Se reclina de nuevo cuando la camarera aparece con las cervezas. Deja la de James con mucho cuidado, justo delante de él, y luego deja la mía sin apenas mirarme. James le dedica una sonrisa y sigue hablando conmigo.

—Lily ha crecido en ese mundillo, Billy, donde todos son una panda de hipócritas. Donde usamos los productos que fabrica la empresa de su familia, pero somos los primeros en echarle en cara que se atreva a fabricarlos en primer lugar.

Se detiene y da un largo sorbo a su cerveza. Luego, unos segundos después, vuelve a hablar.

—Déjame adivinar, ¿dijo que hablaría con él y luego no ha dicho nada más al respecto?

Al final, y muy despacio, asiento con la cabeza como respuesta, y James lanza una mirada que dice que lo sabía. Mira hacia otro lado, hacia la ventana. Cuando vuelve a mirar, también asiente con la cabeza, con mucho más entusiasmo. Luego tamborilea con los dedos sobre la mesa, como si tuviera una melodía en la cabeza.

—Dime, Billy, ¿te has preguntado alguna vez por nosotros? Sobre nosotros cinco, quiero decir. Somos un grupo un poco extraño, ¿no crees?

Frunzo el ceño mientras dice esto, luego intento mantener mi cara neutral, porque está claro que he pensado mucho en eso, pero no quiero que lo sepa.

—Hay una razón para serlo. —Ahora me mira a los ojos. Parece que sus pupilas azules se vayan a clavar en las mías.

—¿Qué razón?

—Necesito saber que puedo confiar en ti, Billy. Creo que puedo confiar en ti. Pero ¿puedes prometerme que no vas a contar lo que te voy a decir? ¿A nadie?

—¿Qué es lo que estás a punto de decirme?

Se me queda mirando un segundo, y luego sonríe.

—Vamos, déjate de chorradas. Esto es serio.

Así que me vuelvo a encoger de hombros, y como sigue esperando por fin respondo.

—Vale, no se lo diré a nadie.

—Tienes que prometerlo. Te juro que nunca le he dicho esto a nadie más. Pero tú eres... bueno, ahora eres parte de la pandilla.

—De acuerdo. Lo prometo. —En realidad no creo en promesas como esta. En cierto modo, me gustaría haber pensado en grabar la conversación.

James asiente, parece feliz. Se toma un momento para recomponerse antes de continuar.

—Hay un vínculo entre nosotros cinco. Algo que nos une.

James se detiene y espera.

—¿Qué vínculo?

Fija sus ojos azules en mí.

—Hacemos… cosas.

Nos interrumpen de nuevo, con las hamburguesas, las patatas fritas y las ensaladas. Y de nuevo la chica que sirve se encarga de colocar los platos de James con cuidado delante de él, y de tirar los míos con despreocupación. James sonríe de nuevo para dar las gracias con un destello de sus blancos dientes, y tengo que admitir que es bastante guapo, de una forma muy evidente. La camarera se va y James coge la sal, pero está casi vacía. Tiene que sacudirla con fuerza para que salga. Me la ofrece cuando termina.

—¿Qué tipo de cosas? —pregunto, sin tomar la sal.

James mastica unas cuantas patatas fritas antes de responder.

—Nada ilegal. O al menos, nada muy ilegal, y desde luego nada en lo que alguien pueda salir herido. —Levanta la vista de repente y vuelve a sonreír, y los ojos le brillan con una especie de emoción—. Mira, voy a empezar por el principio. Por eso quería invitarte a comer. Para explicártelo, te mereces saberlo.

Me limito a esperar.

—Lily y yo empezamos a salir cuando teníamos trece años. Fue mi primera novia de verdad. Mi única novia de verdad. —Mira a la camarera un segundo, antes de desviar la mirada—. Verás, sé cómo suena esto, pero nos conocimos porque nuestros padres iban al mismo club de campo. —Mueve la cabeza hacia mí—. Su familia tiene mucho más dinero que la mía, más que casi todos los de allí. Pero no voy a negar el privilegiado ambiente en el que me he criado. —Se detiene—. Vamos, ¿te vas a comer eso o qué?

Se detiene y le da un mordisco a su hamburguesa. Yo he perdido el apetito, así que me como un poco de lechuga. Cuando termina de masticar, continúa.

—Me gustaba desde hacía mucho tiempo, a ver, mírala. Cuando por fin empezamos a salir no podía creer mi suerte. Y aún más cuando me dejó acostarme con ella.

Hay una pausa en la que ninguno de los dos decimos nada.

—Me habló de su familia, de lo que hacen, y de lo que es crecer de esa manera. Salí a navegar en el velero de la familia, me invitaron a barbacoas, fui a esquiar con ellos, todas esas cosas... —Agita una mano, como para quitar importancia—. Incluso me permitieron quedarme a dormir en la casa de los padres, ¿la has visto? —James suelta un exagerado silbido.

Yo tan solo niego con la cabeza.

—Colega, eso sí que es una verdadera mansión. Hace que su casa de aquí no parezca más que una chabola.

Toma otro bocado y lo mastica con cuidado.

—Jennifer era su mejor amiga de la infancia. Óscar era el mío. Parecía un juego del destino que acabaran saliendo, y entonces los cuatro nos hicimos muy, muy amigos. Casi, demasiado íntimos. —Se detiene y ladea la cabeza —. ¿Sabes a qué se dedica el padre de Óscar?

No tengo ni idea así que me encojo de hombros.

—Mejor. Así lo prefiere. —Espera un momento antes de continuar—. Es traficante de armas.

Hay otro silencio, pero éste se debe más a que estoy tan sorprendido que no sé qué decir.

—Vende armas en Oriente Medio y en África. Dondequiera que haya un gobierno un poco dudoso o un gobierno que consiga reunir el dinero para comprarlas. —Ve que mis ojos se abren de par en par—. A ver, no te equivoques. Trabaja para un fabricante de armas perfectamente legal. Legal y muy rentable.

Hace una pausa y vuelve a probar la sal.

—Pero sí, entiendo esa mirada. Luego tienes a los farmacéuticos, que son mis padres. Y a Jen, su padre es abogado defensor. —Vuelve a sacudir la cabeza—. Nada demasiado emocionante, pero representa a gente rica que no paga impuestos. Les cobra un buen pico pero evita que vayan a la cárcel.

James hace una pausa para dar otro trago de cerveza. Luego continúa.

—Total, armas, productos químicos, farmacéuticas y derecho. Los cuatro somos el producto de varias de las industrias más jodidas, y sin embargo parece que tenemos todo lo que queremos. La vida nos va de maravilla. Solo que no es así, ¿a qué no? No es tan maravilloso, a no ser que no te importe ser un hipócrita. Solíamos hablar de ello y darle vueltas y más vueltas. Durante nuestras vacaciones de esquí, en las regatas de nuestros barcos veleros, en la piscina de la mansión de los padres de Lily. Entonces un día, llegó la oportunidad de hacer algo al respecto. —Sonríe.

—¿Qué pasó?

—Uno va pillando cosas, ¿vale? Creciendo como lo hicimos nosotros, la gente habla, dice cosas que no debería, pensando que somos solo niños mimados que no van a morder la mano que les da de comer. Óscar se enteró de un negocio de venta de armas a un país que estaba en la lista de prohibidos. Y nos dimos cuenta de que podíamos detenerlo, si tan solo lo filtrábamos. Un correo electrónico anónimo a un periodista, otro al regulador. Ni siquiera los perjudicaría tanto, solo... se acabaría el trato. Así que lo hicimos. Esa fue la primera vez. Supongo que le cogimos el gusto. Nos convertimos en, no sé, en una orden secreta. Nos unió, nos hizo más fuertes, me refiero a Lily y yo, y a Óscar y Jennifer. Nos hizo invencibles. Éramos diferentes a los demás. No necesitábamos a nadie más.

Me quedo en silencio absoluto. Escucho, sin saber muy bien qué pensar de todo esto. Ahora James también se calla.

—¿Qué estás pensando, Billy?

—No lo sé.

Se ríe. Más o menos.

—Supongo que esto es difícil de asimilar.

Medio sonríe durante unos segundos, luego se desvanece su sonrisa y se queda mirándome con gesto serio.

—No ocurrió de golpe. No decidimos convertirnos en... lo que sea que seamos. Fue algo gradual. Verás, a Óscar siempre le gustaron los ordenadores. Desde que lo conozco. Ahora está haciendo la carrera de informática. Y él... no sé, ¿sabes que Facebook se inició aquí? ¿En Harvard?

Asiento con la cabeza. Todo el mundo lo sabe.

—Bueno, él es uno de esos tipos. Podría inventar el próximo Bitcoin o YouTube, igual lo haga uno de estos días. Pero ahora mismo está metido en el mundo del pirateo, metido a lo grande. Irrumpe en los servidores de correo electrónico de empresas, busca pruebas de que estén infringiendo normas medioambientales o hechos que demuestren que se deben endurecer las normas... A veces tenemos que hacer operaciones encubiertas, esa es mi parte favorita. —Sonríe de nuevo—. Es muy emocionante. No es nada del todo peligroso, pero a veces hay que correr algún que otro riesgo.

—¿Qué tipo de cosas? —pregunto casi sin darme cuenta.

—¿Lo peor que hemos hecho? Entramos en el apartamento de un tipo para conseguir una carta de su banco. A veces se necesita para conseguir la identidad de alguien y averiguar contraseñas. —Sigue sonriendo—. El tipo no estaba en casa, pero aun así Óscar tuvo que desactivar las alarmas, y fue un subidón estar allí dentro.

—¿Por qué me cuentas esto? —pregunto de repente. Siento que no quiero estar aquí. No quiero saber esto.

—Porque ahora estás con Lily. Y tienes que saberlo. Lo que nos une. Lo que somos.

—¿Lily lo sabe?

James vuelve a sonreír.

—Sí. Lily lo sabe. Por eso todo se volvió tan jodidamente loco cuando llegaste tú. De repente ya no éramos solo los cinco, sino seis.

Me quedo en silencio. He perdido todo el apetito.

—Dijiste cinco, ¿cuándo se involucró Eric?

—Esa es una buena pregunta. Lily estaba en un apartamento compartido en su primer año. Él estaba en la habitación de enfrente. Él, como que se unió a sí mismo. Se insertó en nuestro grupo y Lily acabó contándole lo que hacemos. Le encantó, ya sabes cómo es.

Estoy bastante sorprendido. He oído hablar de ideas locas, pero esto es salvaje. Es cierto que no es lo que esperaba. Trato de encontrarle sentido, trato de entender la razón de James para decírmelo ahora. Creo que lo sé.

—¿Se trata de mí y de Lily? La otra noche intentabas hacerme quedar mal, cuando jugábamos al Monopoly. ¿Estás intentando volver con ella?

James parece sorprendido de repente.

—¿Intentando hacerte quedar mal? Eso era solo un juego.... Estaba... Joder, tío, estaba intentando ayudarte. —Se detiene y respira con profundidad—. Te dije que empecé a salir con Lily cuando tenía trece años, hemos estado juntos desde entonces. —Vacila, y vuelve a mirarme con sus ojos azules—. Hasta este mes, era la única chica con la que me había acostado. —No mueve los ojos—. ¿Te lo imaginas?

Desvía la mirada ante mí y vuelve a coger el salero antes de comprobar que sigue vacío.

—Te prometo... —No termina la frase. En cambio, mira a su alrededor y ve a la camarera de antes, de pie, sola, a unas cuantas mesas de distancia. Luego me mira de nuevo. Se levanta, todavía con el salero en la mano y, con una mirada hacia mí, se acerca a ella. No oigo lo que dice, pero un minuto después la veo reírse y cambiar la sal por otra llena del mostrador. Entonces él dice algo más, y ella le lanza una larga mirada, en la que intenta parecer más guapa de lo que es y luego garabatea algo en su libreta. Arranca la hoja y se la entrega. James vuelve y se sienta. Pone el papel sobre la mesa entre los dos. Tiene un nombre escrito, Clara, y un número de teléfono móvil.

—Lily es increíble, Billy, de verdad que lo es. Siempre voy a ser parte de su vida y ella de la mía. Pero lo cierto es que me estaba reteniendo. Y yo la estaba reteniendo a ella. Te lo prometo. Solo quiero lo mejor para Lily. Y si ella cree que lo mejor eres tú, eso es suficiente para mí.

CAPÍTULO CUARENTA Y UNO

TENGO DUDAS. Quiero decir, podría ser cierto lo que dice, pero podría no serlo. Igual es una trampa.

—¿Sabe Lily que estás aquí, contándome esto?

James se reclina de nuevo.

—No. No lo sabe.

—Entonces, si se lo cuento, ¿va a confirmarlo todo, eso de que trabajas… no sé cómo decirlo, de incógnito, como una banda de justicieros? —Observo su cara con atención, para ver cómo se toma esta idea—. ¿O va a preguntar de qué estoy hablando?

—No lo sé. —James parece que encuentra la idea interesante, pero no preocupante—. Puede que lo admita. O puede que no.

Espero. No sé qué quiere decir con eso.

—Juramos mantener el secreto. Puedes entender por qué. Solo lo sabíamos nosotros cuatro. Yo nunca se lo he dicho a nadie más, hasta hoy. Lily fue la única que rompió la promesa cuando se lo contó a Eric. Así que no sé lo que hará, si le dices que lo sabes.

—De acuerdo. Lo haré entonces. Voy a preguntarle.

James pone cara de estar sopesando eso.

—Es tu decisión, Billy. Pero…

—¿Pero qué?

Respira con profundidad antes de continuar.

—Si fuera yo, esperaría a que ella te lo dijera.

—¿Por qué?

—Porque entonces sabrás que de verdad confía en ti. Que lo vuestro no es solo una lío… para ella. Que cree que va a durar.

Hay un silencio entre nosotros. Abro la boca para responder, pero de repente noto que la tengo demasiado seca.

—Y... tienes que tener en cuenta lo que va a parecer. ¿Recuerdas que te dije que es muy susceptible con el tema de Fonchem?

—Sí —digo. Es todo lo que puedo decir.

—Así que, si vas a ella queriendo saber lo que hacemos... Piensa cómo lo verá, cuando sepa que estás molesto por lo que hace su empresa familiar.

—No entiendo.

—Piénsalo Billy, ¿qué va a pensar ella que quieres en realidad? A ella o...

Intento hacer lo que dice, pensar en ello, pero no sé a qué se refiere.

—Va a pensar que quieres hacer algo en Fonchem. Que quieres convencernos para que ataquemos su empresa. Y eso no le va a sentar nada bien.

Hay otro silencio en nuestra mesa. Necesito tiempo para asimilar todo lo que James ha dicho. Para procesarlo. Pero no tengo tiempo.

—¿Cómo lo sabes?

James espera un momento y, de repente, se inclina hacia delante.

—Por dos razones. Una, porque conozco a Lily, casi mejor que nadie. No quiero sonar irrespetuoso, Billy, pero la conozco mejor que tú. Eso podría cambiar, cuando hayas pasado por suficientes altibajos con ella, pero eso aún no ha sucedido.

—¿Cuál es la otra razón?

James toma un largo y lento respiro antes de responder.

—La segunda razón es que hicimos un pacto. Juramos que nunca tendríamos como objetivo a nuestras propias empresas. Fonchem está fuera de los límites de lo que hacemos.

CAPÍTULO CUARENTA Y DOS

TENGO que ir a dar un paseo para despejar mi mente tras haber oído todo lo que me ha contado James. Acabo junto al río, donde observo el remolino de agua que pasa por debajo de mí y en un súbito instante echo de menos la playa. Echo de menos mi isla, donde puedo aislarme de todo el mundo y rodearme tan solo de playas vacías, donde el agua está a mis pies, no encauzada en un canal con paredes de hormigón ni el camino bordea a una autopista de cuatro carriles. Tengo que esquivar a los corredores, cuyos auriculares desprenden música enlatada, a las mamás con sus cochecitos y a los que pasean a sus perros.

Por una parte, lo que me ha contado James es absurdo. ¿Por qué iban a hacer lo que dice? ¿Es que acaso alguien en su sano juicio lo haría? Por otro lado, tengo que admitir que yo mismo hice algunas locuras cuando era joven. Si yo fui capaz, ¿por qué no lo serían también ellos? De lo que no hay duda es que comparten un extraño vínculo de unión. Supongo que es la razón por la que me interesé en ellos en primer lugar. Además, han llevado una vida inusual, cuatro de ellos al menos. Son ricos, de una manera que yo nunca he vivido, así que tal vez eso los lleve a hacer cosas extrañas.

Si le pregunto a Lily y resulta que James me estaba mintiendo, va a quedar como un auténtico idiota. Si Lily me cuenta la verdad, sabremos que James está intentando este extraño truco para separarnos y le va a salir el tiro por la culata porque solo conseguirá hacernos más fuertes a Lily y a mí. Pero James no es tonto, ni mucho menos, y ya sabría que esto podría suceder. Lo que sugiere que igual es cierto.

La otra posibilidad es que Lily lo niegue, incluso cuando sea cierto. Lo que significaría... Supongo que significaría que no confía en mí, tal y como dijo James. O al menos, que aún no se siente segura confiando en mí. O que no cree que vayamos a durar lo suficiente como para arriesgarse a contarme el secreto. No me gusta nada esta posibilidad.

Muy bien, ¿qué pasa si lo admite? ¿Entonces qué? Sigo caminando, tengo que esquivar a un hombre bastante gordo que hace *footing* y cuyos cables de los auriculares van rebotando de arriba a abajo. Para intentar borrar la imagen de mi mente miro hacia el río, donde una barcaza de mercancías navega con lentitud a través de la oscura agua en la luz moribunda de la tarde. Se me viene una imagen a la cabeza, sin yo quererlo: estoy bajo el agua en el norte de la isla de Lornea, aquella soleada tarde de verano cuando papá y yo esperábamos colarnos en la zona restringida junto a la planta química de la familia de Lily. Me pasé toda la tarde en la cálida agua, buceando entre las arenas doradas, el agua clara y pura hasta el fondo donde se hallaban lechos de hierbas marinas, peces pipa y caballitos de mar, los dragones de mar de la isla de Lornea.

Me fuerzo a volver a la realidad, si lo admite... No sé, estoy muy confundido. Entonces se me ocurre otra idea. Algo que desearía haber pensado en preguntar antes a James. ¿Siguen haciéndolo? Los ataques, digo. ¿Ha estado Lily haciendo todo esto en secreto con James, Óscar, Jennifer y Eric, a mis espaldas, todo el rato desde que los conocí?

Antes de llegar a entenderlo, recibo una llamada de Lily. Acaba de volver de sus clases y suena de buen humor. Sé que me va a proponer que vaya a su casa, o incluso que salgamos a algún sitio, pero antes de que lo haga empieza a contarme una anécdota divertida que ha pasado en su clase. No era tan graciosa la verdad, algo así como que el profesor se cargó el proyector. Cuando termina no me atrevo a reírme, y supongo que se da cuenta de que no estoy de buen humor. Pero en lugar de preguntarme qué me pasa, se pone tensa y, de repente, la conversación va fatal. Entonces, aunque creía que me iba a invitar, no lo hace. Me dice que va a colgar, y sé que debería decir algo, para detenerla, para deshacer este momento que no define lo que tenemos, pero no encuentro las palabras. Permanezco en silencio. Me vuelve a decir que va a colgar, suena distante y molesta, pero la dejo ir. Y la sensación que me queda es de dolor real, como si me hubieran dado un puñetazo en el estómago.

CAPÍTULO CUARENTA Y TRES

AL FINAL decido no preguntarle nada a Lily. James tiene razón, si se lo ha contado a Eric, en algún momento me lo contará a mí y debo darle la oportunidad de hacerlo. Mientras tanto, todo vuelve a ser como antes. Quedamos en la cafetería de abajo con los cómodos sofás. Vamos a jugar al billar. Cenamos en casa de Lily.

Pero entonces recibo un extraño mensaje de James. Me ha invitado a su apartamento. Es curioso, porque nunca había ido antes; de hecho, nunca se me había ocurrido pensar en dónde vive. Le digo que vale porque supongo que igual ayuda a que nos conozcamos un poco mejor. Entonces me envía un segundo mensaje donde me pide que no le diga nada a Lily ni a Eric. Eso sí que me parece raro del todo.

* * *

Vive en una especie de apartamento compartido. Es parecido al mío solo que mucho más bonito. En lugar de tener solo una habitación, como yo, tiene varias. Hay una cocina, una sala de estar, un dormitorio y un baño, por lo que es más como un apartamento privado. Cuando llego, Óscar está preparando algo de comer en la cocina. Me choca el puño para saludarme, me dice que coja una cerveza de la nevera y vuelve a una receta que está siguiendo.

—¿Qué haces? —pregunto, mirando lo que está haciendo.

—Un asado de carne.

—No, la comida no, eso. —Señalo al contenedor en el que cocina. Es una cacerola enorme, pero diferente a las que he visto.

Se gira para mirarme con cara de confusión.

—¡Ah! ¿Eso? Es una olla a presión. Mi madre las usa mucho. Es la única forma que conozco de cocinar. —Me observa un momento y luego vuelve a cortar zanahorias.

Hablamos un poco y, al rato, James me pide que ponga la mesa, cosa que hago a pesar de que me siento un poco confuso por no tener ni idea de por qué estoy aquí, ni por qué tenía que ser un secreto. Es cierto que últimamente me llevo mejor con James y Óscar, pero sigo siendo más amigo de Eric, y de Lily, por supuesto.

Termino de poner los platos y los cubiertos y entonces Óscar me llama y me pide que ponga la olla a presión en la mesa. Así que lo hago. Voy a agarrarla con el paño para que no quemarme las manos, pero me dice que no me va a hacer falta porque ya la ha dejado enfriar.

—Necesito el trapo —me dice, cuando le miro con gesto confuso. Me lo quita de las manos y lo utiliza para abrir la puerta del horno. Me encojo de hombros y hago lo que me pide, llevo la olla y la pongo sobre la mesa. Pienso que igual es bueno que Lily no esté aquí, las mesas que pone ella son mucho más bonitas que esta.

—¿De qué va esto? —pregunto, cuando unos minutos después estamos los tres sentados y comiendo la carne asada de Óscar. Está buena, pero no es nada del otro mundo.

—Me encanta lo directo que es Billy, ¿a ti no? —le dice James a Óscar, que suelta una pequeña carcajada—. Billy, ¿recuerdas que me preguntaste si seguíamos llevando a cabo operaciones de las nuestras?

Asiento con la cabeza.

—Y te dije que a lo mejor sí. Bueno, puede que sea seguro que sí.

Espero a que continúe, y lo hace, pero con otra táctica.

—¿Te ha contestado Lily a lo de los caballitos de mar que aparecieron muertos junto a la planta de Fonchem en Lornea?

Miro de uno a otro.

—No.

—¿Crees que se lo ha contado a su padre? —Los ojos de James se nivelan con los míos.

—Pues... —Me encojo de hombros—. Puede ser. No lo sé.

—¿Acaso te importa?

—¿Qué? Claro que me importa.

Ninguno de los dos dice nada. Entonces James asiente con la cabeza.

—Vale, vale. Es que a Óscar se le ha ocurrido una idea. —Se vuelve hacia Óscar, que deja el tenedor en la mesa.

—Hay una reunión pública en la isla de Lornea el mes que viene, en la que se decidirá si se concede el permiso para la ampliación de Fonchem. Lo van a aprobar, eso está garantizado, porque Fonchem se ha gastado un montón de dinero en una campaña de publicidad que cuenta que creará los tan necesarios puestos de trabajo en la isla y que no hay riesgo. Así es como funcionan estas empresas, no solo Fonchem. Excepto... —Le echa una mirada rápida a James antes de continuar—: excepto que en este caso está tu campaña sobre los caballitos de mar. —Óscar se detiene.

—Nadie está prestando atención a mi campaña, de hecho ni siquiera yo estoy pegando posters....

—Eso es porque no tienes ninguna prueba —me interrumpe James.

No respondo.

—Le conté a Óscar lo de las fotografías que me enseñaste y él ha hurgado un poco en los servidores de correo electrónico de Fonchem. Encontró... —James se detiene—. En realidad, Óscar, ¿podrías explicárselo tú? Nunca he entendido bien qué es lo que haces.

Los ojos de Óscar se entrecierran de la forma en que lo hacen cuando sonríe.

—De acuerdo, es complicado, pero haré lo que pueda. Tienen un servidor virtual con una instancia de Kali Linux, y cuando la arrancas con la ISO del correo se ve que...

—¡Ala, ala! Para el carro —interrumpe James de nuevo—. Creo que va a ser más fácil si hablas en castellano para que Billy pueda entenderlo. —James lanza una sonrisa de disculpa en mi dirección. Pero me limito a mirarlo un segundo y luego me vuelvo hacia Óscar.

—¿De dónde sacas la ISO del servidor?

Los ojos de Óscar se abren un poco, solo por un segundo. Mira a James y luego se vuelve hacia mí.

—Lo consulté a partir de los registros DNS.

—¿De verdad? ¿Los tenían abiertos?

Óscar vacila, parece estar pensando mucho. Por fin continúa.

—Sí. Esa es la cuestión. Estaba todo abierto, por eso me imaginé que debían de estar usando una aplicación de terceros, con encriptación de extremo a extremo.

Asiento con la cabeza. Ya veo hacia dónde va esto. También veo que James se está quedando un poco atrás.

—¡Oye! ¿Qué me estoy perdiendo aquí?

Me vuelvo hacia él y se lo explico.

—En circunstancias normales no se puede acceder al DNS de alguien mediante una simple consulta. Habría que ejecutar escaneos de puertos contra un rango de DNS, y encontrarlo de esa manera. Pero si eso está abierto quiere decir que todo está abierto y que no se podrán enviar correos electrónicos privados. Te daría lo mismo ponerlos en un tablón de anuncios...

—O publicarlos en Twitter —continúa Óscar. Y tiene razón.

—¿Qué? —pregunta James de nuevo.

—No sabía que entendías de estas cosas, Billy —dice Óscar.

Yo me encojo de hombros.

—La verdad es que no, no soy un experto.

Óscar me dedica una sonrisa socarrona.

—¿Por qué no sigues con la explicación? —sugiere James.

—Vale, en resumidas cuentas. Una vez dentro hice una serie de búsquedas de palabras clave, en todos los correos electrónicos de la empresa, en torno a las horas en que se recibieron los informes de los peces muertos en la playa. Quería ver si alguien había informado de algún problema en la zona o sabían de algo que pudiera haberlo causado. Te sorprendería lo estúpida que es la gente, todavía creen que el correo electrónico es privado.

—¿Y? —Me inclino hacia adelante. A mí no se me ocurrió hacer esto. A ver, no lo habría hecho de todas maneras ya que es completamente ilegal, pero si se me hubiera ocurrido... Es solo que ni por un instante me pensé que los DNS estarían en la lista.

—¿Qué encontraste?

—Nada.

—¿Nada?

—Casi nada. Excepto esto. —Se detiene y saca una hoja impresa del bolsillo de su chaqueta. Es un correo electrónico de una mujer que se llama Claire Watson. Lo leo, y parece ser un informe de rendimientos de la planta de Lornea. Hay un trozo en el que alguien ha utilizado un rotulador para poner algunas palabras en amarillo:

«Nuestro tema que hemos discutido en Sqrbt. Voy a publicarlo allí».

—¿Qué es Sqrbt?

—No estoy seguro —dice Óscar—, pero *Squarebot* es un sistema privado de comunicaciones para encriptar mensajes de puerto a puerto. Así que supongo que será una referencia a eso.

Se lo devuelvo. Me imagino que cualquier empresa sensata hoy en día no va a discutir asuntos sensibles por correo electrónico. Por eso existen plataformas como *Squarebot*.

—No entiendo qué significado tiene.

—El significado es —nos interrumpe James— que no están usando el correo electrónico para comunicarse. Tienen un problema, pero es demasiado delicado para hablar de él por correo. Y el problema sigue pasando. —Mira a Óscar—. Creemos que se trata de una fuga.

—¿Por qué pensáis eso?

—Por los peces muertos. Una de dos, o es una fuga o están vertiendo a propósito. Y aunque no confío en ninguna empresa química, no creo que Fonchem esté haciendo un vertido ilegal. No con el conocimiento del padre de Lily de todos modos.

—Bueno —empiezo, pero dejo de hablar. Ya había asumido que debía de ser una fuga. O que podría ser una fuga. La otra posibilidad es que fuera a consecuencia de un vendaval que azotó olas suficientemente grandes como para arrastrar peces a la orilla y depositarlos allí. Es raro, pero puede suceder.

—Billy, ¿has terminado de comer? —me pregunta James ahora. Y cuando digo que sí, continúa.

—¿Puedes recoger la mesa? Tengo un mapa que quiero enseñarte.

Así que le ayudo agarrando la olla grande y llevándola a la cocina. Voy a enjuagarla en el fregadero, pero James me dice que no me preocupe, que ya la fregará él más tarde, así que la pongo en la pila. Luego vuelvo al comedor, donde ahora hay un plano gigante extendido sobre la mesa.

—¿Qué es esto?

—Son los planos del edificio de Fonchem, los de ahora. Se ve la zona dónde quieren hacer la expansión aquí abajo. —Me inclino y miro. Me resulta interesante, porque en Google Earth está todo borroso: las empresas pueden solicitarlo y a veces Google dice que sí, si aceptan que hay un riesgo de seguridad para publicar mapas con precisión. Sin embargo, no tengo ni idea de lo que estoy viendo. Se trata tan solo de una serie de edificios, tuberías y áreas de almacenamiento. Me vuelvo hacia James y lo miro.

—El emplazamiento de Fonchem en la isla de Lornea fabrica resinas en su mayoría y se necesita mucho calor para ello. Así que pensamos que si hay una fuga en alguna parte, se podría ver, si se pudieran ver las zonas calientes.

Ahora ambos levantan la vista del mapa y me clavan la mirada de una manera bastante extraña, como expectante. Me hace sentir incómodo, esa forma de mirarme de los dos. Entonces caigo en a qué se refieren.

—¿Queréis usar infrarrojos?

James asiente, sonriendo.

—¿Instalado en un sensor en un dron?

—Así es.

—Hacer una pequeña excursión y ver…

—Eso es. Pensamos que si podemos obtener imágenes, fotos reales que muestren que hay una fuga en la instalación se verán obligados a arreglarla. Y lo más importante es que no quedará ninguna posibilidad de que obtengan el visto bueno para la ampliación de la fábrica.

—Mejor aún, Lily no tiene que descubrir que hemos tenido nada que ver con esto —concluye Óscar.

Tal vez debería explicar de qué va esto, porque lo que están sugiriendo es muy simple, pero a la vez muy astuto, supongo. Quizá sea ilegal, de eso ya no estoy seguro; tendría que comprobar si hay alguna restricción que prohíba el vuelo de drones en esa zona. Verás, todos los objetos emiten energía infrarroja, y tienen lo que se llama su firma de calor. Una cámara de infrarrojos (también se llaman cámaras de imagen térmica) detecta y mide la energía infrarroja de los objetos. La cámara convierte esos datos infrarrojos en una imagen electrónica que muestra la temperatura aparente de la superficie del objeto medido. Así que algo que está frío, como una tubería, se mostraría como algo oscuro, apenas se vería. Pero una fuga, una fuga de algo caliente, se vería de color blanco brillante. No se podría pasar por alto.

—¿Tenéis cámara de infrarrojos?

—No —dice James. —Ni siquiera tenemos un dron, ni sabemos cómo volar uno, pero mencionaste...

—Sí, en Australia —recuerdo que se lo conté cuando nos conocimos—, los utilicé para contabilizar tiburones blancos, y de todas maneras ya sabía cómo pilotarlos porque tengo uno en casa.

—Perfecto —responde James—. Por eso se nos ha ocurrido que podrías unirte a nuestra fiesta.

CAPÍTULO CUARENTA Y CUATRO

ESTOY seguro de que no debería, pero me dejo llevar un poco por todo este tema. Es muy emocionante participar en algo así. Más emocionante que mi curso, que espero que sea un poco más desafiante el próximo semestre. Me siento mal por no habérselo dicho a Lily, claro, pero no puedo decírselo. James tenía razón, cada vez que menciono los asuntos de su familia se pone muy susceptible. Y por supuesto no se lo digo a nadie más, incluyendo a Eric. Al parecer, Óscar ni siquiera se lo ha contado a Jennifer.

Tenemos el problema de cómo llegar. Al principio supuse que iríamos en el coche de James, pero cuando se lo propuse me miró como si no pudiera creer lo ingenuo que era. A veces se me olvida que ellos tienen mucha más experiencia en este tipo de cosas. Así que Óscar me pregunta si puedo encargarme yo de reservar un coche de alquiler y comprar billetes para el ferri. Creo que es una especie de prueba. Y aunque parezca fácil, no es tan sencillo. Incluso si quisiera alquilar el coche a mi nombre no podría porque soy demasiado joven. Está claro que no quiero hacer la reserva a mi nombre porque eso significaría dejar un rastro muy evidente. Óscar me dijo que podía ayudarme a conseguir documentos falsos, pero no necesité ayuda porque pedí a mis contactos de la web profunda que me los consiguieran.

Me divertí un poco escogiendo el nombre, elegí Hans Hass. Es una broma, una referencia al famoso biólogo marino que inventó la teoría del Energón. Dice que todo se reduce a la transferencia de energía, lo que implica que no puede haber bien o mal. Así que, aunque lo que estamos haciendo es un poco ilegal, eso no quiere decir que sea lo incorrecto, porque no hay bien ni mal. Intenté explicárselo a James y a Óscar, pero creo que no le vieron la gracia.

Me sorprende lo rápido que se mueve todo. Quiero decir, entiendo que tenemos que conseguir las pruebas antes de la reunión pública en la que decidirán la expansión de Fonchem, pero aun así me sigue pareciendo un poco apresurado.

Quedamos en casa de James de nuevo para revisar el plan. Yo recogeré el coche de alquiler. Puede que tenga que mostrar mi documentación falsa, pero es más probable que solo tenga que mostrar el correo electrónico como recibo de que he pagado. James me va a devolver el dinero cuando volvamos: me ha dicho que tienen un pequeño fondo reservado para cubrir los gastos de sus operaciones. Una vez tenga el coche, he de llevarlo al ferri para cruzar a la isla de Lornea. Óscar y James irán en el mismo barco; han reservado pasajes de a pie por separado. No sé qué nombres habrán utilizado. En todas las zonas donde sospechemos que haya cámaras de seguridad vamos a fingir que no nos conocemos. Entonces, una vez que lleguemos a Lornea, los recogeré justo fuera de la terminal del ferri. Conduciremos hasta mi casa para recoger mi dron y luego tendremos que esperar hasta que oscurezca, lo que ayudará a que las imágenes salgan más nítidas. Desde allí vigilaremos el lugar, y volveremos en el ferri de la mañana.

Estoy entusiasmado. Va a estar fenomenal.

CAPÍTULO CUARENTA Y CINCO

HE ESTADO en el ferri bastantes veces antes, pero nunca con un nombre falso. Es una sensación muy extraña. Me paseo como Hans Hass, luego me compro un café y un periódico en la cafetería, porque eso es lo que haría alguien llamado Hans. Y me siento a leer. Estoy seguro de que Hans Hass habría sido un fumador, pero hoy en día no se puede fumar en espacios cerrados así que me conformo con tomarme un trozo de pastel. Veo a James, mientras lo estoy comiendo, y hace contacto visual durante un segundo, pero aparte de eso hacemos como si no nos conociéramos. No veo a Óscar en absoluto.

Cuando el ferri atraca, los conductores tienen que volver a sus coches, así que me pongo en la fila y espero hasta que se abran las puertas de proa. Poco a poco vamos bajando. Se me hace raro estar de vuelta en el Lornea, raro pero agradable. Me gusta esta época del año, cuando la isla está vacía y hace frío.

Veo a James y a Óscar justo en la entrada de la terminal del ferri y reduzco la velocidad para recogerlos. Ambos llevan grandes mochilas, parte de su disfraz de pasajeros a pie, y llenan el maletero. Conducimos hacia el sur, atravesamos Newlea y salimos hacia Silverlea. Esta es la parte más complicada del plan. Solo me queda esperar que papá no esté en casa, para poder entrar y coger el dron sin que me vea. Si me ve, bueno, no importa, pero va a ser un poco difícil de explicar. No se me ocurre un plan para solucionar esto hasta que llego a Littlelea, y entonces, en lugar de conducir hasta casa, aparco en la carretera a un minuto de distancia. Les digo a James y a Óscar que me esperen. Luego atravieso el campo hasta el camino del acantilado, corro por él hasta que puedo ver la casa. No veo la camioneta de papá, estoy de suerte.

Tengo mis llaves, así que entro y subo corriendo a mi habitación. Es la primera vez que vuelvo desde que me fui a la universidad, y es extraño estar de vuelta, ver la cama en la que he dormido desde que era un niño. Me hace pensar en Lily, en que ya no soy tan pequeño. Más bien soy un hombre ahora. Casi me hace reflexionar en lo que de verdad estoy haciendo aquí y cuestionarme si es buena idea después de todo, pero no tengo tiempo ya que James y Óscar me esperan en el coche. Así que, en su lugar agarro el dron y le echo una mirada rápida. La batería no está cargada del todo, pero puedo conectarla al coche para intentar llenarla. Lo meto todo en la bolsa y salgo de allí.

Volvemos por donde hemos venido, pero esta vez pasando por la terminal del ferri en Goldhaven y hasta el extremo norte de la isla, donde está el emplazamiento de Fonchem. Decidimos esperar a que anochezca. Es poco probable que haya alguien por aquí, sobre todo en esta época del año, pero podría haber alguien paseando a su perro por los senderos que rodean la valla, así que tiene sentido ser precavidos. Luego hace demasiado frío para esperar en el coche, así que nos alejamos de nuevo y esperamos en un bar, donde pedimos algo de comida. Hay un televisor encendido en la esquina y dice que va a nevar. Espero que no. Eso podría ser un problema, para el dron quiero decir.

No hablamos mucho mientras esperamos, hay un partido de béisbol en la televisión, y James y Óscar lo ven, mientras yo me pongo a convertir la cámara del dron a infrarrojos. Tuve que comprar un kit para hacerlo, y fueron 350 dólares, pero James dijo que lo cargaría a su tarjeta de crédito. Es bastante sencillo, así que cuando lo he hecho investigo un poco en mi teléfono sobre cómo configurar el dron para que vuele en la nieve. Descubro que se puede hacer, pero no es muy recomendable. Existe el riesgo de que las baterías pierdan voltaje, lo que significa que el dron se podría estrellar. También corres el riesgo de introducir humedad en el sistema eléctrico, o una acumulación de hielo en la carcasa del dron, o incluso en los rotores. Y si cualquiera de esas cosas ocurre, el dron podría estrellarse. Le explico todo esto a James, pero parece más preocupado por que mantengamos la pretensión de que no nos conocemos.

No es divertido, por cierto. Creía que iba a ser divertido, pero ahora que estamos aquí, James y Óscar están callados y muy serios, y yo no me divierto en absoluto. Creo que me gustaba más la idea de hacer esto que hacerlo de verdad. Ahora que estoy aquí voy a terminar lo que hemos empezado, pero ya he decidido no volver a hacer planes de estos con James.

A las once volvemos al coche y conducimos de vuelta a la planta. Ha empezado a nevar, grandes copos que se iluminan con los faros y revolotean como polillas. No le han puesto sal a la carretera, y apenas han pasado otros coches por aquí, así que tenemos que ir con cuidado para no derrapar. Por lo menos aquí en el norte de la isla la carretera es plana si no, nos quedaríamos atascados. Dejamos el coche medio escondido detrás de unos arbustos, nos acercamos a la valla y veo un cartel que advierte de la existencia de cámaras de seguridad. Me entran escalofríos. Quizá sea la temperatura. Vuelvo al coche para prepararme.

Primero compruebo el voltaje de las baterías. Ambas están al 100%, y las he mantenido calientes mientras conducíamos hasta aquí sentándome sobre ellas. No quiero que se enfríen ahora, así que me las meto en el bolsillo. Al mismo tiempo, cojo un rollo de cinta adhesiva y lo utilizo para tapar todas las rejillas de ventilación del dron. Eso debería ayudar a mantener la nieve fuera. Coloco la cámara de infrarrojos y compruebo que se conecta sin problemas con mi teléfono. Luego quito la nieve del techo del coche, que voy a utilizar como plataforma de despegue, para que los gases de escape de los rotores no provoquen una ventisca en el momento en que intente despegar. Por último, coloco las baterías del dron y estoy listo para salir. James y Óscar miran nerviosos.

Tengo el dron configurado para poder ver en la pantalla de mi teléfono lo que ve la cámara en tiempo real. Tengo el móvil montado en el mando del dron y está cubriendo de nieve; se me están quedando las manos congeladas, pero consigo ver con suficiente claridad. Pongo el dron en el techo del coche, doy un paso atrás y aprieto el acelerador. No empiezo demasiado fuerte tal y como decían las instrucciones de vuelo en nieve, porque de lo contrario puede provocar la caída de tensión de la batería. Un segundo después, se oye el zumbido de los motores y despego, planeando a la altura de nuestras cabezas.

—¡Funciona! —digo en voz alta. Es lo primero que hemos dicho, ninguno de nosotros, en mucho tiempo. James y Óscar se han puesto a mi lado y están mirando a la cámara. Hago girar el dron para que la cámara de infrarrojos nos apunte a nosotros, y se ven nuestras tres imágenes de calor humanas, donde resaltan sobre todo nuestras manos y caras, y el aire que exhalamos. El capó del coche también es de un rojo intenso, por el calor del motor que hay debajo. Pero todo lo demás es negro.

Empujo el dron más arriba, hasta la altura de los árboles, desamparados y sin hojas, que nos protegen, y luego más arriba, de modo que está volando en el aire claro. Solo que no está despejado, la nieve es bastante densa, y se pueden ver los copos que caen por delante de la cámara, exageradamente gruesos. Hay un retraso en el control que nunca he visto antes. Y como no tengo la cámara normal retroalimentando la pantalla, es súper difícil controlar dónde estoy, o hacia dónde se supone que voy.

—¿Qué está pasando? —pregunta James.

—No lo sé —respondo. No quiero tener que dar malas noticias, pero está claro lo que pasa—. No sé si esto va a funcionar.

He tapado las luces del cuerpo del dron, así que aunque podemos oírlo, planeando en algún lugar sobre nosotros, no podemos verlo. Tampoco puedo ver dónde está en la pantalla. Hay un botón que puedo pulsar para traerlo de vuelta, así que intento dirigirlo una vez más, apuntando hacia donde creo que está la planta de Fonchem, antes de sacudir la cabeza.

—Es inútil. No puedo ver nada con la nieve. —Intento ganar altura, pero el dron no lo consigue. Pulso el botón de inicio—. Lo voy a traer de vuelta.

Durante unos segundos hay silencio, un silencio total, ya que la nieve absorbe todo el sonido. Luego se oye de nuevo el ruido de los rotores, que se hace más fuerte, hasta que el cuerpo del dron aparece de repente frente a mí a la altura de mi cabeza. Lo cojo con cuidado y apago los motores.

—No puedo ver por dónde voy con la cámara de infrarrojos. Si no hiciera tanto frío, podría colocar una segunda cámara y utilizarla para dirigirme. Pero con esta temperatura, el dron no conseguiría ni comenzar el vuelo. —Estoy muy decepcionado. A pesar de que no estoy disfrutando mucho con nuestra escapada, al fin y al cabo hemos venido a hacer algo y me decepciona que no vaya a funcionar. Sin embargo, de nuevo, el estado de ánimo de James no parece coincidir con el mío, lo cual no entiendo. Parece bastante contento con cómo están yendo las cosas.

—No importa, Billy. Tenemos un plan B.

—¿Ah sí?

—Olvídate del dron. Guárdalo, pero coge la cámara. Y reúnete con nosotros en la valla. —Entonces Óscar y él se alejan a través de la nieve, y en un instante no puedo ver lo que están haciendo.

Aun así lo que me dice. Desbloqueo la cámara y vuelvo a meter todo el equipo del dron en la caja. Tendré que secarlo bien antes de volver a utilizarlo. Me pregunto si debo llevarlo a la universidad o dejarlo en casa. Ambas opciones son un poco problemáticas: si me lo llevo, papá podría preguntarse por qué no está en mi habitación, y si lo dejo allí, tendré que guardarlo donde estaba, y corro el riesgo de que no se seque bien, lo que podría dañarlo. Todavía estoy reflexionando sobre esto cuando cierro el coche y sigo las huellas de James y Óscar hacia la valla. Cuando llego, me quedo de piedra.

Hay un gran agujero en la valla, lo suficientemente grande como para colarse al recinto. Ni siquiera sería necesario agacharnos del todo.

—¿Qué estáis haciendo?

—Vamos a entrar a la fuerza. Todavía nos queda esperanza de poder tomar las fotos —me responde James con un tono de voz muy tranquilo.

—¿Qué? Ese no era el plan.

—Los planes cambian, Billy —dice Óscar. Su voz suena casi amenazante. Se aparta de mí y empieza a guardar en su bolsa las herramientas que ha utilizado.

—¿Qué haces con una amoladora angular? —veo que tiene en la mano una herramienta eléctrica para cortar metales. Parece pesada y abulta bastante—. ¿Para qué habéis traído eso?

—Billy... —James ignora mi pregunta, y de repente suena diferente a como ha estado toda la noche. Ahora me recuerda a cuando estábamos en su apartamento planeando esto. Me doy cuenta de que hay dos James, el que conocí por primera vez, que es arrogante y distante, y el otro, que se pone todo encantador y amable si quiere que hagas cosas por él.

—Todavía podemos llevar a cabo nuestro plan, incluso sin el dron. Solo tienes que entrar y grabar todo lo que puedas con la cámara infrarroja. Va a funcionar igual desde el suelo, incluso podría dar mejores resultados.

Quiero decir que no, que se vayan al infierno, pero me digo a mí mismo que recuerde por qué estoy aquí. La importancia de lo que estamos tratando de hacer, aunque ahora mismo no me caigan muy bien mis colegas los activistas.

—¿Y qué hay de los guardias de seguridad?

—No hay —responde James.

—¿Y los carteles? —Se me nota en la voz la indignación.

—Bah, son solo señales para intentar disuadir. Ya hemos hecho esto antes, Billy. Es muy fácil. Por eso estamos aquí tan tarde cuando hace frío. Si hay algún guardia de seguridad, lo cual es poco probable, estará escondido en algún lugar agradable y cálido, quizá viendo porno.

Miro el agujero. Hay una zona llana al otro lado y, a lo lejos, las formas oscuras de los edificios. Parece desierto, pero sigo sin querer entrar. Me vuelvo hacia James y Óscar, y noto cómo me miran. Son más grandes que yo. No creo que me quede otra. Este plan, no va a acabar, de eso no me cabe ninguna duda. Al menos para mí.

—Esto es estúpido —digo.

—¿Por qué?

—Porque no va a funcionar, por eso. Igual ni siquiera existe la fuga que queremos encontrar.

—No es cierto, podría haber una fuga y por eso hemos venido hasta aquí. —James me clava su mirada.

—Sin el dron, no vamos a encontrarla.

—Bueno, ya que estamos aquí. Recuerda que esta aventurilla la pago yo, el ferri, el coche de alquiler, todo. Y lo estamos haciendo por ti. No quiero irme sin siquiera intentarlo.

Le devuelvo la mirada, sintiendo cómo me enfado ahora. Luego me doy la vuelta y sostengo la cámara en la valla, apuntando hacia los edificios lejanos. Pero están demasiado lejos. La vuelvo a bajar.

—Vamos, Billy. Tienes que tomarte esta mierda en serio. Piensa por qué estás aquí. ¿Quieres hacer algo bueno en el mundo? ¿Eh? Has llegado hasta aquí. No te arrepientas ahora.

No sé por qué pero no le creo. No creo que nada de esto le importe, pero no tengo muchas opciones. Así que decido qué hacer. Voy a entrar y tomar varias fotografías, aunque sea solo pare demostrarles que esto está siendo una gran pérdida de tiempo. Que, en realidad, ha sido una pérdida de tiempo desde el principio.

Me pongo de rodillas y me arrastro a través del agujero en la valla. Una vez al otro lado, empiezo a caminar hacia los edificios oscuros que están frente a mí.

CAPÍTULO CUARENTA Y SEIS

TODO SE HA VUELTO LOCO. Algo ha salido mal, horriblemente mal. Ni siquiera sé el qué. No sé qué decir.

Tampoco puedo oír nada. No sé si me están hablando ahora. No sé si se me oye. Oigo un silbido ensordecedor en los oídos. Es como cuando haces submarinismo y te sumerges demasiado sin ecualizar. Solo que ahora no puedo tragar para intentar que desaparezca. Puede que incluso me haya quedado sordo.

Ha habido una explosión. Eso lo sé. No por el ruido, no he oído nada, sino por el estallido de luz y la onda de presión. No me alcanzaron al mismo tiempo, hubo una diferencia de una fracción de segundo, parecida al retraso que hay entre el rayo y el trueno en una tormenta. Pero, al contrario que en las tormentas que puedes medir lo lejos que están, no sé dónde se produjo la explosión. Sé que fue cerca.

Vi a un hombre. Dos veces. La primera vez no tenía linterna, y me pegué contra la pared junto a la que estaba. Estaba aterrorizado. Pero creo que no me vio. La segunda vez estaba al otro lado de mi pared. Esta vez había encendido una linterna. Fue entonces cuando ocurrió la explosión. Justo donde él estaba.

Me levanto, me había caído, como si hubiera estado haciendo un ángel de nieve; pero no es por eso, es que no puedo ni ponerme de pie de lo desorientado que estoy. No oigo nada, el crujido de la nieve bajo mis pasos parece haber desparecido. No sé qué hacer. ¿Qué demonios ha explotado? ¿Y James y Óscar? ¿Estarán bien? Tengo que salir de aquí. Antes de que venga alguien a ver qué ha pasado. No sé qué hacer. ¿Qué le pasó al hombre que vi? ¿Estará... muerto?

Me doy la vuelta para ver si está tirado en la nieve como yo, aunque herido de verdad. Si es así, ¿podría ayudarle? ¿Pero qué pasa si esto es solo la primera explosión de varias? ¡No sé qué ha pasado! ¿Tal vez toda la fábrica va a volar por los aires? Y yo no debería estar aquí. Me he colado. Y hay guardias de seguridad. Vendrán a comprobar lo que ha pasado y seguro que tendrán suministros de primeros auxilios. Yo no tengo nada. Tomo una decisión. Una decisión de cobarde. Me doy la vuelta de y corro hacia el agujero en la valla.

* * *

Espero ver a James y a Óscar allí. Es como si los visualizara, ayudándome a pasar por el pequeño hueco de la valla, así que cuando no están no le veo el sentido. Sus bolsas han desaparecido. Deben de haber oído la explosión han decidido volver al coche. Así que me arrastro para atravesar la valla y sigo avanzando de vuelta al coche. Cuando llego, veo que tampoco están allí. ¿Qué demonios?

Ahora todo está tranquilo, el silencio reina de nuevo y la nieve está más espesa y dura que nunca. También hay oscuridad total. No hay resplandor de un fuego procedente del interior del recinto. Lo que sea que haya explotado fue solo eso, una explosión, pero no un incendio. ¿Entraron James y Óscar en el recinto para ver qué tal iba? Me detengo, inmóvil en la nieve. Es la única respuesta que tiene sentido. Y los he dejado allí.

Vuelvo sobre mis pasos, antes de poder cambiar de opinión. Tengo que volver a por ellos y sacarlos de allí. Llego a la valla y vuelvo a arrastrarme a través del agujero y, una vez más, comienzo a caminar por el rellano que hay delante de los edificios de la fábrica. Está todo tranquilo y no veo ni a James ni a Óscar.

Los llamo, pero no oigo nada, ni siquiera mi propia voz. Me acerco al edificio desde el que parece haberse producido la explosión. Y es entonces cuando ocurre. Me acerco tanto que casi le doy una patada. Incluso en la oscuridad puedo ver lo que es, solo por la forma. Es un brazo. Un brazo humano.

Lo miro, parpadeando, sorprendido, durante un largo rato. No sé cuánto tiempo. Entonces mi cerebro empieza a funcionar de nuevo. No es de James ni de Óscar. Lo sé porque lleva un reloj. Un gran reloj plateado y la manga parecen diferentes. Parece la manga de uno de esos chalecos reflectantes que llevan los obreros. O los guardias de seguridad.

Vuelvo a dar un paso adelante, aterrado ahora por lo que voy a encontrar. Temía que iba a ver a James y a Óscar moribundos en un charco de sangre y nieve derretida, pero no, ellos se habían quedado esperando en la valla. ¿Por qué iban a estar aquí? Bien, entonces, el hombre cuyo brazo he visto, es posible que aún esté vivo, que necesite ayuda.

Pero no lo está. Hay otros trozos de él, trozos de carne esparcidos por la nieve. Me siento mal, pero no vomito. La cabeza me da vueltas. Todo me duele.

* * *

Lo siguiente que sé es que estoy de vuelta en el coche. Todavía no hay señal de James y Óscar. Casi me doy una bofetada a mí mismo cuando por fin se me ocurre llamar a James al móvil. ¿Por qué habré tardado tanto? Pero no contesta. Me salta el buzón de voz, apenas puedo oírlo, y luego, cuando vuelvo a llamar por segunda vez para dejar un mensaje preguntando dónde demonios se han metido, ya ni siquiera salta el buzón de voz. Solo me sale un tono raro que no entiendo.

Vuelvo a la valla y ahora veo que hay movimiento en el interior: un tipo con una linterna va caminando por la nieve. Hay una camioneta, por eso sé que no son ni James y Óscar. Entonces se encienden las luces de todo el recinto. Empieza a sonar una alarma. Ahora se ve el lugar de la explosión con perfecta claridad. No parece grande, no tan grande como parecía cuando ocurrió. No es tan grande como la sentí de cerca.

Vuelvo al coche. Sigue sin haber rastro de ellos. ¿Igual les han pillado los guardias de seguridad? Y si es así, ¿qué debo hacer? No tiene sentido que me quede aquí a esperar. Si lo hago acabarán atrapándome a mí también. Pero si los han capturado, entonces ¿tendría que entregarme yo también? ¿Debería hacerlo?

Tengo frío. Estoy cansado, temblando. Tal vez estoy en estado de *shock*. No, no, seguro que estoy en *shock*. Pero no puedo quedarme aquí, en la nieve, esperando a que la policía venga a arrestarme. Vuelvo a llamar al teléfono de James. Sigo recibiendo el mismo tono extraño, pero esta vez espero más tiempo y aparece la voz de una mujer, del tipo que te da la compañía telefónica, diciéndome que ese número no es válido. Que no es reconocido. Compruebo la pantalla de mi teléfono. No lo he tecleado, solo he utilizado el número marcado. No puede haber cambiado.

Sé que tengo que irme. El lugar está iluminado como un estadio de fútbol, y dentro de nada llegará la policía. Ha muerto un hombre y yo estaba allí. No sé qué significa esto. Pero por si acaso me meto en el coche, arranco el motor y entonces, el ruido que hace me asusta. Aunque todavía no oigo bien, siento las vibraciones del motor y sé que sonará ruidoso en la noche, revelando donde estoy. Así que empiezo a moverme, manteniendo los faros apagados. A cuatrocientos metros de la carretera, los enciendo, porque si no me voy a estrellar contra un árbol. Entonces me alejo un poco más. A unos tres kilómetros, un trío de coches de policía vienen hacia mí, con las luces rojas y azules parpadeando sobre la nieve de la carretera. Pasan por delante de mí, uno tras otro, y aunque no puedo evitar mirar hacia ellos, parece que ningún ocupante me presta atención.

De alguna manera, sin quererlo, me escapo.

CAPÍTULO CUARENTA Y SIETE

VUELVO A CASA EN COCHE. No era mi intención, pero no se me ocurre otra cosa. No hay otro sitio al que pueda ir. Esta vez no me molesto en tratar de esconderme, tan solo conduzco hasta allí, esperando ver la camioneta de papá en la entrada y las luces encendidas, pero es tarde, así que la casa está a oscuras. Y entonces me doy cuenta de que la camioneta de papá no está después de todo. Debe de haberse quedado en casa de la novia.

Cuando me doy cuenta de que sigo solo, me dan ganas de llorar.

Entro y pongo la calefacción, porque tengo mucho frío. Miro en el ordenador de papá si hay noticias sobre lo que ha pasado, pero aún no hay ninguna. Preparo café pero no lo bebo. Deambulo de un lado a otro. No termino de creerme que esto esté pasando de verdad. Emo que nada de esto sea real, pero ¿por qué me tiembla tanto la mano? ¿Por qué, cuando miro por la ventana, veo que hay un coche de alquiler reservado a nombre de Hans Hass?

* * *

Me obligo a beber el café y me digo que tengo que darle sentido a esto. Poco a poco lo voy haciendo. Ha habido una explosión en la planta. Las posibilidades de que ocurriera por casualidad mientras estaba allí son bastante escasas, pero no hay otra explicación porque yo no hice nada para provocar un estallido. Ha debido de ser un accidente industrial. Y cuando ocurrió, James y Óscar debieron de pensar que me pilló y tal vez incluso pensaron que había muerto. Yo tenía las llaves del coche en el bolsillo y por eso no volvieron allí: pensaron que era inútil, así que intentaron escapar a pie. O, tal vez, ¿los guardias de seguridad los atraparon? No tiene sentido alguno.

Intento pensar qué hacer ahora. Venir aquí fue muy buena idea. James y Óscar vinieron aquí conmigo antes, así que, si creen que todavía estoy vivo podrían venir aquí. Por eso creo que debería quedarme aquí, atento, en caso de que aparezcan. Tendrán frío ahí fuera.

Pero hay un problema con esta teoría, abandonaron el coche, así que no van a pensar que estoy aquí. Creen que he volado por los aires. Tal vez estén en el bar en el que esperamos a que anocheciera. Pero no, son las cuatro de la mañana, estará cerrado. Temo por ellos, atrapados en la nieve toda la noche, pero no sé qué hacer. Vuelvo a llamar al número de James. Sigue el mismo tono de llamada. No tengo el número de Óscar.

De alguna manera, consigo dormirme. Tenía que hacerlo, estaba agotado. Me despierto muy tarde, sobre las once, y todo se me viene encima. De repente me entran unas nauseas horribles, casi no llego al baño a tiempo. Decido que tengo que elaborar un plan. De alguna manera, James y Óscar deben de haber sobrevivido. Tienen que haberlo hecho. Estarán en el barco, de regreso a Boston. Yo voy a hacer lo mismo. Tomaré el ferri de vuelta y regresaré a la universidad. Voy a arreglar la casa para que papá no se dé cuenta de que estuve aquí. Con un poco de suerte, igual me topo con James y Óscar en el ferri, y todo esto volverá a la normalidad. Bueno, no todo ya que hemos tenido la increíble puntería de quebrantar la fábrica de Fonchem justo cuando saltó por los aires. Pero no ha sido nuestra culpa y está claro que todo el mundo estará de acuerdo con nosotros.

Y si no lo están, gracias a Dios que fuimos cuidadosos y usamos documentación falsa.

Media hora después la casa está tal y como la encontré. Incluso me tomo el tiempo de quitar la cinta adhesiva de los agujeros de ventilación del dron y volver a guardarlo en la caja, para que no haya nada que demuestre que estuve aquí. Aparte de las huellas de los neumáticos en la nieve del camino. Igual papá piensa que fue una furgoneta de entrega o, dado que hay pisadas hacia la puerta de entrada, que alguien llamó a la puerta para cualquier cosa. En todo caso, no puedo hacer nada al respecto y quedaría mucho peor si intentara borrarlas.

Cierro la puerta de casa y vuelvo al coche de alquiler. Cuando intento arrancar, el motor protesta, supongo que por el frío, pero tras un par de intentos se pone en marcha y me doy la vuelta para alejarme. Temo cruzarme con la camioneta de papá mientras conduzco hacia las afueras de Littlelea y cuando tomo el desvío de Silverlea, pero no lo veo.

Entonces me dirijo al norte de la isla de nuevo. Voy de vuelta a Goldhaven a tomar el ferri de la tarde.

CAPÍTULO CUARENTA Y OCHO

LLEGO temprano y soy el primer coche en la fila para subir al barco. Tengo que mostrar mi billete en la cabina y noto que el hombre que está allí trabajando me mira de forma extraña cuando ve mi nombre. También me doy cuenta de que tienen una cámara apuntando a los coches mientras pasan. No hay nada que pueda hacer ahora, pero me gustaría haber pensado en ponerme un sombrero y unas gafas de sol. Podría haber traído unas de casa si se me hubiera ocurrido. Ahora también desearía no haber usado un nombre extranjero. Debería haber usado un John Smith o algo por el estilo, seguro que nadie se fijaría en un nombre así.

Luego, mientras espero a que me dejen subir a bordo, doy una vuelta a pie y le echo un vistazo a los demás vehículos. Tengo la loca esperanza de que, de alguna manera, James y Óscar hayan conseguido un coche y que estén aquí también. Camino de un lado a otro y miro con cuidado dentro de todos los coches; varios de los otros conductores me devuelven la mirada, como si les molestase, pero no me importa porque ninguno de ellos es ni James ni Óscar, ni siquiera disfrazados. Y ni siquiera es difícil verlo. Parece que la travesía no está ni medio llena por el número de coches que esperan en el sombrío muelle. Corro hacia la zona de espera de los pasajeros de a pie, por si de algún modo hayan conseguido llegar hasta aquí a pie, pero no los veo.

Vuelvo al coche justo antes de que nos avisen para embarcar. Incluso en circunstancias normales no me siento muy seguro al conducir por la rampa de acceso al baro. No me gusta la forma en que las placas de metal tintinean bajo los neumáticos y me parece que es demasiado fácil desviarse sin querer y acabar en el agua, atrapado en el coche sin poder salir. Pero ahora me da aún más miedo. Siento que la fatalidad me envuelve, como el agujero de acero del barco en el que entro. Estoy abandonando la isla. Me voy, he dejado a James y a Óscar aquí. No tengo ni idea de lo que habrá pasado con ellos. Solo sé que los dejé atrás. Los dejé en el frío glacial, en el medio de la noche, a muchos kilómetros de cualquier lugar. Maté...

—¡Oye! ¡Cuidado!

Un golpe en el capó del coche me trae de vuelta a la realidad. El trabajador del ferri que lo ha dado se acerca a mi ventanilla mientras gesticula de manera enfadada para que la baje. Hago lo que me dice.

—¡Mira por dónde vas! —se queja—. ¡Casi me atropellas!

Murmuro una disculpa que al final acepta a regañadientes.

—Ve por ahí, ¡con cuidado! —Me señala dónde quiere que aparque el coche. Asiento con la cabeza y subo la ventanilla. Cuando llego, me quedo quieto unos instantes, con el estómago pesado como un bloque de hormigón. Me doy cuenta de que acabo de asimilar algo, algo horrible y bastante elemental, supongo. Algo que igual ya hayas deducido, pero que yo no había hecho, no hasta ahora al menos.

James y Óscar están muertos. Tienen que estarlo. Se habrían dado cuenta de que no podían escapar en el coche porque las llaves volaron por los aires conmigo, o eso es lo que pensaron. No podían quedarse, porque la policía acabaría atrapándolos, así que intentaron huir a pie en mitad de la helada noche. No llevaban ropa para esas condiciones. No tenían equipamiento ninguno. Habrían ido enfriándose cada vez más, igual pensaron que podrían llamar la atención de algún coche que pasara de camino o encontrar un refugio para cobijarse, pero allí en el norte de Lornea no hay nada. Ni nadie.

Pienso en el frío que pasé al volver, incluso con la calefacción del coche a tope. Estuvimos mucho tiempo fuera en la helada noche. La hipotermia no habría tardado en hacerse con ellos y una vez bajo su influencia acabarían desorientados. He visto el efecto que la hipotermia tiene, lo aprendimos en el club de salvamento. Hace que la gente se vuelva loca, que crean que tienen calor y se empiecen a quitar la ropa, lo cual los mata aún más rápido.

No. No puede ser. Eso es una idea descabellada. Estoy demasiado cansado y estresado para pensar con claridad. Seguro que están aquí, en el barco. De alguna manera, habrán encontrado el camino y estarán en este ferri. En ese momento me entra la prisa. Agarro mis cosas, salgo del coche y me apresuro a subir a la cubierta de pasajeros. Tomo asiento en la cafetería, junto a la ventana, para poder ver cómo suben los pasajeros de a pie. Llego justo a tiempo, porque aún no han dejado subir a nadie, así que veo cómo se ponen en fila y luego suben. Solo hay unas pocas personas. Los mismos que vi antes.

Ninguno de ellos son James ni Óscar.

Y entonces mis ojos se dirigen, como tirados por un cable invisible, a la pantalla de televisión que reproduce imágenes en la esquina de la cafetería. No le había prestado atención antes, pero ahora no puedo ignorarla porque en ella aparece mi cara. El volumen está bajo pero tiene subtítulos, que siguen con un pequeño retraso a las imágenes.

«La policía de la isla de Lornea busca a Billy Wheatley por el asesinato del guardia de seguridad de Fonchem»

Siento que se me dispara el corazón. Temo que todo el mundo en la cafetería se vuelva para mirarme y que se den cuenta de que soy yo al que buscan. Nadie lo hace, todo el mundo me ignora, pero me levanto a trompicones de todos modos, derribando mi silla en mi prisa por salir de allí. No sé a dónde ir, empujo la pesada puerta que da a cubierta y salgo al exterior. Me quedo con la boca abierta, los ojos se me llenan de lágrimas por el viento frío y cortante. Creen que soy un asesino. Pero no lo soy. No tuve nada que ver con la explosión. No he matado a ese hombre.

Pero... observo por debajo de mí cómo suben los últimos pasajeros de a pie y los trabajadores del ferri bajan la pasarela de pasajeros. Siento el profundo rugir de los enormes motores del barco. Miro hacia abajo, al agua negra y helada, donde podría esconderme de esto, donde nadie me encontraría. Donde esto no sería real.

Porque yo no maté a ese hombre... pero sí que soy responsable de la muerte de James y Óscar.

PARTE 2

CAPÍTULO CUARENTA Y NUEVE

NO HUBO un momento definido en el que Ámbar Atherton supiera que Billy había muerto, no hubo un antes ni un después, solo una creciente sensación de comprensión de lo que se sabía, y de lo que no. Pero si hubo un punto que sirvió de división entre las dos realidades, fue cuando el padre de Billy, Sam Wheatley, la llamó por teléfono para invitarla al funeral.

—Estaba pensando que te gustaría —la voz de Sam era grave al hablar, sonaba rota, agotada—. Tal vez puedas decir unas palabras. Lo conocías mejor que nadie.

Ámbar aferró el teléfono con fuerza en la mano, lo único que podía hacer para reducir la sensación de vértigo. Era como si justo debajo de ella hubiera un vórtice negro que giraba y que amenazaba con engullirla. Esto no podía ser real. Y sin embargo lo era.

—No lo entiendo —respondió Ámbar—. Esto sigue sin tener sentido.

Al otro lado de la línea, Sam permaneció en silencio durante un largo rato. Luego comenzó de nuevo, explicando que todas las demás posibilidades se habían ido eliminando.

—Se ha ido, Ámbar. Sé que es difícil de asumir. La policía sabe que subió al ferri esa tarde y que no se bajó. Solo queda una opción. —Su voz era más firme ahora, pero todavía estaba llena de dolor. Dolor con el que viviría el resto de su vida. Ambos lo harían.

—Todavía no entiendo.

—Creen que vio las noticias en la televisión del barco. Para entonces ya habían emitido la alerta pública y había imágenes de él por todas partes.

Sabía que la policía estaba tras él. Igual pensó que no tenía escapatoria —continuó Sam.

Ámbar guardó silencio. Sentía que la frustración volvía a salir a la superficie.

—¿Escapatoria de qué? ¿Qué hizo? ¿No me estarás diciendo que crees que mató a ese tipo?

Hubo otro silencio, uno largo, antes de que Sam volviera a hablar.

—Tienen sus huellas en varias partes de la bomba que han recuperado, Ámbar. No creo que estén mintiendo al respecto. No creo que puedan.

Ámbar volvió a sentir el vértigo. Recordó la historia que Billy le había contado sobre cuando era un bebé y habían acusado a Sam, de manera falsa, de ahogar a su hermana. La policía, junto con la adinerada familia de la madre de Billy, había unido fuerzas para protegerla a ella, la verdadera culpable. Eso demostraba que la policía podía mentir. Pero Ámbar decidió no mencionarlo. ¿Para qué aumentar su dolor? Y por qué iban a mentir en este caso. No tenía sentido. Pero nada tenía sentido, se habían vuelto todos locos. Era una pesadilla.

Billy nunca fabricaría una bomba.

¿O sí?

No dijo nada, pero los pensamientos y recuerdos sobre su amigo revoloteaban en su mente. Billy era... impulsivo, descuidado. Actuaba según su propia brújula moral de lo que estaba bien y lo que estaba mal, que tenía poco que ver con la ley. Y era cierto que se había opuesto con todas sus fuerzas a la ampliación de la planta química; había presionado para que los carteles fueran mucho más duros. Pero de una campaña de carteles a una bomba había un abismo. ¿Y por qué? ¿Cuál era el objetivo? A Ámbar no le quedaba duda de que Billy era capaz de construir una bomba, sabría cómo hacerlo y podría encontrar los materiales. Por supuesto que sí. Billy era así de brillante. Podía hacerlo como un proyecto para la hora del almuerzo.

Ámbar quería colgar el teléfono, cortar de alguna manera con esta locura. Pero sabía que eso no terminaría nada. El dolor, las preguntas, seguirían ahí.

—Billy nunca volaría a un guardia de seguridad —dijo al final, con más firmeza de la que de verdad creía.

Otra pausa, y Ámbar supo que Sam perseguía los mismos pensamientos retorcidos en su mente que ella.

—Eso lo sé. Al menos no lo haría de manera deliberada.

* * *

No había habido ninguna operación de búsqueda y rescate. Cuando concluyeron que Billy se había tirado al agua ya había pasado demasiado tiempo. La temperatura era demasiado fría y no se sabía dónde había caído, lo que significaba que el área de búsqueda era demasiado grande. No obstante, el padre de Billy se hizo a la mar, junto con casi toda la flota de pescadores de Holport, y trató de llevar a cabo su propia búsqueda, tanto cuando aquella fría tarde se convirtió en una noche negra, como desde el gélido amanecer del día siguiente. Pero no encontraron nada, y los que salieron a buscar sabían que para aquel entonces era solo un cuerpo lo que buscaban.

En los días que siguieron a la desaparición de Billy, Ámbar estaba aislada del mundo. Sabía que debía de haber algún error y esperaba la confirmación. Pero cuando la agente del FBI vino a entrevistarla, una mujer que afirmaba haber conocido a Billy hacía varios años, le dijo explicó que ella misma había estado en el puerto del ferri, que había dirigido el registro del barco y que no había forma posible de que se hubiera bajado. Y, sin embargo, todavía había algo a lo que podía aferrarse: una de las preguntas de la agente era si Billy había hecho algún intento de contactar con ella desde aquel día. Eso demostró que ellos tampoco estaban seguros al cien por cien, al menos no en ese momento. En los días siguientes sintió, más que vio, la presencia de otros agentes posicionados en la puerta de su apartamento, siguiéndola al trabajo. Vigilando. Si la estaban vigilando es porque no estaban seguros. Querían estar seguros de que había muerto.

Varios días pasaron con rapidez y no hubo contacto con Billy. Y, o los vigilantes del FBI habían mejorado su forma de esconderse o habían decidido dejarla en paz. La escasa posibilidad de que se hubiera cometido un error parecía contraerse cada vez más hasta desaparecer por completo. Ese invierno vino frío y amargo. Billy no estaba en la isla. No estaba en el barco de su padre. No estaba en su apartamento de la universidad. No estaba en ningún sitio. Y aunque comprobaba su teléfono cientos de veces al día, la invadía el pánico si alguna vez bajaba del treinta por ciento de batería, por miedo a que perdiera la oportunidad de contactar con ella. Nunca lo hizo.

Pasó una semana. Luego dos. Luego tres semanas. Y todavía nada. Excepto la llamada de Sam.

—No tienes que hacerlo, si no quieres —repitió Sam repitió—. Me refiero a lo de hablar en el funeral. Pero por favor, ven. No sé si habrá muchos que lo hagan.

CAPÍTULO CINCUENTA

CUANDO LLEGÓ EL DÍA, la pequeña iglesia estaba vacía en sus dos terceras partes. Es casi seguro que habría estado más llena si los medios de comunicación de la isla no se hubieran dedicado en las semanas anteriores a describir a Billy Wheatley como a un asesino a sangre fría. Al fin y al cabo un muerto no puede demandar por difamación. Pero tal vez no hubiera estado llena de todos modos, Billy no era un chico que se desviviera por hacer amigos.

Pero fue una ceremonia extraña, sin ataúd ni cuerpo que enterrar o incinerar. Habían decidido de manera tácita no hablar de cómo murió ni del misterio aún no resuelto de por qué Billy había puesto una bomba en la planta química. En un principio, Ámbar le había dicho a Sam que no hablaría, pero mientras viajaba en el ferri, el mismo barco del que se suponía que había saltado Billy, cambió de opinión y escribió algo mientras estaba sentada en la cafetería, quizá en el mismo asiento que él había ocupado al descubrir que la policía sabía lo que había hecho. Ahora acariciaba el borde del papel, deseando haber tenido más tiempo para reflexionar sobre qué escribir y no haber tenido que hacerlo en un sitio tan emotivo y con un estado de ánimo tan aturdido. Apenas escuchó a Sam mientras hablaba, ni al sacerdote que oficiaba el servicio. Pero cuando este dijo su nombre, sí que lo oyó y casi sin darse cuenta se puso de pie y comenzó a andar hacia el altar.

Había un micrófono con un fino cable de metal que sobresalía de la madera del púlpito. Al principio se inclinó hacia él, se acercó demasiado y sus primeras palabras se deformaron y resonaron en la pequeña iglesia. Se echó hacia atrás, sorprendida, y por primera vez miró al público. La mayoría de los asientos estaban vacíos, y los que no lo estaban eran en su mayoría trabajadores: pescadores de Holport a los que Billy había dado la lata durante años, preguntándoles qué estaban pescando y dónde para poder trazar un mapa de las especies, y a los que así había llegado a conocer. Estaban también su madre y su hermana, y por supuesto, la pobre Grace lo estaba llevando peor que nadie. Había venido el antiguo profesor de ciencias de Billy del instituto. Fue él quien recomendó a Billy que se saltara un año de instituto y se fuera a la universidad antes, ya que se estaba aburrido del trabajo demasiado fácil del instituto. ¿Había sido esa decisión la que le condenó? ¿O había sido la caída de Billy obra suya? La policía también vino, varios agentes estaban sentados al fondo, observando. Observando sin parar. Querían estar bien seguros. Se dio la vuelta, viendo lo que ellos estaban viendo. El fondo de la iglesia, el pequeño altar. El cura de pie con las manos cruzadas delante de él, esperándola. Desplegó su papel, empezó a llorar y comenzó a leer.

* * *

Cuando terminó, fueron a casa de Sam en Littlelea. Algunas de las esposas de los pescadores habían cocinado y había demasiada comida para la docena de personas que se presentaron. Todo el tiempo Ámbar siguió deseando que esto fuera un error. Que de alguna manera esto no podía ser real, pero no podía ignorar lo que veían sus ojos y oían sus oídos. Cuando supo que quería irse de allí se sintió en cierto modo irrespetuosa, y decidió que debía quedarse hasta el final, pero Sam intuyó cómo se sentía y sugirió a su madre que la llevara a casa. Y así, Ámbar se marchó, sentada en el asiento de atrás con Grace para dejar que la niña descansara contra su costado mientras se alejaban. Cuando regresó a la casa de su infancia, donde su dormitorio seguía siendo el mismo de siempre, lloró y lloró y lloró, hasta que no hubo más lágrimas dentro de ella y se sintió vacía.

CAPÍTULO CINCUENTA Y UNO

NO TENÍA mucho sentido quedarse aquí, así que al día siguiente del funeral reservó una plaza en el ferri de vuelta. Su empresa le había dado unos días libres por motivos personales y no tenía que regresar aún, pero no parecía dar con ninguna razón para retrasar su vuelta. En todo caso, prefería la idea de estar en el trabajo, junto a personas que no habían conocido a Billy y que, por lo tanto, no llorarían su pérdida. Esperaba que su preocupación por otros temas fuera contagiosa.

Tomó el autobús desde Newlea hasta la terminal del ferri en Goldhaven, y cuando llegó se sentó, temblando de frío, en la parada para pasajeros a pie del puerto. El ferri tardó en llegar, vio cómo aparecía por el horizonte y crecía poco a poco. Recordó la última vez que había cogido el ferri de la isla, aquella vez habían sido ella y Billy los que llegaban tarde, apurando el paso con Sam en su camioneta, y subiendo a toda prisa en el último momento. Ahora observaba cómo el transbordador disminuía su velocidad al atravesar los muros del puerto, con sus grandes motores removiendo los sedimentos del fondo. El ferri se acercó al muelle donde los operarios arrojaron los delgados cabos de amarre y allí los sujetaron hasta que izaron los cabos, mucho más gruesos. Colocaron la pasarela y, al cabo de unos minutos, los pasajeros comenzaron a salir, mientras las enormes puertas de proa del barco descargaban coches y camiones. Aun así, pensó en Billy, en lo que le había dicho, en Fonchem y en su campaña para detenerlos. La atormentaba la idea de que pudiera haber hecho algo tan radical y tan estúpido como poner una bomba. No tenía sentido. Nada de eso tenía sentido.

Se le había ocurrido una idea, un pensamiento que revoloteaba en su cabeza, aunque tampoco tenía sentido… Sam habría dicho algo, Billy habría dicho algo, si fuera cierto que no se había marchado para siempre. Pero… pero aunque solo hubiera una posibilidad, ¿no debería comprobarlo? ¿Antes de volver al día a día de su vida, antes de intentar olvidarse de él y seguir adelante? El flujo de vehículos que abandonaban el barco se redujo por fin desapareció, entonces ocurrió lo contrario, entraron nuevos vehículos, listos para el viaje de vuelta. Los pasajeros de a pie que la rodeaban se habían puesto en fila, listos para subir a bordo. Pero Ámbar no estaba entre ellos. La inercia la dejó sujeta al asiento de plástico mientras observaba cómo la fila avanzaba y luego desaparecía por completo, mientras subían a bordo. Se había quedado sola, era la última pasajera de a pie en la parada. Se sentía como si fuera la última persona viva del planeta. El sistema de megafonía emitió un anuncio, la última llamada para que los pasajeros de a pie subieran a bordo. Al final, Ámbar se puso en pie. Se echó la mochila al hombro y se dirigió a la pasarela. Pero justo antes de pisarla se detuvo.

—Ay, joder —dijo, a nadie más que a ella misma. Y se dio la vuelta.

CAPÍTULO CINCUENTA Y DOS

HABÍA un autobús de vuelta a Newlea, pero no llegaba hasta dentro de media hora, y le tocó esperar de nuevo en la desolada parada hasta que llegó. Los escabrosos colores de un mapa turístico la miraban desde el cristal del refugio, impreso para ayudar a los turistas a orientarse con la isla, y decorado con imágenes caricaturescas. Un par de niños jugando en las arenas de Silverlea, otros dos buscando plata en Northend. Unos hombres de dibujos animados pescaban en el muelle de Holport, mientras una imagen sobredimensionada y de aspecto amigable del ferri pasaba, con nubes de humo blanca que salían de la chimenea. Pero ella no se fijó en eso. En su lugar, tenía la mirada perdida en los huecos entre los dibujos animados, entre las ciudades y los lugares a los que acudían los turistas. Estaba pensando.

Cuando por fin llegó el autobús, se sentó en la parte de atrás, aunque estuviera casi vacío. Utilizó su teléfono móvil para llamar a su antigua amiga del colegio y vecina, Kelly. Ámbar nunca había sido popular en el colegio, pero Kelly y ella se habían hecho medio amigas, sobre todo porque vivían en la misma calle. Ámbar le explicó muy poco sobre la situación, pero le rogó que le prestara el coche, solo sería un día. Por suerte, Kelly no lo necesitaba esa tarde y aceptó. Ámbar le dio las gracias y colgó.

Media hora después, Ámbar volvía a entrar en su antigua calle. Grace estaba en el colegio y su madre en el trabajo, así que la casa estaba vacía. Aun así, se encontró subiendo por el camino. Entró, subió las escaleras y dejó el bolso sobre la cama. Pero al salir de la habitación se vio a sí misma en el espejo de la pared. Se detuvo, frunciendo el ceño ante su reflejo. Luego se sentó en la cama y se quitó las botas. Las inspeccionó, una tras otra. Parecían muy normales y estuvo a punto de ponérselas de nuevo. Pero algo la detuvo. En lugar de eso, abrió el armario y rebuscó en el fondo hasta encontrar otro par, un par más viejo que no había metido en la maleta al mudarse a su nueva vida en el continente. Reprimiendo la sensación de que se estaba volviendo loca, se las puso y volvió a colocar las botas más nuevas en su sitio. Luego pensó. Si valía la pena hacer esto, valía la pena hacerlo bien.

Echó un vistazo a su antigua habitación durante un instante, luego bajó las escaleras y entró en la cocina. Rebuscó en el cajón desastre, ese cajón en el que guardaban chismes que no tenían otro lugar donde poner, y por fin encontró lo que buscaba: la pequeña púa de metal para extraer tarjetas SIM de los móviles. Tuvo que prestar atención pero pronto se encontró con el pequeño chip rectangular en la mano. No estaba segura de que fuera suficiente, así que buscó un poco de papel de plata, lo envolvió, y lo guardó con cuidado en su bolso. Luego volvió a pensar y decidió que estaba satisfecha.

Fue todo lo imprecisa que pudo ser con Kelly, le explicó que tenía algunas cosas que hacer antes de salir de la isla. Kelly no sospechó en absoluto, ya se habían prestado los coches antes, la red de autobuses poco regular de la isla tendía a fomentar esa generosidad. Ámbar prometió que se lo devolvería, a más tardar, por la tarde, cuando Kelly tenía que ir a trabajar. Y con eso se puso en marcha.

Habría tardado mucho más de una tarde en buscar en todas las calas y arroyos de la isla: la costa este estaba plagada de acantilados y cuevas, y la costa oeste estaba llena de calas pantanosas, pero Ámbar tenía una ventaja. Había solo un sitio que necesitaba comprobar. No creía que fuera a encontrar nada, pero, no obstante, quería mirar.

Cuarenta minutos más tarde, se desvió de la carretera y entró en una pista de barro. La temperatura era más cálida ahora, la nieve había desaparecido y había sido sustituida por profundos charcos marrones que tuvo que sortear por miedo a dejar el coche de Kelly hundido hasta los ejes. Mientras conducía, no pudo evitar recordar las otras veces que había estado aquí. La primera vez habían ido en la parte trasera de una furgoneta, con los secuestradores que se habían llevado a su hermana. Aquello parecía haber ocurrido hacía mil años y era algo que, como era lógico, había intentado olvidar. La segunda, hace poco menos de un año, había sido con Billy, después de que éste le revelara por fin su último proyecto secreto.

Y, para variar, era de verdad un proyecto genial, al menos según su opinión. No se trataba de rescatar a una población de crustáceos, ni de contar huevos de las gaviotas, sino de algo muy interesante. Hacía unos años, ambos habían ayudado al padre de Billy a montar un negocio de avistamiento de ballenas, y una de las ventajas, bastante importantes, era que podían utilizar el barco cuando no lo necesitaban para el negocio. Por desgracia, ese barco, La Dama Azul, ya no existía y su sustituto, La Dama Azul II, era demasiado grande y caro para el uso recreativo general. Eso había sido un mal golpe en especial para Billy, que siempre parecía tener alguna razón para necesitar estar en el agua. Durante semanas y semanas ella había sabido que Billy y su padre estaba tramando algo a sus espaldas. Al final le revelaron lo que era.

Recordó ahora el brillo en los ojos de Billy cuando Sam los trajo aquí. Entonces también había charcos, pero él lanzó la camioneta a través de ellos sin preocuparse, y salieron al final del carril con agua fangosa corriendo por los lados. Pero Ámbar apenas se había dado cuenta. Sabía qué era lo que tenía que ver. El Puerto del Obispo era uno de los lugares más pequeños de la isla de Lornea y consistía en un pequeño cobertizo de madera para pequeños botes, un desvencijado embarcadero de madera que se extendía hacia uno de los innumerables arroyos de la isla, y el largo y solitario sendero que acababan de recorrer. No había nada más, ni ningún otro edificio en varios kilómetros a la redonda. Excepto que ahora había algo más. Un pequeño velero de madera estaba amarrado al final del muelle. Un velero que necesitaba una tonelada de trabajo.

—¿Qué es eso?

—Es mi barco —sonrió Billy—. Se llama La Carolina.

Ámbar no pudo evitar sonreír ante la idea. Aunque era una locura, el barco tenía unos veintisiete pies de eslora, y en el pasado habría sido una auténtica belleza. Pero ahora la pintura estaba descascarillada, el aparejo colgaba flácido y dañado. Varias de las ventanas de los ojos de buey estaban rotas o faltaban, y la cabina estaba cubierta con una lona negra y aceitosa. Ajeno a todo esto, Billy se dirigió hacia el muelle y saltó a bordo. El barco no se movió ya que la quilla estaba atascada en el barro.

—¿De dónde lo habéis sacado?

—Estaba abandonado. Encontré al anterior propietario en Internet y me dijo que podía quedármelo. No me cobró nada ¿No es increíble?

Ámbar le echó un vistazo, había tanto que hacer que incluso tendrías que pagar para que alguien se lo llevara.

—Supongo. Pero ¿por qué está aquí?

—Bueno, por eso es un secreto. Ya sabes lo que cuestan los amarres. No podemos permitirnos tenerlo en otro sitio. Pero nadie conoce este lugar.

Nadie viene aquí, así que es gratis, y hay un taller y todo. Es un escondite perfecto.

Volvió a mirar la casi ruina, tratando de verla a través de los ojos de Billy.

—Perfecto ¿para qué?

El plan, tal y como ella lo había entendido aquel día, era que Billy y su padre vendrían a arreglar el barco, a medida que tuvieran tiempo libre. Ella había protestado, diciendo que Billy no tenía tiempo libre dado que estudiaba dos años de instituto a la vez y tenía miles de otros proyectos, que eso superaría sus otras demandas de tiempo, más importantes. Y tal vez su falta de fe le había ofendido un poco, porque no le volvió a mencionar el velero, y ella no le había preguntado asumiendo que debía de ser uno de los proyectos que acababan a medio terminar y de los que se olvidaba con el tiempo. No sería el primero. Así que cuando se dirigió hacia allí no lo hizo con grandes esperanzas. Supuso que si La Carolina seguía ahí, se habría deteriorado aún más.

Llegó a la última cuesta que conducía al terraplén que impedía ver el agua. Contuvo la respiración al hacerlo. La imagen que tenía en la cabeza, la imagen que la había obligado a bajarse del ferri en primer lugar, era la de un velero restaurado, balanceándose sobre un agua plateada, tal vez con una brizna de humo que salía de una chimenea nueva de acero inoxidable que indicaba que una pequeña estufa de leña calentaba un acogedor camarote.

Los neumáticos del coche resbalaron un poco en la grava al subir el terraplén, pero aceleró y salió adelante. Se le hundió el corazón. El barco estaba allí, pero tenía el mismo aspecto que la última vez que lo había visto. Si acaso tenía peor aspecto, había más lona cubriendo maderas podridas y ventanas ausentes. Ámbar se quedó mirando un buen rato, con el motor aún en marcha. Luego lo apagó. Se hizo un silencio repentino, que poco a poco se reveló que no era silencio después de todo, sino que se oía un gemido bajo del viento y el graznido solitario de algún pájaro marino. Si Billy estuviera con ella le habría dicho de qué tipo.

Se echó a llorar. ¿Qué esperaba al venir aquí? Un milagro, eso era. Que la policía, el FBI, el padre de Billy... que todos estuvieran equivocados y que Billy, de alguna manera, pudiera seguir vivo. Que el mejor amigo que había tenido, el chico al que supuso que querría como a un hermano durante toda su vida estuviera aquí, escondido y viviendo la vida como siempre lo había hecho. Pero era una tontería. Por supuesto que no era real. La policía no se había equivocado, el FBI no se había equivocado. Lo vieron entrar en el ferri y vieron que no se bajó. Salió de repente del coche, necesitaba que el viento frío le quitara de la cara el flujo de lágrimas que brotaban de sus ojos. Sus pies parecieron llevarla de manera automática hasta el embarcadero donde continuaron por sus desvencijadas tablas de madera. Cogió una piedra mientras caminaba, sin saber por qué, pero sabiendo que tenía la intención de estrellarla contra el barco, para condenarlo por haberle dado falsas esperanzas. Se acercó a La Carolina, levantó la roca y en ese momento deseó haber cogido varias más. Antes de lanzarla vio que se había hecho algún trabajo en el velero. Tal vez había sido el padre de Billy ya que parecía bien hecho. Se preguntó qué haría Sam con el barco ahora. ¿Terminaría de restaurarlo ahora que Billy estaba muerto y no tenía uso para él? ¿Qué iba a hacer ella misma ahora con su vida?

No tiró la piedra al barco. En su lugar, dejó que se le escapara de los dedos y cayera al agua turbia.

El viento no había secado sus lágrimas, sino todo lo contrario. Fluían con plena libertad por primera vez desde que se había enterado de la muerte de Billy. Tal vez porque era el primer momento en que se había creído de verdad que Billy ya no estaba con ella. Ahora que había mirado a Sam a la cara, ahora que había ido al funeral, ahora que había venido hasta aquí y había comprobado que no se escondía en ninguna parte. No estaba escondido trabajando en su proyecto secreto, sino muerto. Ahogado. Desaparecido. ¿Cómo se suponía que iba a seguir adelante ahora que Billy se había ido?

—¿Puedes dejar de llorar, por favor?

Las palabras, que surgieron de la nada, la detuvieron en seco. Miró a su alrededor. No había nadie. Ni en el muelle, ni en el barco. Entonces, la lona del barco se alzó y apareció la cabeza de Billy, con una expresión de frustración e irritación en el rostro.

—¿Y de quién es ese coche? ¿Por qué no has venido en el coche de tu madre? Estaba pendiente de ver ese.

Ámbar se quedó sin palabras. Era incapaz de formar una sola palabra.

—Será mejor que me des tu teléfono. Puedo codificar la señal para que nadie sepa que has venido, pero solo puedo retroceder media hora.

Salió por completo de la lona y se puso de pie en la cabina. Tenía el pelo revuelto. Extendió la mano.

—¡Venga! Te van a rastrear. Tengo que ser rápido para aprovechar el retraso de los datos. Puedo hacer que parezca que estás en casa.

—¿No estás muerto? —Ámbar se las arregló por fin para preguntar. Con el dorso de la mano se limpió las lágrimas de las mejillas.

—No. ¿Por qué has tardado tanto en venir? —Billy parecía irritado de nuevo—. ¿Puedes darme tu teléfono, por favor?

Sin dudar se lo entregó, y Billy desapareció de la vista, apartando más lona y dejando al descubierto los escalones que bajaban al camarote. No le dijo que subiera, pero al cabo de unos instantes lo hizo de todos modos. Esta vez, cuando pisó la cubierta de madera, ésta se inclinó un poco bajo su peso. La Carolina estaba a flote.

Levantó la lona y miró debajo. Entonces se quedó sin aliento. El interior del velero, que había sido un desastre de cables eléctricos enrollados, madera deformada y moho, con un centímetro de agua aceitosa chapoteando en el suelo, se había transformado por completo. Tenía un aspecto pulido y hermoso, casi restaurado del todo. Su distribución no se parecía en nada a la de cualquier barco en el que hubiera estado antes, sino que se asemejaba más a una sala de control de alta tecnología, parecido al interior de una de esas furgonetas que se ven en las películas que utilizan para dirigir situaciones de secuestros o vigilar en secreto a una banda de mafiosos. Había tres pantallas de ordenador sobre la mesa del salón, cada una de las cuales al parecer ejecutaba un programa diferente. El propio Billy estaba sentado frente a ellas, con el teléfono de Ámbar en las manos y una mirada desconcertada.

—¿Dónde está la tarjeta SIM?

—La he sacado.

—Oh.

—¿Funciona así? ¿Pueden rastrear el teléfono sin la tarjeta?

—No deberían. Pero por si acaso, es mejor envolverla en papel de plata.

Ámbar abrió su bolso, y tras rebuscar un poco, sacó la tarjeta SIM, que ya había envuelto en papel de plata en su casa. La levantó para mostrársela.

—Muchas gracias. —Billy se la quitó y la desenvolvió. Luego la introdujo en una máquina que reconoció ya que se la había mostrado antes, era un lector de tarjetas SIM externo. No recordaba por qué lo tenía. Luego se dirigió a uno de los ordenadores portátiles, que estaba conectado por cable al lector. Un momento después levantó la vista.

—¿Sacaste la tarjeta en tu casa?

—Sí.

—Chica lista. —Extrajo la SIM y la envolvió de nuevo en el papel de aluminio. Luego la cogió, junto con el teléfono, y abrió un pequeño horno microondas que ocupaba casi todo el espacio de la cocina. Los metió dentro y cerró la puerta.

—También me he cambiado las botas. Por si tenían micrófonos.

Billy frunció el ceño ante esto, como si no fuera algo que hubiera considerado. O al menos, así se lo tomó Ámbar.

—No has dicho de quién es el coche. Quizá no pase nada, porque veo que no te han seguido. Te estaba viendo venir por el carril. —Tocó un par de teclas y una de las pantallas cambió para mostrar dos imágenes de la carretera por la que acababa de pasar.

Ámbar les echó un vistazo, pero no las miró.

—Pero igual deberías moverlo. Apárcalo detrás del cobertizo.

Ámbar le ignoró. En su lugar, observó el increíble interior del pequeño velero, que ya no era una ruina, y miró a su amigo, que se suponía que estaba muerto.

—Billy, ¿qué leches está pasando?

CAPÍTULO CINCUENTA Y TRES

NO DIJO NADA. No quiso responder a ninguna pregunta hasta que volvió al coche y lo trasladó detrás del cobertizo de madera donde no lo viera nadie que pasara por el camino. Cuando regresó, vio que había puesto una cafetera en la estufa y estaba preparando dos cafés.

—Billy, tienes que decirme qué está pasando. Pensaba que estabas muerto —dijo Ámbar, mientras se sentaba.

—¿La lona está bien extendida? —respondió.

—Sí. Y he movido el coche y no hay nadie en varios kilómetros a la redonda, y parece que podrás rastrearlo si alguien se acercase y, por lo que veo, lanzar misiles y todo—añadió Ámbar—. Ahora dime qué demonios está pasando. De verdad pensé que te habías suicidado.

—No, no es así —respondió Billy de inmediato mientras medía tres cucharadas rasas de café en polvo y doblaba el paquete con cuidado, luego lo envolvió con una banda elástica y lo guardó en un armario de madera.

—¿Qué?

—Que en realidad no pensabas que estaba muerto. Si así fuera no habrías venido hasta aquí. Y no le habrías hecho eso al móvil. —Se giró para mirarla —. De hecho estoy un poco molesto porque hayas tardado tanto en venir.

La boca de Ámbar formó una palabra de protesta, pero no salió. La dejó caer.

—¿Por qué no me lo dijiste?

—¿Cómo iba a hacerlo?

—No lo sé. Me podías haber llamado o mandarme un correo electrónico. Algo...

—No podía. Si hubiera hecho cualquiera de esas cosas lo habrían sabido. Te están vigilando a ti, a papá y a mí, o al menos a todas mis antiguas cuentas, que es lo único que creen que queda de mí. Pensé en enviarte un mensaje codificado, pero el FBI tiene gente mucho más inteligente que tú. Habrían descifrado el código antes de que tú lo consiguieras. Entonces habrían sabido que estoy vivo y en poco tiempo habrían encontrado este lugar. Y no puedo dejar que eso ocurra. No hasta que tenga suficientes pruebas.

—Bueno, gracias por lo que me concierne —respondió Ámbar.

Billy se giró para mirarla con gesto confuso y luego se volvió hacia el café.

—Espera. —Ámbar lo detuvo—. Ve más despacio. No entiendo nada.

—Ya lo sé. —Billy frunció el ceño—. Por eso estoy haciendo café. Necesito explicarlo todo.

Sirvió dos tazas y le entregó una a Ámbar, que se sentó. La cabina era cálida y acogedora, a pesar de los ordenadores que había por todas partes.

—¿Qué es todo esto? —empezó ella, echando un vistazo a su alrededor.

—Son cosas viejas que teníamos en el desván. Papá lo bajó todo.

—¿Tu padre? ¿Así que él lo sabe? ¿Lo de que estás vivo?

—Por supuesto que lo sabe.

—Pero... Pero acaba de organizar un funeral, por tu muerte.

—Ya. Te lo he dicho. Tenemos que hacer que parezca que estoy muerto de verdad, sino me encontrarán.

Ámbar hizo una pausa para tomar un sorbo de café. Tenía un sabor amargo, pero apreciaba la inyección de cafeína que le proporcionaba. Por un segundo sonrió, preguntándose si debía pellizcarse, pero sabiendo que no era necesario. Esto era demasiado extraño para ser un sueño. Billy estaba vivo.

—¿Quién te va a encontrar? ¿Quién te vigila?

—El FBI. Si hubiera sido un asesinato normal, estaría en manos de la policía de la isla, pero como fue una bomba, lo clasifican como terrorismo doméstico, y eso es un delito federal.

La forma despreocupada en la que hablaba de ello le recordó a Ámbar lo que le habían acusado de hacer, algo que ella solo había conseguido suprimir, porque era demasiado horrible para pensar en ello. Pero ahora, aquí, sabía que tenía que afrontarlo.

—El atentado... Billy... ¿lo hiciste...? Quiero decir...

—¿Lo hice yo? Por supuesto que no. ¿Por quién me tomas? Fueron James y Óscar. ¿Te acuerdas de ellos?

Ámbar lo miró a los ojos. Tardó más de un instante en situar los nombres.

—¿Esos dos capullos ricos con los que andabas? ¿Los que conocí en el restaurante? ¿Por qué? No entiendo nada. —Un recuerdo flotó en su mente. Le había dicho esas las mismas palabras al padre de Billy, hacía solo unos días—. Billy, tienes que explicármelo todo.

—¡Me estoy explicando, pero eres tú la que sigue interrumpiéndome! —Billy hizo una pausa para tomar un sorbo de su café—. Dime, no has traído comida, ¿a qué no? Tengo que racionar todo lo que tengo, papá no puede venir muy a menudo o podría llamar la atención.

Ámbar consideró responder, pero decidió no hacerlo. En su lugar, trató de averiguar qué era lo que más necesitaba entender para darle sentido a todo esto.

—¿Por qué estaban tus huellas en la bomba que mató al guardia de seguridad?

Billy apretó los labios y frunció ceño antes de responder.

—Bueno, en realidad no estaban. Pero supongo que me engañaron.

—¿Qué significa eso? —Ámbar se encogió de hombros sin poder evitarlo—. ¿Qué quieres decir...?

—No estaban en la bomba, solo en la carcasa exterior. Usaron una olla a presión. Son bastante buenas para eso porque al principio contienen la explosión durante unos microsegundos, pero cuando explotan aumentan el estallido, es algo así como un efecto magnificador.

Ámbar esperó hasta que pareció que había terminado.

—¿Y tus huellas dactilares?

—Ah, eso. Sí, toqué la olla. James y Óscar me invitaron a cenar, en el apartamento de James y cocinaron con una olla a presión. En ese momento pensé que era raro, pero no entendí por qué. Me hicieron recogerla y supongo que debieron tener mucho cuidado de no tocarla ellos mismos. Luego pusieron la bomba dentro, así que las mías fueron las únicas huellas dactilares que había.

—Ya —dijo Ámbar con lentitud—. Y ¿por qué?

—No lo sé. Eso es lo que estoy tratando de averiguar. —Billy volvió a sus ordenadores y tecleó con rapidez.

—¿Pero tú plantaste la bomba? —continuó Ámbar—. La agente del FBI dijo que saben que estuviste allí. Que usaste un carné falso para alquilar un coche y reservaste un billete de ferri.

—Mmmm, sí. Más o menos.

—¿Así que estuviste allí y pusiste la bomba?

—No. Ya te lo he dicho. No sabía que había una bomba. Cuando ocurrió la explosión pensé que debía haber habido un accidente en la fábrica.

—¿Pero qué hacías allí?

Esta vez Billy respiró hondo y se lo contó todo. Le explicó lo del plan de sobrevolar con el dron el emplazamiento de Fonchem, utilizar una cámara de infrarrojos para identificar la supuesta fuga y luego enviar las pruebas a la televisión y los periódicos de la isla, con lo que intentaban influir en la reunión pública para decidir la ampliación de la fábrica. Ámbar escuchó con atención, haciendo preguntas cuando Billy se mostraba confuso o se saltaba algún detalle importante, lo cual ocurrió un par de veces.

—¿Pero qué tenía eso que ver con James y Óscar? No creí que les cayeras bien. Desde luego, no parecía que a ti te cayeran bien.

—No, no me caían bien. Y yo a ellos tampoco. Pero durante una temporada pensé que no estaban tan mal. Ya te he dicho que me engañaron. Creo que tiene que ver con Lily.

—¿Lily?

—Te acuerdas...

—¿De la jodida niña rica?

Billy se giró con brusquedad.

—No es una jodida niña rica.

Ámbar captó el cambio en su tono, pero decidió que se preocuparía por eso más tarde.

—Lo que sea. ¿Qué tiene ella que ver con esto?

—Nada. Nada en absoluto. Al menos no lo creo. Es que cuando empecé a salir con ella, James se puso celoso y fue cuando planeó tenderme una trampa.

—¿He oído bien? —Ámbar lo detuvo—. ¿Acabas de decir que empezaste a salir con la jodida niña rica?

—Ya te he dicho que no es…

—De acuerdo. Está bien, está bien. Pero aun así. ¿Cómo coño te las arreglaste para salir con ella? Ella es como…

—¿Qué?

Ámbar no respondió, así que Billy la presionó.

—¿Ella es como qué?

—No lo sé. —Ámbar apartó la mirada.

—¿Es que acaso crees que no soy lo suficientemente bueno para ella?

—Joder, no. —La cabeza de Ámbar volvió a girar—. Ella no es lo suficientemente buena para ti. Pero aun así, te esperas que alguien como ella salga con un tipo determinado. Y ese tipo no eres tú.

La tensión en Billy pareció aliviarse un poco.

—Mira, cuando dices lo de salir con ella... ¿de qué estamos hablando? ¿Salisteis...? —La voz de Ámbar se apagó y cuando Billy se limitó a devolverle la mirada, con la frente aún arrugada y oscura, se limitó a preguntarle sin rodeos—. ¿Os habéis acostado?

Tras una pausa, Billy asintió.

—Joder, Billy. ¿Y ella solía salir con James, el tío guapo y arrogante?

—Yo no creo que sea tan guapo.

Ámbar lo dejó pasar. Trataba de recapitular en su mente. Seguía sin tener sentido.

—Pero el agente del FBI me dijo que pensaban que este atentado era el último de una serie que se remontaba incluso a antes de que empezaras en la universidad. Eso es antes de que conocieras a esta Lily, así que no pudo ser para inculparte. ¿Por qué lo harían?

—No lo sé. Estoy intentando averiguarlo, pero hay muchas cosas que no tienen sentido. Por eso me alegro de que, por fin, estés aquí.

Ámbar levantó su taza solo para descubrir que el café se había quedado frío. No tenía ni idea de cuánto tiempo llevaban hablando. Volvió a ponerla en la mesa y Billy, cuando notó el problema, la cogió y la llevó al pequeño microondas. Sacó el teléfono y la tarjeta SIM y calentó el café. Mientras Ámbar esperaba, se levantó y se estiró, sus dedos tocaban sin dificultad el techo de la cabina.

—¿Cómo llegaste hasta aquí? —preguntó cuando Billy puso de nuevo el café frente a ella—. Todo el mundo cree que estás muerto porque te subiste al ferri pero no te bajaste. ¿Te tiraste al agua?

—No. Hacía mucho frío para eso. Habría muerto seguro.

—Entonces, ¿cómo...?

—Estaba muy asustado. Cuando estábamos esperando para probar el dron tuve la sensación de que algo raro pasaba, y decidí que no iba a tener nada más que ver con James y Óscar. Había algo con ellos que no me cuadraba. Pero no tenía ni idea de lo que estaba pasando en realidad. —Billy hizo una pausa. Se levantó, fue a un armario y sacó un paquete de galletas—. Las estaba guardando para una ocasión especial. Supongo que esto cuenta como tal.

Se las ofreció a Ámbar pero las rechazó con la mano.

—¡Venga!

Ámbar tuvo que esperar a que Billy cogiera y mordiera una de las galletas. Cuando continuó la explicación se le caían las migas de los labios.

—Cuando oí la explosión fui a mirar. Vi que alguien había muerto, me di cuenta de que era el guarda de seguridad por los trozos de chaqueta y estaba claro que no podía hacer nada para ayudar. Estaba bastante asustado, pensé que igual podría haber otra explosión, que la fábrica estaba volando por los aires. Y pensé que nos podrían echar la culpa, aunque no tuviéramos nada que ver. —Dio un gran suspiro y sacó una segunda galleta del paquete—. ¿Estás segura de que no quieres una?

—Estoy segura. Continúa.

—Vale. Volví al sitio donde habíamos aparcado el coche. Pensé que encontraría a James y a Óscar allí, esperándome. Pero no estaban. Esperé mucho tiempo. Fui a buscarlos. Entonces se me ocurrió que debieron de pensar que había muerto en la explosión, y como era yo quien tenía las llaves del coche encima, debieron haber intentado escapar a pie, en mitad de la noche, cuando hacía un frío de mil demonios.

Ámbar no vio la relación de esto con su pregunta original, pero no lo interrumpió. Las respuestas de Billy solían tener una forma de llegar por rutas que ella no esperaba.

—Conduje de vuelta a casa, a Littlelea. Pensé que podrían encontrar el camino hasta allí, aunque está a varios kilómetros de distancia. Pero no lo hicieron, esperé toda la noche, y la mañana siguiente. Luego fui a coger el ferri para el que teníamos los billetes de vuelta. Rezaba para encontrarlos allí, vivos, pero cuando llegué a Goldhaven miré por todo el puerto y no los vi por ninguna parte. Cuando subí al barco también busqué por todos los rincones, pero no los encontré. —Se detuvo.

—¿Y entonces qué pasó?

—No podía irme. Sentía que los estaba abandonando. Entonces vi mi cara en la televisión de la cafetería y no entendí qué pasaba. Pensé que estarían muertos, pero tenía que tratar de encontrarlos. Volví corriendo a la cubierta de coches para salir del barco, pero el coche estaba encajonado entre varios para aquel entonces por lo que no había forma de sacarlo. Así que en vez de eso salí corriendo del barco, justo antes de que cerraran las puertas de proa.

—¿Nadie te vio salir?

—Supongo que no. Ni siquiera intenté evitar a los trabajadores del ferri, pero estaban todos en el otro extremo del barco, así que nadie se dio cuenta de mi salida. Entonces me quedé atrapado. Entré en la terminal para ver si podía alquilar otro coche, pero tenían una televisión en marcha y en ella también aparecía mi cara, y ahí fue cuando vi a la policía diciendo que la explosión era de una bomba hecha con una olla a presión. Entonces me entró el pánico. No sabía qué hacer, qué significado tenía todo.

—¿Qué hiciste? —preguntó Ámbar después de un momento.

—Bueno, me di cuenta de que ya no iba a poder alquilar ningún coche. Y me di cuenta de que no necesitaba encontrar a James y a Óscar, ya que de alguna manera ellos lo habían planeado todo.

CAPÍTULO CINCUENTA Y CUATRO

—¿CÓMO has llegado hasta aquí? Habrá por lo menos treinta kilómetros de distancia.

—¡Ah! Eso fue bastante divertido, la verdad.

—¿Qué? —Ámbar se quedó mirándolo incrédula. Luego sacudió la cabeza y decidió tomar una galleta. Le dio un mordisco—. Anda, sigue.

—Bueno, sabía que venir aquí era lo mejor que podía hacer. Papá ya había terminado de arreglar la mayor parte del interior y se había quedado a dormir varias veces, así que había mantas y algo de comida. Pero no tenía medio de transporte y, como tú dices, es una caminata de treinta kilómetros y cualquiera podría verme.

—Entonces, ¿qué hiciste?

—¿Conoces el cobertizo para barcos en Goldhaven? Está pasando el antiguo muelle del ferri.

—No. —Ámbar levantó las cejas.

—Ya, bueno, pues hay un cobertizo allí con unos cuantos kayaks viejos y cosas almacenadas allí. Cogí uno de los kayaks.

—Pensé que habías dicho que el agua estaba demasiado fría.

—Así es, pero sabía que no me iba a mojar. El mar estaba tranquilo y quieto, y remar durante siete horas seguidas me ayudó a entrar en calor.

Ámbar suspiró.

—Vale, entonces robaste un kayak y remaste hasta aquí. ¿Qué hiciste después?

—No lo robé, lo tomé prestado. Papá ya lo ha devuelto y el dueño ni siquiera sabe que me lo llevé.

—Muy bien, tomaste prestado un kayak. ¿Entonces qué?

—Hice lo único que podía hacer: esperar. Supuse que papá o tú vendríais a buscarme en algún momento. Papá tuvo que esperar cuatro días hasta que la policía abandonó la vigilancia en la puerta de su casa. Para entonces ya casi me había quedado sin comida.

Ámbar miró a su alrededor y observó los ordenadores instalados. Una de las pantallas aún mostraba las imágenes de las cámaras del camino por el que había conducido.

—¿Y todo esto?

—Te lo dije, le pedí a papá que trajera todo mi viejo equipo informático. Necesitaba protegerme en caso de que la policía viniera a buscarme.

—Pero no puedes... quiero decir que no puedes quedarte aquí para siempre. ¿Por qué no vas a la policía? Diles que fueron James y Óscar quienes lo hicieron todo. Explícales lo de la olla a presión que me has contado.

—No es la policía, es el FBI —le recordó Billy, y ella lo fulminó con la mirada—. Vale, vale, no lo hago porque no puedo, al menos hasta que obtenga las pruebas que necesito. Lo cierto es que no sé por qué James y Óscar me han tendido esta trampa, pero está claro que esperan que los culpe. Están preparados para ello y han sido muy listos.

Ámbar sacudió la cabeza, confundida.

—¿Cómo han sido listos?

—Mira esto. —Billy cogió uno de sus ordenadores portátiles, y pasó unos momentos abriendo una página web—. Esta la página de Facebook de James. Lo publicó la noche que irrumpimos en el recinto lo que indica que debieron de haber planeado todo con antelación.

Ámbar miró la pantalla que mostraba una serie de fotografías publicadas en la cuenta de James, con el título: «De relax en casa». En las imágenes aparecían tres de ellos, James, Óscar y la otra chica, Billy le recordó a Ámbar que se llamaba Jennifer. Estaban sentados en un sofá, viendo una película y comiendo patatas fritas.

—He comprobado los metadatos de las imágenes, si es lo que estás pensando. —Billy puso cara de mala leche—. Los han cambiado y muestran la fecha y la hora correctas de esa noche. Por supuesto que no es difícil cambiar los metadatos, basta con programar la cámara con la fecha y la hora que quieres que muestre en las imágenes. Pero aun así, hay tres personas que dirán que estaban en Boston cuando ocurrió el atentado. Además, James y

Óscar dejaron sus teléfonos allí, así que sus los registros de los móviles también parecerán correctos. Como ya te digo, fueron bastante inteligentes.

—¡Aun así tienes que intentarlo! Tienes que decírselo a la policía, que oigan tu versión de los hechos.

Billy tardó en contestar.

—Quiero hacerlo. Pero piénsalo. ¿Qué va a pasar de verdad si lo hago? Esa bomba mató al guardia de seguridad, y yo soy la única persona vinculada a ella. Eso es un asesinato, además de terrorismo doméstico. De hecho, lo he investigado, y por cómo ocurrió lo clasificarán como asesinato con agravante. La sentencia es cadena perpetua sin libertad condicional. Además, pensarán que fingí mi propia muerte para escapar, lo que me hará parecer más culpable todavía. Y para más inri no tengo ninguna prueba de que James y Óscar estuvieran aquí conmigo, mientras que ellos tienen un montón de pruebas de que no estuvieron. Si voy a la policía ahora, me van a meter en la cárcel y no voy a salir por el resto de mi vida.

—Pero no puedes quedarte aquí sentado para siempre, fingiendo estar muerto. —La felicidad de Ámbar por encontrar a Billy vivo se estaba ahora transformando en una gran frustración por la cantidad de problemas que tenía. Recordó su entrevista con el FBI, la agente había parecido tranquila y decente, pero no había duda de que hablaba en serio. Por supuesto que lo procesarían. Tenían muchas pruebas, para ellos no había duda de que era culpable.

—La agente del FBI te conocía, por cierto.

—¿Ah sí? —Billy frunció el ceño, sorprendido por primera vez en la conversación.

—Te conoció hace unos años cuando te involucraste en ese caso de Olivia Curran. Me dijo que la última vez que te vio tenías once años.

—No conocí a ningún agente del FBI en ese caso. ¿Cómo se llamaba?

—No me acuerdo. —Ámbar buscó en su mente—. Ah sí, West, agente especial West.

—¿Jessica West? La inspectora Jessica West era de la policía, no del FBI.

—Habrá cambiado de trabajo. —Ámbar se encogió de hombros—. Da igual, el caso es que te conocía. Pensé que querrías saberlo.

Billy frunció el ceño pero no respondió.

—Entonces, ¿qué vas a hacer? —volvió a preguntar Ámbar al cabo de un rato—. No te vas a quedar aquí para siempre. —Ámbar estaba estresada porque tenía que devolver el coche a Kelly y explicarle a su madre por qué seguía en la isla. Pero sus propios problemas palidecían cuando los comparaba con los de Billy.

—No me pienso quedar aquí para siempre. Te estaba esperando porque tengo una especie de plan.

Hubo un cambio en su voz y Ámbar se puso en guardia.

—¿Qué plan? ¿Qué tengo que hacer?

Billy no le contestó, sino que se levantó de nuevo y se dirigió al camarote de proa; Ámbar vio que en su interior había un desorden de cajas de cartón y velas. Billy cogió una caja y la trajo de vuelta. La abrió delante de ella y Ámbar reconoció el contenido al instante.

—Oh, no. No empieces con esto otra vez.

CAPÍTULO CINCUENTA Y CINCO

HACÍA VARIOS AÑOS, cuando conoció a Billy por primera vez, crearon juntos una agencia de detectives privados. Por su parte, Ámbar estaba aburrida con el día a día de su vida y quería aprovechar la notoriedad que Billy había adquirido tras su participación en el caso de Olivia Curran. Era una tontería, juegos de adolescentes, aunque sí que es cierto que de alguna manera atrajeron a una cliente, una anciana rica y chiflada. El atractivo de ganar algo de dinero había mantenido a Ámbar interesada. Uno de los resultados de la locura que siguió fue que Billy desarrolló una obsesión por coleccionar todo tipo de equipos de espionaje. Tenía dispositivos de escucha, rastreadores de camuflaje y un montón de programas en lápices de memoria y CDs que ella no entendía en absoluto. Y, aunque durante un tiempo le había parecido genial, perdió el interés con bastante rapidez. Se imaginaba que Billy habría seguido jugueteando con esos chismes pero lo cierto era que llevaba un par de años sin ver nada de eso, pero ahora aquí estaba todo, amontonado en una caja.

—¿Qué es esto?

—Es mi viejo equipo de espionaje de cuando teníamos la agencia de detectives. Lo guardé todo por si acaso me venía bien.

—Ya lo sé. Me refiero a qué quieres hacer con él.

Billy no respondió al principio. Sacó de la caja lo que parecía un cargador de móvil, pero que, según sabía Ámbar, también grababa y transmitía audio en secreto desde donde estuviera enchufado.

—Lo ideal sería que te compraras unos nuevos. Estos ya están un poco viejos —continuó Billy—, pero creo que siguen funcionando.

Ámbar no respondió y Billy le recordó cómo funcionaban, mostrándole un dispositivo de carga de teléfonos móviles que escuchaba en secreto las conversaciones, y otro que era capaz de grabar vídeo.

—¿Pero qué quieres que haga con esto? —le interrumpió Ámbar.

—Lily vive en una casa enorme en Boston. Necesito que encuentres la manera de entrar y que plantes todo esto.

Ámbar se quedó en silencio durante unos segundos.

—¿Por qué? ¿No me dijiste que no tuvo nada que ver en todo esto?

—Sí, pero ha vuelto con James. Así que él estará allí y podría decir algo incriminatorio. Si lo hace, necesito grabarlo y llevarlo al FBI. Es la única manera que tengo de que me crean.

—¿Por qué iba a decir algo incriminatorio? ¿Es que ella sabe algo? —preguntó Ámbar, pero Billy negó con la cabeza.

—Sin embargo, podría decir algo de pasada. Deben de hablar de ello, y podría darnos una pista de lo que intentaban hacer, darnos algo en lo que podamos centrarnos. Está claro que sería mejor montarlo en el apartamento de James, pero no se me ocurre cómo vas a poder entrar ahí. Además, Óscar podría encontrarlo, es muy desconfiado.

—Dime, ¿cómo se supone que voy a entrar en su casa?

—Pues no sé, pásate por allí, di que necesitas hablar con ella. Que estás muy triste por mi muerte y que has oído que salíamos juntos. Puede que ella también se sienta triste.

Por la expresión de su cara, Ámbar se dio cuenta de que Billy necesitaba que esto fuera cierto.

—Pero ¿cómo voy a...? —agitó una mano sobre la caja de aparatos eléctricos—. ¿Cómo lo instalo? ¿Qué hago?

De inmediato, Billy pareció más feliz. Le mostró lo que tenía que hacer. Le explicó que el cargador de móvil eran lo más fácil de instalar ya que solo había que enchufarlos; estaban preprogramados para grabar y transmitir, siempre que captaran sonido, e incluso te podías conectar de manera remota y no se quedaban sin batería ya que se alimentaban de la red eléctrica. Pero eso no era todo lo que Billy necesitaba.

—Lo más difícil, pero también es lo más importante, es esto. —Alzó un lápiz de memmoria en la mano.

—¿Qué es eso?

—Es una maravilla. Tienes que instalarlo en su portátil y me permitirá ver todo lo que ha hecho, además de que puedo obtener más audio, ya que grabará dondequiera que lleve el portátil. Pero... —dudó un segundo.

—¿Pero qué?

—Bueno, debes tener cuidado. Lily no tiene el portátil más rápido de la historia de la informática, así que tardará unos dos minutos en instalarse y, mientras se esté instalando, será visible lo que estás haciendo. Así que tienes que asegurarte de que ella no vea lo que estás haciendo.

Después de eso sacó otra caja, esta vez una de una tienda y en ella había un teléfono móvil nuevo. Billy explicó que era un móvil de prepago que no estaba vinculado a nadie. En teoría, debería poder utilizarlo sin peligro de que lo rastrearan, aunque para estar seguros había instalado una encriptación simétrica, sea lo que fuera eso. Pero había una cosa más, algo que no parecía haber preparado. Billy le pidió que le comprara un nuevo ordenador. Escribió una lista de especificaciones y le dijo que lo mandara al Club de salvamento y socorrismo de Silverlea desde donde su padre podría recogerlo y llevárselo. Ámbar era su única opción ya que el FBI podría estar vigilando las compras de su padre.

Solo cuando se alejaba se dio cuenta de la importancia de todo lo que había hecho. Había conducido hasta allí, porque una pequeña parte de ella se preguntaba si había algún error, pero sobre todo porque necesitaba estar segura de que Billy había muerto, para permitirse empezar a llorar de verdad su muerte. Salía de allí con su mundo vuelto del revés, había accedido a un plan descabellado que no entendía y que temía que fuera inútil. Sin embargo, no sabía qué otra cosa podía hacer.

De vuelta a casa, su antiguo hogar, su madre se sorprendió al verla, pero Ámbar le explicó que no había conseguido subir al ferri y que, en cambio, necesitaba tiempo para pensar, para acostumbrarse al hecho de que Billy se había ido. No fue difícil mantener su rostro abatido y sombrío, como si de verdad estuviera muerto. La verdad era que podía no estar muerto, pero sí que estaba metido en un buen lío y parecía haber pocas posibilidades de que saliera de él. Si de verdad iba a hacer lo que Billy le había pedido eso la haría culpable de ayudar a un delincuente, cómplice del delito. No sabía cuál era la pena por ello, ni se molestó en buscarlo en internet.

En cambio, cuando estaba en su habitación, a última hora de la noche, puso las especificaciones del ordenador que Billy le había pedido en su ordenador. Tras unos instantes en los que intentó calmarse, le llamó al teléfono de prepago.

—¿Qué pasa? ¿Ya lo has comprado?

—¡No! Acabo de ver cuánto cuesta este ordenador.

—Ah, sí. Era el más barato que encontré.

—¡Cuesta siete mil dólares! Por un ordenador normal y corriente.

—Ya lo sé. Pero tienes el dinero que te dio papá cuando compró nuestra parte del negocio.

—Sí, pero me quedan justo siete mil dólares.

—Ya lo sabía, por eso he elegido ese ordenador. Me vendría bien uno un poco mejor, pero creo que podré incrementar su potencia haciendo unos arreglillos aquí…

—¡Billy! Son siete mil dólares. ¿De verdad necesitas un ordenador tan potente?

Hubo un silencio, y ella se lo imaginó allí sentado, rodeado nada más que de pantanos, en su pequeña burbuja tecnológica, intentando protegerse del peso de la justicia y del Gobierno. No entendía nada, pero se dio cuenta de que Billy estaba una situación muy lamentable.

—De acuerdo. Voy a comprarlo.

—Asegúrate de enviarlo al Club de salvamento y socorrismo de Silverlea. Tú has hecho algún que otro trabajo para ellos, así que no levantará sospechas.

Ámbar asintió y dijo que lo iba a encargar ahora. Luego se hizo otro silencio.

—Gracias Ámbar —dijo Billy al rato—. Gracias por creer en mí.

Luego se cortó la línea.

CAPÍTULO CINCUENTA Y SEIS

TUVO cuatro largas horas en el ferri al día siguiente para pensar en todo lo que había pasado. Cinco si incluía el autobús hasta allí y la espera para embarcar. Ámbar las utilizó para intentar dar sentido a lo que estaba haciendo.

No había duda de que creía a Billy. Al menos, creía que él no estaba detrás de los atentados. No dejaba de imaginar que podía estar involucrado en algún tipo de campaña contra Fonchem; el hecho de que aceptara sobrevolar el lugar con su dron lo demostraba. Pero plantar una bomba estaba a años luz de lo que Billy haría jamás. No, de ninguna manera. Billy nunca haría eso. Sin embargo, si sabía que James y Óscar eran los culpables de verdad era solo por lo que decía Billy y ella sabía muy bien que se había equivocado antes, tal vez en más ocasiones de las que había acertado. Pero a su vez, invitarlo a cenar, usar una olla a presión, que ellos le animaron a tocar, bueno, eso era bastante extraño y demasiada coincidencia dado que se usó una olla para transportar la bomba. Además, por supuesto, habían viajado con él a Lornea, al menos si Billy contaba la verdad. Aun así, seguía sin tener ni idea de por qué habían atacado la fábrica, y aunque era posible que el ataque fuera solo para inculpar a Billy, ese no podía ser el motivo de los anteriores atentados. Entonces, ¿qué significaba todo eso? Billy parecía no tener respuestas para esas preguntas. Ni siquiera parecía estar interesado.

¿Era posible que fueran a hablar de ese tema en casa de Lily? ¿Y que con ello se incriminaran? Posible era, pero parecía muy poco probable.

La pregunta que más la atormentaba era si debía involucrarse en el asunto. ¿De verdad iba a arriesgar su propio futuro para hacer algo que parecía muy poco probable de ayudar? ¿Y si la pillaban? ¿Y si la gilipollas de Lily la veía conectando los dispositivos de escucha o manipulando su portátil? Eso suponiendo que pudiera entrar en su casa o incluso encontrar el portátil. ¿Llamaría a la policía o al FBI? ¿Y qué harían ellos? A Ámbar no le hacía ninguna gracia pensar en eso, así que se centró en el problema más inmediato de cómo iba a llevar a cabo su plan. Lo único que tenía era una dirección de donde vivía Lily, y la insistencia de Billy en que tenía que poner los dispositivos en la cocina, donde Lily cargaba su móvil, y donde pasaba la mayor parte del tiempo.

* * *

Al día siguiente, se dirigió a casa de Lily en metro, con los dispositivos de escucha escondidos en el bolso. Subió y bajó la calle donde vivía dos veces antes de atreverse a subir los escalones hacia la puerta de entrada. Estaba hecha un manojo de nervios y el tamaño y posición de la casa en el mismo paseo marítimo no ayudaban. Era tal y como la había descrito Billy. Era temprano en la noche. Ámbar esperaba que Lily estuviera sola en ese momento ya que temía que solo tendría una oportunidad de entrar en la casa.

Tampoco sabía si Lily la iba a reconocer y por un momento pareció que no lo hizo. Abrió la puerta y frunció el ceño, las líneas de su frente se arrugaron. Ámbar notó las ojeras bajo sus ojos. Parecía menos perfecta que antes.

—¿Sí?

—Hola Lily.

Lily pareció hacer la conexión pero estaba claro que no se acordaba de su nombre, por lo que Ámbar continuó.

—Soy Ámbar, la amiga de Billy.

—Sí, me acuerdo de ti.

—Me preguntaba si podría hablar contigo. Va a ser solo un momento.

Lily no parecía muy convencida y por un instante Ámbar temió que le iba a cerrar la puerta en las narices, pero no lo hizo. Ámbar continuó hablando.

—Por favor. Es... no habría venido si no fuera importante.

Ámbar tenía un guion memorizado en la cabeza, que justificaba su necesidad de que hablaran e incluso podía explicar por qué necesitaba entrar en su casa para hacerlo, pero no le hizo falta seguir. Lily se apartó de la puerta para permitir que Ámbar entrara. El gigantesco pasillo era aún más impresionante que el exterior.

—Pasa, pero no tengo mucho tiempo.

Ámbar siguió a Lily por el pasillo hasta llegar a una enorme y preciosa cocina. Trató de encajar lo que veía lo más rápido posible. Al parecer, Lily había estado aquí en la cocina trabajando en su ordenador portátil, ya que estaba abierto en la encimera de una barra que daba al jardín y al río. Había una botella de vino blanco abierta al lado. Lily bajó la tapa del ordenador y le indicó una silla en una mesa, al otro lado de la habitación. Cogió la botella.

—¿Quieres una copa?

Ámbar no dijo nada, pero sonrió en agradecimiento mientras Lily servía el vino. Se detuvo cuando había vertido menos de un tercio de la copa.

—Por favor, siéntate. —Lily le entregó la copa—. ¿Sabes lo nuestro, entonces? —Su voz sonaba apagada.

—Sí. Billy me lo contó antes de que él… —Ámbar dejó escapar el final de la frase. Ahora que estaba aquí, temía que si usaba la palabra muerto, su voz delataría que sabía que no era cierto.

—¿Antes de suicidarse? —Parecía que Lily tenía menos reparos en describir su situación.

Ámbar se tomó un momento. Volvió a asentir.

—Entonces, ¿de qué quieres hablar?

—Se me ocurrió que quizá debíamos hablar. Para ver si podemos darle sentido a todo esto, para intentar entenderlo.

Lily no respondió y Ámbar dio un sorbo a la copa. No le había servido casi nada de vino y temía que cuando se acabara su copa también lo haría su tiempo en esa casa.

—Fui al funeral de Billy, hace un par de días. Pensé que querrías saberlo.

Lily respondió esta vez.

—Ya lo sabía. Supongo que una parte de mí pensó que debía ir. Pero después de lo que hizo, a ese trabajador, a mi familia. Bueno, no pude.

—¿De verdad crees que lo hizo? —Ámbar no pudo evitar preguntar.

—¿Acaso tú no? —Lily la miró con brusquedad, su voz sonaba sorprendida.

Ámbar se recordó a sí misma que no era por eso por lo que estaba aquí, pero aun así no pudo evitar continuar.

—Es que parece tan impropio de él.

—El FBI no tiene ninguna duda. Dicen que Billy encaja a la perfección con su perfil.

Ámbar no contestó, pero aprovechó la pausa para echarle un vistazo a la cocina, buscando ideas.

—Tienes una casa increíble —soltó, en parte para disimular su mirada alrededor, pero también porque era cierto. Sin embargo, Lily se limitó a dar lo que parecía una respuesta automática, un agradecimiento indiferente.

Ámbar tomó otro sorbo de vino, sintiendo de nuevo los ojos de Lily sobre ella. La estaba observando de manera mucho más sospechosa de lo que había previsto. Igual esto no iba a funcionar. Tal vez sería imposible.

—Dijiste que había hecho daño a tu familia —dijo por fin Ámbar—. Me ayudaría si pudiera entender a lo que te refieres.

Lily tardó en contestar, con una mirada hiriente en su rostro.

—No es que sea de tu incumbencia, pero los atentados que Billy realizó hicieron bajar el precio de las acciones de la empresa de mi familia. Tanto es así que se lanzó una OPA hostil. Corremos el riesgo de perderlo todo.

—Vaya, lo siento —respondió Ámbar.

—Sí. Bueno. Ni siquiera estoy segura de que no se hiciera amigo mío solo por quien soy, para intentar atacar la empresa de mi familia. No sé si alguna vez sintió algo por mí.

—¿Tengo entendido que has vuelto con tu antiguo novio James? Creo que estabas con él la noche que nos conocimos.

—Eso tampoco es de tu incumbencia.

Se hizo otro incómodo silencio.

—Bueno, ¿algo más entonces? Como ya te dije, ando un poco liada.

Ámbar ni siquiera había terminado todo el vino y sintió que empezaba a entrar en pánico. Volvió a mirar el portátil. Necesitaba tan solo dos minutos. Intentó pensar con rapidez. ¿Se había equivocado al asumir que James estaría en casa? ¿Dónde leches estaba?

—¿No te contó nada acerca de lo que estaba haciendo?

Esta pregunta pareció sorprender a Lily, y se dio la vuelta, pensando antes de responder. Una esperanza se encendió por un momento en Ámbar. No era una posibilidad real, no mientras Lily estuviera todavía en la cocina, pero supo que tenía que mantenerla hablando. Solo tardaría unos minutos más.

—No.

—¿Por qué crees que podría haberlo hecho?

Lily parecía estar perdiendo la paciencia con bastante rapidez.

—Mira, no creo que tuviera intención de matar a nadie, si es que te refieres a eso. ¿Vale? ¿Era eso lo que querías saber? —preguntó Lily—. Creo que tenía una idea errónea de lo que es Fonchem, y se propuso destruir la empresa usando cualquier medio disponible. Pero se equivocaba. Fonchem es una buena empresa. Está bien dirigida. Y tal vez a Billy no le preocupaba tanto como le gustaba fingir. Tal vez no le importaba que otras personas salieran perjudicadas.

Ámbar asintió con torpeza. Había esperado ver a Lily en una especie de duelo pero no parecía ser el caso.

El timbre de la puerta sonó, un profundo trino de un aparato anticuado, construido para durar. Lily parecía confundida, frustrada. Ámbar la miró, expectante, presionándola para que contestara.

—Yo... —Lily volvió a fruncir el ceño—. No sé quién es.

—¿Quieres que vaya yo? —ofreció Ámbar, apostando a que Lily no querría que quien estuviera en la puerta la viera salir de su casa al mismo tiempo.

—No. Espera. Vuelvo enseguida. —Se levantó y salió de la cocina.

Ámbar se puso a trabajar de inmediato. Se dirigió al portátil y abrió la pantalla. Tardó unos segundos en despertar de su modo de reposo, segundos que parecieron eternos. Pero mientras pasaban, Ámbar ya tenía el lápiz de memoria preparado en la mano, listo para introducirlo. El ordenador emitió un suave tono que indicaba que estaba listo para ser utilizado. Metió el lápiz en el lateral.

Pasaron más segundos, muy lentos, mientras Ámbar oía cómo se abría la puerta principal. Entonces apareció una caja en la pantalla, tal como había descrito Billy. Era el mismo procedimiento que se sigue para instalar cualquier otro programa, había que abrirlo y dejar que los archivos se copiaran, mostrando el progreso en una barra que llenaba la pantalla. Perdió unos segundos preguntándose por qué no pasaba del cero por ciento, antes de darse cuenta de que tenía que pulsar «de acuerdo» para que se iniciara el proceso.

—Joder —murmuró Ámbar, sabiendo que había dificultado aún más la tarea. Pero ahora la barra se estaba llenando, y su mente permitió que los sonidos del pasillo se filtraran en su conciencia. Oía la voz de Lily, confusa.

—No he pedido ninguna pizza.

—¿Qué quiere decir? —La voz de un hombre, molesto—. Está todo pagado.

—Me da igual, no me importa. Por favor, váyase.

Mierda, esto iba a suceder mucho más rápido de lo que había planeado. Cuando ordenó la pizza y pidió que la entregaran a las seis en punto, había pensado que le llevaría a Lily un par de minutos aclarar el malentendido, quizá quisiera ayudar al repartidos a averiguar cuál de sus vecinos había cometido el error. Ámbar se dio cuenta de que había sido muy optimista.

—Es una pizza vegetariana. La señora que lo pidió por teléfono fue muy clara con este requisito.

—De verdad que no me importa. No la quiero. —Se oyó el portazo de la puerta principal. Ámbar miró la pantalla: diez por ciento hecho. Ni siquiera iba por la mitad. Se demoró un segundo más, preguntándose si debía retirar el lápiz, abortar la misión, pero para entonces ya era demasiado tarde. Lily ya estaba entrando en la cocina. Ámbar, que se había levantado de la silla donde Lily la había dejado, no tuvo más remedio que improvisar. Cogió la botella de vino.

—Estaba rellenándome la copa. Lo siento, espero que no te importe. Todo esto ha sido muy estresante para mí. —Ámbar llevó la botella de vuelta a la mesa y, antes de que Lily pudiera responder, rellenó su vaso. Su mano tembló al hacerlo, pero no fue forzado.

—Por supuesto —dijo Lily, su voz era fría y dura. Ámbar se abstuvo de preguntar por la entrega de la pizza, temía que llamaría la atención. Intentó también apartar la vista del ordenador portátil que había sobre la encimera. La pantalla seguía abierta, el dispositivo de memoria sobresalía por el lateral, los archivos seguían transfiriéndose. Con un solo vistazo de Lily, sería el final, un fin que Ámbar no quería presenciar.

—He quedado para salir. No puedes quedarte aquí mucho tiempo.

Ámbar asintió y dejó la botella. Tomó un trago de su copa y aprovechó el momento para mirar la pantalla. El vino la ayudó. No sabía qué decir a continuación, pero para su sorpresa Lily continuó hablando.

—Lo siento. Supongo que a ti también te engañó.

Ámbar sintió que quería llorar, y como no se le ocurría nada mejor que decir, dejó que las lágrimas fluyeran. Pero no eran los gemidos que la habían golpeado cuando de verdad pensó que Billy había muerto, sino que eran temblores nerviosos y torpes que le sacudían los hombros. Se dio cuenta de que podía ver la pantalla reflejada en la ventana del fondo de la cocina. La barra de progreso parecía haberse llenado a tres cuartas partes. Billy había dicho que, una vez instalado, ella no tendría que hacer más. El programa estaba diseñado para camuflarse, empezaría a ocultarse en el momento en que se instalara, incluyendo la eliminación de cualquier rastro de que había sido instalado. Lo único que tenía que hacer Ámbar era sacar el lápiz de memoria y salir de allí.

—Sí. Supongo que así fue. —Ámbar tomó otro gran trago de vino—. Mira, lo siento mucho. No sé ni por qué he venido. Solo pensé... Bueno, sabía que salisteis durante un tiempo...

La barra mostraba que los archivos estaban transferidos en un noventa por ciento. Noventa y cinco.

Ámbar se levantó, temiendo de repente que cuando la barra llegara al cien por cien, el ordenador volviera a emitir su suave tono, anunciando que la instalación había sido un éxito. Ámbar apuró el resto del vino y se preparó para poner la copa de un golpe en la encimera en ese mismo momento.

Entonces vio lo que tenía que hacer. Era la única manera de recuperar el dispositivo.

Esperó unos segundos más y, cuando fue a colocar la copa dejó que su mano se desviara hacia la botella de vino y la tirase al suelo. El choque ahogó cualquier ruido que pudiera haber hecho el ordenador.

—Ay, lo siento mucho. Qué torpe estoy…

—Joder… —Lily se controló, pero aún parecía enfadada—. No te preocupes. —Se giró para coger un paño y Ámbar la acompañó.

Al pasar por delante del portátil vio que la pantalla había vuelto a ser la misma que al principio, no tenía forma de saber si la instalación había funcionado. Dejó que su mano recorriera la encimera mientras fingía que buscaba un paño, sacó el lápiz y lo metió en el bolsillo de sus vaqueros.

—He dicho que no te preocupes. —La voz de Lily sonaba agresiva ahora. Había envuelto un poco de papel de cocina, y se agachó a limpiar el desorden.

—Lo siento. Tengo que irme. —Y con eso se dirigió a la puerta principal, y con Lily no muy lejos detrás de ella, la abrió y salió.

Medio caminó y medio corrió, hasta que, una vez que estuvo a unas cuantas calles de distancia, sacó el teléfono que Billy le había dado y lo llamó, usando la aplicación encriptada.

—¿Has instalado el programa?

—Creo que sí. No lo sé.

—Sí, lo hiciste. Estoy escuchando ahora mismo. Está hablando por teléfono con James. Tengo acceso a todo su portátil. Lo has hecho fenomenal.

* * *

La siguiente etapa del plan era más simple. Billy podía escuchar a través del portátil de Lily incluso cuando estaba apagado: el micrófono podía grabar y enviar el audio siempre que el ordenador tuviera batería y estuviera conectado a Internet. Lily igual notaba que se le agotaba la batería con más rapidez de la habitual, pero eso solo la llevaría a mantenerlo enchufado todo el rato, lo cual ayudaría a Billy. Por lo demás, el programa era invisible. De esa manera, pudo llamar a Ámbar cuando supo que James estaba en su casa, aunque las dos primeras veces que esto ocurrió Ámbar estaba en el trabajo y no pudo actuar en consecuencia. La tercera vez, sin embargo, sí lo hizo.

Lo más difícil fue entrar en el apartamento de James. En teoría, ésta era la única parte difícil, pero Billy le había enseñado a utilizar el juego de ganzúas que había adquirido años atrás. Tras varios intentos no le resultó difícil abrir la cerradura transparente de práctica, pero abrir una cerradura de verdad, en un pasillo rodeado de estudiantes, era otro asunto.

Ámbar subió las escaleras, deseando tener a Billy al teléfono para que le asegurara una vez más que James seguía en casa de Lily. Pero le había dicho que se pondría en contacto con ella solo si James salía de allí. Llegó a la puerta que le había descrito Billy y miró de izquierda a derecha. Había otras cuatro puertas a la vista, pero no había nadie así que sacó la ganzúa de su bolsillo y la introdujo en la cerradura. No sirvió de nada, no pudo evitar que le temblara la mano y tuvo que volver a sacar la herramienta para reajustarla. Se paró frente a la pesada puerta de madera, con el círculo dorado de metal que sostenía el picaporte a la altura de su cintura. Era fácil, podía hacerlo. Pero en cuanto levantó las manos de nuevo, vio el temblor, así que, en lugar de eso, dio un paseo, subiendo y bajando por el pasillo, respirando un par de veces con profundidad para calmar sus nervios.

Dos chicas pasaron junto a ella. Sonreían y cuchicheaban según pasaban por su lado. No le prestaron ninguna atención. Ámbar esperó unos instantes y las siguió hasta la escalera. Las vio bajar a la planta baja y salir por la puerta principal. Un hombre blanco de mediana estatura entró y ella se apretó contra la pared, parpadeando sorprendida por haberle llamado «hombre blanco de mediana estatura». ¿Qué era, una agente de policía ahora o qué? El hombre subió un tramo de escaleras, pero luego pasó al pasillo que había debajo de ella. Ámbar respiró con alivio y volvió a la puerta de James.

Esta vez se arrodilló frente a la puerta para obtener un mejor ángulo con las herramientas. La forma en que Billy le había enseñado hacía que pareciera muy fácil utilizar las herramientas, pero aunque ella había conseguido romper su candado transparente en segundos, era mucho más difícil con la cerradura que tenía frente a ella. Además, no había podido probar sus nuevas habilidades en una cerradura de puerta estándar: no había ninguna puerta en la que pudiera practicar sin ser vista.

Introdujo la llave en la parte inferior de la cerradura y con la misma mano aplicó un poco de fuerza. La idea era quitar la presión de los pasadores que mantenían la cerradura cerrada. Luego introdujo la ganzúa por encima de la llave, y comenzó a presionar y a girar, tratando de conseguir que todos los pasadores superiores se alinearan, y así abrir la cerradura. Sintió que la tensión de la cerradura se reducía; en ese momento la cerradura debería girar, pero cuando lo intentó, seguía atascada y tuvo que volver a empezar. Toda su atención estaba puesta en la cerradura, tan solo esperaba que nadie viniera a verla aquí.

La tensión se redujo de nuevo y esta vez fue más cuidadosa. Más lenta, pero más cuidadosa, que era la forma que Billy le había aconsejado que lo hiciera. Esta vez utilizó la llave de tensión para girar el cilindro y, tan fácil como si hubiera sido la propia llave, la cerradura giró.

Sin creerse lo que había hecho, Ámbar sacó las herramientas y las metió de nuevo en su bolso. Luego tomó aliento y empujó la puerta para abrirla.

En el apartamento de James reinaba el silencio y la oscuridad. Tenía las cortinas cerradas. Sintió el impulso de llamar a Billy y confirmar de nuevo que de verdad no estaba allí, y que tampoco había nadie más, pero se resistió, y en su lugar buscó dónde guardaba el cargador de su teléfono. Billy le había dado dos opciones diferentes, y había una en particular que esperaba que pudiera utilizar.

Comprobó la encimera de la cocina. Era donde cargaba su móvil en casa, pero allí no había nada. Tampoco había nada en el salón, así que se dirigió al dormitorio. Aquí, al lado de la cama, vio el cable blanco. Era el lugar perfecto. El cargador estaba escondido bajo la mesita de noche, así que ni siquiera vería si era diferente. Cuando lo sacó para comprobarlo, no tuvo ni que preocuparse por eso. Era idéntico al cargador de Billy. Dio el cambiazo y no podía creerse que hubiera terminado. Sintió un impulso, un fuerte impulso, de revisar el apartamento para tratar de encontrar alguna prueba incriminatoria.

Volvió a la cocina, abrió cajones para ver qué había. Se preguntó si habría una olla a presión; podría fotografiarla, incluso llevársela. Pero no, ¿en qué estaba pensando? ¿Qué demonios estaba haciendo? Tenía el cargador en su sitio. Eso era suficiente.

Volvió a salir por la puerta principal y dejó que la cerradura se cerrara tras ella. Por un segundo le entró el pánico cuando pensó que se había dejado el bolso, con las ganzúas, dentro, pero se dio cuenta de que lo llevaba colgado del hombro. Era el estrés, la excitación nerviosa de lo que acababa de hacer, que le jugaba una mala pasada.

Volvió a llamar a Billy cuando llegó a casa, pero no sabía si había funcionado. Necesitaba que James volviera, que alguien hiciera ruido en el apartamento para ver si se oía bien. A la mañana siguiente Billy la volvió a llamar. Parecía contento. James no se había quedado en casa de Lily, había vuelto a su apartamento alrededor de la medianoche. Y había enchufado su teléfono para cargarlo, lo que significaba que Billy había podido acceder a él a través del cargador e instalarle un programa nuevo. Ahora el móvil de James grabaría todas las conversaciones que mantuviera, tanto si usaba el teléfono como si no, y rastrearía todos sus movimientos.

Ámbar aún no estaba muy segura de cómo iba a ayudar todo esto, pero Billy estaba encantado.

CAPÍTULO CINCUENTA Y SIETE

PASÓ una semana y Ámbar volvió a su vida normal. O lo intentó. Tuvo que fingir que nada había cambiado. Que Billy estaba muerto y que ella estaba de luto. Aunque de luto por un amigo que había resultado ser un criminal y un asesino. Pero incluso interpretar ese papel era difícil. Los nuevos amigos y colegas que había conocido en Boston no habían conocido a Billy y, aunque al principio se interesaron por su relación con el joven de las noticias de televisión que había puesto una bomba en la planta química, la historia no tuvo continuidad, por lo que su interés tampoco. Cuando llegó el siguiente fin de semana, nadie que ella conociera había vuelto a preguntar, nadie parecía acordarse.

Para Ámbar, por supuesto, la situación no podía ser más diferente. Ardía en deseos de saber qué estaba escuchando Billy, y si había captado algo que demostrara su inocencia, y le telefoneó varias veces para pedirle novedades. Pero cada vez que lo hacía sonaba impreciso y decía tan solo que el audio se oía muy bien.

La cuestión, decidió Ámbar al cabo de un tiempo, era que a Billy le ponía nervioso decir demasiado usando los teléfonos de prepago. Aunque había instalado un programa que, según él, era completamente seguro, también había dicho que no podía saber con certeza si el Gobierno tenía una forma de romper la encriptación; si la tenían, era un secreto, pero ese era el tipo de proyectos que el Gobierno mantendría en secreto. Ella lo entendía, pero no podía dejarlo pasar. No era capaz de seguir con su vida y olvidar lo que estaba ocurriendo con Billy, dejarlo ahí fuera y no saber si estaba más cerca de poder limpiar su nombre. Pero cuando le propuso volver a visitarlo -a estas alturas quería escuchar por sí misma lo que decían esa zorra de Lily y sus amiguitos asesinos- Billy se opuso de manera rotunda. Estaba claro que seguía creyendo que sus movimientos estaban siendo vigilados.

Pero desde que se conocían, ella era la que entendía mejor lo que significaba ser normal. Le convenció diciendo que era lo normal, parecería más normal que una joven de su posición volviera a casa más a menudo en las circunstancias en que se encontraba. Necesitaría el apoyo de su familia. Desde su casa sería fácil dar un paseo en coche y acabar junto al velero. Y así, tres semanas después de haber descubierto a Billy con vida, volvió a embarcarse en el ferri hacia la isla de Lornea.

Pasó por un proceso de seguridad similar antes de llegar al velero: se cambió de ropa y de zapatos, y esta vez no se llevó su teléfono móvil normal, sino que lo dejó encendido en casa de su madre, de hecho se lo prestó a Gracie para que no se quedara en un solo lugar, lo que podría parecer sospechoso, sino que se moviera por la casa. Por fin llegó a la cabecera del camino embarrado que conducía al Puerto del Obispo. Detuvo el coche durante mucho tiempo, para asegurarse de que el camino de detrás y de delante de ella permanecía vacío. Una vez satisfecha, dio un giro y bordeó con cuidado los charcos, hasta llegar al terraplén del final.

El tiempo había mejorado un poco y había puesto a Ámbar de un humor optimista, que coincidía con la idea de volver a ver a Billy, un estado de ánimo que había crecido y se había ampliado durante la larga espera y el viaje para llegar hasta aquí. Pero en el momento en que lo vio, su estado de ánimo empezó a decaer. Tenía muy mal aspecto. También olía bastante mal, al igual que el interior del barco. Solo tenía las instalaciones de fontanería más básicas, un inodoro marino que extraía el agua del arroyo circundante y descargaba allí también. Había una ducha, pero funcionaba con tanques de agua dulce que hacía tiempo que se habían vaciado. En una situación normal, Billy habría tenido que trasladar el barco a un puerto deportivo o a una estación de servicio y rellenarlos, pero eso no era posible.

El exterior del pequeño velero no había cambiado, aunque ahora había un kayak en parte oculto tras un cobertizo al lado del cual Ámbar dejó el coche. Pero dentro del velero las cosas sí parecían diferentes. El sitio estaba hecho un desastre. Billy parecía haber desmontado la mayoría de los otros ordenadores que había visto antes y solo el nuevo, el que había comprado ella, permanecía sobre la mesa del salón. Estaba ejecutando algún programa y las luces de la parte delantera se encendían y apagaban sin cesar. El pequeño fregadero del barco estaba lleno de platos sucios.

—¿Y bien? —preguntó Ámbar mientras miraba a su alrededor. Lo único de lo que habían hablado hasta ese momento era de si le había traído comida. Ámbar lo había hecho, dos bolsas de comida, había fingido que las compraba para su madre y su hermana, aunque no se atrevía a creer que la estuvieran observando tan de cerca.

—¿Y bien qué?

—Bueno, ¿has oído algo?

—¿Cómo qué? —Billy no parecía interesado. Hurgó entre los comestibles.

—¿Algo que te pueda ayudar?

—Sí. Tal vez. —Se encogió de hombros en respuesta—. Sé que no es mi estilo, pero necesito algo verde. Creo que me está dando escorbuto.

—¿Qué es eso? —preguntó Ámbar, mirando la pantalla del nuevo ordenador.

—Es una enfermedad que contraen los marineros en los viajes largos. Antes de que se inventara la comida enlatada no recibían suficiente vitamina C...

—No el escorbuto, idiota. Eso ya sé lo que es. Me refería a la pantalla del ordenador ¿Qué estás haciendo?

Él siguió con sus ojos hacia donde ella miraba.

—Estoy llevando un registro de las grabaciones de audio que llegan y de quiénes están presentes.

—¿Y bien? ¿Ha estado alguien allí? ¿Han dicho algo sobre los atentados?

—No. No creo que lo vayan a hacer ahora. No sé siquiera si alguna vez lo hicieron. Serían muy estúpidos si le dijeran nada a Lily. Serían bastante estúpidos si hablaran de ello.

—¿Qué? —Ámbar sintió que su frustración ardía—. Pensé que eso era lo que esperabas que sucediera.

Billy se encogió de hombros y encontró una bolsa de zanahorias. Sacó una y la inspeccionó.

—Bueno. Esperaba que lo hicieran. Pero era solo una idea.

—¿Tal vez podría pasarme de nuevo? —sugirió Ámbar—. Darme una vuelta por casa de Lily. Podría decir algo que los obligue a hablar de ello. —Intentó improvisar—. Podría decirle que me dijiste que James lo planeó todo. Ella lo confrontaría con eso, ¡y tú lo grabarías!

—Sí. —Billy sonaba abatido. Ámbar no lo entendía.

—¿Y bien?

—Bueno... Podrías. Pero lo va a negar, ¿no? Recuerda que no planearon que yo muriera. Pensaron que me atraparían y que yo le diría a la policía que habían sido ellos. Estaban preparados para negarlo. Tenían pruebas falsas para que pareciera que ni siquiera habían estado allí esa noche. Con todas las molestias que se tomaron, no creo que vayan a confesar de repente.

—Pero entonces... ¿Para qué sirve todo esto entonces? ¿Qué sentido tiene? No lo entiendo.

Billy dejó la zanahoria y sacó en su lugar una bolsa de galletas.

—Me encantan estas —dijo—. No son muy buenas para la salud, pero saben fenomenal.

—¡Billy! ¡Qué coño! —Se abalanzó sobre él y le arrebató la galleta de la mano—. Me hiciste pinchar el ordenador de Lily, me hiciste entrar en el apartamento de ese cretino. Estoy ayudando a un maldito fugitivo. Podría ir a la cárcel por eso. ¿Me estás diciendo que todo esto fue para nada? ¿Por qué?

Billy la miró a ella y a la galleta en el suelo. Dio un par de suspiros. Luego volvió a sentarse detrás del ordenador.

—Quizá sea mejor que veas esto —dijo, mientras sus dedos volaban sobre las teclas. Ella se acercó por detrás de él para ver la pantalla, y se dio cuenta de que estaba abriendo un archivo de vídeo. Cuando estuvo listo para reproducirse, la imagen inicial mostraba a Ámbar, sentada casi en el mismo sitio donde estaba ahora, dentro de la pequeña cabina del velero. Pero no la había tomado hoy, ya que llevaba otra ropa, la misma que había llevado la última vez que estuvo allí. Billy pulsó el botón de reproducir y la imagen de Ámbar en la pantalla empezó a hablar. Ámbar escuchó, intrigada al principio y luego cada vez más confundida.

—No recuerdo haber dicho eso —dijo, después de un minuto—. No recuerdo haber dicho nada de eso.

—Es porque no lo hiciste —respondió Billy. Pero antes de que pudiera seguir explicando, sintieron la inconfundible sensación de una persona que se subía al velero, inclinándolo con su peso. Casi al mismo tiempo, la lona que cubría la cabina fue arrancada. A continuación, un arma apuntó a la cabina.

—¡FBI! ¡NO SE MUEVAN!

CAPÍTULO CINCUENTA Y OCHO

LA PRIMERA ALARMA vino del padre del chico. Su historial financiero mostraba que hacía la compra en el supermercado de las afueras de Newlea casi todas las semanas y pagaba con su tarjeta bancaria. Desde la supuesta muerte de su hijo o bien había dejado de comprar allí, y por los registros que habían hecho no parecía comprar en otro sitio, o bien había empezado a pagar en efectivo. La pregunta era: ¿por qué?

A pesar de que a estas alturas los agentes Black y West solo podían dedicar el cincuenta por ciento de su semana al caso, pudieron establecer de forma aproximada, a partir de los registros de las retiradas de efectivo en dos cajeros automáticos de la isla, cuánto gastaba el padre ahora en Silverlea y en Newlea. También pudieron compararlo con dos períodos anteriores: uno cuando Billy Wheatley vivía con él y asistía al instituto, y otro cuando Billy se mudó a Boston y comenzó la carrera en la universidad. De los tres periodos, su gasto era mayor ahora. Y sin embargo, no tenían manera de saber en qué se gastaba el dinero, ya que la mayoría salía en efectivo.

Acceder a los registros financieros era una cosa, pero para poner un rastreador en su camioneta los agentes necesitaban una orden judicial aparte y la autorización previa del jefe de West para solicitarla. Les costó un poco convencerlo, pero al final la curiosidad pudo con él y accedió. El juez lo aprobó sin rechistar. Al no haber cadáver no había duda de que el chico podría haber fingido su muerte. Los agentes volvieron a la isla para colocar el dispositivo.

No era fácil de colocar. Sam Wheatley vivía en una pequeña casa justo en la cima del acantilado que dominaba el amplio tramo de la bahía de Silverlea. Aparcaba el vehículo en la puerta de su casa, a la vista de las ventanas de la cocina y el salón, estancias en las que parecía pasar la mayor parte del tiempo que estaba en casa. No había ningún sitio donde esconderse y esperar, así que la única opción que les quedaba era ir por la noche y esperar que el tipo no fuera insomne. No habría sido un problema si hubieran podido utilizar el micro rastreador, que podía instalarse en un instante, pero que solo tenía una duración de batería de unos tres días. Por eso West insistió en utilizar la versión mayor, que duraría lo suficiente siempre y cuando estuviera conectado a la batería de la camioneta. Y para eso tenían que abrir el capó. Bajo la luz de una linterna tardarían al menos cinco minutos. Cinco minutos en los que podrían descubrirlos.

Sin embargo, tuvo la suerte de que a su compañero Black le encantaba ese tipo de tarea. Su padre tenía un taller y había crecido rodeado de coches. West vigilaba mientras él trabajaba, abrió el capó y en menos de veinte segundos, encajó los cables, para luego bajarlos y poder fijar el dispositivo en los bajos de la camioneta. Un mecánico experto podría ahora hacer una revisión completa y no notaría nada extraño. Solo un ingeniero electrónico especializado en vehículos de combustión podría llegar a preguntarse qué eran aquellos cables que salían de la batería. Más les valía que no sufriera una avería en los próximos días.

Siguieron al padre durante una semana, registrando los lugares a los que iba y el tiempo que se quedaba en ellos, para así hacerse una idea de sus idas y venidas. Dormía en casa la mayoría de las noches, pero tenía una novia en Newlea, una enfermera que trabajaba en el Hospital General de Newlea y que identificaron como Mila Reynolds. La investigaron a fondo, pero si albergaba a Billy Wheatley en su domicilio desde luego que lo hacía con mucha discreción.

Sin embargo, Sam Wheatley empezó a comprar bastante más comida de lo normal y a pagar en efectivo en lugar de con la tarjeta. Comprobaron las cámaras de seguridad de la tienda para hacerse una idea de lo que adquiría y eso hizo que surgieran más dudas. Mucha pasta y comida enlatada, además de botellas de agua. Más extraño aún, compró combustible. Lo vieron llenar cuatro bidones de plástico de veinte litros y abonar en efectivo. Pero luego se sentaron allí, en la parte trasera de su furgoneta durante tres días, mientras él conducía de un lado a otro. Siempre a los mismos lugares: a su casa, a casa de Mila en Newlea y al astillero de Holport, donde tenía el barco fuera del agua para pintar el casco.

Al cuarto día, el padre fue a otro lugar.

Para entonces, West y Black ya se habían ido de la isla, ya que solo los habían dado permiso para pasar tres días allí, y estaban poniéndose al día con el papeleo en la sede del FBI en Chelsea. Observaron los movimientos de Sam Wheatley en la pantalla del ordenador de West.

—¿Qué hay en la Punta de los Moros entonces? —preguntó Black, inclinándose para ver mejor. El rastreador registraba sus rutas superpuestas en un mapa de Google, pero tenían poca información sobre dónde había ido a parar Wheatley, era solo una extensión en blanco de color verde.

—No lo sé, voy a coger un mapa de la biblioteca —dijo West, echándose hacia atrás en su silla.

Diez minutos más tarde, examinaban un antiguo mapa desplegable. Tenía muchos más detalles y mostraba los senderos que subían y bajaban por los acantilados bajos desde la pequeña zona de aparcamiento. Una bahía de arena al sur y, tras una esquina de la isla, una zona más pantanosa al norte. Sin embargo, no había edificios, ni ninguna razón para visitarla.

—¿Tal vez se fue de excursión? —observó Black—. Al fin y al cabo el tipo acaba de perder a su hijo.

—Ya. Aunque estamos trabajando en la teoría de que no ha perdido a su hijo —contestó West. Señaló con el dedo un punto en el mapa, cerca de donde mostraba la zona de aparcamiento—. ¿Qué significa este símbolo?

—Un mirador —dijo Black tras comprobar la leyenda.

—No ese, este.

—¡Ah! —Black miró de nuevo—. Son unas cuevas marinas.

* * *

La segunda alarma llegó un par de semanas después. Así funcionaba el sistema. Estaba diseñado para que se activara bien por un único acontecimiento muy inusual, o bien por una combinación de anomalías más pequeñas y menos significativas que juntas podían significar algo. Tal y como iban las fuerzas del orden, pronto estaría todo automatizado, al menos eso es lo que dijo Black, que sonaba como si él mismo fuera un veterano, en lugar de un joven que acababa de empezar.

El desencadenante fue Ámbar Atherton, la joven a la que West y Black habían entrevistado y a la que habían identificado como quizá la única amiga de Wheatley, sin duda su mejor amiga. Había viajado a la isla para asistir al funeral y ahora volvía a hacerlo tres semanas después. Lo extraño es que no había vuelto ni una sola vez en los seis meses anteriores.

No tenía coche y, aunque lo tuviera, no tenían suficiente para conseguir una orden judicial para ponerle un rastreador, así que tuvieron que hacerlo a la antigua usanza. Regresaron a la isla y se sentaron en la furgoneta de alquiler frente a su antigua casa, donde aún vivían su madre y su hermana menor. Obtuvieron los detalles de la reserva del ferri por adelantado y pudieron llegar a tiempo para verla llegar. Después no tuvieron que esperar tanto.

Una hora más tarde, había caminado tres puertas y había pasado diez minutos dentro de la casa de uno de sus vecinos. Desde allí había sacado el coche y se había dirigido al norte de la isla. Los agentes la siguieron a distancia, el tráfico en la isla era lo suficientemente ligero como para que hubiera poco peligro de perderla.

—¿Crees que va a la Punta de los Moros? —preguntó Black, mirando de nuevo el mapa. Sin duda se dirigían en la misma dirección. West no respondió. Se conocían el camino, ya que habían estado en la Punta de los Moros dos veces. Pero allí no había nada. Solo una zona de aparcamiento vacía y un par de mesas de picnic. Llegaron al desvío de la Punta de los Moros y siguieron adelante.

Por fin, el coche que iba delante redujo la velocidad y se salió de la carretera, por un camino de un solo carril. West no se salió, sino que continuó conduciendo, echando solo una mirada casual al pequeño coche que se alejaba de ellos hacia una zona de pantanos.

—¿Qué hay ahí abajo? —preguntó, mientras pasaban.

—No mucho —respondió Black—. Un lugar llamado Puerto del Obispo.

Se detuvieron unos cien metros más adelante y esperaron un rato mientras estudiaban el mapa. El camino solo conducía a ese lugar, no parecía haber más desvíos. Así que volvieron a la carretera y, esta vez, West se dirigió hacia el desvío y lo tomó con lentitud. Ninguno de los dos habló.

El camino terminaba en un terraplén diseñado para proteger las tierras bajas de las inundaciones. En la cima de este terraplén había un edificio de madera, una especie de taller o caseta para barcos. La chica había aparcado su coche detrás de él. Ambos agentes salieron de su vehículo y sacaron sus armas mientras avanzaban por la pendiente con sigilo. West olfateó, mientras guiaba el camino, captando el olor salado del agua, y algo más.

—Huele a gasolina.

También se oía un ruido, nada sutil, el estruendo de un generador, que provenía del edificio de madera. West vio que había algo más a mitad de la pendiente: un velero amarrado a un muelle desvencijado que se adentraba en el arroyo. Estaba cubierto por una lona, pero un cable de suministro eléctrico salía del edificio de madera, bajaba por el otro lado de la pendiente y avanzaba por el embarcadero.

Primero comprobaron el edificio, abrieron la puerta que no tenía llave y se aseguraron de no estaba ocupado. Encontraron el generador en funcionamiento y los mismos bidones de plástico rojos que habían visto rellenar a Sam Wheatley en las semanas anteriores. West volvió a señalar el exterior hacia el barco.

—El velero —susurró.

La única forma de acercarse era a lo largo del muelle y lo hicieron con las armas preparadas. Oyeron voces desde la mitad del camino: dos personas, una voz femenina y otra masculina. Parecían estar discutiendo.

—Atento a mi señal —dijo West, y Black asintió. West se preparó para subir a bordo por la popa, agarrando los tirantes traseros para ayudarse a subir. Black se quedó preparado en el lateral, donde era más fácil subir pero tenía menos visibilidad para apuntar con su arma hacia la cabina.

—Uno, dos, tres, ¡ahora! —Subieron juntos al barco, sintiendo cómo se balanceaba bajo ellos—. ¡FBI! ¡NO SE MUEVAN! —gritó West, con su arma bien sujeta con ambas manos.

CAPÍTULO CINCUENTA Y NUEVE

SE OYÓ UN GRITO. Fue la chica, Atherton, cuando Black se puso a su lado.

—Ha dicho que no se muevan. —Black tomó el mando, y esta vez los dos ocupantes del velero hicieron lo que les dijeron.

—Manos arriba donde pueda verlas —continuó Black—. Hacedlo ahora, despacio o disparo. —Miró a West, pidiéndole permiso para pasar delante de ella a la cabina del barco. West asintió, tras haber mirado a su alrededor por si había alguna otra amenaza que no hubieran visto, el padre de Wheatley, quizás. Pero a su alrededor reinaba la tranquilidad. Lo siguió hasta la cabina que vio dominada por un gran ordenador en la mesa en el medio de la sala.

—Muy despacio, las manos a la espalda —le decía Black al varón, y a West no le cabía ninguna duda de que era Billy Wheatley. Aunque hacía años que no lo veía, había estudiado muchas fotos. Hizo lo que le dijeron, y su compañero lo esposó, pero Billy no miraba a Black, sus ojos estaban fijos en ella. Era casi inquietante. Oyó su voz leyéndole sus derechos.

—Billy Wheatley, queda detenido bajo sospecha del asesinato de Keith Waterhouse. Tiene derecho a permanecer en silencio. Todo lo que diga podrá ser utilizado en su contra en un tribunal. Tiene derecho a consultar a un abogado antes de hablar, y a que un abogado esté presente durante el interrogatorio ahora o en el futuro. Si no puede pagar un abogado, se le adjudicará uno de juicio. ¿Entendido?

Mientras hablaba, Black había esposado también a la chica.

—Hola Jessica —respondió Billy al fin—. Me preguntaba cuándo vendrías.

* * *

Black miró a West sorprendido, pero ella no lo miró, en su lugar ofreció una sonrisa a Billy, fracasando en su intento de evitar que pareciera sarcástica.

—Creía que estabas muerto.

Se encogió de hombros.

—Es bastante difícil permanecer muerto hoy en día.

—Manda un aviso y que envíen refuerzos. Podemos llevarlos a la comisaría de Newlea —le pidió West a su compañero.

—Antes de que lo hagas, hay algo que me gustaría mostrarte —interrumpió Billy. Todos los presentes se volvieron primero hacia él, y luego, cuando este no se movió, hacia West.

—¿El qué?

—Tengo una confesión, en vídeo.

West frunció el ceño. No pudo evitar recordar al niño que había tenido delante hacía unos años, un chaval aterrorizado y precoz; en realidad, no parecía muy diferente incluso ahora. Pero sabía que, por muy asustado que hubiera estado en el pasado, ahora era un criminal que había matado a un hombre inocente.

—¿Quieres confesar? Puedes hacerlo ahora, y lo grabamos después. Ambas confesiones serían admisibles en un tribunal.

—No. No soy yo el que tiene que confesar. Yo no lo hice.

West dudó, lo suficiente como para que Black hablara.

—En ese caso puedes decírnoslo en la comisaría. Tenemos un montón de pruebas que demuestran que lo hiciste tú. —Intentó que Billy se moviera, pero este se resistió, y en la pequeña cabina pudo hacerlo incluso contra el fuerte agente.

—Por favor, Jessica, necesito mostrarte esto. Es muy importante.

Ella dudó de nuevo, temía que fuese una trampa. Pero miró a los dos detenidos. La chica parecía aterrorizada, y ambos estaban esposados.

—Comprueba si tienen armas, a los dos —ordenó.

Observó y esperó mientras Black lo hacía, manteniendo su arma preparada por si alguno de ellos intentaba algo. No lo hicieron, y no estaban armados.

—Bien. ¿Qué quieres enseñarme?

Muy despacio, sin dejar de mirar a West, pero a su cara en lugar de a la pistola, Billy se sentó detrás del ordenador. Fue capaz de teclear, incluso con las esposas puestas, y unos segundos después señaló la pantalla. Un archivo de vídeo estaba listo para reproducirse. Mostraba una imagen de un hombre joven, no reconoció quién era, sentado en lo que parecía una sala de entrevistas de una comisaría. Había otro hombre frente a él, se notaba que era mayor, aunque se veía solo la parte posterior de la cabeza. Sobre la mesa había una grabadora.

—¿Qué es esto? —preguntó Black, y luego añadió—: ¿Qué demonios es eso?

—¿Puedo? —preguntó Billy, con la mano sobre el botón de reproducción.

—Sí.

Pulsó un botón y la grabación comenzó. La cámara debía de estar situada en algún lugar alto de la pared. No se movió mientras el hombre mayor, un agente de policía, preguntaba el nombre al joven. Este respondió: James Richards.

—¿Sabes por qué estás aquí? —preguntó el agente.

—Sí. Quiero confesar por el asesinato de Keith Waterhouse y todos los atentados contra la empresa Fonchem. —El chico, James Richards, hablaba con claridad y tranquilidad. Luego se rascó la cabeza.

—¿Qué ocurrió?

A West le resultaba familiar la voz del agente, pero no podía concentrarse en eso ahora mismo.

—Le tendí una trampa a mi amigo, Billy Wheatley. Hice que pareciera que lo había hecho él. Lo preparé todo para que pareciera que el culpable era él. Pero ahora quiero confesar. Billy no hizo nada. Yo maté a ese hombre. Yo puse la bomba.

Hasta ese momento la cinta de vídeo había parecido real, pero en ese momento ocurrió algo extraño. Pareció congelarse por un instante. La parte de la pantalla que mostraba al hombre mayor, haciendo las preguntas, seguía funcionando con normalidad. Entonces el agente se giró, de modo que su rostro fue visible por primera vez. De repente volvió a hablar y ahí sí que se quedaron perplejos de verdad.

—Houston, tenemos un problema.

—¿Qué coño? —exclamó Black—. ¿Es Tom Hanks?

CAPÍTULO SESENTA

—Sí. No me ha dado tiempo a terminar esta parte.

Se hizo el silencio en la pequeña cabaña, que Billy aprovechó para tratar de explicarse.

—Tomé prestado el clip de la película Apolo 13. Siempre me ha gustado.

Estaba claro que nadie le seguía, aunque Ámbar parecía ser la que más cerca estaba de entenderlo.

—¿Lo tienes diciendo eso? —Intervino ahora, al parecer olvidando que estaba arrestada y moviéndose al lado de Billy—. ¿Lo has hecho confesar? ¿Pero dónde está? Parece que está en una celda de la comisaría.

—Más bien es una sala de interrogatorios —interrumpió ahora West—. ¿Qué es esto, Billy? ¿Qué nos estás mostrando? —Todos los presentes se volvieron hacia Billy, y este esperó unos segundos antes de intentar explicarse de nuevo.

—Es una confesión de James Richards. Él y un hombre que se llama Óscar Magnuson pusieron la bomba que mató al guardia de seguridad. Hicieron que pareciera que yo lo había hecho, para inculparme.

—Pero ¿cómo has conseguido esta confesión? —continuó West—. ¿En qué comisaría están? ¿Y qué demonios es eso del final?

—No conseguí su confesión. La he hecho yo.

—No entiendo nada—dijo West.

—Yo tampoco —añadió Black, por si alguien tenía dudas.

—Por eso tengo que explicarlo, aquí. Antes de que me llevéis a la comisaría. ¿Puedo enseñaros esto?

Los agentes se miraron, ambos evaluando el riesgo. Cualquier entrevista con un sospechoso era mucho mejor si se realizaba en un entorno controlado, pero al mismo tiempo, no era raro que los sospechosos se cerraran en banda una vez llegaban a la sala de interrogatorios. Además, este sospechoso acababa de mostrarles una cinta de otro tipo confesando el crimen por el que le acababan de detener. Esto no encajaba con los escenarios que habían repasado durante clases de la academia. West asintió.

—Muy bien —explicó Black—. Pero las esposas permanecen puestas. Y si hacéis un movimiento raro, cualquiera de vosotros, esto se acaba. Sea lo que sea esto. Te llevamos a la comisaría y lo hacemos todo según las reglas. ¿Entendido?

—Sí —respondió Billy. Ámbar no dijo nada, sus ojos redondos le indicaban a West que estaba tan confundida como ella.

Billy empezó a contarles toda la historia. Cómo había conocido a James Richards y a Óscar Magnuson junto con Lily Belafonte, cuya familia había fundado y seguía teniendo una participación mayoritaria en la empresa de productos químicos Fonchem. Y cómo Richards se había puesto en contacto con él en relación con la ampliación prevista de la fábrica, y la oposición de Billy a la misma.

—Supongo que habrás visto mi campaña contra Fonchem —dijo Billy—. Una campaña que consistía más que nada en poner carteles acerca de los dragones marinos de Lornea.

—Sí. Lo hemos visto. Continúa —respondió Black.

Les habló de las fotografías de los dragones de mar muertos que le habían enviado, y del plan de sobrevolar el lugar con su dron para buscar las señales de calor que revelasen alguna fuga química. Explicó que habían llegado a la isla, que él mismo había alquilado un coche y que reservó el billete del ferri, ambos con nombre falso. Continuó diciendo que el dron no había funcionado bien dada la cantidad de nieve que había esa noche y que descubrió que James y Óscar habían hecho un agujero en la valla y que se había sentido presionado para entrar e intentar encontrar la fuga a pie. Lo siguiente que supo fue que hubo una explosión y que James y Óscar habían desaparecido.

Los dos agentes escucharon, casi siempre en silencio, excepto algunas preguntas que hicieron cuando Billy se saltó algún detalle. Llegaron a la parte en la que se instaló en el barco sabiendo que todo el mundo lo creía muerto.

—Papá me traía comida y combustible para el generador, hasta que le pusisteis el rastreador en su camioneta.

—¿Cómo sabes eso?

—Tengo un dispositivo de barrido. Le dije a papá que lo usara todos los días. Así que después de eso le pedí que llevase el combustible a las cuevas de la Punta de los Moros y yo bajaba en kayak a buscarlo. Era agradable hacer ejercicio, en realidad. —Billy se volvió hacia Ámbar—. Es mi kayak por cierto, no el que tomé prestado antes.

Los agentes intercambiaron miradas confusas, que se acentuaron aún más cuando Amber respondió.

—¿Qué hay de...? —Amber miró a los agentes, como si fuera incapaz de saber si había algo que no debía decir, pero desistió—. Tenías cámaras colocadas en la carretera, ¿por qué no viste venir a estos dos?

—Tuve que quitar las cámaras. Necesitaba la capacidad de procesamiento para hacer el vídeo.

West aprovechó la oportunidad para devolver la conversación al vídeo.

—¿Qué es el vídeo? ¿Dónde lo han grabado? ¿Y cómo lo has conseguido?

Todos se volvieron de nuevo hacia Billy.

—No lo he conseguido en ningún sitio. Lo hice yo.

* * *

—¿Qué quieres decir con que lo hiciste?

—Pues eso. Mira. —Billy se volvió hacia el ordenador, abrió un cuadro de texto. Pensó por un momento y luego se volvió hacia el agente Black.

—¿Cómo te llamas? —le preguntó.

—¿Cómo dices?

—¿Cómo te llamas? ¿Y cuál es tu... cuál es tu comida favorita?

—¿Eh?

—Díselo, Don —dijo West, impaciente por ver qué hacía Billy. Black respondió esta vez, algo escarmentado.

—Soy el Agente Don Black. Me gusta... a ver, no sé. Me gustan los helados.

Al instante, los dedos de Billy se movieron con rapidez sobre el teclado, y un segundo después la caja desapareció, en su lugar apareció la imagen frontal del mismo joven de antes, el que Billy había llamado James Richards. Sin embargo, Billy dudó antes de darle al *play*.

—Dale —le dijo West.

La voz salió de los altavoces del ordenador, y los labios del joven se acompasaron a la perfección. Parecía perfectamente real.

—Soy el agente Don Black. Me gustan los helados. El sabor a fresa es mi favorito.

—Esa parte me la he inventado yo —añadió Billy en el silencio que siguió.

—¿Qué demonios es eso? —Black fue el primero en preguntar—. ¿Cómo lo has hecho?

—Utilicé un tipo de red neuronal que se llama autocodificador. Reduce una imagen a un espacio latente de menor dimensión y luego reconstruye esa imagen a partir de la representación latente. Pero la representación latente contiene características clave sobre los rasgos faciales y la postura del cuerpo, tomadas de otras fuentes. Eso se superpone a los rasgos faciales y corporales subyacentes del vídeo original, representados en el espacio latente.

Nadie habló durante un largo rato después de que Billy terminara su explicación. Entonces Black encontró su voz.

—¿Quieres repetirlo una vez más? ¿Esta vez en castellano si es posible?

Billy tomó aire.

—La mayoría de la gente lo llama *deepfake*. He construido un modelo informático del torso y del rostro de James Richards, del que tendría si estuviera sentado en esa sala. Y ahora puedo introducir cualquier palabra que yo quiera y hacer que parezca que las está diciendo de verdad.

Otro silencio, mientras intentaban darle sentido a lo que acababan de oír. Black fue el primero en responder.

—¿Y Tom Hanks? ¿Qué pinta aquí?

—Bueno, aún no lo había terminado. Tuvimos que poner un micrófono en su casa, la casa de James, no la de Tom Hanks, y piratear sus redes sociales y demás, para conseguir imágenes y audio para alimentar el modelo. Pero tenía que practicar primero, así que usé a Tom Hanks. Hay toneladas de imágenes de él en Internet, en películas, entrevistas y demás.

Black se quedó mirando, sin entender. West fue la siguiente en hablar.

—He oído hablar de esto —su voz sonaba lenta, reflexionaba mientras hablaba—. Pero lo que estás diciendo es que el tal James Richards no ha confesado nada al fin y al cabo. Lo que ha pasado es que has hecho un video falso en que lo muestras confesando. ¿Lo has hecho para convencernos de tu inocencia?

—Sí. Solo que no lo he hecho para convencerte de nada. No os lo habría explicado todo si eso es lo que quería.

—Entonces, ¿para qué lo has hecho?

—Es la única manera que tengo de salir de esta. Pero voy a necesitar tu ayuda. —Billy miró a los ojos a West, y durante un largo rato permaneció en silencio. El agente Black seguía sin entender nada.

—Así que este chico, James, ¿no ha confesado nada? —preguntó Black—. ¿No fue él quien lo hizo?

Con paciencia, Billy se volvió hacia él.

—Sí, lo hizo él, pero preparó pruebas falsas para que pareciera que lo había hecho yo. Y nunca va a confesar. Así que aquí tenéis una oportunidad. Podéis meterme en la cárcel por algo que no he hecho, o podéis atraparlo a él por lo que sí que hizo.

CAPÍTULO SESENTA Y UNO

—PARA MÍ LA TERNERA —dijo Óscar de manera brusca a la camarera sin molestarse en mirarla. Le tendió el menú para que lo retirara y miró a sus amigos. Jennifer estaba sentada junto a Lily, que estaba junto a James. Eric estaba con ellos, pero no pasaba nada. No era más que la arenilla de la ostra que produce la perla. Con una pizca de irritación se dio cuenta de que la camarera seguía allí.

—¿Qué pasa?

—Lo siento mucho, ya le dije que se nos ha agotado la ternera.

—¿Se ha acabado la ternera? ¿Qué es esto...? —No pudo pensar en una analogía adecuadamente dañina, así que en su lugar cogió de nuevo el menú y lo estudió otra vez.

—Entonces tomaré un filete. Supongo que de eso sí tenéis.

—Sí, por supuesto. ¿Cómo lo quiere tomar?

—¿Qué tal bien cocinado, para variar? —Óscar le dirigió una mirada de desprecio, le entregó el menú por segunda vez y se inclinó hacia adelante, dando por finalizado el intercambio. Se sirvió más vino, murmurando en voz baja. Jennifer lo observaba todo el tiempo y él supo que ella se deleitaba con su actitud, que lo admiraba. Y eso le encantaba.

—Creo que va a haber nieve fresca este fin de semana. —Era James el que hablaba, con uno de sus brazos apoyado con familiaridad sobre el hombro de Lily—. ¿Alguien se apunta a esquiar?

—Yo —dijo Jennifer, y miró a Óscar. La familia de Lily era miembro del Club Hamilton, una estación de esquí privada en Vermont, donde tenían un gran chalé. Los cinco habían estado muchas veces, y Jennifer era una gran fan del esquí.

—Yo también. —Sonrió Óscar. Pero mientras lo hacía, le llamó la atención una pareja que entraba en el restaurante y hablaba con el *maître*. Llevaban traje, pero no del tipo que se pone uno para comer aquí. Y sus gestos eran demasiado bruscos, no se comportaban de la forma relajada que los demás comensales mostraban. Cuando los tres, la pareja y el *maître*, miraron varias veces hacia su mesa, Óscar lo supo. Se permitió respirar hondo, pero siguió fingiendo no darse cuenta mientras se acercaban.

—Disculpe, señor —intentó decir el *maître*, pero la mujer le cortó, mostrando una placa plateada en una cartera de cuero negro.

—¿Óscar Magnuson? ¿James Richards? Me llamo Jessica West, agente especial del FBI, y éste es mi compañero, el agente Black. ¿Les importa que charlemos un rato?

James se puso rígido en su sitio, pero Óscar se mantuvo bastante tranquilo.

—¿Sobre qué?

La agente West se giró para hablar con Óscar y echó una mirada furtiva a los demás comensales de la mesa.

—Quizá sea mejor que hablemos en privado.

—¿Por qué? No tengo nada que ocultar. ¿De qué se trata?

La agente dudó un segundo más.

—Como quiera. Veo que está cenando con Lily Belafonte esta noche. ¿Estará al tanto, sin duda, de que han acusado a un joven de poner una bomba en la fábrica de su familia? ¿Un tal Billy Wheatley?

—¿El loco del medio ambiente que se suicidó? Creo que dijeron que saltó por la borda del ferri ¿no?

—Tal vez. Solo que resulta que después de todo no se suicidó. Lo hemos detenido.

Un murmullo recorrió la mesa, compartido por Óscar. Así que de eso se trataba. Óscar sonrió para sus adentros, estaba emocionado por lo que estaba por venir. Por fuera, su rostro parecía mostrar auténtica sorpresa. Levantó una mano para cubrirse la mandíbula.

—Vaya. —Miró a Lily y notó que James hacía lo mismo, ofreciéndole una sonrisa triste. Esto iba a ser duro para ella. Óscar se volvió hacia la agente—. Muchas gracias por avisarnos. —Se esforzó por dar una sonrisa despectiva y se dio la vuelta.

—No estamos aquí para hacérselo saber. Nos gustaría hacerle algunas preguntas.

Óscar se volvió, sintiendo el comienzo de la ira.

—¿Preguntas sobre qué? Ese chico no tiene nada que ver con nosotros.

—Me temo que Billy Wheatley los ha acusado a usted y al señor Richards de estar involucrados en los atentados. —West no se preocupó mucho de decirlo en voz baja, y toda la mesa se quedó en silencio, mientras los comensales de otras mesas cercanas también miraban. Eso cabreó a Óscar. ¿Qué puto derecho tenía esta zorra a venir a molestar con esto? ¿A qué coño estaba jugando? Pero reprimió la ira y en su lugar estalló en carcajadas.

—¿Nos ha acusado? Vaya, vaya, ¡esa sí que es buena! —Óscar se volvió hacia James de nuevo, tranquilizándolo con la mirada y animándolo a seguirle el juego. Habían planeado que así fuera y no había de qué preocuparse—. Pues eso es absurdo, completamente ridículo. —Óscar dejó de reírse ahora.

West no respondió.

—¿No me creo que vayáis a tomar esas acusaciones en serio? ¿El testimonio de ese cretino asesino que fingió su propia muerte?

—Solo queremos hacer unas preguntas.

—Ya ¿aquí? —Óscar echó una mirada al restaurante.

—Tenemos una sala de interrogatorios en la sede del FBI, de hecho tenemos dos separadas. —West miró a James y luego guardó silencio. Óscar lo rompió.

—Y este paripé, ¿no puede esperar? ¿Hasta que hayamos terminado la cena, al menos?

—No tardaremos nada en aclararlo todo, señor Magnuson.

Óscar miró a James, haciéndole un pequeño gesto con la cabeza que nadie más captó, y luego sacudió la cabeza como si estuviera incrédulo. A continuación se quitó la servilleta y apartó su silla.

Al levantarse de la mesa, Óscar llamó la atención de Jennifer. Ella le hizo un pequeño gesto con la cabeza, asegurándolo que no había nada de qué preocuparse.

—¿Cómo dijiste que te llamabas? —le preguntó a la agente, y cuando ella repitió su nombre, Óscar concluyó—: Creo que vas a lamentar la forma en que has enfocado esto, agente West.

* * *

Fuera del restaurante, metieron a ambos en la parte trasera de sendos coches sin marcar, el suyo conducido por otra mujer que no se presentó. El otro agente, Black, subió al asiento del copiloto. Luego condujeron. Nadie se dirigió a él durante el trayecto, pero Óscar preguntó a dónde iban.

—A la sede regional del FBI —contestó el agente Black sin darse la vuelta.

Cuando llegaron, llevaron a Óscar al interior por una entrada trasera y a lo largo de varios pasillos hasta que llegaron a una sala de interrogatorios. Aquí Óscar se dio cuenta de que el agente Black se había ido y solo quedaba la mujer.

—Estaremos con usted tan pronto como podamos. ¿Quiere una taza de café?

—Quiero mi cena.

La mujer salió de la sala.

Tan pronto como podamos resultó ser mucho tiempo. La mujer volvió para ver cómo estaba al cabo de treinta minutos, y cuando Óscar protestó porque le habían interrumpido la cena para que se sentase y esperase para nada, le prometió que pediría al agente Black que hablara con él directamente. Este llegó diez minutos después.

—¿Qué demonios es esto? ¿Qué estoy haciendo aquí?

—Se lo hemos dicho, señor Magnuson. Billy Wheatley ha hecho ciertas acusaciones contra usted y su amigo James Richards. Tenemos que investigarlas.

—Muy bien, ¿por qué no lo hacen? ¿Para qué me retienen aquí?

—No está retenido, tan solo está esperando su turno. Estamos hablando primero con James Richards, cuando terminemos con él comenzaremos con usted.

—¿Entonces puedo irme?

El agente Black se levantó de donde estaba sentado y abrió la puerta.

—Es libre de irse cuando quiera. —Suspiró de manera exagerada cuando Óscar comenzó a levantarse de su silla—. Pero le agradeceríamos que aguantara un poco más. Créame, queremos aclarar esto tanto como usted.

Óscar se quedó un momento, medio sentado, medio levantado, y luego volvió a sentarse.

—Pues daos prisa.

—Lo intentaremos.

Al quedarse solo de nuevo, Óscar se dijo a sí mismo que se calmara. Estaba claro lo que estaban haciendo y no iba a funcionar. Se sorprendió de que hubieran llegado a esto, no parecían haber ignorado por completo lo que Billy les había dicho, lo cual era una sorpresa. Pero al mismo tiempo, era comprensible, tenían que investigarlo para descartarlo. De lo contrario, sería un problema en el juicio. El abogado defensor de Billy podría alegar que tenía una defensa que nunca investigaron. Así que esto no era nada. Tan solo el FBI actuando como idiotas porque podían. «Mantén la calma. Responde a las malditas preguntas, y luego piensa en demandarlos por la forma en que te están tratando».

Tras otra hora, por fin vinieron a hablar con él.

Fueron los agentes West y Black los que entraron, la primera llevaba un montón de papeles en una carpeta de plástico, con una tableta electrónica encima. Black había tomado un palillo de dientes, que asomaba ahora entre sus labios.

—Le pido disculpas por la espera, señor Magnuson, creo que mi colega el agente Black le ha explicado nuestra necesidad de entrevistarle a usted y al señor Richards por separado.

—Por supuesto.

—¿Le han ofrecido una bebida? ¿Un café? ¿Un té helado?

Óscar consideró la oferta. No estaría de más estar alerta.

—Un café.

El agente Black fue a buscarlo, mientras West se sentaba enfrente, colocando los papeles y la tableta en la mesa entre ambos. No dijo nada, hasta que Black volvió con el café y unos sobres de leche y azúcar.

—Entienda que no está detenido, pero vamos a grabar la entrevista. Tiene derecho a que esté presente un abogado, si lo desea, y no tiene que responder a ninguna pregunta si no lo desea. ¿Lo entiende?

—Sí, lo entiendo.

—Muy bien. ¿Conocía bien a Billy Wheatley?

Golpe directo. Óscar se tomó un momento antes de responder. Esta era la pregunta más difícil que él y James habían preparado, cuando estaban formando este plan. Por un lado, muy poca gente los había visto juntos, pero los había que sí los vieron. Se movió un poco en su silla.

—Nos vimos algunas veces. Se hizo amigo de Lily.

—¿Lily Belafonte?

—Sí.

—¿Cuándo fue esto?

—Hace unos meses. ¿Tal vez seis meses?

—¿Qué pensó de él?

Óscar miró a la agente West y luego deslizó sus ojos hacia Black. Ambos agentes lo miraban, pero no con intensidad. Notó que parecían casi aburridos, haciendo las preguntas que debían hacer para aclararlo todo. Se relajó un poco.

—No pensé mucho. Quiero decir, no pensé mucho en él.

—Muy bien. —West se detuvo un momento—. ¿Qué cree que estaba haciendo?

—¿Honestamente? Creía que le gustaba Lily y que intentaba separarla de James.

—Él afirma que eso es lo que pasó. Que Lily Belafonte y él estaban saliendo.

—No sé si salieron juntos o no. James y Lily tienen una especie de relación intermitente. No es raro que se tomen un descanso de vez en cuando. Creo que Billy tuvo suerte durante unas semanas e igual se pensó que era algo más.

West no habló durante un rato. En su lugar, golpeó con los dedos, pensativa, sobre la superficie de la mesa.

—El señor Wheatley afirma que ese fue su motivo. Esa fue la causa por la que le tendieron la trampa e hicieron parecer que era un terrorista en la isla de Lornea. Alega que James estaba celoso de él y de la señorita Belafonte. —West levantó los ojos y lo miró, más interesada ahora.

—Eso es ridículo. Es una locura, una completa locura. Nunca he estado en la isla de Lornea. Estaba aquí cuando sucedió y puedo probarlo. Tengo testigos. Estaba con James y con mi novia Jennifer... —Se tocó una mano en la frente, recordándose que debía mantener la calma, que no debía exagerar—. Agente West... debe ser capaz de... no sé, comprobar los registros de mi móvil. Yo estaba aquí, en Boston, estábamos todos juntos aquí.

—Señor Magnuson, me gustaría mostrarle un fragmento de nuestra entrevista con James Richards, si me lo permite.

Óscar frunció el ceño, sin entender. Sintió que se formaba una línea de tensión en su espalda. «Más vale que James no la haya cagado».

—Claro. —Se encogió de hombros—. Sin ningún problema.

—Gracias.

West cogió la tableta, y jugueteó con ella un rato, sosteniendo la pantalla donde él no pudiera verla. Luego dobló su funda para convertirla en un soporte, y la puso sobre la mesa. La pantalla mostraba ahora una sala de entrevistas muy similar a ésta, y James sentado de cara a la cámara. West se inclinó y pulsó la flecha del centro, para que el vídeo comenzara a reproducirse. En seguida se oyó el sonido del micrófono que captaba un zumbido de fondo. Entonces se oyó una voz, la de West, hablando con James.

—Señor Richards, el señor Wheatley lo ha acusado de inculparlo en el atentado contra la planta química de Fonchem en la isla de Lornea, y en el asesinato del guardia de seguridad, Keith Waterhouse. ¿Qué responde usted a esto?

En la pantalla, James respondió de inmediato.

—Es una tontería.

—¿Sabe por qué haría esas acusaciones?

James se encogió de hombros de manera exagerada. Con una arrogancia tan inconfundible que Óscar se encontró sonriendo también. O tal vez se acercaba más a una mueca de desprecio. El vídeo continuó.

—Señor Richards. Quiero enseñarle algo. ¿Puede ver esto?

En la pantalla, James parecía inclinarse hacia delante y mirar una fotografía, o un documento que le estaban mostrando. Hubo un momento extraño en el que su rostro cambió. Pasó de la arrogancia relajada a la sorpresa.

—¿De dónde ha sacado eso? —preguntó James en la pantalla.

—No se preocupe por eso, señor Richards —sonó de nuevo la voz de West—. Voy a preguntárselo una vez más. ¿Se propuso usted inculpar a Billy Wheatley por el atentado contra la planta química de Fonchem en la isla de Lornea, y por el asesinato de Keith Waterhouse?

En la pantalla, James no respondió. Su rostro, filmado en alta resolución, había palidecido. Miró a la cámara y luego volvió a mirar lo que le estaban mostrando.

—Joder.

—¿Señor Richards?

—Joder, joder. Mira, no sé de dónde habrás sacado esto, pero yo no fui. Nada de eso. Fue todo idea de Óscar. Yo le seguí la corriente, pero no sabía lo que estaba planeando en realidad. No sabía que iba a volar por los aires a ese guardia de seguridad. Ni siquiera lo supe hasta que vi las noticias al día siguiente.

De vuelta en la sala de entrevistas de Óscar, éste notó como la sangre se le helaba por todo su cuerpo.

—¿Está diciendo que Óscar Magnuson fue el responsable del atentado? ¿Puede decirme cómo ocurrió?

—Sí. Claro. Te lo diré. Óscar fabricó la bomba, las fabricó todas. Usó una olla a presión, y engañó a Billy para que la agarrara con las manos. Así es como consiguió plantar sus huellas en ella. Mierda. —En la pantalla, James se cubrió los ojos por un momento con la mano. Cuando la bajó de nuevo, volvió a mirar a la cámara, pero luego pareció asustarse al verla. Apartó la mirada—. Mira, necesito que venga mi abogado. Mis padres tienen un abogado. Necesito usar el teléfono.

West se inclinó hacia delante y puso en pausa el vídeo, dejando la blanca cara de pánico de James congelada en la pantalla. Y en lo más profundo de la cabeza de Óscar, todos los pensamientos de mantener la calma se habían esfumado, como si hubieran sido volados por la explosión de una bomba.

—¿Qué coño le habéis enseñado?

West no respondió, lo que aumentó la furia de Óscar hasta el punto de perder por completo la compostura.

—¿Qué coño era eso? ¿Qué le has enseñado para que diga eso? ¿Qué demonios es esto?

West se sentó. Esperó unos instantes.

—Le mostré dos fotografías que recuperamos de su cuenta de Apple iCloud. La primera era de usted trabajando en lo que se parece mucho a un dispositivo explosivo casero de olla a presión. La segunda era de usted en el ferri que va a la isla de Lornea, con un periódico en primer plano que mostraba la misma fecha en que tuvo lugar el atentado. Parece que sacó ambas fotos sin que usted lo supiera. Tal vez quería tener un pequeño seguro contra usted, en caso de que las cosas salieran mal. Solo que no fue muy bueno en ocultarlo.

El maldito... el maldito idiota. Óscar sintió que se abría un agujero bajo sus pies. De verdad sintió como si estuviera en caída libre hacia un lugar que no conocía. Abrió la boca para responder, pero la tenía seca.

—Mire, sabemos que está mintiendo. Sabemos que fueron ustedes dos, y tal vez que incluso él lo dirigió, después de todo era él quien quería venganza, Wheatley le había quitado a su chica. Pero a menos que empiece a hablar, y ahora mismo, antes de que llegue su abogado, nos quedaremos con cualquier versión que nos dé. Este es un caso de asesinato con agravantes. Lleva una condena de cadena perpetua sin libertad condicional. Tienes una oportunidad para llegar a un acuerdo. Empieza a hablar. Danos tu versión de lo que pasó. Ahora mismo. O esto se acaba.

Óscar miró el suelo, vio la alfombra gris, cortada en cuadrados, barata y delgada. No se había fijado en ella cuando entró, no la había visto en todo el tiempo que había estado esperando, tan confiado en que tenía todo bajo control. Que él y James habían burlado a Billy, a los policías, al FBI, y que había sido fácil. Tan fácil como manipular los mercados, y ganar más dinero del que jamás había soñado. De repente, la enormidad de lo que había hecho James se estrelló contra él, impidiéndole pensar.

—No fue como dijo James —la voz de Óscar era quebradiza.

—¿Perdón? ¿Podrías hablar un poco más alto? ¿Por el bien de la cámara?

—No ocurrió como dijo James.

—¿Pero usted llevó a cabo el atentado? ¿Y acusó a Billy Wheatley del crimen?

Óscar echó una mirada más a la alfombra, a las paredes, a la pesada puerta de madera, firmemente cerrada, y luego a los dos agentes que le devolvían la mirada; ahora parecían mucho más interesados.

—Sí.

CAPÍTULO SESENTA Y DOS

LAS DOS HABITACIONES del hotel estaban unidas por una puerta interior, y aunque ni Ámbar ni Billy, ni su padre Sam Wheatley al que habían recogido un par de días antes, estaban arrestados, la puerta estaba cerrada. Las habitaciones eran cómodas, pero a esas alturas los tres llevaban confinados setenta y dos horas, con tan solo comida y agua que les traía tres veces al día una joven agente de cabello rojo brillante. Cada vez que llegaba, Ámbar o Sam se abalanzaban sobre ella, exigiendo información sobre lo que estaba ocurriendo, pero ella o no sabía nada o no lo decía.

—No ha funcionado. Nunca iba a funcionar —dijo Ámbar. No estaba segura de si lo decía en serio, en realidad solo quería romper el silencio que había descendido sobre ellos, mucho después de que hubiera algo útil que decir.

—No perdamos la fe. No nos habrían retenido tanto tiempo si no tuvieran nada —respondió Sam.

Billy los ignoró a ambos. Durante las últimas veinticuatro horas no había hecho otra cosa que estar tumbado de lado en la cama, mirando a la pared.

De repente, llamaron a la puerta y se oyó el rasguño de una llave que entraba en la cerradura. La puerta se abrió. La misma agente de antes, la pelirroja, estaba allí de nuevo.

—No me lo digas —dijo Ámbar—. Falta de noticias son buenas noticias, ¿a qué sí?

—No —respondió la agente para sorpresa de todos—. Necesito que vengáis conmigo.

Billy levantó la vista.

—¿Han terminado los interrogatorios? —preguntó Ámbar—. ¿Qué ha pasado?

—La agente West me ha pedido que venga a buscaros.

Siguieron a la agente pelirroja por un pasillo hasta un ascensor, donde descendieron a la planta baja y salieron al vestíbulo del hotel por el que habían entrado días atrás. Siguieron caminando hacia fuera y cruzaron la calle hasta el edificio del FBI donde Billy había colaborado en la creación del último vídeo de *deepfake*. Pasaron por una barrera de seguridad, como la de los aeropuertos y luego fueron a otro ascensor, subieron varios pisos, avanzaron por un pasillo y por fin llegaron a lo que parecía, a través del pequeño panel de cristal de la puerta, una sala de conferencias. La agente llamó y abrió la puerta al mismo tiempo, e hizo pasar a Billy y a Ámbar al interior. Había dos personas sentadas frente a una bandeja de pastas para el desayuno. Una de ellas era la agente West y el otro un hombre que Ámbar no reconocía. El agente Black estaba de pie junto a la ventana.

West se levantó cuando entraron en la habitación.

—Hola chicos. ¿Estáis listos para recibir respuestas a vuestras preguntas? Siento que haya pasado tanto tiempo.

Se sentaron los tres y los animaron a servirse unas pastas. West se levantó para ponerles un café a cada uno. Luego presentó al hombre que no conocían.

—Este es el agente especial Bernard Chow, es un experto en fraudes y delitos financieros. Ha estado con nosotros estos últimos días. —Chow sonrió—. He pedido que viniera para que nos ayude a explicar de qué ha ido todo esto. —West dirigió su mirada a Billy, y Chow hizo lo mismo, pero Billy guardó silencio. Al cabo de un rato asintió.

Ámbar lo observó, pero no pudo quedarse callada.

—¿Y bien? ¿Ha funcionado nuestro plan?

Los tres agentes dudaron. Entonces Black habló.

—¿Que si ha funcionado? ¡Ha funcionado a las mil maravillas! —Se le escapó una sonrisa—. El maldito engreído estaba disfrutando de todo el asunto hasta que le mostramos el video falso y ¡pum! Deberías haberle visto la cara.

—Bueno, en realidad podéis verla —interrumpió West—, ya que tenemos toda su confesión grabada.

—¿Ha confesado? —preguntó Ámbar algo sorprendida—. ¿De verdad?

—Así es —afirmó Black—. Primero hablamos con Óscar. Cuando vio la cinta falsa se derrumbó y culpó a James de todo. Entonces cogimos la cinta real que acabábamos de grabar y le mostramos varias partes a James. Entonces él también empezó a hablar. En nada de tiempo teníamos a ambos admitiendo su participación, solo que cada uno insistía que la idea fue del otro.

West retomó la explicación.

—Eso ocurrió muy pronto, lo cual nos dio la opción de retenerlos a ambos. Después de eso fue cuestión de desenredar todo el asunto. Eso es lo que nos ha llevado tanto tiempo. Pero sí, en resumidas cuentas, tenemos la confesión de ambos admitiendo su participación, y exonerándote a ti. Es todo un resultado.

—Eso es estupendo —dijo Sam Wheatley con una gran sonrisa. Miró a Billy.

—Deberías haber visto la cara del tipo —repitió Black—, en el momento en que le mostramos la cinta falsa. Parecía que se le había caído el mundo encima.

—Entonces, ¿cuál es la razón que han dado? —preguntó Ámbar—. ¿Por qué lo hicieron? ¿No sería todo para inculpar a Billy, por lo de liarse con esa chica, la tal Lily?

—No. Puede que acabase así, pero no es así como empezó. —West miró a Chow—. ¿Por qué no se lo explicas?

—Claro. —Chow se inclinó hacia delante y sus ojos brillaron bajo la luz del sol de la mañana que entraba en la sala. Parecía ser el único que no estaba agotado.

—Lo que tenemos aquí es una tradicional disputa familiar.

Chow se levantó, se dirigió a la cafetera y se sirvió un poco más de café. Comenzó su explicación al volver a la mesa.

—El padre y el tío de Lily Belafonte, Claudio y Jacques Belafonte, son rivales en los negocios, cada uno de los cuales dirige importantes empresas químicas, que ambos heredaron de su padre, el magnate Arthur Belafonte. Billy, quizá ya sepas esto, pero los demás no.

Chow sonrió a Billy, que no dijo nada, tan solo escuchaba con el rostro apagado.

—¿También sabrás, sin duda, que la empresa de Jacques Belafonte, EEC, ha completado hace poco una adquisición hostil del negocio de Claudio, Fonchem? —Alzó las cejas en forma de pregunta, y al ver la confusión en el rostro de Ámbar le explicó—. Una adquisición hostil es aquella en la que la empresa A compra la empresa B, aunque los directores de la empresa B no deseen que la compren. En este caso, EEC, empresa de Jacques Belafonte, hizo una oferta a los accionistas de Fonchem para comprar el cincuenta y uno por ciento de las acciones de Fonchem, pero con la condición de que el consejo de administración de Fonchem fuera destituido y sustituido por un nuevo consejo leal a EEC. ¿Me seguís?

—Supongo.

—Muy bien. Ahora os estaréis preguntando: ¿por qué los accionistas de Fonchem estarían dispuestos a aceptar ese trato, si el consejo de administración estaba en contra?

Chow miró a Ámbar y ella se encogió de hombros.

—La respuesta se debe al bajo precio de las acciones de Fonchem. Se cotizaban muy por debajo de lo que habían alcanzado en los cinco años anteriores. Lo que nos lleva a una nueva pregunta. ¿Por qué? ¿Por qué estaban tan bajas las acciones del Fonchem? —Esta vez esperó una respuesta. Ámbar miró a Billy para que se la diera, pero él guardó silencio.

—¿Los atentados? —propuso Ámbar.

—¡Así es! —sonrió Chow—. Durante el último año ha habido una serie de atentados con bomba en las instalaciones de Fonchem. Cada vez que había un nuevo atentado, el precio de las acciones bajaba. El efecto de cada uno de los atentados no era significativo, pero acumulativo. Cada vez que el precio de las acciones caía, Jacques Belafonte compraba unas decenas de miles de acciones más de Fonchem. No lo suficiente como para llamar la atención, pero sí para ayudarle a persuadir e impulsar la adquisición.

Chow se volvió hacia Billy y volvió a sonreír. Pero este permaneció en silencio.

—Sigo sin entender —dijo Ámbar, después de un rato—. ¿Qué tiene que ver todo esto con James y Óscar? Si ellos hicieron los atentados, ¿por qué querían ayudar a Jacques Belafonte?

—Ah, bueno, esta es la parte inteligente. También sacaron algo más de ello. ¿Has oído hablar de la venta a corto de acciones?

—No.

—De acuerdo —Chow se tomó un momento para considerarlo.

—No te preocupes. Yo tampoco entendí esto al principio —interrumpió Black, mirando a Ámbar—. De hecho, sigo sin entenderlo.

—Es muy sencillo —lo ignoró Chow—. Una venta a corto es cuando tomas prestada una acción de un corredor y la vendes de inmediato a su precio actual. Lo haces con la esperanza de que el valor de la acción caiga para poder volver a comprarla a un precio más bajo. Luego devuelves las acciones que tomaste prestadas a tu corredor, y te quedas con la diferencia de precio. ¿Lo entiendes?

Ámbar miró a Sam y supo que él tampoco lo tenía claro.

—No lo entiendes. Déjame darte un ejemplo —continuó Chow—. Imagina que quiero vender a corto unas acciones de la empresa ABC, que tiene un precio actual de 10 dólares. Tomo prestada una acción y la vendo a 10 dólares. Ahora tengo 10 dólares, pero debo a mi corredor la acción que tomé prestada. Entonces digamos que el precio de la acción de ABC cae a 6 dólares. Puedo volver a comprar mi acción, devolverla a mi corredor y quedarme con los 4 dólares de diferencia. Acabo de ganar 4 dólares. —Volvió a sonreír, pero sus ojos empezaron a brillar de verdad cuando continuó—: Ahora incrementa la escala, en lugar de una acción me han prestado un millón, la cosa se pone más interesante. No he ganado 4 dólares, sino cuatro millones.

—¿Y eso es legal? —preguntó Sam.

—Sí. Es lo que hacen los fondos de inversión todo el tiempo. Pero es arriesgado.

—¿Por qué?

—Porque el precio de las acciones no tiene por qué caer. Podría subir, y aquí está el truco. No hay límite a lo que puede subir. Si pides prestado un millón de acciones a 10 dólares, y el precio sube a 100 dólares, tienes un gran problema. Si sube a 1.000 dólares la acción... —dio un largo silbido—. No hay límite superior. Podría llegar a un millón de dólares por acción. Al menos en teoría. Las pérdidas podrían ser infinitas.

—Pero si supieras con seguridad que el precio va a bajar... —Ámbar empezaba a entender de qué iba esto.

—Así es. Si tuvieras conocimiento previo de algo que fuera a hacer caer el precio de las acciones... digamos que supieras que una bomba iba a estallar en una de las fábricas de la empresa, bueno eso elimina gran parte del riesgo ¿no?

—¿Y eso es lo que estaban haciendo? —preguntó Ámbar mirando a West en busca de confirmación—. Colocaban las bombas y... ¿cómo se llama? ¿Vendían acciones en corto?

—Justo eso —sonrió Chow de nuevo.

—¿Cuánto ganaron? —preguntó Sam.

—No tanto, lo que en cierto modo era la genialidad de la operación. La venta a corto es legal, excepto si se hace como resultado del conocimiento de información privilegiada —sonrió a Sam Wheatley—. Si se hace de forma demasiado agresiva, o con demasiada frecuencia, suele acabar llamando la atención. Óscar y James mantenían un nivel bajo. Vendían en corto pero no en grandes cantidades, por lo que permanecieron debajo del radar. —Chow se sentó, asumiendo que su audiencia había entendido, pero Ámbar no estaba satisfecha del todo.

—¿Pero por qué? Sigo sin entender por qué trabajaban para ese tal Jacques Belafonte.

—Eso es lo que queríamos saber —retomó West—. Por fin lo conseguimos anoche.

—James Richards y Lily Belafonte empezaron a verse cuando ambos estaban todavía en el instituto. A primera vista, ambos son niños ricos, pero en realidad están en ligas diferentes. El dinero de la familia de ella empequeñece al de él. Y aunque la familia de ella por lo general aprueba de la relación, lo que no saben es cómo se ha portado a sus espaldas. Ha estado acostándose con otras chicas, parece que con cualquiera, la verdad. De alguna manera, Jacques Belafonte se enteró de esto hace un año y comenzó a chantajearlo. O lo ayudaba en el plan para tomar el control de Fonchem, o la relación de James con Lily Belafonte estaría en peligro.

—Lo que no se imaginó es lo dispuesto que estaba Richards a participar, de ahí la venta en corto —interrumpió Black—. Se convirtió en una forma de ganar suficiente dinero para estar a la altura de su novia, que era mucho más rica. Aunque lo hiciera destruyendo su riqueza por el camino.

Ámbar miró por casualidad a Billy mientras Black hablaba, y vio que se estremecía al oír la palabra novia. Se dio la vuelta.

—¿Qué pasa con Óscar? ¿Por qué lo hizo?

—Es el mejor amigo de James —respondió West—. Crecieron juntos, se entretenían haciendo pequeños trapicheos. Robaban carteras, coches. No lo necesitaban, pero parece que se divertían haciéndolo de todos modos. Al cabo de un tiempo la delincuencia de poca monta dejó de ser suficiente. Vieron esto como su oportunidad de entrar en algo mucho más grande. Mayor riesgo, mayor recompensa. Y mayor emoción también.

La sala se quedó en silencio por un momento, y West continuó.

—También parece ser el cerebro de la pareja. Por lo menos, es el que está haciendo el mejor trabajo para tratar de llegar a un acuerdo para salir de este apuro. Yo diría que tenemos mucha suerte de haberlo detenido ahora, antes de que pase a operaciones más grandes y mortales.

—¿Tienen suficiente para detenerlos a todos? —preguntó Sam Wheatley, y Black no pudo reprimir una carcajada.

—Por supuesto que sí. Tenemos más que suficiente.

—Entonces, ¿eso es todo? —preguntó Ámbar, mirando a su alrededor—. ¿Ya se ha acabado todo?

West negó con la cabeza.

—No. Hay una parte de la que no podemos olvidarnos.

—¿Cuál?

—Los demás atentados se llevaron a cabo en lugares que no tenían personal, y parece que los programaron para minimizar el riesgo de que alguien resultara herido. Este fue diferente. Murió un hombre.

—¿El guardia de seguridad?

—Correcto. Se llamaba Keith Waterhouse. Tenía una esposa y dos hijos.

—¿Y necesitan saber si fue James u Óscar quien puso la bomba? ¿Para saber sin ninguna duda quién lo mató?

—Así es. Sospechamos que en realidad no fue ninguno de los dos. Al principio cada uno culpó al otro, pero luego surgió un nuevo nombre: Henderson. ¿Tiene algún significado para ti, Billy?

Billy levantó la vista, como si se sorprendiera de seguir allí. O de que alguien recordara que estaba allí. Ámbar lo observó, preocupada de nuevo por lo decaído y cansado que parecía su amigo.

—No. —Volvió a bajar la cabeza a la mesa. West mantuvo la mirada en Billy un momento antes de continuar—. Karl Henderson trabaja para Jacques Belafonte, pero no tiene un puesto específico en la empresa. Parece encargarse de solucionar problemas. Sabemos que estaba allí la noche del atentado, Óscar le dio la bomba antes de que Billy viajara a Lornea. Su papel era colocar la bomba y luego ayudar a Óscar y a James a escapar. Pero parece que pudo haber apuntado de manera deliberada a Keith Waterhouse.

—¿Por qué?

Había una carpeta apoyada en la mesa, y West la abrió. Dentro había copias en color de fotografías. Con cuidado, le pasó una a Billy y otra a Ámbar y Sam. Mostraban una sección de la playa, y cuando Ámbar miró con más atención vio unos cuantos caballitos de mar muertos tirados en la arena. La fotografía de Billy mostraba una sección diferente de la playa, pero seguía mostrando animales muertos.

—¿Reconoces estas fotografías, Billy?

La expresión de Billy respondió antes que él. Asintió con la cabeza, pero luego volvió a parecer desinteresado y cansado. West continuó de todos modos, hablando más con los demás.

—Se las enviaron a Billy de forma anónima en respuesta a su campaña contra Fonchem. Encontramos las mismas imágenes en una cámara que pertenecía a Keith Waterhouse, las tomaron unos días después de que el emplazamiento sufriera una fuga muy leve, muy dentro de los límites permitidos por la Agencia de Protección Medioambiental. Waterhouse envió las imágenes al director de la fábrica, ya que quería asegurarse de que no volviera a ocurrir. Al parecer, la noticia de que le preocupaba la fuga pudo llegar a Jacques Belafonte o Karl Henderson, y lo reveló como el tipo de empleado que no querían cuando la EEC se hiciera cargo del sitio. El atentado fue una oportunidad para quitárselo de encima. Una oportunidad que aprovecharon.

—¿Creen que lo atraparán? —preguntó Sam Wheatley.

—¿Que si lo atraparemos? Ya lo hemos hecho. Karl Henderson y Jacques Belafonte ya están detenidos. —sonrió West sonrió—. Los hemos detenido esta mañana. Se acabó todo. Todo este asunto ha terminado. Billy, eres libre de irte.

Billy volvió a ponerse rígido al oír su nombre, pero su expresión seguía siendo triste. Ámbar no estaba segura de cuánto había entendido de la conversación anterior. Apenas había pronunciado una palabra.

—Sabes una cosa, Billy —continuó West—. Por lo que he oído sobre tus aventuras desde la última vez que nos vimos, éste es un final poco dramático en comparación con tus experiencias previas. Nada de tiroteos, barcos hundidos, ni grandes explosiones. —West sonrió, e intentó arrancarle una sonrisa a él también. Pero Billy no hizo nada. En lugar de ello, permaneció callado, mirando a la mesa, y una incomodidad se extendió por la habitación.

—Sí, tal vez —dijo por fin Billy. Levantó la vista y fijó sus ojos en los de West—. Tal vez ya estoy madurando.

* * *

La reunión se prolongó durante algún tiempo, y cuando por fin finalizó Ámbar vio en el reloj de la pared que ya eran las once. No había dormido desde la noche anterior, y de repente se sintió agotada. Tras cinco días sin salir del edificio del FBI ni del hotel de enfrente, por fin los permitieron volver a casa, junto con Billy.

—¿Adónde vas a ir? ¿Qué vas a hacer? —le preguntó a Billy, mientras los agentes del FBI recogían sus papeles y se preparaban para abandonar la sala.

Fue Sam Wheatley quien respondió.

—Va a volver a la isla conmigo, durante una semana más o menos, hasta que resolvamos qué debe suceder a continuación. ¿Y tú?

—Debería volver al trabajo.

Sam la miró un rato y luego asintió.

—Mantente en contacto, Ámbar.

CAPÍTULO SESENTA Y TRES

UN MES DESPUÉS

NO VUELVO a la universidad de inmediato. Aunque quisiera, no tendría tiempo de hacer ningún trabajo. Tengo que prestar un montón de declaraciones sobre lo ocurrido, tanto a la policía como al FBI, y cuando terminan, los telediarios y los periódicos también quieren hablar conmigo. Durante dos días acampan en la carretera frente a casa, y no podemos salir, pero entonces a papá se le ocurre una idea muy inteligente. Consigue que haga una entrevista con el *Island Times*, para que explique todo lo que pasó y que estuve viviendo en La Carolina durante más de un mes en pleno invierno. Pero papá le dijo al periodista que teníamos que hacer la entrevista en el barco y los obliga a tomar muchas fotos. Luego, al final del artículo, los obliga a poner que estamos intentando arreglarlo, pero que no podemos porque muchas de las piezas son demasiado caras. Entonces me hace crear una página para hacer donaciones y al poco empezamos a recibir dinero. Bueno, a veces es dinero, diez dólares por aquí o veinte por allá, pero la mayoría de las veces son piezas para el barco. La isla está llena de astilleros, de chapistas y de gente con barcos, y la gente de barcos es casi siempre muy amable. Así, cuando el alboroto se calma, pasamos varias semanas tratando de instalar todas estas piezas. Igual pensáis que pasar más tiempo en La Carolina es lo último que querría hacer, pero en realidad me resulta muy agradable. Ahora es primavera y se está muy bien allí abajo en los pantanos. Estamos solos papá y yo, trabajando duro y sin tener tiempo siquiera para hablar, ni para pensar, excepto en qué parte va cada pieza o cuál es nuestra próxima tarea. Cuando terminamos, el barco está recién pintado, con las cubiertas lijadas y barnizadas, el casco pulido, y tiene un aspecto increíble. A ver, tiene una pinta un poco extraña, como una especie de rompecabezas con piezas de otros barcos, pero es robusto, está limpio y listo para navegar. Y a mí me parece que es precioso.

Las únicas interrupciones provienen de la agente West, que me visita varias veces para ponerme al día del caso, según dice ella. James y Óscar confesaron, no tienen que ir a juicio, pero Jacques Belafonte no quiso admitir lo que hizo, así que tendrá que enfrentarse a un jurado. Durante un tiempo temí que iba a tener que atender en calidad de testigo, cosa que no quería hacer. Pero al final no tengo que hacerlo. James y Óscar saben más de él que yo, así que pueden hacerlo ellos. Y como no les van a sentenciar hasta que den su testimonio, la agente West confía en que lo harán bien.

Pero tanto papá como yo sabemos que no puedo quedarme aquí para siempre. Y a pesar de que La Carolina tiene cada vez mejor pinta, una parte de mí se pone cada vez más triste, hasta que papá tiene otra buena idea. Decide que en lugar de que tome el ferri de vuelta al continente, que crucemos en La Carolina. Será su viaje inaugural. Al menos inaugural para nosotros.

Una vez tomada esa decisión, me encuentro un poco más animado.

Es un hermoso día de primavera cuando por fin desatamos a La Carolina del embarcadero del Puerto del Obispo y bajamos a motor por el arroyo hacia el mar. Papá me hace dirigir el barco durante todo el trayecto, y cuando el arroyo se ensancha hasta convertirse en estuario, izamos las velas. La vela mayor nueva es de color rojo oscuro, procede de un barco muy antiguo de estilo tradicional, y la vela de proa procede de un viejo velero de regata, así que no es que vayan a juego, pero juntas funcionan bien, y avanzamos por el agua de forma agradable. Cuando llegamos al mar abierto hace marejada, pero La Carolina la aguanta bien. Nos turnamos para llevar el timón, escuchamos música, bebemos café y cantamos y jugamos a juegos tontos, como el «veo-veo» y el «adivinar el animal», que siempre gano, porque papá solo conoce los peces más básicos, y yo le ataco con crustáceos y moluscos poco conocidos. Pero a él no le importa, y luego empieza a ganar inventando animales que no existen, pero que su madre se inventaba en las historias que contaba cuando eran pequeños. Es bonito, porque no suele hablar de su familia.

No parece que hayan pasado ocho horas cuando tenemos que volver a arrancar el motor para entrar en el puerto deportivo de Boston, y la sensación de tristeza me invade de nuevo. Aunque me dura poco porque para entonces ya tengo mucha hambre, y me encuentro mejor cuando amarramos, vamos a un restaurante y nos ponemos las botas comiendo.

Después, papá me pregunta si quiero dormir en el barco o volver a mi apartamento.

La verdad es que también he tenido suerte con eso. La universidad estuvo a punto de alquilarlo de nuevo cuando pensaron que había muerto, de hecho se lo ofrecieron a una estudiante nueva pero esta abandonó la universidad, así que al final no se lo quedó. Fue entonces cuando papá volvió a ponerse en contacto con ellos, y dijo que la final iba a necesitar la habitación porque resultaba que no estaba muerto después de todo.

Le digo que será mejor que vuelva al apartamento esa misma noche. Sino corro el riesgo de no querer hacerlo. Me mira y asiente.

Al final va mejor de lo que temía. Papá me acompaña y no sé si será que ha tomado demasiada cerveza con la cena o qué, pero está lleno de energía y bastante gracioso. Gary, Jimbo y las chicas están en casa, viendo la televisión, y no paran de hacer preguntas sobre todo lo que ha pasado. Yo respondo a algunas, pero papá es el que más habla. Y papá puede ser bastante guay cuando quiere, con su forma de contar chistes y hacer tonterías. Acabamos hablando hasta las dos de la mañana, y Gary incluso le ofrece un poco de su marihuana, pero papá dijo que no. Papá también en eso es guay.

Al día siguiente tengo que ir a la universidad para explicar por qué había faltado a tantas clases y tutorías, y averiguar qué iba a pasar al respecto. Papá se ofreció a acompañarme de nuevo, pero esta vez dije que quería hacerlo solo. No estábamos solos Lawrence y yo, sino una reunión en toda regla con el director de la facultad de Biología Marina y otros dos profesores. Uno de ellos era el profesor Little, ¿lo recuerdas? ¿El de los invertebrados interesantísimos, los camarones pistola? Tuve que volver a contar toda mi historia, y me hicieron un montón de preguntas, y solo cuando terminé empezaron a preguntarme por mis trabajos de clase. Había faltado a un tercio de mis clases y pensé que me iban a hacer repetir todo el año, lo cual habría sido muy aburrido. Pero no lo hicieron. Lawrence les enseñó las notas de los trabajos que había hecho, y dijeron que podía pasar al segundo año, siempre y cuando completara los trabajos que me faltaban. Así que voy a estar bastante ocupado. Ah, y tampoco tendré a Lawrence como tutor el próximo año. El profesor Little dijo que estaré con él. Así que estoy encantado con eso.

Tengo que seguir asistiendo a mi clase semanal en el campus de Harvard, y pasan dos semanas antes de que me tope con ella. Con Lily, quiero decir. Supongo que sabía que ocurriría tarde o temprano. Sucede casi como la primera vez que nos encontramos, en la misma esquina, solo que esta vez no voy corriendo y no tiro los libros al suelo. En lugar de eso, ambos nos detenemos. Y Lily habla primero.

—Hola, Billy.

No sé qué decir. Me ha enviado dos mensajes desde que ocurrió todo. El primero decía que se alegraba de que siguiera vivo. El segundo pedía que nos viéramos. Pero no respondí a ninguno de ellos.

—Hola, Lily —le digo, y me hago a un lado para esquivarla y volver a mi siguiente clase, pero ella me pone la mano en el brazo.

—Billy, ¿podemos hablar? Por favor.

—Tengo que ir a clase.

—Venga hombre, seguro que te pones al día en nada de tiempo.

—Estoy intentando ponerme al día.

En sus labios se dibuja una sonrisa, que luego se desvanece. Intento no mirar, porque mi estómago se revuelve como si hubiera tomado ocho tazas de café. Sigue siendo tan guapa. Es como si casi hubiera olvidado lo guapa que es.

—Déjame invitarte a un café.

—No creo que quiera un café.

—¿Algo más fuerte entonces? Vamos, Billy. Creo que deberíamos hablar.

Quiero preguntar de qué tenemos que hablar, después de que ella volviera con James a la semana de pensar que había muerto. Pero a la vez, supongo que es inevitable que tengamos que hablar en algún momento. Y conozco a una compañera en mi próxima clase a quien puedo pedir los apuntes. ¿Te acuerdas de ella? Es la estudiante madura, Linda Reynolds.

—Vale, pero solo quiero un agua.

—Genial. Vamos. —Lily me lleva a través de la plaza hasta una cafetería.

Me siento en un banco junto a la ventana mientras Lily va a por las bebidas. Me trae un café, a pesar de que dije que no quería uno. Y una botella de agua. Me quedo mirando a ambos.

—Supongo que querrás saber qué pasó —comienza Lily.

—La verdad es que no.

Pero me lo cuenta de todos modos.

—Ya te conté cómo dirigía papá la empresa, no estaba mal. No ponía los beneficios por encima de todo, por encima de las normas medioambientales. Al menos, no del todo. —Hace una pausa y toma un sorbo, sus ojos azules me observan. Tengo que apartar la mirada—. Pero la forma en que Jacques dirigía su negocio siempre fue diferente. Solo le interesaba el dinero. No le importaba si la gente salía perjudicada, o si causaba algún daño. Por eso, con los años, su empresa creció más que la de papá. Tenían grandes discusiones al respecto. Sobre cuál era la forma correcta de hacerlo. Sobre lo que Arthur hubiera querido. Por eso Jacques quería hacerse cargo. Jacques podía ganar más dinero comprando otra empresa, pero quería demostrar que la suya era la forma correcta de hacerlo, que papá estaba equivocado.

De verdad que esto no me interesa. Pero hay un detalle que sí quiero entender.

—¿Qué va a pasar con la compra de la empresa de tu padre por parte de tu tío? Dado que lo hizo de manera ilegal…

Lily tarda en contestar.

—No estoy segura. Papá está tratando de resolverlo con los abogados. Creen que depende de si declaran a Jacques culpable o no. Si lo encuentran culpable, tratarán de revertir la operación. Pero es muy complicado. Pase lo que pase, los abogados se van a llevar la mayor parte del pastel.

—Así será —digo.

—¿Qué?

—Lo van a declarar culpable. Eso es lo que dice la agente West.

—Ah, eso espero. —Lily toma otro sorbo—. ¿Me odias?

Puedo sentir que me mira, pero no me atrevo a devolverle la mirada. Al final me obligo a hacerlo.

—No.

—¿Pero estás enfadado? ¿O molesto? Porque volviera con James después de que tú…

No termina la frase, aunque yo no respondo.

—Tienes que verlo desde mi perspectiva. Pensé que habías destruido la empresa de mi familia. Pensé que me habías traicionado. —Estira el brazo a través de la mesa, inclina la cabeza hacia un lado y su pelo cuelga a un lado como una cortina—. Y James y yo… Llevábamos tanto tiempo juntos que me pareció lo más natural. Creí lo que me contó.

—¿Y a mí no me creíste?

—No estabas allí, Billy. No estabas allí para dar tu versión. Quizás si hubieras… ¿Si no hubieras desaparecido?

—¿Si hubiera dejado que la policía me arrestara? ¿Y que me metieran en la cárcel por un asesinato que no cometí? ¿Me habrías creído entonces?

Me doy cuenta de que algunos de los otros estudiantes de la cafetería nos miran, y bajo la voz.

—No lo sé. De vedad que no lo sé.

Entonces sus labios se separan y sonríe. Los labios que besé, no hace mucho tiempo.

—Mira, no quiero… no quiero perderte como amigo Billy. Y quizás, si nos tomamos las cosas con calma… quizás… —deja que su voz se desvanezca—. ¿Tal vez no tenga que ser el final?

No quiero que suceda, pero siento que mi corazón empieza a latir más rápido. Esto es lo que una parte de mí quería, mientras que otra parte decía que nunca sucedería, que nunca debería suceder. Entonces me acuerdo de mi apartamento. Desde que volví, todo va mucho mejor con mis compañeros. Pienso en Linda Reynolds, cuyos apuntes he estado utilizando para ponerme al día, y en los compañeros de curso que me presentó. Y luego pienso en Lily, en su increíble casa, en aquella cena en el club náutico, en su hermano con la novia pija. Son dos mundos muy diferentes.

Suspiro.

—Si tú quieres, claro —continúa.

Ahora me sonríe más. Pero en lugar de contestarle, me levanto.

—Me tengo que ir. Tengo una clase y luego tengo que hacer tres meses de trabajos.

—Claro. —La sonrisa de Lily se desvanece. Mira mi café sin tocar, mi botella de agua sin abrir, pero no dice nada al respecto.

—Adiós, Lily —le digo, me doy la vuelta y me alejo.

Voy por la puerta cuando me suena el móvil. Lo saco y miro la pantalla, luego espero a estar fuera antes de contestar.

—Hola Sarah —contesto. Vuelvo a tener esa sensación, mi corazón late más rápido, solo que esta vez es diferente. Es menos por miedo, menos sensación de que me van a descubrir en cualquier momento, de que esto no debería estar ocurriendo. Ahora me late más por una sensación de algo que encaja.

—Solo quería decir que estoy deseando verte esta noche —oigo que dice Sarah mientras miro a Lily a través de la ventana. Sigue sentada allí, mirándome a través del cristal.

—Sí —le digo—. Yo también.

Y con eso, comienzo a caminar.

FIN

GRACIAS

Gracias por leer, y como siempre, espero que hayas disfrutado leyendo este libro tanto como yo he disfrutado escribiéndolo. Si así ha sido te agradecería que escribieses una reseña en Amazon. Es muy fácil, solo tienes que pinchar aquí.

Estoy un poco sorprendido con todo lo que ha crecido Billy desde la primera novela. Tengo bastante curiosidad por ver cómo acaba y qué hace con su vida. Sin embargo, voy a tomarme un pequeño descanso antes de escribir más libros de la serie Isla de Lornea y centrarme en cambio en otros proyectos.

Puedes saber más sobre mis otras novelas inscribiéndote a mi lista de correo si aún no estás en ella. También recibirás una copia gratuita de mi novela corta Instinto Asesino, más detalles en la página siguiente.

Un enorme agradecimiento a mis lectores cero, en especial a José Lagartos, que me han ayudado a limpiar el manuscrito de este libro. Los que quedan son todos míos.

¡Hasta pronto!

Cregg

Septiembre 2022

OTRAS OBRAS DE GREGG DUNNETT

Serie Isla de Lornea

La isla de los ausentes

El club de detectives

Misterio en las cuevas

La playa de los dragones

Novelas

El secreto de las olas

La torre de sangre y cristal

Entre sombras

Serie Inspectora Erica Sands

La cala

La trampa - a la venta el 9 de mayo de 2024